金 學 叢 書
第二輯 14

吳 敢
胡衍南 霍現俊
主編

張鴻魁《金瓶梅》研究精選集

張鴻魁 著

臺灣 學生書局 印行

金學叢書第二輯序

2013 年 5 月第九屆（五蓮）國際《金瓶梅》學術討論會期間，胡衍南、霍現俊忙裏偷閒，時而小聚，漢書下酒，就中便有本叢書編輯出版一事。當時即擬與吳敢商談，以期盡快成議。只是吳敢當時會務繁多，此議終未提及。2013 年 7 月 3 日，胡衍南到徐州公幹，當晚至吳敢舍下小酌，此事即進入操作程序。此後電郵往來，徐州、臺北、石家莊三方輾轉，叢書編撰框架日漸明朗。2013 年 11 月 23 日，胡衍南再度到徐州公幹，代表臺灣學生書局與吳敢詳盡商談編輯出版事宜，本叢書遂成定案。

此「金學叢書」之由來也。

中國古代小說研究，重大課題眾多。近代以降，紅學捷足先登。20 世紀 80 年代，金學亦成顯學。明代長篇白話小說《金瓶梅》是中國文學史上一部里程碑式的重要作品，其橫空出世，破天荒打破以帝王將相、英雄豪傑、妖魔神怪為主體的敘事內容，以家庭為社會單元，以百姓為描摹對象，極盡渲染之能事，從平常中見真奇，被譽為明代社會的眾生相、世情圖與百科全書。幾乎在其出現同時，即被馮夢龍連同《三國演義》《水滸傳》《西遊記》一起稱為「四大奇書」。不久，又被張竹坡譽為「第一奇書」。《紅樓夢》庚辰本第十三回脂評：「深得《金瓶》壼奧」。魯迅《中國小說史略》認為「同時說部，無以上之」。

自有《金瓶梅》小說，便有《金瓶梅》研究。明清兩代的筆記叢談，便已帶有研究《金瓶梅》的意味。如明代關於《金瓶梅》抄本的記載，雖然大多是隻言片語的傳聞、實錄或點評，但已經涉及到《金瓶梅》研究課題的思想、藝術、成書、版本、作者、傳播等諸多方向，並頗有真知灼見。在《金瓶梅》古代評點史上，繡像本評點者、張竹坡、文龍，前後紹繼，彼此觀照，相互依連，貫穿有清一朝，形成筆架式三座高峰。繡像本評點拈出世情，規理路數，為《金瓶梅》評點高格立標；文龍評點引申發揚，撥亂反正，為《金瓶梅》評點補訂收結；而尤其是張竹坡評點，踵武金聖歎、毛宗崗，承前啟後，成為中國古代小說評點最具成效的代表，開啟了近代小說理論的先聲。明清時期的《金瓶梅》研究，具有發凡起例、啟導引進之功。

20 世紀是人類歷史上可足稱道的一個百年。對中國人來說，世紀伊始，產生了驚天動地的兩件大事：1911 年封建王朝的終結，1919 年「五四」新文化運動的興起。中國人

心裏承接有豐富的傳統，中國人肩上也負荷著厚重的擔當。揚棄傳統文化，呼喚當代文明，這一除舊佈新的文化使命，在中國用了大半個世紀的時間。觀念形態的更新、研究方法的轉變、思維體式的超越、科學格局的營設一旦萌發生成，便產生無量的影響，具有劃時代的意義。《金瓶梅》研究即為其中一例。

以1924年魯迅《中國小說史略》出版，標誌著《金瓶梅》研究古典階段的結束和現代階段的開始；以1933年北京古佚小說刊行會影印發行《金瓶梅詞話》，預示著《金瓶梅》研究現代階段的全面推進；以30年代鄭振鐸、吳晗等系列論文的發表，開拓著《金瓶梅》研究的學術層面；以中國大陸、臺港、日韓、歐美（美蘇法英）四大研究圈的形成，顯現著《金瓶梅》研究的強大陣容；以版本、寫作年代、成書過程、作者、思想內容、藝術特色、人物形象、語言風格、文學地位、理論批評、資料彙編、翻譯出版、藝術製作、文化傳播等課題的形成與展開，揭示著《金瓶梅》的研究方向。一門新的顯學——金學，已經赫然出現在世界文壇。

20世紀70年代以來的當代金學，中國的吳曉鈴、王利器、魏子雲、朱星、徐朔方、梅節、孫述宇、蔡國梁、甯宗一、陳詔、盧興基、傅憎享、杜維沫、葉朗、陳遼、劉輝、黃霖、王汝梅、周中明、王啟忠、張遠芬、周鈞韜、孫遜、吳敢、石昌渝、白維國、陳昌恆、葉桂桐、張鴻魁、鮑延毅、馮子禮、田秉鍔、羅德榮、李申、魯歌、馬征、鄭慶山、鄭培凱、卜鍵、李時人、陳東有、徐志平、陳益源、趙興勤、王平、石鐘揚、孟昭連、何香久、許建平、張進德、霍現俊、陳維昭、孫秋克、曾慶雨、胡衍南、李志宏、潘承玉、洪濤、楊國玉、譚楚子等老中青三代，辨章學術，考鏡源流，營造了一座輝煌的金學寶塔。其考證、新證、考論、新探、探索、揭秘、解讀、探秘、溯源、解析、解說、評析、評注、彙釋、新解、索引、發微、解詁、論要、話說、新論等，蘊含宏富，立論精深，使得金學園林花團錦簇，美不勝收，可謂源淵流長，方興未艾。中國的《金瓶梅》研究，經過80年漫長的歷程，終於在20世紀的最後20年登堂入室，當仁不讓也當之無愧地走在了國際金學的前列。

此「金學叢書」之要義也。

本叢書暫分兩輯，第一輯為臺灣學人的金學著述，由魏子雲領銜，包括胡衍南、李志宏、李梁淑、鄭媛元、林偉淑、傅想容、林玉惠、曾鈺婷、李欣倫、李曉萍、張金蘭、沈心潔、鄭淑梅，可說是以老帶青；第二輯為中國大陸20世紀80年代以來學人的《金瓶梅》研究精選集，計由徐朔方、甯宗一、傅憎享、周中明、王汝梅、劉輝、張遠芬、周鈞韜、魯歌、馮子禮、黃霖、吳敢、葉桂桐、張鴻魁、陳昌恆、石鐘揚、王平、李時人、趙興勤、孟昭連、陳東有、孫秋克、卜鍵、何香久、許建平、張進德、霍現俊、曾慶雨、楊國玉、潘承玉、洪濤諸位先生的大作組成，凡31人30冊（其中徐朔方、孫秋克，

傅憎享、楊國玉，王平、趙興勤，因字數兩人合裝一冊），每冊25萬字左右。

　　天津師範學院（今天津師範大學）朱星是中國大陸金學新時期名符其實的一顆啟明星，他在1979年、1980年連續發表多篇論文，並於1980年10月由百花文藝出版社結集出版了中國大陸新時期《金瓶梅》研究的第一部專著《金瓶梅考證》。朱星的研究結論不一定都能經得住學術的檢驗，但朱星繼魯迅、吳晗、鄭振鐸、李長之等人之後，重新點燃並高舉起這一支學術火炬，結束了沉寂15年之久的局面，這一歷史功績，應載入金學史冊。遺憾的是，朱星先生1982年逝世，後人查訪困難，只能闕如。

　　香港夢梅館主梅節可謂《金瓶梅》校注出版的大家，1988年由香港星海文化出版有限公司出版《全校本金瓶梅詞話》；1993年由梅節校訂，陳詔、黃霖注釋，香港夢梅館出版《重校本金瓶梅詞話》（該本後由臺灣里仁書局2007年11月初版，2009年2月修訂一版，2013年2月修訂一版八刷）；1998年梅節再為校訂，陳少卿抄寫，香港夢梅館出版《夢梅館校定本金瓶梅詞話》。前後三次合共校正詞話原本訛錯衍奪七千多處，成為可讀性較好的一個本子。梅節由校書而研究，關於《金瓶梅》作者、傳播、成書、故事發生地等問題的認識，亦時有新見。可惜的是，梅節先生的論文集《瓶梅閒筆硯——梅節金學文存》2008年2月由北京圖書館出版社出版，版權協商匪易，未能入選。

　　上海音樂學院蔡國梁20世紀50年代末即開始研習《金瓶梅》，寫下不少筆記，1980年前後即依據筆記整理成文，1981年開始發表金學論文，1984年出版第一部專著[1]，累計出版金學專著3部[2]、編著1部[3]，發表論文多篇，內容涉及《金瓶梅》的思想、源流、人物、作者、評點、文化等諸多研究方向，是早期《金瓶梅》研究的主力成員。無奈聯繫不上，不得已而割愛。

　　國人研究《金瓶梅》的論著，最早是闞鐸的《紅樓夢抉微》[4]，但其只是一個讀書筆記。天津書局1940年8月出版之姚靈犀《瓶外卮言》，嚴格說也只是一個資料彙編。香港大源書局1961年出版之南宮生著《金瓶梅》簡說，算得上是一個原著導讀。臺北時報文化出版公司1978年2月出版之孫述宇著《金瓶梅的藝術》，可說是第一部文本研究的學術著作。該書全文收入石昌渝、尹恭弘編選的《臺港金瓶梅研究論文選》[5]。2011年3月上海古籍出版社再版，增加了一篇作者自序，更名為《金瓶梅：平凡人的宗教劇》。

1　《金瓶梅考證與研究》，西安：陝西人民出版社，1984年。
2　另兩部為：《明清小說探幽——明人、清人、今人評金瓶梅》，杭州：浙江文藝出版社，1985年；《金瓶梅社會風俗》，天津：百花文藝出版社，2002年。
3　《金瓶梅評注》，桂林：灘江出版社，1986年。
4　天津大公報館1925年4月鉛印。
5　南京：江蘇古籍出版社，1986年。

孫述宇先生本已與上海古籍出版社洽商同意編入金學叢書，並授權主編代理，忽中途撤稿，原因還是版權問題。

還有其他一些因故未能入選的師友：或已作仙遊[6]，或礙於本輯叢書的體例[7]，或因為版權期限，或失去聯繫等。凡此種種，均為缺憾。

儘管如此，第二輯連同第一輯 14 人 16 冊總計所入選的此 45 人 46 冊，已經是中國當代金學隊伍的主力陣容，反映著當代金學的全面風貌，涵蓋了金學的所有課題方向，代表了當代金學的最高水準。

此「金學叢書」之大略也。

臺灣學生書局高瞻遠矚，運籌帷幄，以戰略家的大眼光，以謀略家的大手筆，決計編撰出版「金學叢書」，實金學之幸，學術之福。主編同仁視本叢書為金學史長編，精心策劃，傾心編審。各位入選師友打造精品，共襄盛舉。《金瓶梅》研究關聯到中國小說批評史、中國小說史、中國文學史、中國文學評點史、中國文學批評史等諸多學科，是一個應該也已經做出大學問的領域。為彌補本叢書因為容量所限有很多師友未能入選的不足，特附設一冊《金學索引》[8]，廣輯金學專著、編著、單篇論文與博碩士論文，臚列學會、學刊與所舉辦之金學會議，立此存照，用供備覽。本叢書的編選，既是對過往的總結，也是對未來的期盼。本叢書諸體皆備，雅俗共賞，可以預測，將為金學做出新的貢獻。

此「金學叢書」之宗旨也。

金學已經不是一座象牙塔，而是一處公眾遊樂的園林。三百多部論著，四千多篇學術論文，二百多篇博碩士論文，既有挺拔的大樹，也有似錦的繁花，吸引著越來越多的研究者與愛好者探幽尋奇。不容置疑，傳統的金學，加上以文化與傳播為標誌的、以經典現代解讀為旗幟的新金學，必然展示著甯宗一先生的經典命題：說不盡的《金瓶梅》。

此「金學叢書」之感言也。

吳敢、胡衍南、霍現俊（吳敢執筆）

2014 年元旦

6　如王啟忠、鮑延毅、孔繁華、許志強諸先生等，駕鶴西去的徐朔方先生的精選集由其高足孫秋克代為編選，劉輝先生的精選集由其摯友吳敢代為編選。

7　本輯叢書乃論文精選集，字典、詞典與小塊文章結集便未能入選，《金瓶梅》語言研究的幾位專家如白維國、李申、張惠英、許仰民等因此失選。

8　吳敢編著，分上下兩編。

張鴻魁《金瓶梅》研究精選集

目　次

附 錄

後 記

《金瓶梅語音研究》緒言

一、《金瓶梅》的語言價值

《金瓶梅》是一部劃時代的文學巨著，也是一個空前規模的語言資料寶庫。

文學史家看重它的藝術成就。它是傳世的最早的長篇小說之一，是反映平民生活的風俗畫卷，而且是構思完整、描繪細緻的作家獨立創作的真正藝術品。

對於同一種現象，從另一個角度去看，也應該高度評價。漢語史家從「風俗畫卷」看到了語言材料的豐富多彩，從「獨立創作」看到了語言資料的統一均勻。

一部百萬字的鴻篇巨制，寫到了八百多各色各樣人物的言談舉止，而且主要人物都屬於市井細民，衣食住行，百態畢具。語言資料，特別是口語資料的豐富，是前此任何文獻都無法比擬的。

而且，整部小說基本成於一人之手，寫作時代穩定明確，這又比各種文集語錄的語言性質單純得多。特別是中國和日本都發現了明代刻本《金瓶梅詞話》，這種早期刻本未經後人過多的改篡，在相當程度上保存了作品樸拙真實的語言面貌。這樣的語言資料實在是不可多得的。它相當全面地反映了特定語言的語音、詞匯、語法現象。

《金瓶梅詞話》反映的是什麼時代什麼地域的語言呢？

在時代上沒有太大的疑問。儘管對小說的創作時間有各種推測，但都不出明代嘉靖、隆慶、萬曆三朝近百年的範圍。可以肯定地說，它反映了明代中後期的一種語言的面貌。

在地域上認識也漸趨一致，是一種北方話，只是詞匯方面吸取了當時吳語的某些成分。

見過早期抄本、熟悉初刻情況的沈德符，有一段話很有影響。

> ……無幾，則吳中懸之國門矣。然原本實少五十三至五十七回，陋儒補以入刻，無論膚淺鄙俚，時作吳語，即前後血脈，亦絕不貫穿，一見知其贋作矣。（《萬曆野獲編·詞曲·金瓶梅》）

沈德符的話告訴我們，除了補寫的 53-57 回裏偶有吳語成分（「時作」而不是「多作」）

以外，他見到的手抄本和初刻本是沒有吳語的。是用什麼話寫的呢，他沒明說。但是，既然他指吳語為鄙俚，當然視原作為典雅，那就只能是明代的官話，亦即北方話。

沈德符是秀水人，即今日浙江嘉興一帶的人，是地道的吳人。所以，他判定原作不是吳語。這個結論是有權威性的。

《金瓶梅》是用北方話寫的，可以說是古今基本一致的看法了。

但是文學史家和語音史家都不肯就此為止，因為「北方話」太籠統了，包括了大半個中國。要縮小所指的範圍，爭論就又大了。

勢力較強的一派，應該是「山東話」說。

《金瓶梅》問世百餘年後，陳相為張竹坡評點本《金瓶梅》作跋，認為《金瓶梅》有山東土白。近代的鄭振鐸、魯迅、吳晗，也都認為用的山東話。他們都沒有就此作嚴密的例證，大概是憑一種直感。

這種直感很該重視。因為：第一，這些人都不是山東人，並無鄉土偏見；第二，這些人也不是專門的語言學家，卻有著共同的一種綜合印象。

從語言學角度看，確定語言的性質，應當憑據語言事實的歸納，憑藉語言之間的比較。比較需要有參照物。

山東話自然是參照物的首選代表。大家都知道，《金瓶梅》擬置的地理環境是山東清河、臨清（現在清河劃歸河北，仍屬臨清鄰縣）；現存詞話本署名作者笑笑生，前署籍貫為「蘭陵」，即今天的山東棗莊市東部（不太可能是南蘭陵武進）。僅據這些是不夠的，但近幾年的研究成果，有兩點很發人深思。其一，小說中提到的臨清、清河的地名、地物，多數為臨清歷史上實有，不少至今猶存。其二，小說人物中山東地方官吏，凡明代史料可查實有其人的，多數確實是山東籍或有過在山東為官的經歷。

因此，判定《金瓶梅》作者即使不是山東人，也應長期在山東生活，熟悉山東特別是魯西臨清一帶的地理風俗語言，這不能算妄加猜測。

如果《金瓶梅》的語言反映了當時魯西方言的特點，它也不會跟四百年以後的現代魯西方言完全一致。語言是不斷發展變化的。

二、專書語音研究的重要性

什麼原因促使我們對《金瓶梅》的語音做專門的研究呢？主要有兩方面。

第一，漢語史的研究近十餘年有很大發展。特別是，對於專書語言研究這種基礎工作的重要性，已漸形成共識。研究專書詞匯、專書語法的論著已有很多。相比之下，專書語音研究文章卻很少，對專書進行聲韻調系統研究的論著，更有待於方來。

第二，語音、詞匯、語法的發展是相伴相生的，三方面的研究也是相互促進、共同發展的。但就目下而論，語音研究的薄弱，已在一定程度上成為詞匯語法研究深入發展的障礙。對一個時代、一部書語音面貌的模糊認識，常導致詞語、語法認識的失誤。（這種形勢在近代漢語研究中尤其突出。）

我們可從《金瓶梅詞話》中選些例子，說明語音認識的作用。

「招放、著放、抬放」一組詞語，如果我們不了解那個時代的語音系統中已經沒有入聲，不了解「容納」義的「著」已跟「招」讀音相同，對上述幾個詞語和語法構成就難以正確認識。瞭解了語音特點，就會知道，「著放」是個並列結構的詞，意思是「容納」；而「招、照」只是「著」的同音替代字，「抬」又是「招」字的訛錯。

「扛」在《金瓶梅》中多次當「用言語頂撞」講。如果我們知道，早在宋代「工」聲符字（江攝）跟「亢」聲符字（宕攝）已經韻母相同，許多方言中「扛」跟「抗」聲調相同，表示的是同一個詞，就可以理清這組詞的詞義引申的脈絡：用肩承擔—用肩頭撞—用言語頂撞。

專書語音研究為什麼難以開展，這顯然跟漢字特點有關。

歷史上的語言情況，憑藉書面資料得以保存。漢語歷史資料是用方塊漢字記錄的。

文字都是以形體通過語音去表達語義的。但是漢字不是拼音文字，難以據字形得出正確的讀音認識。這種字形和音義脫節的現象，在近代漢語資料中尤為突出。

面對近代漢語書面資料，我們從字形或字義兩方面去推知字音都遇到新的困難，缺乏有力的直接工具。

從字形來說，近代出現了大量的新形體。筆劃的省減、草楷轉換的變形，造成了一些新字，難以據舊字書去確認。新形聲字也已經打亂了《說文解字》的諧聲系統，甚至反映中古音的《切韻》也幫不上忙。

從字義來說，近代出現了大量的新詞語。從外族語或方言借入的詞語，不符合傳統的構詞法，有的只是音譯記字，我們無法據舊字書規範的字義去認知。據方音來借字記詞方法的大量運用，使一些本不新鮮的詞語也改換了面貌，導致誤解。這個時期的文獻，總的說來尚缺乏嚴謹的傳注資料，對詞語的認識多有模糊不確之處。

據書面資料去研究語言，還有一個頗為棘手的字形錯訛問題。例如上文說過的《金瓶梅》「扛」一詞，又寫作「訌、証、相、像」，從字形上，從字義上，都很難發現它們跟「kang」音有什麼關聯。這牽涉到諸多問題：構字規律（更換形符「扛～訌」），草楷轉換（形近誤寫「訌～証」「扛～相」），繁簡轉換（「証～證」），同音替代（「相～像」）。我們把這種曲折的變化稱為「輾轉訛變」。前文提到的「招放」一組詞形，「著～招～抬～擡」的變化也是輾轉訛變。近代漢語資料中，這種輾轉訛變現象並不罕見。不作必

要的校勘，表面化地利用來研究語言就會造成失誤，利用來研究語音就更危險。

三、《金瓶梅》的語音研究

(一)《金瓶梅》語音的系統性

我們說的《金瓶梅》的語音系統，大致是指其作者的方言音系。

任何一種語言都有自己的系統。跟詞匯系統、語法系統比較，語音系統更有穩定性、它必須以一個具體方言音系為標準，聲類、韻類、調類有數，結構關係明確。

有人認為，《金瓶梅》是集體創作，而且可能作者們不是操同一種方言。

但是，即使持「集體創作」說的人，也總承認有一個「寫定者」或統一全書文字的「主編」。《金瓶梅》畢竟不是論文集，而是情節結構完整、血脈貫通的一部小說。這個寫定者或主編總不會南腔北調，應該有自己的方音習慣，有穩定明確的語音系統。

不能不承認，《金瓶梅》在抄刻流傳過程中，會有書手刻工的有意改補或無意訛奪，這給小說語言造成了一定的混亂。但是，只要我們詳加校勘，這些問題可以逐步認識糾正。而且，從總體上把握語音系統的框架，又是校勘的有力工具。訛誤再多，也不至於遮蔽了總體框架。

我們認為，《金瓶梅》的語音系統是客觀存在的，認識它是完全可能的。

(二)研究《金瓶梅》語音的條件

跟其他近代文獻資料相比，《金瓶梅》更適合於做語音研究對象。

第一，本身有可供研究的豐富材料。材料可分為三類。

1. 諧音雙關材料，包括諧音姓名、諧音故事和諧音歇後語。它們可以準確地反映詞語之間的同音關係。《金瓶梅》描寫的是商業興盛帶來的城市風情和市民情趣，這類諧音材料隨處可見。

2. 韻語。包括清唱詞曲、證詞 600 首以上，還有大量的活躍在人物口頭上的押韻謠諺。它們可以集中地反映韻母系統，其中謠諺更能反映口語的語音情況。

3. 俗字。包括同音替代字和新造形聲字。《金瓶梅》作為通俗文學作品，用字不求規範，同一詞語常寫作不同的字形。大量的俗字給考察詞義帶來了困難，也給考察字音帶來了機會。只要根據語境或比照其他文獻弄通了詞義字義，就可以跟通用字形（本字、正字）比較，從同音字的選擇、新字聲符的選擇考見音類的變化規律。

第二，校勘訓詁成果相對豐富。跟其他近代文獻相比，《金瓶梅》以其文學價值得

到世人特別的青睞。問世以來就有賞析評論文字。二十世紀三〇年代詞話本發現並刊布以後，尤其是八〇年代以來，對其做研究的日見其多。研究成果中包括不少校勘訓詁內容，足資語音研究的參考。

第三，《金瓶梅》語言的時代地域比較確定，同期有各類字書辭書可作參照。像梅膺祚《字彙》對俗字的注音釋義，畢拱辰《韻略匯通》對官話語音系統的分析，都可以提供切近的參考。又因為《金瓶梅》去今未遠，現代北方方言，特別是魯西臨清一帶的語音現狀，也可以做重要的直觀參照物。

試論《金瓶梅》的語言研究

《金瓶梅》曾與《水滸傳》《西遊記》一起，被清人稱為三大奇書。作為中國古典小說創作高峰的《紅樓夢》，也「深得金瓶壺奧」，與《金瓶梅》有傳承借鑒的深刻淵源。《金瓶梅》在小說美學史上的價值無疑是極高的。近幾年，隨著幾種校點刪節本的出版，更多的人得以閱讀欣賞，《金瓶梅》的思想認識意義和描寫藝術，也得到日益加深的研究。

然而《金瓶梅》所包含的極其豐富的語言資料，卻仍處於勘測試掘階段。《金瓶梅》作為第一部長篇世情小說，用純熟的白話描繪了極其廣闊的社會畫面，展現了各類人物的日常生活，其口語材料的豐富、集中和均勻，是《西遊記》《水滸傳》無法與之比擬的。《紅樓夢》的語言材料雖然也豐富，但因為時代較晚，而且錘煉加工使語言失去了原器之樸，從某種意義上說，其價值較《金瓶梅》也似略遜一籌。但是上述幾部書的語言研究，卻遠遠超過了《金瓶梅》，如《紅樓夢》的語言研究已經寫成了專著。

為了發展《金瓶梅》的語言研究，有必要回顧一下《金瓶梅》語言研究的歷史。

如果把語言現象的觀察作為廣義的語言研究，那麼可以說，從該書刊刻問世起，這種研究就開始了。

沈德符大致和《金瓶梅》的作者是同時代人，他的《萬曆野獲編》裏二十五〈詞曲·金瓶梅〉條，是較為全面介紹《金瓶梅》的最早資料。他說：「無幾，則吳中懸之國門矣。然原本實少五十三至五十七回，遍覓不得，有陋儒補以入刻。無論膚淺鄙俚，時作吳語，即前後血脈也絕不貫穿，一見知其贗作矣。」

《金瓶梅》現存最早版本，是萬曆丁巳東吳弄珠客序本《金瓶梅詞話》（以下簡稱萬曆本）。現在經初步研究，其五十三至五十七回與前後血脈不連貫確是事實，語言風格與他回不同也是有的。[1]可見，萬曆本即使不是「吳中懸之國門」的首刊本，也是內容未大變動的翻刻本。下文談到《金瓶梅》的語言問題，未專門注明者，均指萬曆本。

沈德符是第一個注意到《金瓶梅》語言問題的人。他的話告訴我們，除了五十三至

1　參看朱德熙〈漢語方言的兩種反復問句〉，載《中國語文》1985 年第 1 期；又〔美〕韓南〈金瓶梅的版本及其他〉，原載臺灣《國立編譯館館刊》第 4 卷第 2 期。

五十七回而外，是沒有吳語的。沈德符是秀水人，即今浙江省嘉興市，就是說他是吳人。因此，他判定是否吳語是權威性的。

一百年後的張竹坡，在評點《金瓶梅》時也涉及到語言問題，這集中在〈寓意說〉一文中。他認為《金瓶梅》中人物的名字皆有寓意，並根據自己的語感作了種種解說。因為他生活的時代去《金瓶梅》成書尚不算遠，有些解說是可信的，如「車（扯）淡」「管世（事）寬」之類。有些只能說大致可信，如「溫必（屁）古（股）」。有些則十分可疑，如「陳經（莖）濟（芰）」。這種牽強的附會，一方面表現了他立論過於偏執，一方面反映出他的方言與《金瓶梅》的方言有距離。

為評點本作跋文的陳相，也注意到《金瓶梅》的語言問題。他認為《金瓶梅》有山東土白，應為山東人所寫。[2]他大概是第一個提出作者為山東人這一說法的。

近代以來，隨著《金瓶梅》研究的發展，語言也成為人們關心致力的方面。這個時期的語言研究大致可分為兩種類型，這兩種類型各有不同的目的和方法。

第一種類型是從語言推究作者。屬於這種類型的有鄭振鐸、吳晗、魯迅。他們認為作者是山東人，他們的根據是《金瓶梅》用的是山東話。為什麼肯定是山東話，並未詳論，只是憑一種直感。這種直覺雖然籠統，卻很重要。這是因為：第一，這幾位都不是山東人，並無鄉土偏見；第二，這幾位都非專門的語言學家，並不斤斤於某詞某語的嚴密考證，而是憑全面的綜合的印象。他們倒是把語言當作一個系統來看的。

第二種類型是解釋詞語，溝通文句，便利閱讀欣賞，屬於訓詁範疇。方法則是比勘互校或引證方言。作這類工作的頗多，也極有成效，各種評點也常包含有這方面的內容。近代專門的論著如姚靈犀〈金瓶小札〉、朱星〈金瓶梅的詞匯語匯札記〉等等。此外，陸澹安《小說詞語匯釋》、董遵章《元明清白話著作中的時代方言例釋》，都有相當多的篇幅是解釋《金瓶梅》詞語的。這類論著因為作者功力的深淺而有其不同的創獲。只要作踏實的工作，總有一得之見，能成一家之言。

近幾年來，隨著作者考證熱的興起，出現了第三類情況，即用詞語考證的方法去推斷作者的籍貫。如張惠英的〈金瓶梅用的是山東話嗎〉[3]，〈金瓶梅中一些值得注意的現象〉[4]，張遠芬的〈金瓶梅的作者是山東嶧縣人〉[5]。

用語言特點去判定著作權，本是科學的方法。但上述文章的語言觀和方法論都是有

2　該跋文見傅惜華教授藏本，此轉引自韓南〈金瓶梅的版本及其他〉。

3　載《中國語文》1985 年第 4 期。

4　載《語文研究》1986 年第 3 期。

5　載《徐州師範學院學報》1981 年第 4 期。張遠芬又有專著《金瓶梅新證》，內有相當篇幅發展了上文的觀點。

問題的。劉鈞傑〈〈金瓶梅用的是山東話嗎〉質疑〉[6]和李時人〈賈三近作《金瓶梅》不能成立——兼談我們應該注意的態度和方法問題〉[7]提出了恰當的批評。

劉鈞傑主要是從語言發展的角度提出批評的。他指出：「一個詞的『今籍』可未必一定是它四百年前的祖籍。詞匯固然有它的穩固性，可它絕不是一成不變的，一般詞匯比基本詞匯還變得更快一點。」

李時人除了也談到方言「有歷史層次和地域範圍的變化」以外，又從共時語言詞匯交叉關係的角度加以批評。他引用了方言專家袁家驊的話：「詞匯的方言界線，要比語音的方言界線更不穩定，更難劃分。」李文指出，張遠芬「把十個詞列為嶧縣獨有，在實際上是靠不住的」。

對《金瓶梅》一書作嚴格意義的語言研究的，文章還不多見。朱德熙〈漢語方言裏的兩種反復問句〉[8]可作代表。朱文雖然以專題研究的方式比較了現代口語和明清五部小說的反復問句，但《金瓶梅》一書占的篇幅最多，考察得最為詳細，還兼及反復問句之外的其他語法詞匯現象。朱文的主要結論是，《金瓶梅》中的反復問句多是現代山東方言的「VP 不 VP」型，只有極少數是現代吳語的「可 VP」型。在沈德符指為「時作吳語」的五十三至五十七回中，卻多數是「可 VP」型（十三例），「VP 不 VP」型又成了少數（四例）。

我們所說的嚴格意義的語言研究，是從目的和方法兩方面著眼的。

現在各學科之間常常發生橫的聯繫，可以互通信息。但是作為一門科學，應該有自己的獨特的研究領域和方法體系。

嚴格意義的語言研究，應當以《金瓶梅》一書所提供的語言材料為依據，考察它在語音、詞匯、語法各方面的特點。在方法問題上，根據語言學最新的方法論成果，結合《金瓶梅》的研究現狀，我覺得有必要強調下面三個問題。

(一)要有發展的觀點，克服機械的對照。

語言是不斷發展變化的。研究歷史上某階段的語言現象，必須考慮到它的發展趨勢，不能拿今天相似的形式去機械對照。歷史上的 A 現象可能發展成今天的 B 現象，今天的 A 現象則可能另有來路，不能跟歷史上的 A 現象相比附。

語音發展的規律性較強。《金瓶梅》反映出濁音消失、入聲塞尾脫落的跡象。今天

6　載《中國語文》1986 年第 3 期。
7　載《徐州師範學院學報》1983 年第 4 期。
8　見註 1。

的吳語保留濁音和入聲塞尾，不會是由《金瓶梅》方音系統發展而來的。[9]

語法發展也是規律性較強的。在明代小說裏反復問句有兩種類型，《金瓶梅》是「VP不VP」型，而《水滸傳》《儒林外史》則是「可VP」型。很明顯，《金瓶梅》和《水滸傳》《儒林外史》不屬於一個語法系統。

詞匯的變化最快。特別是社會習俗的改變，會引起一批詞語的消失和另一批新詞語的產生。從明朝後期到今天四百年左右，社會生活發生了極大的變化。不考慮這個事實，拿今天的事物、習俗去比附，最容易產生謬誤。拿今天的地方習俗去考證前代詞語的含義，是一種正確的方法。但是這個方法切忌反過來用，不能用《金瓶梅》詞語特點去證明它是某一方言（今天的某一方言）。

這裏舉一個很典型的例子。「榪子」即馬桶，現代北方人一般是不用的，《金瓶梅》中卻用得很頻繁。不少人以此來證明作者是吳人，一些北方人也頗為信服。張鶴泉同志對山東西部聊城一帶的民俗作了調查，發現幾十年前魯西也用「榪子」，據六七十歲的老人說，他們年輕時還有嫁女陪送「榪子」的習俗。[10]我們可以推想，半個世紀前聊城的「榪子」已是婚嫁習俗用品，很少使用價值。（婦女生產的一段時間，不宜出屋上廁所，還用得著「榪子」。）上個世紀則很可能還較普遍地用於生活。這和新媳婦坐轎是一個道理，流傳至今只是一種儀式，多少年前則確實是婦女們出行的交通工具。

「榪子」一例的意義，不僅提示我們考察詞語要有發展的觀點，還在於啟發我們考證詞語應與民俗研究相結合，注意社會生活風俗的演變。

關於和民俗考察相結合，可以再舉居住情況為例，介紹一下量詞「層」、名詞「客位」「倒座」。相通的院落單位為「層」，孟玉樓原住的豬市街楊家是「門面屋四間，到底五層」，李瓶兒原住的獅子街燈市的房子是「門面四間，到底四層」。「門面」是指寬度，「層」係指縱深，五層就是五套相連相通的院落。根據現在山東的習俗（當然不止是山東），每層院子應有一個正房（北屋），或至少有一座門樓。「客位」類似今天的客廳，是指接待客人的專用房間，山東臨清至今仍有老年人這樣稱呼。「李瓶兒客位內設四張桌席，叫了兩個唱的董嬌兒、韓金釧兒，彈唱飲酒。」（十五回）可見「客位」也可以很寬敞，不是僅僅指客人的座位。「倒座」是建於房後的套間。[11]這些語詞隨著建築樣式、居住條件的變遷，在城市已經不用，在農村使用範圍也已極為有限。但在四百年前可能是普通而又普通的詞語。我們今天可以參照山東的民俗去理解它，但如果反過

9　參見本書〈金瓶梅的方音特點〉。

10　詳見張鶴泉〈說《金瓶梅》中的「榪子」〉，山東省語言學會 1987 年年會論文，油印稿。

11　參見董紹克〈金瓶梅十六詞質疑〉，山東省語言學會 1987 年年會論文，列印稿。

來，以此來證明作者是山東人，就是十分可笑的了。

(二)要有系統的觀點，克服孤立的現象對比。

語言是以其各要素按自身的結構方式組合而成的系統。這個系統本身也在不斷的調整和變化，但速度是緩慢的。決定語言性質的就是這種系統性，而不是個別語音、個別詞語或個別語法現象。語言系統的變化是由量到質漸變的，因而語音、語法都難免有例外現象。但是大的系統是客觀存在，不會因少數例外而雜亂無章。至於個別人、個別材料的例外，更不能說明語音的性質。

像《金瓶梅》這樣的輾轉流傳下來的書面語言材料，內部的均勻性和統一性都受得了一定的破壞，其中不成系統的現象肯定會有不少。我們研究《金瓶梅》的語言，除了注意嚴格校勘、避免孤證等常規問題外，要特別多從系統性去考慮。

從反復問句來看，五十三至五十七回中的「VP 不 VP」型和其他回中的「可 VP」型，都是個別現象，可能是傳抄中的訛誤，有可能是語言中的例外現象。但從大的系統來看，五十三至五十七回與其他回顯然不是一個系統。

語音的系統性比語法、詞匯要強，現在我們劃分方言區，仍然多以語音做主要標準。方塊漢字組成的書面材料，用來研究語音較為困難，但仍然是有跡可循。拙作〈金瓶梅的方音特點〉一文中，入聲字脫落輔尾一條，我頗自信。從現代方言看，某一大類入聲字要麼保留輔尾，要麼全部脫落，個別字保留輔尾的情況極少而且不可能持久。

方言詞匯的系統性表現在哪裏，目前研究不夠充分，但是方言各有自己的詞匯系統是無可懷疑的。同是一個詞（字形相同），在不同的方言系統中，除了語音上的差異以外，詞義和使用範圍上也有差別，借用邏輯術語講，就是內涵和外延不同。就是說同一個「詞」，在不同的語言系統中處於不同的位置，或者說有不同的價值。我們認為，在不同的方言系統中有著數量不同的同義詞，性質不同的反義詞，這就是詞匯的系統性的重要表現。

美國教授韓南和北京大學劉一之都對《金瓶梅》中的人稱代詞「咱」作過研究[12]，劉一之的統計是「咱」用作第一人稱包括式共 230 例。「咱」在五十三至五十七回例一共出現了 24 次，除了一次用作包括式外，其餘 23 次都是用作第一人稱單數。所謂包括式就是包括聽話人在內，相當於現代漢語的「我們大家」，第一人稱單數就是「我」。另一個代詞「我們」（「我每」）在其他回借用作排除式，即不包括聽話人在內。「我們」用作包括式的只有 8 例，其中 6 例見於五十三、五十四回；「我每」用作包括式之一例，

12　見註 1 朱德熙文。

也見於五十三回。這些似乎可以證明，五十三至五十七回的作者和他回的作者詞匯系統不同。

詞匯系統的穩定性較差，即使當代各種方言，我們就無法精確描述其詞匯系統。特別是非基本詞匯部分（一般詞匯），隨時隨人都在變動之中。漢字有超時空的特點，書面材料的詞匯更複雜一些，古語詞很容易復活，他方言詞也可以應時採用。

即如「廁所」一詞，在魯西就有茅房、毛司等同義詞，「上廁所」一語也就有「上茅房」「到毛司」等種種說法，文明一點可以說「解手」，詼諧一點可以說「到 1 號」，婦女的避諱說法還有「走走」「到後院」。我們只能大致區分這些詞語使用的場合，使用人的文化修養、身分，不同性別的不同習慣，等等。但不能精確描述各個詞語的使用頻度，更不能區分它們之間的正奇。其中跟他方言重合的說法，也無法判別是誰受誰的影響。《金瓶梅》一書中也可以看到類似現象。張惠英文認為「檮子」是蘇北、杭州叫法，「馬桶」是吳語，「毛司」是浙江、江西話，山東話是「毛廁」。其實《金瓶梅》中有「檮子」，也有「馬桶」「桶子」等叫法，另外也有「東淨」「毛廁」「毛司」，「上廁所」則叫「更衣」「淨手」或者「解手」。這有可能是多種方言的湊合，更有可能本是一種方言系統的一系列同義詞。

(三)要有全面的觀點，克服片面、武斷的印證。

這裏說的全面，專指證據的全面、充分。著名語言學家趙元任，當年曾在王力的論文上批語：「言有易，言無難」。這是語言研究必備的嚴格科學態度。至今仍有人在這個問題上不慎重，囿於自己的見聞，作出輕率的判斷。

這在詞語研究上尤為突出。因為詞匯系統至今無法準確描述，所有材料都屬舉例性質。僅僅根據不詳備的材料作出的判斷，跟僅僅憑印象作判斷一樣，只能供參考，不能成定論。某一詞語，我可以用自己熟悉的方言用語證明它是我的方言，這很容易，但不能說成這詞語為我這個方言所獨有。要證明我的方言不用某個詞語就比較困難，更不要說證明自己不熟悉的方言不用某個詞語。要證明其他方言都不用某個詞語，必須一個方言一個方言的排除，這幾乎是不可能做到的。

〈金瓶梅用的是山東話嗎〉（以下簡稱「山東話嗎」）一文就欠嚴謹。該文舉了十二個「日常詞語」（庫、拔步床、毛司、黃芽菜、肉圓子、卵、廚下、老娘、抹牌、晚夕、贖一貼藥、四），說「和山東話對不上口」，根據的材料是《魯西方言詞匯》《續金瓶梅》《山東方言詞匯初步調查報告》《嶧縣方言調查報告》。我們認為，《續金瓶梅》是小說，方言詞不可能個個都在其中出現。《嶧縣方言調查報告》《魯西方言詞匯》即使詳備，也只能說明山東個別小範圍的土語。《山東方言詞匯初步調查報告》則明明標著是「初步」，不

是詳備的材料。據筆者所知,前文所列十二條詞語,除了後兩條(瀆一貼藥、凹)以外,山東都能聽得到。後兩條也不敢肯定沒有,更不敢說四百年前不是山東「日常用語」。有些詞語的語音與今天的普通話略有差異。如「抹牌」的「抹」今讀如「媽」,陰平(北京「抹布」也讀如「媽布」),有可能《金瓶梅》時代已讀同今山東音;又如「黃芽菜」,今山東臨清叫「黃鼬菜」或「黃○菜」(「○」代表一個失去聲韻的輕讀音節)。有的詞形有變化,「接生婆」今臨清叫「老娘婆」。

「毛司」一詞要特別說一說,今山東相當多的地方仍然這麼叫,不知何時倒成了吳語的「專利」。不錯,魯西北的聊城、臨清今讀如「毛子」。但這一不能證明四百年前此地不讀「毛司」,二不能證明《金瓶梅》中的「毛司」音不同於「毛子」。用機械、片面的比照法,說「毛司」不是《金瓶梅》時代的山東話,是沒有什麼說服力的。

〈山東話嗎〉一文中,「吳方言舉例」一節所舉六例,除「多、都」一條是語音問題,「膀蹄」一條山東今天還未聽到外,其他四條,到筆者為文的時刻山東也並非沒有。特別是「常時」屬於魯西北常語。「擗」的「分擘」義,今寫作「掰」,也是常語,「仰擗」俗寫作「仰擺」,後字輕聲,也是常而又常的用語。

〈山東話嗎〉一文所舉「其他方言用語」,也多是今山東常語。如「落後」(後來),今山東讀如「拉後」,「拉」陰平,是「落」字的一種讀音,「落在後面」就說成「拉了後頭」,可作旁證。「墓生兒子」今臨清叫「墓生兒」,雙音節詞,「生兒」是「生」的兒化輕聲。「韶刀」一條中張文又順便說到副詞「忒」,她認為是「吳語口語」,陰入調,說「吳語口語只說『忒』不說『太』」。殊不知今山東口語和北京口語也是只說「忒」而不說「太」,不過山東、北京的「忒」是陰平調,讀如「推」。[13]而《金瓶梅》中的「忒」恰恰也是讀如「推」。二十二回,鄭愛月笑道:「這應二花子,今日鬼酉兒上車,推醜。東瓜花兒,醜的沒時了。」這裏兩個歇後語都是說明「醜」的程度強,「推醜」就是諧音「忒醜」。

總的來說,把《金瓶梅》的語言研究,只用來小心求證作者,是大材小用。即使方法對頭,也是一種失誤。作為歷史上的語言記錄,《金瓶梅》是不可多得的材料。研究《金瓶梅》的語言,對於明代語言面貌的描寫,對於漢語發展規律的探討,對於現代漢語一些現象的研究,都有重要的意義,應該引起語言學家的高度重視。我們不能苛求於前人,但自己應該以正確的方法去研究《金瓶梅》的語言。

13　參看胡裕樹主編《現代漢語》,上海教育出版社 1978 年 9 月第二版。

《金瓶梅》的語言特色

　　《金瓶梅》在語言方面的特色是十分鮮明的，它使用的是純正的白話，長篇小說用純正白話寫的，它是第一部。而且其主要的人物都是市井小民（不是帝王將相，英雄豪傑），主要場景也是日常生活、家庭瑣事，今天的讀者閱讀起來，仍然十分親切，尤其是人物對話，潘金蓮的潑辣，應伯爵的油滑，口吻畢肖，鮮活生動。

　　但是，作品畢竟是四百年前寫的，那時的語言習慣與現在不同，一些當時很俚俗的東西，今天卻不容易理解。而且方言俚語用文字寫出來又難免走樣，即使今天的作家用文字記錄方言也常覺難為，不熟悉當時當地俗語的讀者也頗費猜想。還有，今天見到的版本，是經過手抄流傳相當一段時間後才付諸坊刻的，其間漏落舛訛，乃至妄加竄改補寫，都是難免的。（距今四百年前，沈德符就指出，他見過的手抄本就與初刻本有五回的差異。）

　　由於以上原因，就有人據自己的體會和理解，來作校點、注釋、賞析。清初張竹坡評點《金瓶梅》時就寫有「寓意說」一文，專門討論書中人名地名的寓意，可以說是「瓶外學」的濫觴。上世紀前期，隨著萬曆本《金瓶梅詞話》的發現，《金瓶梅》得以廣泛傳播，對其語言的研究也發展起來。

　　對《金瓶梅》的語言的研究可以分成兩種。一種是所謂「瓶外學」，一種是純粹意義上的「語言研究」。前一種研究，參加者以文學研究者為主，主要內容是解釋詞語。後一種研究，參加者是專業的語言工作者，研究內容包括語法、語音和詞彙各方面。前一種研究又可以分為兩大類：一類是探幽發微，以語言研究證成思想；一類是著力於方言屬性，以語言研究佐證作者考證。後一種研究則不太功利，他們看重的是《金瓶梅》的語言資料價值，他們關心的是，《金瓶梅》那個時代人們是怎麼說話的。

　　詞語考證確實有利於解讀文本，有利於讀者深入理解和把握作品的內容和思想。姚靈犀〈金瓶小札〉（載《瓶外巵言》，天津書局1940年8月版）在引言中說：「蓋社會風俗，頗有關於史實，其資料散佚淨盡，惟有向稗史中求之，如宋代之平話，金元之曲本，明代之雜劇，皆襲用當時市俗諺語，後世閱者亦覺尖新可喜。……其語或出於枸肆（即勾欄之意，不必指定娼家），隱晦難詳；或出於韃靼，音義莫辨。益以鄉談傳訛，物名假借，譏誚襯墊，浸假不可究詰。嘗欲約同好作俗語辭典，艱巨未果，力絀心長，惟有期諸異日，因先取《金瓶梅傳》試為之。……近年明版詞話本問世，遂為世人所注視。見卷中

俚言俗語，一一拈出，考其所本，得若干條，有不能解者，則注曰待考，賞奇析疑，亦消夏之一帖清涼散也。」因為目的方法正確，態度謹嚴，因此他注釋的千餘條詞語，對讀者有很大益處。近二十年來，考釋《金瓶梅》詞語的論著很多，從方法上說也有進步，那就是注意了引證方言。《金瓶梅》中確實有些詞語不見於前代文獻，卻存在於現代方言，但是方法上要縝密不宜草率。

隨著「作者考證」的爭論，《金瓶梅》的方言屬性也成了熱門話題。但是《金瓶梅》用的什麼方言，不是僅憑一些詞語就能證明的。

語言學家認為，語言的三要素語音、詞匯、語法中，語音和語法系統性強，演變也比較規律。而詞匯的系統性目前還有待研究，至於某些具體詞語，覆蓋面往往比較廣，很難用來確定方言屬性。比如有人說「毛司」（廁所）是江浙吳語，實際上直到現在，北京土話和山東許多方言中都還有這種說法。中國現代語言學的開拓者趙元任說過：「言有易，言無難。」（這是在著名語言學家王力當年的畢業論文上的批語。）意思是說：一種語言現象，在一個時代、一個地區存在過，這很容易證明；而證明沒有某種語言現象，非常困難，因為我們沒有辦法去窮盡一種語言的所有事實。對你熟悉的方言尚且如此，對你不熟悉的方言，你說人家那裏沒有某種說法，那就更魯莽了。

語言學家還認為，語言是不斷發展的，方言之間也是相互影響的。因此，四百年前《金瓶梅》作者的方言，不可能跟現代某個地區方言完全一致。比如：「榪子」（便桶）現在似乎只有江南才有。可是據調查，山東聊城臨清一帶（即《金瓶梅》故事發生地的東昌府、臨清州），直到上世紀中葉，仍然有新婦陪送「榪子」的風俗。現在不用或不叫「榪子」的地方，四百年前未必這樣；同樣道理，現在流行「榪子」的地區，四百年前是否必定也這樣，不能僅僅靠現代方言去證明。

那麼，《金瓶梅》的方言屬性就沒法認知了嗎？也不是。

朱德熙（著名語言學家，曾任中國語言學會會長）寫有〈漢語方言裏的兩種反復問句〉（載《中國語文》1985 年 1 期），比較了現代口語和明清五部小說的反復問句，對《金瓶梅》一書考察得最為詳細，還兼及反復問句以外的其他語法詞匯現象。結論是：《金瓶梅》中的反復問句多是現代山東方言的「VP 不 VP」型，只有極少數是現代吳語的「可 VP」型。在沈德符指為「時作吳語」的五十三回至五十七回中，卻多數是「可 VP」型（十三例），「VP 不 VP」型又成了少數（四例）。

這無疑證明了，《金瓶梅》主體部分的語言，不同於現代的和當時的吳語，倒是和現代山東方言相似。

山東方言也是千差萬別的。同一句話，山東東部（膠遼官話）、西南部（中原官話）和中北部（冀魯官話）說起來也不一樣味。最能證明方言身分的是語音。

　　語音是方塊漢字無法直接表現的，但是從字與字的同音關係上可以找出一些基本規律來。考察字的同音關係的材料主要有「諧音」「用韻」和「用字」。

　　1. 關於「諧音」，包括諧音姓名、諧音歇後語和諧音故事。

　　①諧音姓名的例子很多。如：應伯爵是西門慶會夥中僅次於會首的二號人物，西門慶死後，他曾經以代理會首的姿態約會眾弟兄，作過一段重要表白：「大官人沒了今二七光景。你我相交一場，當時也曾吃過他的，也曾使過他的，也曾借過他的，也曾嚼過他的。今日他沒了，莫非推不知道？」（第八十回）「嚼過他的」就是應伯爵夫子自道。妓女李桂姐還為此編了一段諧音故事挖苦他：「……老虎口吐人言：『告師父得知，我從來不曉得請人，只會白嚼人，就是一能。』」「當下就把眾人都傷了。應伯爵道：『可見的俺每只自白嚼你家孤老，就還不起個東道。』」（第十二回）當時的「伯爵」讀成「白嚼」是無疑的，不然應伯爵不會立即氣急敗壞地辯白。常時節也是西門慶會夥的重要成員，「借過他的」就是指他。他是小說中唯一有多次向西門慶借錢經歷的人：第五十六回專門寫到常時節借錢賃房，得到西門慶的周濟；第十二回寫到眾人宴請西門慶和李桂姐，只有「常時節無以為敬，問西門慶借了一錢成色銀子。」當時的「節」讀同「借」也沒有問題。其他像：吳典恩諧「無點恩」，白來創諧「白來撞」（《金瓶梅》中「闖、撞、搶」音義同，都讀如「創」，去聲），祝日念諧「逐日念」，孫天化諧「孫添話」，卜志道諧「不知道」，韓道國諧「搗鬼」，李外傳諧「裏外賺」，賁地傳諧「背地賺」，遊守、郝賢諧「遊手好閒」，賈仁清、伊面慈諧「甲乙」二人，都是可以肯定的。

　　②諧音故事雖然不多，但是比諧音姓名表音更準確。除上舉第十二回「白嚼」一例外，以下幾例是對字音研究很有意義的。第十九回西門慶講蔣竹山遭病婦丈夫毆打，是證明方言中「毛」「貓」同調；第三十五回賁四講一官問姦情，證明「行房」和「刑房」同音、「撅」（折疊身體）「缺」方言中同音；第三十九回潘金蓮議論官哥兒長相，證明「太醫」「太乙」同音；第六十七回西門慶和溫葵軒講論應伯爵的名號，證明「潑」「坡」同音、「貔」「皮」同音等等。

　　③諧音歇後語很多，比較準確而且有意義的如：鬼酉兒上車——推（忒）醜（第三十二回）；號啕痛（哭），剗牆拱（窰）（第七十六回）；蔣胖子吊在陰溝裏——缺（撅）臭了你了（第七十七回）；賣蘿蔔的拉鹽擔子攮——鹹（閑）嘈心（操心）（第三十回）；臘月裏蘿蔔——動（凍）個心（第九十回）等等。

　　2. 用韻問題。

　　《金瓶梅》中的詞曲多是戲中戲，即引用現成的流行的戲曲唱詞，這些只能反映其戲曲唱詞創作者的時音方音，與《金瓶梅》作者卻不一定一致。但其中的酒令謠諺一類通俗韻語則有反映時音的價值。如：第四十三回陳經濟等人的酒令，以「物、數、負、付、

度」押韻，第六十回韓道國的酒令以「鶴、桃、學」「鸛、芡、判」押韻；都是很有方言特色的。類似的謠諺如：「要得富，險上做」；「老米醋，挨著做」；「人死如燈滅，半晌時不借」；「從頭看到腳，風流往下跑，從腳看到頭，風流往上流」；「黑頭蟲兒不可救，救之就要食人肉」；「火到豬頭爛，錢到公事辦」；「頭一限，風吹轆軸打孤雁，第二限，水底魚兒跳上岸，第三限，水裏石頭泡得爛」；「奴才不可逞，小孩兒不易哄」。

3. 用字問題比較複雜。

簡單地說，①《金瓶梅》有許多跟字書記載不同的字形，大致可認定是當時新造的字，這其中的形聲字可以從選用的「聲符」觀察時音的變化。如：「鐾」刀寫作「撖」，「捂」耳朵寫作「握」，「捋」袖子寫作「摟」，等等。②同一個詞語、同一個人名，在不同章節寫法不同，這些不同寫法的「同詞異形」可以觀察字的同音關係。如：「周濟」又作「周給」，「攬計」又作「攬給」，「捉風捕影」又作「捉風撲影」，「四脯著地」又作「四捕著地」「四撲著地」，等等。③有些詞語，《金瓶梅》的寫法跟舊有文獻或習慣用字不同，就是所謂通假字，觀察其同音關係也可以看出時音或方音的規律。《寶劍記》引《黃氏女卷》「終朝孽識茫茫」，《金瓶梅》寫作「終朝業試忙忙」，「扶桑花」《金瓶梅》寫作「佛桑花」，「杏核」《金瓶梅》寫作「杏胡」，等等。但實際情況是，《金瓶梅》曾長期手抄流傳，抄手和刻工都有可能是不同用字的製造者，很難說是哪個人的方音習慣，甚至有可能就是沒有道理的訛錯。

根據對上述材料歸納的結果，可以發現《金瓶梅》方音有如下的規律性特點：

（一）韻母方面：(1) -m 尾韻併入 --n 尾韻，即真文和侵尋合併，寒山、桓歡、先天和監咸、廉纖合併；(2) 入聲韻脫落輔音韻尾；(3) --en 韻和 --eng 韻有混淆，即真文、侵尋韻和庚青、東鍾韻有混淆；(4) ɑo 韻和 ou 韻有混淆，即蕭豪韻和尤侯韻有混淆；(5) uo 韻和 u 韻有混淆，即歌戈韻和魚模韻有混淆；(6) 韻母兒化後有歸併。

（二）聲母方面：(1) 濁音聲母已經清化；(2) 舌面聲母（j、q、x）已經產生；(3) z、c、s 和 zh、ch、sh 在洪音韻母前（即開口呼和合口呼字）有混同。

（三）聲調方面：全濁上聲變同去聲。

上述特點中，可以肯定為《金瓶梅》作者方音，而不是傳刻者方音的，有這幾條：-m 尾韻併入 --n 尾韻；入聲韻脫落輔音韻尾；濁音聲母已經清化；舌面聲母（j、q、x）已經產生；全濁上聲變同去聲。我們所以這樣肯定，是因為除了大量的韻語、用字例證外，還有準確的諧音證據。

據此我們認為，《金瓶梅》作者不可能是操吳語的南人。作者的方音發展到今天，儘管可能有相當大的變化，但絕不會再恢復濁音，恢復輔音韻尾，等等。就是說，不會

發展為今天的吳語。

當然，另一些特點確實像今天的吳語，如 --en 韻和 --eng 韻的混淆，蕭豪韻和尤侯韻的混淆，歌戈韻和魚模韻的混淆，z、c、s 和 zh、ch、sh 的混同（最後一條魯西一些地方也有）。我們認為，這些可能只是傳刻者的方音特點，因為它們缺少諧音的證據。用韻材料可能有一些是通押，用字材料則更肯定有相當部分是傳抄、刻印中產生的。

《金瓶梅》首先是在吳中「懸之國門」的，萬曆本詞話也是在吳中初刻的。既然《金瓶梅》的早期流傳經過了眾多吳人之手，出現一些吳音痕跡的錯訛就不足為怪。

如果進一步觀察的話，《金瓶梅》的作者的方音更像今天的冀魯官話，即河北和山東接界地區的方音。這主要根據入聲字脫落輔音韻尾的韻類分化走向。如：「郝賢」諧指「好閑」，「鶴、學」和「桃」押韻，「腳」和「跑」押韻，「落」和「趙、叫」押韻，「犒勞」又寫作「犒樂」。這種入聲字讀成 --ao 韻母的特點在北方話中分布也不廣。

當代相聲大師侯寶林曾說過，他感覺《金瓶梅》的語言像是河北南部接近山東地區的話。我們不得不欽佩他的語言大師的敏銳直覺，這和語音研究的結果竟然如此相似！

《金瓶梅》的方音特點

一

　　以往探求《金瓶梅》所用方言的人，大多從詞匯入手，個別的談及語法。跟詞匯語法比較，方言語音更具有特色，最能證明方言的身分。本文擬從語音角度談談《金瓶梅》用語的方音特色。

　　由於漢字的非拼音性質，研究小說的語音比研究語法、詞匯更困難。本文只能從一些字的相互關係上來考察它們的音類歸屬，而音值就只能是一些推測。

　　本文利用的材料主要有以下三個方面。

(一)諧音。

　　1.諧音故事。這類材料兩個字的同音關係比較肯定。

　　2.諧音歇後語、雙關語。這類材料兩個字的聲母、韻母相同沒有疑問，聲調是否相同是有爭議的。從現代的歇後語看，諧音字還是聲調相同的居多。只要有現代方言字音佐證，可以作為同調字利用。

　　3.諧音姓名。諧音姓名跟所諧字不一定同聲調。這是因為諧音姓名不僅要所諧意義明確，還需要「像個姓名」。有些音節，習慣上從來不作姓，如去聲之「好」、上聲之「扯」，只好用上聲之「郝」（如三十四回「郝賢」諧「好閑」）和平聲之「車」（如三十四回「車淡」諧「扯淡」）。

　　4.其他諧音材料。

　　藏頭隱語。如392頁[1]鄭香兒罵應伯爵，「望江南、巴山虎兒、汗東山、斜紋布」隱「忘八汗邪」四字。

　　胡打岔。如392頁，西門慶罵應伯爵「胡說」，「應伯爵道：『胡鐵？倒打把好刀哩！』」後者有意錯誤地重複前者的詞語，這叫「胡打岔」。「胡打岔」重複出來的詞

1　本文所引頁數，均據人民文學出版社1985年版《金瓶梅詞話》。

語，跟原來的詞語同音，或者至少最後一個字的韻母相近。上例中就是「鐵」「說」押韻同調。

(二)韻語。

《金瓶梅》中的詩詞曲都有襲用前人成作的情況。這些材料情況較為複雜。本文暫不討論。本文只利用更通俗的韻語：酒令，謠諺，丑類人物的自白韻語等等。這類韻語材料雖然很多，但價值比諧音材料更差一些。它不能反映聲母的變化，韻母情況也不夠精確。因為韻語都難免有通押現象，聲調也可以不同。

(三)異文別字。

本文選用的別字異文，都是字形差別大，肯定是音近而誤的。異文別字之間的音韻關係，根據現代人寫別字的習慣看，一般是聲母、韻母相同，聲調則因為用字者掌握的同音字多少而定。找不到聲調相同的字，就會用不同調的字代替。《金瓶梅》作者的文字水準是相當高的，除非是沒有相同聲調的字可寫，他一般不會選用異調字的。

現存的《金瓶梅》的最早版本，是萬曆丁巳版《金瓶梅詞話》（以下簡稱《詞話》）。這裏面的異文別字肯定有一些是作者的習慣，但也有一些是傳刻者弄錯的，兩種情況不易分清。因此它們透露出來的音韻情況也就有作者的方音和傳刻者的方音，我們只看用來做輔助的證據：跟諧音、韻語表現相同的，它可以做個補充證據；前二者沒有而異文別字獨具的特點，只可存疑備考。

二

對上述材料進行分析，可以看出《金瓶梅》方音的幾個突出特點。

(一)韻母的合併簡化。

漢語音韻發展到《中原音韻》時代，已經簡化為十九個韻部：東鍾、江陽、支思、齊微、魚模、皆來、真文、寒山、桓歡、先天、蕭豪、歌戈、家麻、車遮、庚青、尤侯、侵尋、監咸、廉纖。《金瓶梅》的韻母系統較之《中原音韻》又有所發展：兩個半世紀中，韻類又進一步的簡化合併。

1.-m 尾韻併入 -n 尾韻，即真文和侵尋合併，寒山、桓歡、先天和監咸、廉纖合併。

「鹹」（監咸）諧音「閑」（寒山）。220 頁歇後語：「賣蘿蔔的跟著鹽擔子走，好個嘈心的小肉兒。」466 頁、365 頁也有類似的歇後語。「傳」（先天）諧音「賺」（監咸）。

九回有個專門在打官司雙方「兩下裏打背工」的「李外傳」諧音「裏外賺」。「典」（先天）諧音「點」（廉纖）。「吳典恩」諧音「無點恩」。「針」（侵尋）諧音「真」（真文）。645頁雙關語：「十日賣一擔針賣不得，一日賣三擔甲倒賣了。」1363頁作「三日賣不得一擔真，一日賣完了三擔假。」「葚」（侵尋）諧音「人」（真文）。274頁歇後語「漫地裏栽桑人不上。」

「鸛」「判」（桓歡）、「芰」（廉纖）押韻。809-810頁韓道國的酒令：「天上飛來一老鸛，落在園中吃菱芰，卻被三綱拿住了，將去獻與一通判。」「三」（監咸）、「山」（寒山）押韻，76頁：「妻大三，黃金積如山。」「三」（監咸）、「彎」（寒山）押韻，400頁：「南京沈萬三，北京枯樹彎。」「臉」（廉纖）、「短」（桓歡）押韻，1298頁：「打人休打臉，罵人休揭短。」「險」（廉纖）、「研」（先天）押韻，1087頁：「前程黑暗路途險，十二時中自著研。」「心」（侵尋）、「身」（真文）押韻，799頁：「使心用心，反累己身。」「賺」（監咸）多寫作「撰」（寒山）或「轉」（先天）。如70頁：「原來只一味圖撰錢」，21頁「轉得許多金銀」。「甘」（監咸）誤作「干」（寒山），1310頁「那漢子殺人不斬眼，豈肯干休！」「典」（先天）誤作「點」（廉纖）。如1148頁「蒙老爺恩典」，《詞話》中作「恩點」。「腆」（先天）誤作「添」（廉纖），78頁也「今日添羞臉又嫁人」。「揀」（廉纖）誤作「鑒」（監咸），如461頁：「描金箱子、揀妝、……」《詞話》作「鑒妝」。「巾」（真文）誤作「錦」（侵尋），822頁「榴如火，簇紅巾」，《詞話》作「簇紅錦」。「陰」（侵尋）誤作「隱」（真文），573頁〈黃鐘·醉花陰〉，《詞話》作「醉花隱」。

2. 入聲韻脫落輔音韻尾。

《中原音韻》「入派三聲」的性質，大家看法還不一致。但是在《金瓶梅》中，入聲字卻毫無疑問脫落了輔音韻尾。

「郝」（鐸韻——指《廣韻》音，下同）諧「好」（號韻）。第三十四回「郝賢」諧音「好閑」。「節」（屑韻）諧音「借」（禡韻）。「常時節」諧音「常時借」。「國」（德韻）諧音「鬼」（尾韻）。韓道國專門說謊，人們「順口就教他做韓道國」（搗鬼）（405頁），他的弟弟就稱「二搗鬼」（405）。「賈」（禡韻）諧音「甲」（狎韻），「伊」（脂韻）諧音「乙」（質韻）。第二十六回「賈仁清」「伊面慈」諧音「甲乙」二人，315頁：「把賈伊二人差得要不的」。「潑」（末韻）諧音「坡」（戈韻），第六十七回諧音故事，說「南坡」是「往南潑」。

「甲」（狎韻）諧音「假」（禡韻）。645頁：「一日賣三擔甲倒賣了。」「巴（麻韻）」諧音「八」（黠韻），392頁「望江南巴山虎兒」諧音「忘八」。「推」（灰韻）諧音「忒」（德韻），392頁歇後語「鬼酉上車兒——推醜（醜）」。「腳」（藥韻）、「跑」（肴韻）

押韻，96 頁「從頭看到腳，風流往下跑；從腳看到頭，風流往上流」。「滅」（薛韻）、「借」（禡韻）押韻，856 頁「人死如燈滅，半晌時不借」。「肉」（屋韻）、「救」（宥韻）押韻，1409 頁「黑頭蟲兒不可救，救之就要食人肉」。「落」（鐸韻）跟「趙、叫、勒」等押韻，508-509 頁趙裁縫自白韻語。「破」（過韻）誤作「潑」（末韻），121 頁「是個破落戶出身」，《詞話》作「潑落戶」。

「便宜」（支韻）多寫作「便益」（昔韻），如 233 也「單管愛小便益」。「醫」（止韻）又寫作「一」（質韻）、「乙」（質韻），如 718 頁「任醫官」，《詞話》作「任一官」；793 頁「鮑太醫」，《詞話》作「鮑太乙」。「已」（止韻）誤作「一」（質韻），857 頁「已故西門錦衣夫人李氏之喪」，《詞話》作「一故」。「眯」（齊韻）誤作「密」（質韻），952 頁「密縫兩個眼」，1070 頁「兩個密縫眼」。「底」（薺韻）誤作「的」（錫韻），991 頁「那轎底離地約有三尺高」，《詞話》作「轎的」。「抵」（薺韻）誤作「的」（錫韻），1377 頁「你抵盜的東西與鎝子不值了」，《詞話》作「的盜」。「勞」（號韻）誤作「樂」（鐸韻），608 頁「與他家犒勞匠人」，《詞話》作「犒樂」。「束」（燭韻）誤作「漱」（宥韻），1418 頁「只好拘束著做生活」，《詞話》作「狗漱」（「狗」係「拘」字形誤）。「脯」（模韻）又作「撲」（屋韻），795 頁「撇的我回撲著地」（按：「回」乃「四」之形誤），1427 頁作「撇的奴四脯著地」。

3. 真文、侵尋韻和庚青、東鍾韻的混淆。

「神、身、迤、人」跟「能、情」押韻，卷首〈四貪詞‧氣〉。「人、陰」跟「行、疼、情」押韻，「人、塵、魂」跟「生」押韻，「孕、根、人」跟「聲、朧、成、生」押韻，496-498 頁王姑子宣卷。「塵、人」跟「行」押韻，「身、辛」跟「靈」押韻，350-352 頁吳神仙相面。「根」跟「生」押韻，305 頁「常言道：剪草不除根，萌芽依舊生；剪草若除根，萌芽再不生」。「銀」跟「情」押韻，390 頁「常言道：養兒不用屙金溺銀，只要見景生情。」「人」跟「明」押韻，1310 頁「常言：仇人見仇人，分外眼晴明。」「清早」又作「侵早」，86 頁「待老身明日侵早，往大官人宅上請他去吧。」「苗青」又作「苗親」。1160 頁「俺每都到苗青家住了兩日」，《詞話》作「苗親」。「成」又寫作「陳」，239 頁「米麥陳倉，騾馬成群，奴僕成行」，「陳」當是「成」；40 頁正有「家中錢過北斗，米爛成倉」。同語，11 頁又作「米爛陳倉」。「乘」又寫作「趁」，563 頁「伯爵趁謝希大未來，乘先問下西門慶」。「青目」寫成「親目」，728 也「後面又寫那相送歌童、求他青目的語兒」，《詞話》作「親目」。「肝經」寫成「肝筋」，714 頁「血少肝經王」，《詞話》作「肝筋」。「金剛」寫成「經剛」，1079 頁「何人似你念《金剛》」，《詞話》作「經剛」。「勤王」寫成「擎王」，1268 頁「勤王十萬鐵甲兵」，《詞話》作「擎王」。「罄身」寫成「罄聲」，1409 頁「即時領出去

罄身辨賣」，《詞話》作「即時罄聲頭出去辦賣」（「頭」「辨」是「領」「辨」之形誤）。

4. 「蕭豪」和「尤侯」的混淆。

「小」跟「斗、口、走、狗、手」押韻，808 頁「急口令兒」。「羞」常寫作「鼺」，如 346 頁「如今沒的撅羞」，331 頁則作「沒地撅鼺兒來纏我做甚麼」。「一綹」寫作「一柳」或「一料」，如 138 頁「到家裏只剪下一料子頭髮拿來我瞧」，139 頁「我心要你頂上一柳兒好頭髮」。「俏」當是「湊」，115 頁「他還說娘教爹收了我，俏一幫兒哄漢子」。

5. 歌戈韻和魚模韻的混淆。

「活」跟「夫」押韻，57 頁「自古道：欲求生快活，須下死功夫」。「作、娥、婆」跟「佛」押韻，1270 頁「有詩為證」。[2]「娥、磨、多、何」跟「枯」押韻，1211 頁吳神仙詩。（此「枯」字疑有誤，仄聲入韻不協調。）副詞「都」在《金瓶梅》中多半寫作「多」。名詞「都」又寫作「躲」，976 頁「只怕是都中提人」，《詞話》作「躲中」。「多」又可寫作「都」，如 1399 頁「你今年都大年紀？」「骨禿」（骨頭）又寫作「骨朵」，如 496 頁「這碟兒裏是燒骨朵」，1258 頁「這奴才骨朵癢了」。「胡秀」又作「何秀」，1237 頁「你和胡秀在船上等著納稅」，《詞話》作「何秀」。「不過意」寫作「不顧意」，1022 頁「昨日夏大人甚是不顧意」。「過買」寫作「顧買」，728 頁「喚過買打上兩角酒來」，《詞話》作「顧買」。「只顧」又作「只個」，如 93 頁「只個打鼓撅鈸不住」，「還只個撅怎的」。「作故」誤作「作過」，888 頁「他也聞知令夫人作故」，《詞話》作「作過」。「梅蘇丸」又作「梅梭丸」，926 頁「待要說是梅蘇丸」，《詞話》作「梅梭丸」。

6. 韻母兒化後有歸併。

李思敬〈從《金瓶梅》考察十六世紀中葉北方話中的兒化現象〉一文，「在方塊字的字裏行間找到兒化音生存的條件」，[3]有力地論證了《金瓶梅》使用過大量兒化音。這裏只就音值問題提供幾個例證。

現代北方官話的兒化音變，大都有這樣的規律：-enr＝-ir，unr＝ur。《金瓶梅》的兒化似乎也是這樣。第七十二回，申二姐說：「我唱個十二月〈掛真兒〉，與大妗子和娘每聽罷。」不少同志認為，〈掛真兒〉就是萬曆年間流行的〈掛枝兒〉。但理由都只是「枝」「真」音近。我們根據官話的兒化規律可以肯定：「枝兒」跟「真兒」同音，

2　《中原音韻》「佛」字「魚模」「歌戈」兩收，但《金瓶梅》似乎「佛」讀「魚模」韻。494 頁「若人有福，曾供養佛」，「福」「佛」為韻，「扶桑花」722 頁作「佛桑花」。

3　載北京大學中文系編《語言學論叢》十二輯。

zhenr＝zhir，〈掛真兒〉就是〈掛枝兒〉。第二十一回 259 頁，西門慶道：「你不知這淫婦，單管咬群兒。」第二十七回作「這小淫婦，單管咬蛆兒！」這兩處是指同一件事，「咬群兒」就是「咬蛆兒」，qunr＝qur。

第六十九回 970 頁，「常言說的好：乖不過唱的，賊不過銀匠，能不過架兒」。一般說，這種「常言」應該押韻，就像「捉姦要雙，捉賊要贓，殺人見傷」（101 頁）。看來這裏也有兒化問題，只是有的「兒」字沒有寫出來，寫出來又不知音值。根據我們的調查，山東西北部「江陽」韻字有兩種兒化形式，angr 和 ar，[4]「賣唱兒」就讀同「賣岔兒」，「木匠兒」就讀同「木架兒」。這樣看來，「唱兒」「匠兒」「架兒」就非常和諧地押韻了。

(二)聲母。

1. 濁音聲母的清化。

這個問題已經有人論及，是個比較明顯的問題，有大量的例證，這裏再補充兩例：「應伯爵」諧音「白嚼」。「白」並母、「嚼」從母，而「伯」幫母、「爵」精母。這表明入聲字清濁聲母已經相同。「管世寬」諧音「管事寬」。「事」崇母，「世」書母，表明去聲字清濁聲母也讀音相同。「臘月裏蘿蔔動個心」（1345 頁歌後語），以「動」（定母上聲）諧音「凍」（端母去聲），表明上聲全濁聲母字跟去聲清聲母字讀音相同。

2. 舌面聲母的產生。

《中原音韻》時代喉音和齒音還是分別劃然的，但是在《金瓶梅》中，在細音韻母前，喉牙音和齒音已經都讀舌面音，不分尖團了。這可從兩方面得到證明。

首先，喉牙音開口二等和三四等同音。

「賢」（四等）諧音「閑」（二等）。第三十回「郝賢」諧音「好閑」。「刑」（四等）諧音「行」（二等）。443-444 頁賈四講的故事，以「刑房」諧音「行房」。「間」（二等）誤作「見」（四等），577 頁「杏花梢間著梨花雪」，《詞話》作「見著」。「交、教」（二等）多處跟「叫」（四等）混用。如 185 頁：〔潘金蓮說〕「想必你叫他話來。」西門慶哄道：「我那裏教他！」「教」「叫」是一個詞。552 頁「交剩下的賞賜」，《詞話》作「叫」。

喉牙音的開口二等和三四等韻不分，這是現代官話的特點，吳語和西南官話、下江官話，至今仍分得清這兩類字。從現代方言來看，凡二三四等開口喉牙音字不分的，都是統一為舌面音齊齒呼，沒有保持舌根音開口呼的。我們有理由認為，《金瓶梅》方音

4　河北昌黎城關 -ang 一律兒化為 ar，參看《昌黎方言志》。

已經具有舌面音聲母。

其次，《金瓶梅》中三四等齒頭音字也跟喉牙音字在細音前同音了。

「畦」（匣母四等）諧音「席」（邪母三等），1290 頁歇後語「我醃韭已是入不得畦了」。「消」（心母三等）諧音「曉」（曉母四等），1220 頁「怎麼不曉得？雪裏埋死屍，自然消他出來。」「咬群（群母三等）兒」又寫作「咬蛆（清母三等）兒」。例子見前兒化韻段。「羞」（心母三等）多寫作「囂」（曉母四等）。如 353 頁「咱不好囂了他的頭」，652 頁「卻不難為囂了人」。「成緝」（心母三等）又作「成器」（溪母三等）。133 頁「好成楫的奴才」（「楫」是「緝」之形誤），138 頁也「見俺這個兒不成器」。「相」（心母三等）誤作「向」（曉母三等），508 頁「我難相他們多有」，《詞話》作「向」。413 頁「只教他相房屋邊連夜拆了」，「相」當作「向」。「進」（精母三等）誤作「近」（群母三等），727 頁「進的利錢也委的無數」，《詞話》作「近的」。「去」（溪母三等）誤作「取」（清母三等），1005 頁「早晚便搬去也」，《詞話》作「搬取」。

3.z、c、s 和 zh、ch、sh 在洪音前的混同。

「寺」諧音「事」，491 頁「常言道：男僧寺對女僧寺，沒事也有事」。「只」多作「自」，如 19 頁「人自知道一個兄弟做了都頭，怎的養活了哥嫂。卻不知反來嚼咬人」，234 頁「自瞞著我一個兒」。「獅」誤作「廝」，237 頁「俺家那大猱獅狗好不利害」，《詞話》作「大猱廝狗」。「誓」誤作「斯」，1059 頁「盟約姻誓」，《詞話》作「盟約鴛斯」。「翅」誤作「刺」，720 頁「都是珍饈美味，燕窩魚翅」，《詞話》作「魚刺」。「擦」誤作「搽」，如 920 頁「搽抹桌兒」，1118 頁也「搽抹銀器」。「爭」誤作「曾」，887 頁「本當說助一經追薦夫人，曾奈力薄」，又如 1406 頁「薛嫂也沒爭競」，《詞話》作「曾競」。「種」誤作「總」，1154 頁「看了他萬種妖嬈」，《詞話》作「萬總」。「縱」誤作「鍾」，732 頁「縱富貴，天之祿」，《詞話》作「鍾富貴」。「穿」誤作「攛」，24 頁「白駒過隙，日月攛梭」。「隨」誤作「誰」，878 頁「隨問天大來事，受不的人央」，《詞話》作「誰問」。「死」誤作「使」，1402 頁「海棠使氣白賴又灌了半盅酒，見他嘔吐上來，才收過傢夥去」，「使氣」當是「死乞」之誤。

(三)聲調。全濁上聲變去聲。

「凍」（端母送韻）諧音「動」（定母懂韻），1354 頁「莫不孟三姐也臘月裏蘿蔔動個心」。「飯」（奉母願韻）諧音「犯」（奉母範韻），85 頁「自吃你賣粉團的撞見了敲扳兒蠻子叫冤屈——麻飯肬胆的賬」。「芡」（群母琰韻）跟「勸、判」押韻，809-810 頁韓道國酒令。「負」（奉母有韻）跟「數、付、度」等押韻，549 頁酒令。「待」（定母海韻）、「在」（從母海韻）跟「蔡、快、戴、太」等押韻，363-364 頁蔡老娘自白韻語。「趙」

（澄母小韻）跟「勒、到、拗、要、廟」等押韻，508-509 頁趙裁縫自白韻語。「趙」（澄母小韻）、「道」（定母皓韻）跟「叫、料、號、效」等押韻，832 頁趙太醫自白韻語。「辨」（並母獮韻）誤作「變」（幫母線韻），1001 頁「仰瞻天文算星象，俯察山川變形狀」，「變」當是「辨」。1107 頁〔吳月娘說〕「把我別變了就是了。……」那金蓮道：「你是真材實料的誰敢辨別你？」「別變」即是「辨別」。「變」誤作「辨」，1150 頁「說西門慶家中孫雪娥……如今當官辨賣」，又如「即時罄身領出去辨賣」，「辨」是「辨」之形誤。「辨賣」即「變賣」。「倒」「到」誤作「道」（定母皓韻），1151 頁「愛月兒倒又撥上了半甌兒」，《詞話》作「道又」。1452 頁「陳經濟到那日宰豬祭祀燒紙」，《詞話》作「道那日」。「待」（定母海韻）又作「帶」，如 1213 頁「六兒他從前的事，你耽待他罷」，1172 頁「望哥耽帶便了」。「代」誤作「待」，1118 頁「俺每就代他賭個大誓」，《詞話》作「待他」。「事」誤作「是」（禪母紙韻），494 頁「中夏記事不題」，《詞話》作「記是」。1121 頁「你還是前日空心掉了冷氣了，那裏管下寒的是」，「是」當作「事」。「灶」多誤作「皂」（從母皓韻），如 1350 頁「要買他來家上灶，……對守備說：『雪娥善能上灶，……』」前一「灶」字，《詞話》作「皂」。「誕」（定母旱韻）多寫作「旦」，如 483 頁「西門慶道：『就訂在初九，爺旦日那個日子罷。』徒弟道：『此日正是天誕。』」719 頁「無非各路文武官員進京慶賀壽旦的。」「撰」（崇母潸韻）錢」又作「轉錢」，如 29 頁「撰他幾貫風流錢使」，942 頁「轉了六娘許多銀子」。「進」誤作「近」（群母隱韻），727 頁「進的利錢也委的無數」，《詞話》作「近的」。「抱（並母皓韻）怨」又寫作「報怨」，如 11 頁：「報怨大戶」，1412 頁「奴婢抱怨」。

三

　　上文分析出的特點中，可以肯定為《金瓶梅》作者方音，而不是傳刻者方音的，有這幾條：-m 尾韻併入 -n 尾韻；入聲韻脫落輔音韻尾；濁音聲母的清化；舌面音聲母的產生；全濁上聲變去聲。我們所以這樣肯定，是因為除了大量的韻語、別字例證外，還有準確的諧音證據。

　　據此我們認為，《金瓶梅》作者不可能是操吳語的南人。作者的方音發展到今天，儘管可能有相當大的變化，但絕不會再恢復濁音，恢復輔音韻尾，等等。就是說，不會發展為今天的吳語。

　　當然，另外一些特點確實像今天的吳語，如 en 韻和 eng 韻的混淆，歌戈韻和魚模韻的混淆，z、c、s 和 zh、ch、sh 的混同（最後一條魯西一些地方也有）。我們認為，這些可能只是傳刻者的方音特點，因為它們缺少諧音的證據。韻語材料可能有一些是通押，異

文別字則更肯定有相當部分是傳抄、刻印中產生的。

　　《金瓶梅》首先是在吳中「懸之國門」的，[5]萬曆丁巳本《詞話》也是在吳中初刻的。既然《金瓶梅》的早期流傳經過了眾多吳人之手，出現一些吳音錯訛就不足為怪。《萬曆野獲編》曾指出，五十三回至五十七回是「陋儒補以入刻」，[6]「時作吳語」。[7]上文吳音痕跡的錯訛，在這幾回也比較集中，這也不一定是巧合。

5　見《萬曆野獲編》卷二十五〈詞曲・金瓶梅〉。

6　同註 5。

7　同註 5。

《金瓶梅》的方音特點續說

筆者前有〈《金瓶梅》的方音特點〉一文，側重同代方言的比較，這裏的續說，則側重於歷史的比較，說明漢語語音史上的一些新現象。

二等韻的分化和齊齒呼的形成

中古的四等八呼到現代演變成開齊合撮四呼，是一個長期漸變的過程。中古合口的情況比較複雜，本文只說開口的演變過程。

首先是止攝諸韻在精組聲母後三等變一等，也就是元音受聲母同化變成舌尖前元音 -i，這個變化完成於宋代，可證於《切韻指掌圖》。接著就是止攝諸韻在莊組章組聲母後，i 元音被聲母同化成舌尖後元音 -i，這個變化元初已經完成，可證於《中原音韻》的支思韻。

大約與此同時，三四等介音（或主要元音）合流為 i，而三等的 i 介音在莊組聲母後失去，混同二等。二等韻則開始分化，在唇音齒音舌音聲母後跟同攝一等合流，在喉牙音聲母後則產生出 i 介音，混同同攝三四等。

在《中原音韻》時代，(一)三四等的合流已經完成；(二)唇音齒音舌音聲母後一二等的合流基本完成；(三)喉牙音聲母後二等韻的 i 介音正在發展之中。

具體地說，江陽韻（中古江攝宕攝）、庚青韻（中古曾攝梗攝）、真文韻（中古臻攝）字，三種演變都已經完成；齊微韻（中古蟹攝三四等、止攝）只存在第一種變化，也已完成；寒山、先天兩韻的分立，監咸、廉纖兩韻的分立，表明中古的山攝咸攝只完成了一、二兩種變化；蕭豪韻（中古效攝）只完成第一種變化。皆來韻（中古蟹攝一二等）第二種變化已經完成，第三種變化是否完成無從比較，不能肯定；家麻韻（中古假攝和蟹攝部分字）只包括二等，也無從比較，第三種變化不能肯定是否完成。

再明確一點說，跟現代音比較，寒山、監咸、蕭豪幾韻都存在一類既不同於開口呼，也不同於齊齒呼的韻母，基本上限於喉牙音聲母字，蕭豪韻還包括有唇音字和泥母字。

但到了《金瓶梅》時代，前述第二、三種變化也都徹底完成了。即寒山、監咸、蕭豪三韻中的喉牙音聲母二等字讀同三四等，蕭豪韻中的唇音字和泥母字則讀同一等韻。

下面是有關例證。

「閑」讀同「賢」，人名「遊守」「郝賢」諧音「遊手好閑」。

「閑」讀同「鹹」，歇後語以「鹹人」諧音「閑人」，以「鹹嘈心」諧音「閑操心」。

「見」讀同「間」，《金瓶梅》把《詞林摘豔》的「杏花梢間著梨花雪」，寫作「見著梨花雪」。

「見」讀同「劍」，第七十八回以「話絮叨不得見」諧指「刀劍」。

上面同音字，在《廣韻》裏的音類情況如表 1，在《中原音韻》裏的音類情況如表 2。

<table>
<tr><td rowspan="2">表 1</td><td colspan="2">山攝（-n）</td><td colspan="2">咸攝（-m）</td></tr>
</table>

	山攝（-n）		咸攝（-m）	
	二等	四等	二等	三等
見母	間（襉韻）	見（霰韻）		劍（釅韻）
匣母	閑（山韻）	賢（先韻）	鹹（咸韻）	

表 2

沒有 i 介音		有 i 介音	
寒山	監咸	先天	廉纖
間		見	劍
閑	鹹	賢	

從表 1、表 2 可以看出，中古山攝咸攝不同韻尾，這時已經混同了（參見「m 尾 n 尾韻的合併」一節）。對於喉牙音聲母開口字，二、三、四等已經沒有差別，開口二等韻也讀成現代的齊齒呼韻母 ian。

蕭豪韻的第三種變化，可證於「教、交」和「叫」的同音。《金瓶梅》中引入使動者的介詞（相當於現代的「被」）和帶兼語的動詞（相當於現代的「讓」）都可有「教、交、叫」幾種寫法。傳授義的「教」也可寫作「交」，轉付義的「交」也可寫作「叫」，可見這三個字至少在聲韻方面已經沒有區別。

《廣韻》中「交、教」屬於肴韻或效韻，是二等字；「叫」屬於嘯韻，是四等字。《中原音韻》中，「教、交」和「叫」仍有韻母上的對立，《金瓶梅》中，「教、交」產生了 i 介音，跟「叫」同音了。

蕭豪韻的第二種變化，《中原音韻》時代已在進行之中，一、二等唇音字或泥母字的對立已經不成系統。《金瓶梅》中的幾對同音字，可表明第二種變化的完成。

「報、包」同音，「現世報」寫作「獻世包」；「礴、剝」同音，「嗶哩礴喇」又作「必裏剝剌」，「必剝剝」又作「嗶嗶礴礴」；「毛、貓」同音，第十九回西門慶講蔣竹山診病遭打故事以「貓」諧音「毛」；「猱、撓」同音，「撓頭」（毛髮蜷曲紛亂）寫作「猱頭」；「炮、爆」同音，「冷鍋裏豆兒爆」又作「冷鍋裏豆兒炮」，「爆仗」寫作「炮章」。

上面幾對同音字中，前一字均屬一等，後一字屬二等。這些字中，有的《中原音韻》未收，或失收該讀。

至於家麻、皆來兩韻,雖然沒有相應的三等韻可以對照,參照他韻變化,我們也沒有理由懷疑,其中的喉牙音聲母字已經產生了 i 介音。

因此可以說,在《金瓶梅》時代,漢語音韻呈現出嶄新的格局,中古開口的四個等已經簡化為兩類,即開口呼(無介音)和齊齒呼(有 i 介音)了。

ü 韻母的產生和撮口呼的形成

現代的 ü 韻母來源於中古魚、虞兩韻和入聲屋三、燭、術幾韻。這幾韻到《中原音韻》時代還保留著複合韻母的性質,即 i 介音加主元音 u,所以和來自中古一等的 u 通押,組成魚模韻。到了《金瓶梅》時代,複合韻母 iu 變成了單韻母 ü,這表現在它們與齊微韻的通押上。

下面押韻材料中加符號的是魚模韻三等字,其中加‧的是喉牙音聲母和泥來聲母,加浪線的是精組聲母字,加橫線的是知組章組和日母字。

〔詩韻〕2 回:(歸)嵬盧;16 回:(疑)癡眉奇躕;33 回:(知)為時機如;51 回:遇義;74 回:遇意;〔詞曲韻〕33 回〈山坡羊〉:義舉碎盧垂去虧賊誰;39 回:〈耍孩兒〉:內知意女彼際西;49 回《漁家傲》:書除淒知書處誰絮會;70 回〈端正好‧尾聲〉:非氣夷衣食懽遲罪遺你;1 回〈山坡羊〉:配覷對立比石體芝美知基;19 回〈折桂令〉:枝脂實許辭時思思;33 回〈山坡羊〉:誓四氣盧取值知背子;44 回〈山坡羊〉:萃自遇(往香講)棄已時期期裏;51 回〈五供養〉:子去(頂尊)‖主住(坐音)‖祖苦虎佛‖識苦居(耶);52 回〈折桂令〉:枝脂兒許辭時思思;55 回〈駐馬聽〉:篇子砌西知(覺)倚處;61 回〈山坡羊〉:會寄意比記寺比倚‖意去對肢離醉矣幃水;66 回〈五供養〉:主氣珠(界)‖主及(溟界)‖主始(魂界);79 回〈駐馬聽〉:悲知女私住輝閉‖(夫奴)輩妻(汙途付);89 回〈山坡羊〉:滴氣此赤你你處飛知裏;100 回〈鷓鴣天〉:(夫胡符)弛疾舒。〔文語韻〕60 回韓道國酒令:雞株書;28 回俗語:主取;76 回俗語:枝株,88 回俗語:地處;66 回俗語:足續。

魚模三等變 ü,音色離開 u 遠了,而跟 i 接近了。只有這樣,才能解釋跟齊微通押的現象。這裏說的魚模三等,不包括非組、章組聲母字。我們有證據表明,這類字在《中原音韻》時已無 i 介音,已和一等性質相同。(參見「非敷奉的合併」一節)

在《金瓶梅》時代的韻語材料中,魚模三等跟一等通押的例子極少,文語中無例,詩中只有第七十八回「(壺)珠敷」為韻的一首,詞曲中也只有第七十三回以「初書珠顧苦」為韻的一首。《金字經》似是當時之作,但可看作是兩個韻段,前三句押 ü,後二句押 u。其餘如卷首的〈行香子〉,第五十五回的〈滿江紅〉,第二十回和第八十二

回的〈鷓鴣天〉都屬於抄錄前人的成作，不能反映時音。即使統算在內，也不過六首，遠不能跟與齊微通押的形勢相比。

因此我們可以肯定地說，《金瓶梅》時代的魚模三等已經讀成了 ü。跟現代音相比，當時的 ü 韻母字很多，除了喉牙音、泥來母、精組字和現代一樣是 ü 韻母外，還包括現代讀 u 的知章組和日母字。萬曆年間成書的王荔《正音》的「居」韻同樣還包括知章組字。

崇禎年間成書的《韻略匯通》也可以印證我們的認識，這本韻書把《中原音韻》的魚模部一分為二，一等字、非組字和莊組聲母字（即韻圖中列二等的）組成呼模韻，三等字和齊微韻中的 i 韻母字組成居魚韻。《康熙字典》前面所附的〈字母切韻要法〉，在「械」攝，把「得低都豬」列為四呼代表字。這也表明在明末清初，魚模三等知章組字，仍然保持 ü 韻母。

ü 韻母的產生標誌著撮口呼的最終形成。其餘合口三等韻的 ü 介音應該產生的更早。還可能有方言成分，膠東方言至今仍有章組 ü 韻字。這可從音理和事實兩方面推定。

從音理上講，複合韻母 iu 都已經變成了 ü，那麼複合介音 -iu- 更應該在此之前變成 -ü-。介音作為聲母和主元音之間的過渡，在時間上是短暫的，不容易保留複合狀態，前高舌位和圓唇口型幾乎同時完成，很容易合成撮口介音 -ü-。

從事實上看，知章聲母後的 ü 韻母現代變成 u 韻母，而知章聲母後的其他合口三等韻在《金瓶梅》時代已經跨過 ü 介音階段，成了 u 介音的合口呼（例證見下節）。而且舌面聲母 j、q、x 也已經產生，這個變化也是以 ü 介音和 i 介音為前提條件的。可見在《金瓶梅》時代以前，甚至在《中原音韻》之前，ü 介音已經產生了。

但是 ü 韻母的產生是《中原音韻》以後的事情。從等韻學資料看，較早把魚（ü）模（u）分韻的有濮陽淶《韻學大成》（1578）、袁子讓《字學元元》（1603）、吳繼仕《音聲紀元》（1611）、無名氏《韻法直圖》、李世澤《切韻射標》（1615），都是萬曆年間成書的。這正是《金瓶梅》創作流傳的時代，ü 韻母的產生應在此稍前的時間。

由於《金瓶梅》稍前時代二等韻的分化和 ü 韻母的形成，漢語音韻呈現出開齊合撮四呼的格局。所以葉秉敬《韻表》（1605）才以「四派祖宗」來統攝韻類，《韻法直圖》才有了「齊齒呼」「撮口呼」的命名。

三等韻知系字的變化

三等韻是主元音或介音是 i 的韻母，知系聲母中莊組和章組宋代已經合併為舌尖後音，稍晚一段時間知組也讀成舌尖後音（日母和日母字的變化另作討論），舌尖後輔音和舌

面元音在發音部位上的矛盾，導致了三等韻知悉系字的一系列變化。

我們把中古的三等韻開口、合口兩類的變化分別敘述。

開口三等的變化，大致經歷了如下階段。

首先是止攝章組字，i 韻母變為舌尖後元音 -i，這發生在宋末元初，發生在《切韻指掌圖》到《中原音韻》之間的時代。在《中原音韻》裏，這些字已經和齊微韻有別，而和《切韻指掌圖》時已經形成的舌尖前元音併為支思韻。

這個變化之後，蟹攝三等和一些三等入聲韻脫落輔尾又形成一批新的 i 韻母字，大致同時，知組聲母也變成了舌尖後輔音，形成了新的舌尖後輔音和舌面元音之間的矛盾，這種矛盾包括原止攝和知組新值的矛盾，新 i 韻母跟知系（知、莊、章）聲母的矛盾。

與此同時，其他三等韻的 i 介音也強化為明確的韻頭，跟知系聲母的矛盾也突出了，和上述 i 韻母知系聲母的矛盾具有了同樣的性質。

i 韻母或 i 韻頭跟舌尖後聲母的配合關係，清楚地表現在《中原音韻》音系中，這就是知系三等跟二等分成對立的小韻。在江陽韻和車遮韻雖無對應的開口二等字，知系字的韻母也應該是有韻頭的，我們贊同李新魁的擬音（參看《中原音韻音系研究》），而覺得楊耐思把江陽韻章組知組擬作無韻頭的 ang 欠當（參看《中原音韻音系》）。

《中原音韻》時代以後，這種 i 韻母和 i 韻頭被舌尖後聲母同化，分別轉化為舌尖元音 -i 韻母和過渡音，也就是說，開口三等在舌尖後聲母字中都成了開口呼韻母。這種變化在《金瓶梅》時代已經完成了，可由以下各組同音字為證。

《中原音韻》齊微韻字今讀同支思韻字，例如：「知」同「支」（「知謝」又作「支謝」）、「知」同「志」（「卜志道」諧音「不知道」）、「知」同「止」（「不知」又寫作「不止」）、「直」同「只」（「一直」寫作「已只」）、「石」同「時」（「僻時」又作「背石」）、「識」同「試」（「孳識茫茫」寫作「業試茫茫」）、「世」同「事」（「管世寬」諧音「管事寬」）、「勢」同「侍」（「左勢下右勢下」又作「左侍下右侍下」）。

《中原音韻》「升 shing」「生 sheng」不同音，《金瓶梅》二字同音 sheng，「升天」又作「生天」。

《中原音韻》「趁 chin」「襯 chen」不同音，《金瓶梅》二字同音 chen。「稱」有相副義，《中原音韻》當讀 chin 而失收，《金瓶梅》也讀 chen，所以「稱願」又作「趁願」，「赭黃袍偏稱藍田帶」（《水滸傳》語），「金瓶梅」作「赭黃袍偏襯藍田帶」，可見《金瓶梅》時代「趁、襯、稱」同音。

合口三等的變化，除了前面「ü 韻母」一節講到的遇攝一類是主要語音的變化以外，其餘三類分述如下。

止、蟹兩攝三等的性質是主元音較細決定的，合口性質是 u 介音決定的。這一類合

口三等的變化是主元音的變化，在《中原音韻》時代，已經讀 uei 或 ui 了，這就是齊微韻的合口類，其知系字讀音已經定型，至今沒有顯著變化。

山攝的合口三等，一般認為介音既有細音特點，又有合口圓唇性質，擬作複合介音 iu。直到《中原音韻》，各家擬音仍是這樣的格局。但是至少在《金瓶梅》時代之前，這一類合口三等韻已經分化。知系字的變化是介音中的細音特點被聲母同化，韻母讀成合口呼，精見系字的變化是介音合成為 ü 韻頭，並同化了聲母使之成為舌面輔音。這裏只舉知系字變合口的例證，精組見系字的變化另見「舌面音的產生」一節。

山攝合口三等的知系字，在《金瓶梅》時代已經分別讀同山攝的合口二等字。

現代的「賺錢」的「賺」字，在《金瓶梅》時代寫作「轉」或「撰」，並與「傳」諧音。李外傳和賈地傳分別諧音「裏外賺錢」「背地賺錢」，「撰」錢「撰」金銀又寫作「轉」錢「轉」金銀。「傳、轉」原係山攝三等，《中原音韻》歸先天韻，「撰」原係山攝二等，《中原音韻》歸寒山韻，《金瓶梅》中三字同音，都讀作 zhuan。而「賺」字《中原音韻》讀 zham，歸監咸韻，《金瓶梅》只用於「欺騙」義，應讀 zuan，與上述三字不同音，所以不相互替代。

宕攝的合口三等，其合口性質是主元音的圓唇傾向演化為 u 介音，其細音特點被莊組聲母吸收，這兩種變化大約是同時的，就現有的語音史資料看，似乎沒有細音合口性質同時存在過，即沒有 iu 介音階段。這種細音消失、合口形成的變化在《切韻指掌圖》時代已經完成，所以跟江攝知組字放在同一個圖裏。那時的知組江韻和莊組陽韻字已經韻母相同，只是聲母有別。在《中原音韻》時代，知、莊兩組聲母都演化為舌尖後音，兩類字也就同讀了，歸併入江陽韻的相應同一小韻中，如「莊」「椿」就在同一小韻。

《金瓶梅》也是如此，即江韻知組字和陽韻莊組字同音。這表明《金瓶梅》和《中原音韻》在音系上有相承性質。

「莊」（莊母陽韻）「椿」（知母江韻）同音，「一椿事」又作「一莊事」。

「創」「搶」（初母漾韻）「撞」（澄母絳韻）同音，「白來創」又作「白來搶」，諧音「白來撞」。

「床」（崇母陽韻）「窗」（初母江韻）同音，「東床駙馬」寫作「東窗駙馬」。

至此，我們可以把三等韻知系字在《金瓶梅》時代的讀音歸納如下：①聲母後 i 已不存在，i 元音讀成 -i，i 韻頭已弱化為過渡音，中古開口三等在知系聲母後都讀成開口呼；②中古遇攝三等和部分入聲韻的合口三等韻，讀成 ü，是知系字中唯一的撮口呼韻母；③其餘中古合口三等韻，由於知系聲母後 i 韻頭的弱化，都讀成合口呼韻母。

疑母微母的消失

疑母在《蒙古字韻》《中原音韻》中還沒有完全消失，但就大部分字來說平聲的跟雲母、以母併為一類，上去入聲跟影母併為一類，即讀成零聲母了。

明成化年間成書的章黼《韻學集成》（1481）裏，疑母尚處在開口韻（中古一等）中。萬曆年間成書的濮陽淶《韻學大成》（1578）才明確地消失。

《金瓶梅》中疑母消失，從時間上說是可信的。我們把有關例證按中古等次分列在下面。

一等字：「艾」讀同影母「愛」，第十二回講迷信回背術，「用艾塞心，使他心愛到你」，「艾」「愛」諧音。

「吳」讀同微母「無」，「吳典恩」諧音「無點恩」。兩字同音，既不可能是 ng 聲母。也不可能是 v 聲母，只能是同讀零聲母。

二等字：「捱」讀同影母「挨」，兩字相互通用無礙。

「呀」讀同影母「壓」。「呀酒」即「壓酒」。

三等字：「迎」讀同以母「蠅」「營」。「迎兒」又寫作「蠅兒」，「賣俏營姦」又寫作「賣俏迎姦」。

「宜」讀同影母「益」，「便宜」又作「便益」。

「嚴」讀同以母「沿」，「裏得嚴嚴的」寫作「裏得沿沿的」。

「釅」讀同以母「豔」，茶酒之濃稱「釅」，《金瓶梅》多寫作「豔」。

「魚」讀同雲母「盂」，「盂蘭會」又寫作「魚籃會」。

「語」讀同以母「與」，「寄語」偶寫作「寄與」。

「願」讀同影母「怨」，「稱願」又寫作「稱怨」。

「月」讀同以母「藥」，醫病之「藥」偶寫作「月」。

四等字：「堯」讀同以母「搖」。韓道國字希堯，別人戲稱他「韓一搖」，「堯」「搖」諧音。

以上例字開口、合口都有，平上去入四聲都有，可以說包含了各種類型的疑母字。看來疑母消失，讀成零聲母，是《金瓶梅》音系的一條普遍規律。

還有一個「孽」字，《金瓶梅》中多寫作「業」字，「孽」「業」都是疑母入聲字，當時同音是沒有疑問的。《中原音韻》未收「孽」字，而把和它同音韻地位的「隉」併入泥母；「業」和「額」字在車遮韻與「葉」對立，似是仍讀疑母，而在皆來韻「額」又與「厄」並為一小韻，這與現代北京音聲母歸類相似。而在現代魯西方言裏，上述幾個字同讀 ye，反映了疑母開口二三等讀零聲母齊齒呼的規律性，前文提到的「捱」字和

常用字「凝」「擬」等字也都符合這條規律，《金瓶梅》疑母字的讀音似乎表明它跟山東方言關係更接近一些。

微母字在《中原音韻》裏自成一類，學界一致認為當時讀 v。這種 V 聲母一直完整地保留到明中葉，蘭挺秀《韻略易通》（1442）著名的「早梅詩」二十字母，還獨立為「無」母。現代官話系統中都讀成零聲母合口呼了。記錄這個變化最早的等韻材料，是萬曆初年無名氏《並音連聲字學集要》，但該書歸納的二十七個聲母保存濁音令人疑惑。萬曆末年河南呂坤《交泰韻》、河北喬中和《元韻譜》似也未有微母，但其他聲母分析也有令人生疑的地方。而明末的安徽方以智《切韻聲原》，山東畢拱辰《韻略匯通》又都複列 V 母。

看來在萬曆年間至少在某些方言中，微母已經跟雲、以、影母合併，讀成零聲母開口呼了。《金瓶梅》的方言就屬於這一類。

平聲「望、忘」讀同雲母「王」。藏頭隱語「望江南、巴山虎兒」射「王八」二字，「王八」又寫作「忘八」，可見《金瓶梅》中「望、忘、王」同音。

「無」讀同疑母「吳」。人名吳典恩諧音「無點恩」。「無」「吳」同音，既不可能同讀 V 母，也不可能同讀 ng 母，只能是同讀零聲母。

去聲「望」讀同雲母「往」。表示運動方向的介詞「望」，《金瓶梅》中又可寫作「往」，現代去聲「往」取代了「望」成為介詞的固定寫法。「往」代替「望」只能產生在微母讀成零聲母之後。

「味」讀同雲母「衛」。《金瓶梅》以「謇味兒」射驢，表明「味」「衛」同音。

非敷奉三母的合併

非敷從幫滂分化出來到非敷合併的機制，至今沒有弄清。我們從反切系統歸納，只知道直到中唐的《一切經音義》，輕唇音還沒有分化出來。而五代前期朱翱的反切系統裏非敷已經合併。非敷奉微和幫滂並明的分立是早期韻圖表現出來的，最早的《切韻指掌圖》，時間大約已是南宋，而能夠反映其中非敷有別的反切材料，只有北宋中葉的《集韻》（1037），很難說反映了某時某地的語音系統，迄今為止未見有非敷有別的語言材料。因此，非敷的差別只能說是一種理論的推理與假定。

《金瓶梅》的語言肯定已經處在非敷奉合一的階段，「濁音清化」一節已經列有奉母讀同非敷的例證，下面只需列出非敷同讀的例子，就可表明非敷奉字聲母無別了。

非母字「廢」「付」「反」「方」「風」分別跟敷母字「費」「副」「翻」「妨」「峰」同音。「有廢軍中大事」的「廢」寫作「費」，「費事起來」的「費」寫作「廢」；

戲劇行當「副末」寫作「付末」；「反亂」一詞又作「翻亂」；命相克害義的「妨」又寫作「方」；人名林蒼峰諧指臨上風。

非敷奉聲母後的韻母的等呼也是個值得討論的問題。非敷奉微本是中古合口三等韻中幫滂並明演變來的，在聲母演變的同時，韻母是否也相應有所變化呢？研究這個問題資料匱乏。韻文的押韻看重的是主元音及韻尾一致，而等呼則主要是介音或韻頭的差別，無法從押韻材料中證明。韻書一般只顯示音類的對立，而輕唇音在各韻攝中都自成一類，無法從所配合韻類的分合上論證。

從現有的資料看，輕唇音聲母剛產生的時候，其拼合的韻母仍保持著合口三等的性質，即有 iu 介音（虞韻字 u 為主元音）。這依據是五代朱翱的輕唇音字反切中，下字都屬合口三等韻字。而且在《切韻指掌圖》裏，輕唇音字都放在合口三等的位置上。

在宋代朱熹的反切系統中，輕唇音字的反切下字出現了很多開口三等字。如：風，叶孚愔反；封，叶孚音反；分，叶敷因反；憤，叶敷連反；繁，叶紛干反。但是反切下字沒出現一、二等字，這似乎表明當時輕唇音字韻母仍然具有三等性質。

最早表現出輕唇音字韻母 i 介音消失的是《中原音韻》，這主要表現在山攝字上。《中原音韻》寒山和先天兩韻部的對立是一二等和三四等的對立，古山攝輕唇音字都歸入寒山，而不入先天，表明這些字韻母前已經沒有 i 介音，但讀開口還是合口仍然不能肯定，東鍾韻只具合口，古通攝輕唇音字都入東鍾，而不像其他聲母字有兼入庚青韻者，輕唇音字的韻母還具有合口性質。從《中原音韻》唇音不分開合考慮，寒山等韻部的輕唇音字的韻母，也以歸入合口一類為妥。《中州音韻》裏，輕唇音字的反切下字都是唇音字，也無法判定韻母的開合。

明末的《韻略匯通》的反切雖然等列上不太講究，開合上卻不混淆，輕唇音字的反切如下：風，方中切；方，府良切；分，敷文切；番，孚艱切；飛，芳微切；夫，芳無切；浮，房鳩切。因為該音系中保留微母，稱「無」母，「文、微」等字當作開口韻看，所以除了「風」歸「東洪」韻不歸「庚晴」是遷就傳統以外，其餘都換成了開口呼切字，符合現代北方音了。清末王璞的《京音字彙》則連「風」一類字也以「夫哼」切，注明讀 FENG，成了開口呼了。

《金瓶梅》處在輕唇音字讀合口呼的階段上，不然，我們無法解釋「佛」字兩讀的事實。（參看「uo、o 的混淆」一節。）

再來看看更為難以理清的虞韻輕唇音字。如前所說，五代的反切下字和《切韻指掌圖》的排列，表明虞韻輕唇音字仍然是合口三等韻。我們也證明過，《中原音韻》魚模韻包括 u、iu 兩類韻母，莊組字和知章組有對立，莊組字屬於 u 韻無疑。輕唇音字屬於哪一類，靠內證是無法解決的，但大致同時的《中州音韻》有反切，其中輕唇音字的反

切可用一等模韻字作下字，這就足以證明輕唇音字的韻母是 u 不是 iu。例如：夫，方逋切；扶，房逋切；無，忘逋切。

因此，到《金瓶梅》時代，魚模三等變成 u 韻母時，自然不包括莊組字和非組字，它們無一例與齊微通押。除了四首可能是抄錄前人的詞以外，只有一例與 ü 通押的詩（第七十八回「壼珠數」）一例與 ü 通押的謠（第七十六回「屠豬」），其餘都只與一等模屋沒韻字押韻。

下面是押有魚模韻非組莊組字的韻文例證，韻字下不加符號的是一等韻字，加浪線的是輕唇音字，加點的是莊組字。

〔詞曲〕73 回〈玉交枝〉：布舞戶酷毒顧數；94 回〈山坡羊〉：怒訴醋布府做無毒夫。〔詩〕60 回：夫無圖；79 回：酥夫枯；99 回：圖夫。〔文語〕12 回打油詩：富顧數宿度；51 回薛姑子演誦：苦土數；43 回酒令：物數負付度；85 回謠：姑夫無；77 回謠：舞苦；14 回謠：富做。

這種非組莊組拼 u 不拼 ü 的規律，在魚模分韻的韻書中，表現得更加清楚無異。明末的《韻略匯通》呼模和居魚是不同的兩韻，原《中原音韻》魚模韻字中的非組和莊組字都歸入呼模，知組章組字則歸入居魚。《金瓶梅》的語言材料和韻書相互印證，表明上述現象是語音史上客觀存在的事實。

齊微分韻和重紐唇音字

《中原音韻》時代，精莊章組以外的止攝字，蟹攝三四等字和合口一等字，入聲質、緝、昔、錫、德、職韻字，合併為齊微韻字，其主元音應該是一致的，似乎只能是 i。

齊微韻共有幾個韻母，目前的研究認識不一，但大致包括 i、ei、ui（或 uei）三類。從這類字在現代的分化看，除了其中的知莊章字變 -i 以外，也只有 i、ei、ui 三類。但這和前面說的 i、ei、ui 語音性質不同，或者說在音位系統中的地位不同。《中原音韻》的 i 是主要元音，e 和 u 是兩種介音；現代的 ei 和 ui 是開口呼合口呼的對立，其中的 e 是主要元音。

這裏的認識跟諸研究者的不同，在於 ei 韻中的 e 介音問題。前文已經談到，《中原音韻》處於四等八呼向開齊合撮四呼過渡的時代，ø、i、u、ü 四介音的格局還未形成，至少在寒山、蕭豪幾個韻，還存在著一種既不同於 ø- 也不同於 i- 的韻類。既然各韻主元音相同，這類韻母的特點只能體現在介音上。這種介音比 i 要開要短，從音類的簡化和現代方音事實考慮，這種介音擬作 e 為好，當時是一種短而可能略高的 e。

現代 i、ei 兩韻的形成，大約是明代的事情。《韻略易通》依然是齊微同韻部稱為西

微，萬曆時代的許多韻圖分齊微為兩韻，但不清楚各包括哪些字。崇禎年間的《韻略匯通》則清楚地立為兩部，i 韻母和此前產生的 ü 合為居魚，ei 韻（包括 uei 韻母）獨立為灰微。這兩部包含的字，也大致和現代音相同，只是該書保留入聲，看不出相應字的歸類。清乾隆年間，畢拱辰的「鄉後學」著《韻略新抄便覽》則清楚地把「德、勒、國、或」一類字歸入灰微，只是「白、拍、麥」也歸入灰微，是不同於北京音的山東話特點的表現。（參看拙作〈韻略匯通的語音系統〉）

《金瓶梅》正是齊微分韻時代的產物，這清楚地表現在其通俗韻語的押韻上。《金瓶梅》韻語中的近體詩和詞曲，或者受傳統習慣的影響，或者本是抄錄前人成作，齊微不分韻而且跟支思通押。打油詩、酒令、謠諺等通俗韻語更接近當時口語，支思、齊、微分別獨立押韻的趨勢相當明顯，下面只列灰微獨韻的例子。

第三十七回「媒人婆」：鬼嘴腿；第四十回回首：得；第十三、九十一、九十八回謠諺：鬼水；第九十二回謠：美水。

這類通俗韻語總數目是有限的，每個韻部只有有限的幾首，灰微韻雖屬窄韻（或說險韻），但在獨韻相押上，卻表現出相當的一致性。這表明口語中 ei 和 i 已有明顯的主元音差別。這跟 i 韻多與 ü 通押口語相互參證，表明齊微韻的齊類（i 韻）音近 ü 而遠 ei。通俗韻語更重上口諧和的特點，決定了齊、微不通押，而齊、魚多通押。

上列韻語例中，「美」歸灰微。《中原音韻》齊微韻中，「美」與「米弭」屬於對立的小韻。《韻略匯通》中「美」歸灰微，「米、弭」歸居魚。這種分化的條件只能是三四等的差別，表明齊微韻唇音字有 ei、i 兩類。

又，《金瓶梅》「賁地傳」諧音「背地賺」，「僻哈喇子」又作「背格剌子」，「僻時」又作「背石」，可見「賁、僻」跟「背」同音，歸灰微。這跟《中原音韻》《韻略匯通》都不相同（它們歸入 i 韻母一類）。這種特點仍然保存在現代魯西方言裏。

這個特點就是，齊微韻中的唇音字，開口三等歸微類，開口四等歸齊類。這裏的三四等區別，包括中古支、脂、祭、質幾韻的重紐三四等。

下面把《中原音韻》齊微韻所收的三四等唇音字分別錄出，如下表。

表中加「·」的字是《中原音韻》不合規律的字（即三等讀 i、四等讀 ei），占的比例很小。表中的字，按現代北京音讀，不合規律的比例要大得多；要照現代魯西音讀，不合規律的則更少，大概只有「皮」字似都讀成 i 韻，而「賁、僻」則讀成 ei 韻，跟《金瓶梅》音系相同。

至此我們認定，《金瓶梅》中齊 i、微 ei 是讀音有別的，讀成微 ei 韻的，除了中古蟹攝一等合口字以外，還包括唇音重紐的三等字。

	支（紙寘）	脂（旨至）	祭		質	陌	昔	職
三等	陂碑羆披皮疲麛釄 彼被賁帔髮詖	悲鄙備丕邳轡麋眉 湄楣嵋美媚魅圮否 痞嚭麋			筆密	碧	僻辟 璧	愎逼
四等	卑脾彌婢弭瀰臂俾 裨避譬屁	紕毗枇鈚匕妣秕比 屁庇鼻芘寐媚箆	蔽弊幣斃 袂	齊（薺霽） 陛蓖閉嬖批 迷米眯謎	畢篳蹕匹 蜜泌		錫 壁劈甓覓	

附注：

　　文中提到「參看××一節」，除見於本文的節段外，均見本書〈金瓶梅的方音特點〉。又，拙作〈韻略匯通的語音系統〉，載《青島師專學報》1991 年第 2 期。

《金瓶梅》時代的入派三聲

　　入派三聲，指的是中古塞音韻尾字脫落輔尾併入開尾韻這一歷史變化。入派三聲是近代漢語語音史上的重大問題，牽涉到聲母（濁音是否送氣）、韻母（併入何韻）、聲調（派入何調）各個方面。它導致漢語音節分佈成為新的格局。

　　治近代漢語語音的都極為重視入派三聲的問題。他們利用韻書、韻文研究輔尾脫落的時代，至今聚訟紛紜。《中原音韻》雖然有「入作某聲」的詳細記載，但又稱「呼吸之間還有入聲之別」。這是極為含混的說明。因此就有人認為，這是詞曲押韻的臨時通融，不是口語脫落輔尾的反映。而韻書關於輔尾脫落的記載，此後幾百年中竟成絕唱。這就益發敢人疑竇，到底漢語口語中入派三聲是何時大致完成的呢？

　　小說的音韻情況雖然不好研究，但更能反映語言實際。筆者曾試論「金瓶梅的方音特點」。肯定了其時語言的三大特點：(1)入聲輔尾消失，-m 尾韻併入 -n 尾韻；(2)全濁聲母的消失，舌面聲母的產生；(3)全濁上聲變去聲。這裏將專門探討入派三聲的問題。依據的材料依然是諧音、異形詞（異文別字）和韻語。

　　這裏簡單重複一下對三類材料的認識。

　　諧音材料可以表明一些字的同音關係。王力先生曾經據韓愈〈諱辯〉中「度、杜」同音推測「其中上聲變去聲」。《金瓶梅》中有相當數量的諧音材料，這就不是個別字的音變問題，綜合起來，可以看出音韻變化的大勢。

　　諧音材料大致分為四種。諧音故事反映的異字同音最可靠，聲韻調全同才能引起人們的共鳴，如以「南潑」諧音「南坡」。諧音歇後語、雙關語也比較可靠，儘管有人認為聲調是否相同不能肯定，但也認為聲韻母相同是無疑問的，如以「推醜」諧音「忒醜」。諧音姓名跟所諧字不一定同調，這是因為它要「像個姓名」，如「遊守郝賢」諧音「遊手好閒」，「常時節」諧音「常時借」，「郝」和「好」，「節」和「借」，聲調不一定相同，不能用來研究聲調的分派。藏頭隱語和「胡打岔」等材料較少。藏頭隱語表音情況接近諧音姓名，「胡打岔」接近通俗韻語中的第一類。

　　韻語可以分為三類。通俗韻語（包括謠諺、酒令、丑類人物自白）的押韻字有韻類一致（韻頭可以不同），調類一致的特點。證詞（「有詩為證」一類）只能表明押韻字的韻轍一致，其中詩還可以有平聲、仄聲之分，曲詞則平仄通押。證詞雖有襲用前人成作的情況，但

已經融入特定情節，成為小說作者的再創造，應符合作者的語言特點，而且有些曲詞跟原作比較，語句（包括押韻字）的確作了相當大的改動。至於清唱詞曲，多數已經查明出處，係抄錄的前人成作。但如果把《金瓶梅》看做一種特殊的詞曲別集，也可以用來歸納韻字，認識那個時代的曲韻特點。

異形詞，即通常說的「異文別字」，只要不是形近致誤的，都可以反映明後期的用字習慣。比較前代文獻和字書，還是可以看出入聲字的替代情況。有些俗字（主要是新造形聲字），可以根據其聲符的替代觀察韻類的變化。

一、同音字的考定

材料是討論的基礎，下面先據諧音、異形詞、通俗韻語考定一些入聲字跟開尾韻（陰聲韻）字對應關係。為了眉目清楚，把這些字分為十類，用明末山東人畢拱辰的《韻略匯通》一書韻目標名。擬音根據筆者〈韻略匯通的語音系統〉一文（載《青島師專學報》1991年第2期）。

《匯通》是距離《金瓶梅》時代最近的韻書。根據韻書反映語言不可能超前，只可能滯後的規律，崇禎時代的韻書反映萬曆時代的語言面貌是不成問題的。而且《金瓶梅》作者的考證雖然正在艱難地進行，但小說語言以北方話為基礎，其中有魯西臨清、冀南清河一帶的方言這一點，似無爭議。生於魯東卒於晉中的畢拱辰氏，其熟悉的語言地域，也大致與此相符。

(一)家麻（a、ia、ua）

八（幫母黠韻）巴（幫母馬韻二等）同音（本文「同音」僅指聲韻母相同，古韻類聲類據《廣韻》《集韻》，合口韻注明「合口」，開口韻、獨韻不注）。

838頁（本文頁數均據人民文學出版社影印本《金瓶梅詞話》）藏頭韻語「望江南、巴山虎、汗東山、斜紋布」。這是鄭愛香罵應伯爵「忘八汗邪」。其中「巴」諧音「八」。

又「髻鬏」一詞（如157頁）又多次寫成「髻髲」（如717頁），這幾個字均不見於早期韻書，當是記錄口語的新造字，其聲符的替換也可證「巴」「八」同音。

甲（見母狎韻）假（見母麻韻二等）同音。

1328頁俗語「三日賣不了一擔針，一日賣三擔甲倒賣了」。這裏是感歎真情取信難，假話騙人易。以「真」諧音「針」，以「甲」諧音「假」。2782頁出現同一意義的俗語，「十日賣不了一擔針，一日賣了三擔假」。可證。

甲、賈（見母馬韻二等）同音。

679 頁出現了西門慶的左鄰右舍賈仁清、伊面慈，都是諧音姓名。下文有「把賈伊二人羞得要不的」，可見「賈伊」是虛構的，諧音「甲乙」。

八、拔（並母點韻）同音。

2850 頁「八步床」即 186 頁「拔步床」。（附：1751 頁有「白步床」，疑為吳語手抄音誤。107 頁「馬八六」，1548 頁「馬伯六」，情形相似。明沈德符曾指第五十三至五十七回係吳中陋儒補寫，斥其「時作吳語」，時或吳語「白、伯、八」音同。）

八、扒同音。

491 頁有「腿剌八著」，25 頁有「剌扒著腿」，兩者同義。

扒、爬（並母麻韻二等）同音。

57 頁「扒起」兩堆黃泥。《水滸傳》作「爬起」。246 頁「武二扒將起來」，《水滸傳》作「爬將起來」。965 頁「小猴子扒過牆來」，「扒」即是「爬」字俗寫。

扒、趴同音。

257 頁「扒伏在院牆下」，864 頁「或夜晚扒在牆上看戲」，「扒」即是「趴」。

「扒、趴」均不見早期字書，（《廣韻》「扒」與此數義無關）當為以「八」為聲符的新造字，讀同「巴、爬」等家麻韻字。

法（非母乏韻）伐（奉母月韻合口）同音。

1924 頁「執殺法」即「執殺伐」。

筏（奉母月韻合口）罰（奉母月韻合口）同音。

317 頁「扎罰子」義為當作出氣洩憤的對象，618 頁作「扎筏子」。2183 頁作「扎篾子」，「篾」當是「筏」形誤。

搭（端母合韻）沓（定母合韻）同音。

2440 頁「一搭紙」即「一沓紙」。

搭、答（端母合韻）笪（端母曷韻）同音。

「一搭兒」又作「一答兒」，「這答兒」「那答兒」又作「這笪兒」「那笪兒」。

又 153 頁「肐搭」，219 頁作「肐胆」。「搭、胆」即今日「瘩」字，新造字分別以「答、旦」作聲符，可證「答、笪」同音。

塔（透母曷韻）塌（透母曷韻）同音。

2449 頁「橋塔客過稀」，「塔」即「塌」。

納（泥母合韻）捺（泥母曷韻）同音。

639 頁「納紗護膝」，611 頁作「線捺護膝」。

剌（來母曷韻）拉（來母合韻）同音。

224 頁「楋屎」，1949 頁也作「拉屎」，305 頁作「楋……屎」。60 頁「大剌剌」，

2491 頁作「大利利」。疊音形容詞尾多寫作「剌剌」，又作「喇喇」，如 356 頁「活剌剌」也有「拉拉」如 896 頁「心中惡拉拉」。可見以「剌、利」作聲符的字與「拉」同音。（「利」可能是「剌」字形誤。）

踏（透母合韻）扎（莊母黠韻）扠（扗）（知母麻韻二等）同音。

457 頁「大踏步直搶入茶房裏來」，665 頁「大扠步走入儀門裏面」。又 54 頁「大扠步走上岡來」，《水滸傳》同語作「大踏步」。714 頁又有「大扠步……走到亭子上」。這些「大踏（扠）步」都是「邁開大步」之意。書中形容婦女纏足為「剛三寸、恰半扠」。此「扠」字今寫作「拃」，表示張開的大拇指和中指之間的距離。「拃」「扠」均不見於早期字書。《廣韻》有「扗」字，「開貌」。於義正合。213 頁〈山坡羊〉抄自《雍熙樂府》卷 28，其中「半扠」原卷作「半扎」。可見「踏、扎」均讀「扠（扗）」。又 925 頁「拶的把人楂沙著」，「楂（樝）」（莊母麻韻二等）也是「扗」。1297 頁「頦下鬍鬚亂拃」，「拃」亦紛張之義，是「扗」的俗寫。

撒（心母曷韻）灑（生母馬韻）同音。

562 頁「推撒了酒」，「撒」當作「灑」。

殺（生母黠韻）剎（初母黠韻）煞（生母黠韻）同音。

113 頁「虧殺他」「虧殺你兩位施主」，兩「殺」字，《水滸傳》均做「煞」。809 頁「如同生剎神一般」，「剎」當作「煞」。附 631 頁「拿人來散氣」，「散」當是「撒」之誤。688 頁、1969 頁均做「拿人來煞氣」，「煞」當與「撒」同音。

擦（礤）（清母曷韻）搽（澄母麻韻二等）同音。

《金瓶梅》中無「擦」字，均用「搽」替代。2665 頁「把麝香松子勻搽」，《水滸傳》同語作「勻擦」。又 58 頁「打的秋菊嘴唇都破了，只顧搵著搽血」，713 頁「以帕搽之」肯定都不是「塗飾」之「搽」，應是「摩也」之「擦（礤）」。

押（影母狎韻）壓（影母狎韻）同音。

2663 頁「吳大舅壓後」，「壓」當作「押」；2056 頁「押折轎杆娶你來」，「押」當作「壓」。

壓、呀（疑母麻韻二等）同音。

1298 頁、1939 頁都有「叫呀酒」，即呼喚僕從添酒之意。「呀」當是「壓」借音。

(二)戈何（e、uo）

潑（滂母末韻）坡（滂母戈韻）同音。

1883 頁，西門慶取笑應伯爵，說他號「南坡」是因為往南邊潑尿。溫秀才認真解釋了兩字不同，「一個是點水之潑，一個是土旁著皮之坡。」可見兩字當時讀音無別。

潑、破（滂母過韻）同音。

288 頁「潑落戶」無疑當作「破落戶」。

礴（並母鐸韻）剝（幫母覺韻）。

461 頁「你只嘴頭子嗶哩礴喇的」，2056 頁「他還嘴裏必裏剝剌的」。同一個形容語言快利的詞語，四字各有兩種寫法：「嗶必」音同，「哩裏」音同，「礴剝」音同，「喇剌」音同。又 1116 頁有「礊剝剝」，765 頁有「嗶嗶礴礴」，分別是形容鞭炮炸響和刀槍碰撞的清脆聲音的。「礴剝」當同音。

撥（幫母末韻）拔（跋）（並母末韻）同音。

254 頁「拔步撩衣」。637 頁作「潑步撩衣」，1464 頁有「大拔步撞入後邊」，當均為「跋」字借音。「拔」字又音與「潑」同讀滂母，「潑」字為「拔」之誤。「拔」又音並母黠韻，即常見「拔擢」義，遂又有誤抄為「扒」的可能。所以 730 頁「扒步撩衣」之「扒」當作「跋」。

摸（明母鐸韻）摩（明母戈韻）同音。

684 頁、1394 頁各有「大拳打了人」「拿手摸掌」一語，「摸掌」當作「摩掌」。

摸、沒（明母沒韻）同音。

715 頁有「春心沒亂」，766 頁有「情沒亂」，1955 頁有「心中迷留摸亂」。其中「沒亂」「摸亂」都是形容情欲蕩漾。

脫（透母末韻）拖（透母歌韻）同音。

655 頁、2353 頁多次出現「信信脫脫」一詞。意謂從容自由無顧慮。同詞在 986 頁、1900 頁則作「信信拖拖」。

剟（端母末韻）剁（端母過韻）同音。

2236 頁「頭上剁兩針」應作「剟兩針」。

奪（定母末韻）跢同音。

2804 頁「把頭上冠子跢了」係「褫奪衣冠」之義，「跢」是「奪」字記音。「跢」《金瓶梅》多用而不見字書，然以「朵」為聲符之字都屬果攝，是開尾韻字無疑。果韻定母有一個「革」旁加「朵」之字形，云「履跟緣也」，義通音同，或是「跢」的本字。

磕（溪母盍韻）可（溪母哿韻）同音。

56 頁「磕磕地把那條棒斷作兩截」，《水滸傳》同語作「可可的」。

喝（曉母曷韻）賀（匣母個韻）同音。

61 頁「迎賀將來」，《水滸傳》同語作「迎喝將來」。

喝（曉母曷韻）、呵（曉母個韻）同音。

2518 頁「幾聲喝的婦人往廚下去了」。1734 頁「沒曾大氣兒呵著小媳婦」。1790

頁「自來也不曾呵俺每一呵」。此數例中「呵」「喝」均為「喝斥」之意。

合（匣母合韻）呵（曉母歌韻）同音。

「哈哈笑」（如 1947 頁）又作「呵呵笑」（如 1943 頁）。又有數處「冷冷笑」，應是「哈哈笑」之形誤。如 100 頁「王婆冷冷笑道」，《水滸傳》正作「哈哈」。此「哈」與疑母合韻之「魚多貌」之「哈」無關，當為新造字，口旁加聲符「合」。可見「合」「呵」同音。

喝（欱）（曉母合韻）呵（曉母歌韻）同音。

飲服義「喝」（「欱，大歠也」），《金瓶梅》均作「呵」，如 850 頁「呵甌子酒」，896 頁「呵了兩口湯」。

槨（見母鐸韻合口）裹（見母果韻）同音。

1897 頁「前日與李大姐裝槨」。「裝槨」指為剛死的人穿戴，即「裝裹」。1763 頁兩處「裝掿」，2439 頁 2440 頁兩處「裝柳」，均是此義，「掿」「柳」當是「槨」字形誤。

活（匣母末韻）火（曉母果韻）同音。

《金瓶梅》中「家活」「傢夥」「家火」均出現多次。

(三)遮蛇（ie、üe）

節（精母屑韻）借（精母禡韻三等）同音。

「常時節」諧音「常時」「借」。常時節是僅次於應伯爵的活躍幫閒人物，第十二回眾幫閒湊東道，唯獨常時節是借西門慶的銀子，第五十六回他又借西門慶的錢買房置辦衣物。第八十回西門慶死後，應伯爵動員眾幫閒去弔唁致祭時說：「……也曾借過他的，也曾嚼過他的，今日他沒了，莫非推不知道」。這清楚地表明諸位幫閒中，常時節、應伯爵二人的特點是：一個常借，一個白吃。

滅（明母薛韻）借（精母禡韻三等）押韻同調。

1751 頁俗語：「人死如燈滅，半晌時不借。」

缺（溪母屑韻）摵（搣）（精母薛韻合口）同音。折疊軀體謂之「摵」。書中多次急救都用「摵灌」「摵救」。第三十五回，賁四講故事，說道：「一官問姦情事。問：『你當初如何姦他來？』那男子說：『頭朝東，腳也朝東姦來，』官云：『胡說！那裏有個缺著行房的道理。』旁邊一個人走來跪下，說道：『告稟，若缺刑房，待小的補了罷。』」此處指「頭朝東，腳也朝東」。此「摵」即「搣」字俗寫，方音讀若「缺」。又 1109 頁有歇後語：「唐胖子吊在醋缸裏，把你摵酸了。」2309 頁也有一條格式平行的歇後語：「蔣胖子吊在陰溝裏，缺臭了你了。」可見「缺」「摵」同音。

鐵（透母屑韻）說（書母薛韻）押韻同調。

838 頁「胡打岔」。西門慶罵應伯爵「胡說」，應「打岔」說：「胡鐵，倒打把好刀哩。」

「躞」（定母帖韻）蹀（定母帖韻）同音，藝（心母薛韻）斜（邪母麻韻三等）同音。

77 頁「蹀裏蹀斜」是「蹀躞」的生動形式，指手腳不穩。830 頁有「珠冠躞蹀」，指華貴頭飾顛動搖曳，「蹀斜」「躞蹀」兩個聯綿詞義通音同。「蹀」字不見於韻書，「足」當涉「躞」而增，即「藝」字。

摺（章母葉韻）者（章母馬韻三等）同音。

1091 頁「你做甚麼來摺兒？」疑「摺」即元明戲曲中虛字「者」，「來摺」即今日語氣詞「來著」，志此備考。

孽（疑母薛韻）業（疑母業韻）同音。

1740 頁「業龍作孽」，「業龍」即「妖孽之龍」。書中「孽」字僅此一見，「作孽」一詞他處均作「作業」（如 1718 頁，1723 頁）。又 2164 頁「終朝業試茫茫」，《黃氏女寶卷》及《寶劍記》皆作「終朝孽識茫茫」。

藥（以母藥韻）月（疑母月韻）同音。

2801 頁「他拿藥與奶奶吃來，奶奶說，我肚子裏有甚麼，拿這月來灌我？」

(四)支辭（ï）

識（書母職韻）試（書母志韻）同音。

2674 頁〈山坡羊〉「你試聽知」，858 頁〈山坡羊〉同位置作「你識聽知」，856 頁〈山坡羊〉同位置作「你試」，奪兩字。又 2164 頁「終朝業試茫茫」，《黃氏女寶卷》《寶劍記》同語作「終朝孽識茫茫」。

石（禪母昔韻）時（禪母之韻）同音。

2291 頁「這樣狗背石東西」是罵人為「僻時貨」，2215 頁有「僻時貨」。

食（船母職韻）世（書母祭韻）同音。

1195 頁「沒見食面的行貨子」，「食面」當作「世面」。

失（書母質韻）勢（書母祭韻）同音。

書中多見「冒勢」「冒冒勢勢」，「勢」即「失」。

(五)居魚（i、ü）

齎畢必（三字均幫母質韻）同音。

見上文「戈何」韻「礴、剝」條。

密（明母質韻）眯（明母齊韻）同音。

1935 頁 2150 頁兩處「密縫眼」，均應為「眯縫」眼。

的（端母錫韻）底、抵（均端母薺韻）同音。

2007 頁「那轎的離地約有三尺高」，「轎的」當作「轎底」。2753 頁「你的盜的東西」，「的盜」書中他處作「抵盜」。

緝（清母緝韻）機、譏（均為見母微韻）同音。

2009 頁「緝察」，293 頁作「譏察」，1988 頁作「機察」。

唧（精母質韻）擠（精母薺韻）同音。

2417 頁「問如意兒唧了奶來」，「唧」當作「擠」。

給（見母緝韻）計（見母齊韻）同音。

1175 頁「攪給」，2893 頁作「攪計」。2767 頁作「攪汁」，「汁」也是「計」字形誤。

集（從母緝韻）即（精母職韻）同音。

2403 頁「即龍盤」前奪一字，據駢文對仗得知當作「蟎集龍盤」。「即」借作「集」。

漆（清母質韻）妻（清母齊韻）同音。

1169 頁歇後語「秀才取漆無真」。「漆」即「妻」、「真」諧音「貞」。

緝、器（溪母至韻）同音。

書中多次出現罵人「不成器」語句，315 頁作「不成楫」。「楫」當是「緝」字形誤。

乞（溪母迄韻）氣（溪母未韻）同音。

書中幾次出現「死氣白賴」（如 2056 頁）一語，均是「死乞白賴」之誤寫。

席（邪母昔韻）畦（匣母齊韻）同音。

2579 頁歇後語「我醃韭已是入不的畦了」，以「畦」諧音「席」。

乙、一（均影母質韻）伊（影母脂韻）醫（影母之韻）同音。

379 頁「賈伊」諧音「甲乙」。「任醫官」多次寫作「任乙官」（如 2422 頁 2424 頁），或「任一官」（如 2959 頁、2365 頁）。1040 頁潘金蓮用「太乙」諧指「太醫」。又，書中常用詞「專一」又寫作「專乙」（如 2768 頁）。

一（影母質韻）益（影母昔韻）亦（以母昔韻）同音。

「一發」（如 80 頁）「益發」（如 427 頁）又都寫作「亦發」（如 722 頁）。

益、宜（疑母支韻）同音。

便宜（1500 頁）多寫作「便益」，如 103 頁、316 頁。

祝（章母屋韻三等）逐（澄母屋韻三等）同音。

祝日念其人似是以善於念情書而得名。300 頁寫到潘金蓮傳束帖給西門慶，李桂姐搶過去拆開，卻不給在場眾人，單單遞給祝日念「教念與他聽」。可見此人日逐念情書為事。

束（書母燭韻）漱（生母宥韻）同音。

2830 頁「只好狗漱著學作生活」，「狗漱」即「拘束」。「狗拘」形近，「束漱」音同。

屬（禪母燭韻）數（生母虞韻）同音。

書中常見「恒屬」一詞（如 746 頁、1235 頁）相當於現在的副詞「反正」，表示堅決肯定的語氣。（大約就是「橫豎」）書中有一例作「恒數」（631 頁）。

屬、術（船母術韻）同音。

2039 頁「倒且是有權屬」，「權屬」即「權術」。

續（邪母燭韻）絮（心母御韻）同音。

327 頁，把頭髮「絮在鞋底下」。「絮」即方言詞「續」，指把條狀物由一端開始逐步填入。

續、俗（邪母燭韻）同音。

2409 頁「頑要續了」，「續」即「俗」，指久經習慣，覺得平庸，感到厭倦。

(六)呼模（u）

卜（幫母屋韻一等）不（幫母沒韻——據《切韻指掌圖》）同音。

書中有一死幫閒「卜志道」。其名出現數次，但出身性格均無道及，係為花子虛補入十兄弟虛擬的空擋，姓名諧音「不知道」。

撲（滂母屋韻一等）捕（並母暮韻）脯（並母模韻）同音。

2938 頁俗詞語「四脯著地」，1007 頁作「四捕著地」，1629 頁作「四撲著地」。

服、伏（均奉母屋韻三等）扶（奉母虞韻）同音。

「服侍」（65 頁）又寫作「服事」（71 頁、78 頁），「伏侍」（259 頁、285 頁），「扶侍」（269 頁、310 頁）。

腹（非母屋韻三等）復（非母宥韻）同音。

636 頁「兩雙玉腕挽腹挽」，「腹」係「復」誤。

佛（奉母物韻）扶同音。

1486 頁「佛桑花」即「扶桑花」。

突（定母沒韻、透母沒韻）塗（定母模韻）同音。

「糊塗」僅見於 816 頁和 1548 頁，他處均寫作「糊突」。

彀（見母屋韻一等）骨（見母沒韻）古（見母姥韻）同音。

1366 頁「磕磰成一塊子」，1582 頁 2411 頁各有「一砧磰扒起來」均是身體翻滾義，係「彀轆」的記音字。「磕、砧」均不見於早期字書，音當同「骨、古」。「轆、磰」同為來母屋韻一等字。

哭（溪母屋韻一等）窟（溪母沒韻）苦（溪母姥韻）同音。

2287 頁諧音歇後語「嚎啕痛（哭），剜牆拱（窟）」。又 2806 頁「你休氣哭」，153 頁則作「你卻不要氣苦」，「哭」字當係「苦」字音誤。

核（櫊）（匣母沒韻）胡（匣母模韻）同音。

「棗核」一詞，書中均寫作「棗胡」。

物（微母物韻）數（生母遇韻）複（奉母有韻）付（非母遇韻）度（定母暮韻）押韻同調。

見 1148 頁酒令。

(七) 皆來（ai、iai、uai）

白（並母陌韻）伯（幫母陌韻）同音。

應伯爵自稱「也曾嚼過」西門慶的，諧音「白嚼」無疑。又，第十二回李桂姐講老虎請客的故事，老虎說「我從來不曉得請人，只會白嚼人」，當下把應伯爵來傷了。可見「伯爵」音同「白嚼」。

擘（幫母麥韻）白（並母陌韻）「搧」同音。

分擘一義，《金瓶梅》多寫作「搧」，2137 頁寫作「白」，「把那一個橘子平白兩半」。「搧」字不見於字書。又讀如「排」（見下條）。可見從「扉」應是一開尾韻字。

拍（滂母陌韻）排（並母皆韻）「搧」同音。

566 頁「你敢和我拍手麼」，323 頁作「你敢與我排手」。「拍鈸打鼓」又寫作「排鈸打鼓」（如 234 頁 1818 頁），又寫作「搧鈸打鼓」（如 234 頁 1316 頁）。

「刮」、別、擺、把同音。

「刮劃」是北方常用聯綿詞，《金瓶梅》中有「刮劃」（783 頁）「別劃」（1138）「擺話」（563 頁）三種寫法。俗語記音最初可能是「百劃」。「百（幫母陌韻）」「劃（匣母麥韻合口）」疊韻，「百」字從「劃」字增「刂」旁。百、擺（幫母蟹韻）同音，劃、話（匣母夬韻合口）同音。

別（幫母薛韻）把（幫母碼韻二等）都有「擺」音一讀。1684 頁「愁來別酒強重斟」，839 頁「擺人的牙花子已擱了」。都表明作介詞的「把」與「擺」「別」同音。

又，上述「別劃」，《詞林摘豔》同詞作「刮劃」；上述「別酒強重斟」，《雍熙樂府》同詞作「把酒強重斟」。可見《金瓶梅》中「別」「擺」「刮」「把」同音。

劃（匣母麥韻合口）跟蔡、快、戴、搽、待、太、揣、懷、快、在押韻同調。

見 783 頁蔡老娘自白。

(八)灰微（ei、uei）

僻（滂母昔韻）背（並母隊韻）同音。

976 頁「僻格剌子」，545 頁作「背哈喇子」。又，2291 頁有「僻時貨」，2291 頁有「背時狗」。

忒（透母德韻）推（透母灰韻）同音。

839 頁歇後語「鬼酉兒上車——推醜。」以「推」昔韻「忒」。

國（見母德韻合口）鬼（見母尾韻）同音。

863 頁「韓道國」其人，人們順口就叫他「韓搗鬼」。他的兄弟叫「二搗鬼」。

摑（見母麥韻合口）鬼同音。

「鬼混」一詞多寫作「摑混」

(九)蕭豪（au、iau）

郝（曉母鐸韻）好（曉母號韻）同音。

880 頁出現「車淡、管世寬、遊守、郝賢」四個閑漢，分別諧指「扯淡、管事寬、遊手好閑」。

鶴（匣母鐸韻）學（匣母覺韻）桃（定母豪韻）押韻同調。

見 655 頁韓道國酒令。

落（來母鐸韻）跟趙、叫、勒、到、要、廟、叫、覺、調、倒押韻同調。

見 1071 頁趙裁縫自白。

落（來母鐸韻）、澇（來母號韻）同音。

521 頁揶揄李瓶兒落淚，說成「城外落鄉許多里長」要請他去「告水災」，可見「落鄉」指遭水災的「澇」鄉。

落（來母鐸韻）、勞（來母號韻）同音。

1640 頁「勞而無功」。1629 頁作「落而無效」。

樂（來母鐸韻）勞（來母號韻）同音。

949 頁「犒樂」「匠人」，1250 頁作「犒勞匠人」。

爵（精母藥韻）嚼（從母藥韻）同音。

應伯爵諧音「白嚼」，參見皆來韻「白」字條。

腳（見母藥韻）跑（並母肴韻）押韻同調。

240 頁俗語：「從頭看到腳，風流往下跑；從腳看到頭，風流往上流。」

著（知母藥韻）招（章母宵韻）同音。

《金瓶梅》常見「招放」「招」一詞，義為「容納」。410 頁說吳月娘性格寬洪，「不然手下怎生容得這些人？」413 頁潘金蓮以她作比，表示容的下李瓶兒：「我不肯招他，當初那個怎麼招我來？」「容」「招」對應。591 頁西門慶要潘金蓮容納宋惠蓮：「看你怎的容他！」潘金蓮拒絕：「我是沒處照放他。」「容」「照放」對應。

「照放」又作「招放」，2281 頁「愁咱親家太師府中招放不下你我。」又作「抬放」，2161 頁西門慶要應伯爵宴客時請個戲班。應伯爵說：「小人家哪裏抬放，將就叫兩個小唱女兒罷了。」此「擡」顯然是簡體手抄致誤。（1082 頁〈小桃紅〉「未曾抬嫁」，《詞林摘豔》原作「未曾招嫁」，可見「招」易誤為「抬」。）

「招」字義又寫作「著」，如 674 頁「忿氣滿懷無處著」，704 頁「那西門慶聽了。也不著在意裏」。

可見「著」「招」是異形同詞。

(十)幽樓（ou、iou）

肉（日母屋韻三等）救（見母宵韻）押韻同調。

2931 頁俗語：「黑頭蟲兒不可救，救之就要食人肉。」

陸（來母屋韻三等）劉（來母尤韻）同音。

300 頁「花胳膊劉小二」，《水滸傳》作「花胳膊陸小乙」。此頁提到的其他人名，均抄同《水滸傳》，唯「陸小乙」改作「劉小二」。「乙、二」或是形近致誤，「陸、劉」則是音近替改。

上文考定的字可構劃成如下的韻母表。（見「表一」）

表一

	山攝咸攝		江攝宕攝		梗攝曾攝		臻攝深攝		通攝
	開口	合口	開口	合口	開口	合口	開口	合口	合口
一等	a 答搭笪端 塔踏透迣定 納捺泥 剌 拉來 擦清 撒心 e 磕溪 喝欱曉 合匣	uo 撥並 潑旁 末抹明 捋端 脫透 奪定 活匣	uo 磠並 莫明 錯清 au 薄並 郝曉 鶴匣 落樂來	uo 槨見	ei 得端 式透	uei 國見		u 不幫 沒明 突定 骨見 窟溪 核匣	u 卜幫 撲旁 穀見 哭溪

二等	a 八扒幫拔並 扎莊刹察初 殺煞生 ia 甲見鴨押影	uo 剝幫 üe 覺見 iau 學匣		ai 伯百擘幫 拍滂白並	uai 劃匣	
三等	ie 滅明摺章 接精切清褻 心孽業疑歇曉 ai 別幫	a 法非 筏罰伐奉 襪微 üe 說書 撅精 月疑以	ie 著澄卻溪 iau 略來爵精 嚼從著澄藥以	ei 僻滂 -i 食船識書石禪 i 即精席邪益影	-i 失生 i 礕畢必幫密明 唧精漆緝清 集從給級 急見乞溪一 乙影亦以	u 佛奉 ü 術船 u 腹非服伏奉 iou 陸來肉日 ü 逐澄祝章束 書屬襌續 俗邪
四等	ie 鐵透蹀疊定 節精蹙心	üe 缺溪		i 的端	i 激見	

二、詩曲韻譜

我們把含有入聲字的詩曲等韻語整理成一個韻譜。

韻譜分成八個韻轍，也用《韻略匯通》的開尾韻類題目，支辭、居魚、灰微歸為一轍。例詩排列的大致順序是：先列詩，其次是作者自編的韻語，然後列抄自他書的韻語。每段韻語都先出頁碼和曲牌，無曲牌的根據內容情節擬題放在括弧內。韻字有誤的酌加校訂，後面括弧內是校訂前的用字。凡是古入聲字，上加「‧」號標出。

家　麻
2863（詩：葉道相面）八發煞
95（婦人容貌）插花押花誇價紗剌掛下芽踏花袴花家
2494〈寄生草〉帕他發掛話架
2173〈皂羅袍〉加差花達甲
2570〈紅繡鞋〉怕加搽筏殺
2528〈四換頭〉話差抹掛下
213〈山坡羊〉襪下卦花扠他下罵花家畫馬咱他
218〈寄生草〉話他發下怕帕
938〈折桂令〉娃達鴉霎涯他薩
1081〈鬥鵪鶉〉紗瓦榻鴨下馬
1082〈調笑令〉他花咱他掛馬峽

1082 〈金蕉葉〉蠟腭雅下咱（著）

1082 〈小桃紅〉花價抹霞凹八嫁芽

1083 〈聖藥王〉他納嘩腭紗匣

1083 〈尾聲〉大殺馬

1884 〈駐馬聽〉茶加灑槎花蠟涯下

1887 〈駐馬聽〉霞涯花滑價花花訝

戈　何

2679 （詩：回首詩）落著寞壑薄

2542 （詩：斥尼道）何佛作蛾婆

2332 （詩：吳神仙詩）娥磨涸（枯）多何

400 〈朝天子〉和合挪過磕火多麼唾

2660 〈山坡羊〉跺錯卻過果哥我

2661 〈山坡羊〉墮落沒多果哥我

2129 〈玉交枝〉過著托我朵落著

2130 〈金字經〉可薄何坐多

1320 〈山坡羊〉過坐客個我活餓多梭

遮　蛇

2925 （詩：贊周統制）烈月雪

698 （詩：單道這熱）滅竭熱

2962 （普淨和尚偈）結徹雪蠍折徹雪業結

857 〈山坡羊〉月徹夜捨夜理賊血

1153 〈鎖南枝〉斜舍竭揩

217 〈山坡羊〉邪月夜別熱舍也

292 〈水仙子〉掘疊列劫者揸接賒

300 〈落梅風〉也月鐵夜

1419 〈降黃龍衰〉寫徹煩貼夜滅設擷（擷）

1839 〈普天樂〉月賒夜射列也也

2016 〈逍遙樂〉夜結協別喋奢蝶

2106 〈醋葫蘆〉怯舍熱截

2106 〈集賢賓〉也些榭斜絕嗟疊蛇

2107 〈醋葫蘆〉撧舌血熱遮

2108 〈青歌兒〉葉月些嗻竭業

2018〈蝴蝶兒〉客者夜也邪折

2108〈後庭花〉蝶鐵車嗟爵些賒疊也斜滅

2108〈浪裏來煞〉趖惹碾貼捏斜

支辭　灰微　居魚

479〈折桂令〉枝脂實許辭時思思

536〈滿庭芳〉知的計衣米雷意已妻

855〈山坡羊〉義舉碎垂去虧賊誰

1857〈掛金索〉(1)帝力鬼味(2)士國（家）裏味(3)俾體內味(4)士食倚味(5)閉裏罪味(6)會胃

　　　體味(7)極際世味(8)避逼氣味(9)類氣治味(10)至裏寄味(11)避體鬼味(12)輩意澤味

2206〈江兒水〉氣氣幃隨誰飛歸國衣誰（著）息寄遲

2499〈水仙子〉石婿內偎迷喜皮

2599（曲：老鼠雙關）皮唧睡隙實嘴

2674〈山坡羊〉滴氣赤你飛知裏

1580〈集賢賓〉西移知飛宜席

2012〈滾繡球〉機意臍隨圍畏威賊為

2012〈尾聲〉非氣衣夷衣食懼遲遺你

2125（頌：五戒辭世）七一急逼碧

2132〈柳葉兒〉被誓例氣的知（道）

2132〈玉交枝〉洗眉的喜歸裏你

2132〈後庭花〉賊息去杯恓翠食體夕飛裏你

2786〈普天樂〉垂淚杯對暉黑徊

呼　模

2129〈玉交枝〉布舞戶苦毒顧數

2786〈山坡羊〉怒訴醋布府做無毒夫

皆　來

1155〈鎖南枝〉罩開解白

1156〈尾聲〉鞋愛白挨

2439（古人格言）財胎災哉白呆材

142〈沉醉東風〉色釵歪「攃」（攃）來買

1138〈罵玉郎〉捱懷愛劃篩戴

1139〈採茶歌〉骸捱台責白

蕭　豪

141（曲：瓠雙關）要著料叫要藥

1668〈鎖南枝〉嬌少描學早抱飽消

2131〈金字經〉了敲著叫曉

2131〈玉交枝〉叫（唱）笑焦筊道著

2495〈水仙子〉遙妙著招著搖了

2524〈雁兒落〉草叫套罩交覺了宵到了

2591（曲：月娘經濟對罵）了著叨曉巢調孝嘲了槽饒妖套拷鬧焦腰料挑腦饒稻了老

1114〈雙調新水令〉宵罩高韶樂

1115〈七兄弟〉著妙學笑

1115〈梅花酒〉老標嬈嬌橇樂飄醪

2310〈罵玉郎〉耗膠樂嬌貌

2310〈感皇恩〉聊勞學焦愀樂熬

2311〈烏夜啼〉草樂巢沼郊飄肴落療撓

2311〈賺〉朝薄抱笑告

2311〈節節高〉著嬌調好貌俏到翹笑

幽　樓

2569〈紅繡鞋〉肉喉州流有

上文的韻譜可以構劃成如下的韻母表。（見「表二」）

表二

	山攝咸攝		江攝宕攝		梗攝曾攝		臻攝深攝		通攝
	開口	合口	開口	合口	開口	合口	開口	合口	合口
一等	a 榻踏透達定 納泥剌蠟來 薩心 e 磕溪合匣	ua 抹明 斡影 uo 潑滂 脫透 活匣	uo 薄並寞明 托透落來 作精錯清 e 鑿曉涸匣 au 薄並鶴匣 落樂來		ei 得端 賊從黑曉 e 賊從	uei 國見		uo 沒明 u 核匣	u 毒犢定 牧目明
二等	a 八幫插初 殺煞霎生 ia 甲見匣峽匣 鴨押影	ua 滑匣	iau 覺見學匣		ai 白並責莊 ei 澤澄 ie 客溪	uai 劃匣			
三等	ie 別幫滅明 蹕泥列烈來 徹徹折章舌	a 發髮非 筏奉襪	üe 著澄卻溪 iau 著澄腳見 藥以		iai 色生 -i 赤昌食船識書石禪		-i 實船日 i 唧精七清急見 及群一影	uo 佛奉	iou 肉日 ü 俗邪

設書熱日船接精泄心劫見怯溪竭碣業群蠍曉葉以	üe 說書絕從雪心掘群月疑		i 逼碧幫力來息心席夕邪隙溪極群			
四等	ie 鐵帖透喋蝶疊定捏泥截從結見頰協擷匣	üe 血曉		i 的端		

三、聲韻調討論

(一)語音系統概述

前面我們已經運用《韻略匯通》的開尾韻擬音作為《金瓶梅》韻類符號，這裏再簡述一下兩種語音系統的異同。

明中期的韻書《韻略易通》有二十個韻類，二十個聲母。明後期的《韻略匯通》又在此基礎上「增刪分合」，把韻類並為十六類，更符合當時官話系統的實際了。這表現在：⑴把 -m 尾韻併入 -n 尾韻；⑵把齊微分作兩部分，一部分稱灰微，即 ei、uei 兩韻母，一部分作另立的居魚韻開口，即 i 韻母；⑶把魚模分成兩部分，一部分稱呼模，即 u 韻母，一部分作居魚韻合口，即 ü 韻母。這種鼻尾韻和開尾韻的分類跟《金瓶梅》語音系統是相同的。

但是《韻略匯通》還保存入聲一類，這可能是受舊韻書規模的局限，也可能是出於概括天下方音的願望。《金瓶梅》卻明確地表示出入聲字已同開尾韻字合流。這是兩個語音系統重要的差別。

在韻母方面，兩個系統還有一個重要的差別。《韻略匯通》居魚合口韻中包含有章組聲母三等字，即有 zhü、chü、shü 一類音節結構，這種結構至今保留在《韻略匯通》的作者家鄉膠東一帶。而《金瓶梅》中居魚韻合口 ü，跟 i、ei 通押已限於精組、見組字，上文韻譜可見的有「舉、許、婿」等字。從異文別字看，章組三等字「屬、術、束」等字，已跟「數、漱」同音，可見已讀入呼模韻。從韻譜中可以看到「數」押呼模韻。同樣的道理，可以根據「管世寬」諧音「管事寬」、「卜志道」諧音「不知道」推知，《韻略匯通》居魚韻開口 i 韻母的 zh、ch、sh 聲母字（如「世、知」）已跟「事、志」同音，

讀入支辭韻。用現代四呼概念說，zh、ch、sh、r 聲母已經不拼齊齒、撮口，只拼開口、合口兩呼。上文兩個韻母表中的 ia、iau、iou、iai，在 zh 組聲母後，應該已經讀作 a、au、ou、ai，而車遮韻的 ie、üe 在 zh 組聲母後，應該已經讀作 e、uo。（詳見韻母討論一段）

在聲母方面，《金瓶梅》已經產生了舌面聲母 j、q、x。而《韻略匯通》還保持著尖團的對立，反映出膠東方音的特點。又，《韻略匯通》沿用《韻略易通》的「早梅詩」二十聲母，設「無」母（V）一類，但已有消失跡象；《金瓶梅》以「吳典恩」諧音「無點恩」、以「望、巴」諧音「王八」，則明確標示 V 聲母已經消失，成為零聲母合口呼。

(二)韻母討論

我們根據諧音、異文別字勾畫出入聲字分歸開尾韻的情況歸納出表一，又根據押韻字歸納出表二。兩表收字雖不盡同，但反映入聲字歸韻的規律大致是相同的。

家麻：山攝咸攝開口的二等字和這兩攝一等韻中端系、精系字，其韻母讀同家麻。這兩攝的合口三等韻非系聲母字也讀同家麻。

戈何：山攝咸攝開口一等韻見系字。山攝合口一等韻，宕攝臻攝合口一等韻、江攝二等韻文讀，同戈何。

車遮：山攝咸攝開口三四等韻宕攝三等文讀，同車遮。

支辭：梗曾臻深四攝開口三等韻知組、章組字讀同支辭。

居魚：梗曾臻深四攝開口三等韻除莊系字以外均讀同居魚開口，即 i 韻母。梗曾臻深四攝合口三等韻見系、精系字，讀同居魚韻合口，即 ü 韻母。（這一條規律收字只有「續、俗」，這是因為材料有限。）

呼模：臻攝合口一等韻字、三等韻的非莊系字，白讀同呼模。通攝一等韻字，三等韻母的非系、莊系字，讀同呼模。

皆來：梗攝二等韻字、三等韻莊組字，讀同皆來。

灰微：梗攝一等韻字、二等韻知組字讀同灰微。

蕭豪：江攝、宕攝開口韻白讀同蕭豪。

幽樓：通攝三等來母、日母字讀同幽樓。

我們的擬音，也符合古音演變的規律。

從開合來看，除宕攝江攝外，其餘各攝入聲變開尾韻後仍然是開合對應。江攝是獨攝，開合歷來有爭議；宕攝本來只有見系聲母後有開合對立，其他聲母字無對立。其入聲現代文讀多是合口呼，白讀是開口呼。這裏把歸入戈何、車遮的字，除見系聲母字外都擬有合口介音。因為我們看到《金瓶梅》一書中，開尾韻戈何有開合不分的跡象。如

「個、過」都有相互替代的例子，而且戈何韻字又有跟呼模韻字相互替代或押韻的例子。前者如「多、都」通用，後者如「佛」字押戈何、呼模兩轍。擬作合口有利於解釋這種現象。宕攝江攝白讀歸入蕭豪，蕭豪無合口，則擬作 au、iau。

從四等分別來看，一等主元音都是洪音，二等除見系聲母開口韻有 i 介音外，多同一等。三等韻除非系聲母字同相應一等外，其餘都同四等一樣是細音或有 i、ü 韻頭。

從押韻情況看，來自古一等戈何韻與來自古二三等的車遮，是相對獨立的兩轍，但也確有通押的例子。2660 頁〈山坡羊〉（戈何韻）中押有「卻」字，2679 頁「回首詩」（戈何韻）押有「著」字。而 2108 頁〈蝴蝶兒〉（車遮韻）和 1320 頁〈山坡羊〉（戈何韻）中都押有「客」字。這幾首詩或曲，都未見出自他書的證據，從內容看也像是小說作者自己創作的。這表明作者的語音系統中兩轍音近。或是 e、uo 和 ie、üe 是互補的一韻四呼。現代魯西方音正是後一種認識。本文也這樣處理，凡車遮韻知組章組字都應看作 e、uo 韻母。

有些入聲韻有兩讀。鐸、覺、藥開口有系統的兩讀，uo au「薄、落」üe iau「著、藥」。很有說服力的證據，是 2129-2131 頁鬱大姐唱的一套〈鬧五更〉。同是〈玉交枝〉最後一韻，都是「枉教奴癡心等著」一句，「著」字一押戈何韻，一押蕭豪韻。可見作者的語言裏，「著」讀戈何讀蕭豪都允許。在眾多韻語中，詞曲多押蕭豪韻，押戈何韻的除上一例曲證外，還有 2679 頁「回首詩」一例。一般說來，曲詞的語言比詩更接近口語，應該說蕭豪一讀是白話音，戈何一讀是讀書音。這也有現代北京音、魯西方音的有力旁證。

上文提到的「佛」字押戈何、呼模兩韻也有相當的系統性。如「核」字，《金瓶梅》中多記作「胡」字。從這個角度看，下面的諺語也是押韻的：192 頁「欲求生快活，須下死功夫」，1044 頁「若人有福，須供養佛」。不過「佛、核、活」來自不同的入聲韻，而同韻其他字也並未發現整齊的對應。另外，有一些非入聲字也有 uo、u 兩讀的，如「過、顧」替代，「何、胡」替代。我們暫且看作這是部分字的兩讀比較妥當。

還有些字異讀可能是例外字。

末韻字讀入戈何是無可懷疑的，如「潑」讀如「坡」，「脫」讀如「拖」，「活」讀如「火」。但「抹」字又押入家麻韻多次，卻未見一例入戈何。《金瓶梅》中「抹」字讀 ma，應屬於例外。性質相近的字有「斡」（影母末韻），可能讀同挖（影母黠韻合口）。2624 頁「斡開他胸脯」，《水滸傳》作「挖」，2624 頁「金耳斡」即「金耳挖」。

「客、卻」押入戈何，應是 ie 韻跟戈何通押。魯西今音「客」讀 ie 韻，可證此音不誣。《金瓶梅》中「促搳」又寫作「促卻」（713 頁），「搳」也讀如「客、卻」。又，91 頁「恰不道」，197 頁「恰似」，《水滸傳》分別作「卻不道」「卻似」，是「恰、

卻」同音。合韻見系字（喝、合）入戈何韻，相應的二等韻洽韻見系字「恰」讀如車遮韻也是合乎規律的。

「賊」字多押灰微韻，有一例押入戈何韻是很特殊的。

「僻」字讀如「背」是無疑問的，但不合梗攝三等開口讀 i 的規律。

「摑」字二等，讀同一等字「國」，也不合規律。或者此處「摑」是以「國」字為聲符的新造俗字，與韻書上的「摑」字無關。

「攪撒」（780 頁）之「攪」，也似是以「覺」為聲符的新造字，「覺」文讀 üe 韻，「攪撒」即「決撒」。

(三)聲母討論

全濁聲母在《金瓶梅》時代已經清化，這個問題已有多人論及。

全濁聲母中的塞音、塞擦音在平上去三聲字中一般清化為送氣聲母，這不是本文的討論範圍。

入聲字的全濁塞音、塞擦音聲母清化為不送氣聲母，這才是「入派三聲」範圍的問題。

論證這個問題，韻語材料無能為力，只能用諧聲和異文。這種材料是極為有限的，只有如下幾條。

並母讀如幫母

礴——剝　461 頁「嗶哩礴喇」——2056 頁「砒裏剝刺」

　　　　　1116 頁「鷂剝剝」——765 頁「碑礴礴」

白——伯　「應伯爵」諧音「應白嚼」

拔——扒　1464 頁「大拔步」——736 頁「扒步」

拔——八　186 頁「拔步床」——2850 頁「八步床」

白——擘　2137 頁「平白兩半」

定母讀如端母

沓——搭　2440 頁「一搭紙」

從母讀如精母

嚼——爵　「應伯爵」諧音「白嚼」

上述例證已經包括了諧音和異文全部全濁塞音、塞擦音聲母字，雖然為數不多，但卻是無一反證。

「食」字，船母讀如禪母。這是另一類變化，不是反證。而且船、禪兩母孰為塞擦音，至今未有定論。

還有一個「突」字，原有定母、透母兩讀。「糊突」一詞有兩次寫作「糊塗」，一見於 816 頁抄寫的劇本，一見於 1548 頁即吳儒補入的第五十七回，均難說是作者語音特點的反映。「塗」字定母平聲，應讀送氣如透母。現代魯西方言讀「突」如端母，不送氣，「糊突」讀 hu・du。《金瓶梅》中多寫作「糊突」，似正反映了這一特點。

(四)聲調討論

可資討論聲調的材料也很少。曲韻是平仄通押的，格律詩只能分辨平仄。通俗韻語有同調相押的趨向，但也不能看的太絕對。異形詞中入聲字常在第二音節，有可能是輕聲，不能表明本調。諧音材料中的姓名也不一定同調，本文開頭已經說過。

比較可靠的字調材料如下。

陰平：「八」　諧音「巴」（838 頁藏頭韻語）

　　　「潑」　諧音「坡」（1883 頁笑話）

　　　「忒」　諧音「推」（839 頁歇後語）

　　　「漆」　諧音「妻」（169 頁歇後語）

　　　「乙」　諧音「伊」（679 頁「伊面慈」）

　　　「乙」　諧音「醫」（1040 頁「小太乙」）

陽平：「學鶴」押「桃」（1655 頁酒令）

　　　「席」　諧音「畦」（2579 頁歇後語）

　　　「服伏」通「扶」（三種寫法都常見）

　　　「核」　諧音「胡」（「胡」字多見）

上聲：「甲」　諧音「賈」（679 頁「賈仁清」）

　　　「甲」　諧音「假」（1328 頁俗語）

去聲：「滅」　押「借」（1751 頁諺語）

　　　「肉」　押「救」（2931 頁諺語）

　　　「物」　押「負、付、度」（1148 頁酒令）

　　　「落」　押「趙、叫、……」（1071 頁趙裁縫白）

　　　「落」　通「澇」（521 頁「城外落鄉」）

平聲（陽平陰平不能確定）：

　　　「著壑寞薄」押韻（2679 頁「回首詩」）

　　　「佛作」押「娥婆」（2542 頁詩）

「涸」押「磨多河」（2332 頁詩）

「髮煞」　押「八」（2863 頁詩）

仄聲（上聲去聲不能確定）

「烈月雪」押韻（2845 頁詩）

同調（陰陽上去不能確定）

「鐵」「說」同調（838 頁「胡打岔」）

「缺」「撅」同調（940 頁諧音故事，又 1109 頁 2309 頁歇後語）

以上材料雖然不多，但也可以看出一些傾向：同古聲類比較，讀陽平的都是全濁，讀去聲的都是次濁，讀陰平的大都是清聲母，只有「寞」屬於次濁，而清聲母不讀陰平的只有「甲」。

這就足以說明，《金瓶梅》時代的入聲分派，跟《中原音韻》時代根本不同。《中原音韻》沒有入作陰平的字，古清聲母字基本上作上聲。

跟現代方言比較，《金瓶梅》入派三聲的規律跟北方官話（冀魯官話）相同。上列待定調字中，「薄佛涸」今讀也合規律地讀成陽平，「說缺煞」也合規律地讀成陰平。「寞」讀陽平，「這壓作髮鐵撅」讀陰平，都可以在冀南魯西的方言中找到證明。

《金瓶梅》與近代漢字研究

　　《金瓶梅詞話》豐富全面的言語內容，為近代漢語語音、詞彙、語法的研究提供了寶貴資料。其萬曆本（有萬曆丁巳年序文的刻本）豐富的文字現象，也為近代漢字的研究提供了穩定可信的材料。

一、近代漢字研究

　　著名文字學家唐蘭先生，早在二十世紀四〇年代就指出：「近代漢字的研究，也是很重要的⋯⋯楷書的問題最多，別字問題，唐人釐定的字樣，唐以後的簡體字，刻版流行以後的印刷體，都屬於近代文字學的範圍。」[1]

　　漢字發展到唐代，筆型、部件和結構方式已經大體定型。近代漢字的演變，主要是偏旁的添加、改換和功能的再分配。近代漢字的研究，跟古文字研究相比，有了新的內容，也需要新的方法。由於近代新出現的部件、偏旁極少，所以，即使是新拼創的字形，也覺得似曾相識，漢字整體面貌似乎變化不大。但是，同樣的字形，所負荷的音、義卻在不斷分化組合，這就是功能的再分配。漢字形體和它們所對應的語言內容之間，關係不斷變化。因此，研究近代漢字更必須結合字音字義，也就是結合語言。「只有結合語言，才能看出文字演變的趨勢。」[2]

　　裘錫圭先生指出：「對漢代以後各代文字在字形和結構上的特點，以及各代用字的特點，進行研究的人少得可憐⋯⋯這方面的研究工作很需要加強。」[3]近代漢字研究之所以需要加強，一方面是因為漢字研究重古輕今的傳統造成了學科的傾側失衡，更重要的一方面是，現代化建設亟需漢字整理工作的配合。

　　整理漢字、和電腦配合作信息處理等文字建設工作，跟現代化建設的速度效益有密切的關係，而整理漢字需要理論指導。因此，近代漢字演變的規律、漢字適應漢語變化

1　《中國文字學》前論四，開明書店 1949 年版。

2　李榮〈漢字演變的幾個趨勢〉，載《中國語文》1980 年第 1 期。

3　〈40 年來文字學研究的回顧〉，載《語文建設》1989 年第 3 期。

的能力，是重要的研究課題。

對近代漢字研究做出貢獻的是李榮先生。八○年代以來，他發表了一系列討論漢字的論著，都側重於近代漢字的演變研究。1980 年有〈漢字演變的幾個趨勢〉，1986 年有〈漢字的演變和漢字的將來〉，1987 年有〈舊小說裏的輕音字例釋〉和專著《文字問題》。有人評論說：「《文字問題》已經為漢字研究開闢了新的道路。」[4]這應該是指，李榮構築了近代漢字史的框架，探索了結合音義研究漢字的方法。

李著對《金瓶梅詞話》萬曆本（以下簡稱《金瓶梅》）十分重視。《文字問題》第三章「用字釋例」分八項對小說用字作平面觀察，（①謹嚴的分別②異體字③古字④本字⑤同音替代和音近替代⑥形聲字的變化⑦簡化字⑧繁體字）每項引例都以出自《金瓶梅》的居多。《金瓶梅》用字在近代漢字研究中占有不可忽視的地位。

我們對《金瓶梅》用字的觀察擬分三項說明：①新字形②新音義③訛錯現象，第①項專就字形著眼，包括筆劃的增減、變形和偏旁添換，其結果是字形的增加。第②項著眼於字的功用，包括同音替代、同義替代和偶然同形，其結果是不增加字形而改變了字的音或義，對漢字系統（形和音義的關係，字和字之間的關係）來說也是一種演變和發展。第①②項大致相當於李著的八項。第③項雖然不屬於文字演變規律，卻是漢字應用不可忽視的現象。

各項內容中，凡屬李著已詳述的，本文從略，李著闕略的，本文從詳。引例只出回數頁數，如「八十 4」即指見第八十回第 4 頁。字形的變化需要刻新字，因而儘量選用不必刻字的例子，或採用敘述描寫的方法。

二、新字形

（一）筆劃的增減變形，一般不超出人們視讀的容錯能力，對近代漢字的演變沒有太大的意義。因此，這類字雖然很多，本文只簡單舉例，不出例句。

筆劃增加的例子。「土」字或「土旁」右上角加點；「虫」字或「虫旁」頂上加撇。

筆劃減少的例子。「鳥、寫」等字的四點減去兩點；「水旁」三點減去一點。

筆劃變形的例子。「幺」字或「幺旁」的撇變成撇折；「刀頭」變成「几頭」，即橫折的左鉤變成右鉤。

（二）聲旁的改換或添加，一般是為了更準確地表示當時的讀音，也有的是換一個更簡單更常見的聲旁。

4　蘇培成〈漢字研究的新收穫〉，載《語文建設》1989 年第 3 期。

聲旁改換的例子。「蝦蟆」的「蟆」字，「莫旁」換成「麻旁」；「蹲」字的「尊旁」換成「敦旁」；「證」字的「登旁」換成「正旁」。

聲旁添加的例子較少，比較肯定的是一個「衵」字。這個詞，元代雜劇、小說多用「入」字記錄，《中原音韻》「入、日」同音。《金瓶梅》始用「衵」字，大概是為了跟出入的「入」有所區別，加上了聲旁「日」。

(三)形旁的添加改換，一般是為了把多義字分化出專用字形，也有的是受上下文影響產生的不必要的變化（類推）。

形旁添加的例子。「塞」的動詞用法加「扌」；「耳朵」的「朵」字加「耳旁」或者「身旁」。

形旁改換的例子。「嫖宿」的「嫖」字多寫作「飄」，《金瓶梅》改「風」旁為「女」旁；「遮羞」的「遮」字，「辶」旁多改作「扌」旁。

(四)全新字形，指跟「本字」迥異或者不知「本字」的字形。這些字始見於《金瓶梅》，很難說是舊有字的部分改裝（筆劃或偏旁的變動），只能看作是利用舊部件偏旁重新拼裝創制的。其中本字可靠的，可以說是聲旁形旁都改換了；本字難考的，則應該是形音義全新的地道新字。

這些字可根據《漢語大字典》（徐中舒主編，湖北辭書出版社，四川辭書出版社出版）已收和未收分兩類舉例說明。已收的以「撢、攃」為例，未收的以「砧」「熥」為例。

「撢」字的本字大約是「趁」。《廣韻》獮韻泥母：「趁，踐也」；震韻徹母：「趁，謂逐趁也」。前一讀跟「撢」音同義異（可能是義項缺略），後一讀跟「撢」義同音異。《集韻》銑韻泥母：「踠，蹈也，逐也，或作趁。」才把音義統一起來。《金瓶梅》時代「輦」已讀同「踠」就用作聲旁，加「扌」表示動詞用法，拼創出新字「撢」，表音表義都較為貼切，所以沿用至今。

「攃」字義為「將衣服的附屬物縫上」，可能是新出現的方言詞。《金瓶梅》以「寨」作聲旁，加「扌」拼創出「攃」字記錄這個詞，音義貼切，也沿用流傳至今。

「砧」的本字大約是「蹎」。《廣韻》先韻端母：「蹎，蹎仆」，可以引申出顛簸碰撞的意義。《金瓶梅》選「石」形「店」聲造字，表音表義似乎較之「蹎」字為勝，但後來這個字一般都用「顛」字記錄。

「熥」字今寫作「燉」，當時有可能是新出現的方言詞，《金瓶梅》選「火」形「頓」聲造字記錄，音義很切。可能因為形體太繁，沒能夠流傳。今天的「燉」字可看作「熥」的省改，跟古已有的「燉」字意義無關，只是偶然同形。（《集韻》魂韻定母：「燉，風而火盛貌。」）

一部集大成的《漢語大字典》，失收「砧」「熥」這類字，應該說是一個缺憾。

三、新音義

　　詞義的引申、字音的歷史音變，是純粹的語言學問題，不是文字學的字義字音增加，本節不作討論。

　　（一）同音替代造成字義增加。三七 7「僻格刺子」，二一 4「背哈喇子」，兩語同義，都指「偏僻的角落」。「背」字本無「偏僻」義，由於《金瓶梅》用來做「僻」的同音替代字，就增加了「偏僻」的字義。

　　（二）同義替代造成字音增加。七七 15「擲骰猜枚」，六八 15「擲色猜枚」，兩語同義。「骰」本來作為博具讀如「頭」，因為這種博具又稱「色子」，人們認為「骰子」讀同「色子」，同義詞當作同音詞，「骰」字就增加了新音，讀如「色」。四四 8「遞過色盆來，兩個擲骰兒賭酒為樂」，一句中兩字同時出現，不可能是兩種讀音，只能是「骰」讀同「色」。

　　（三）偶然同形，指新造字跟另一個音義無關的舊有字形體重合。如前文提到的「燉」跟《集韻》的「燉」，就屬偶然同形。單從字形角度看，則是一個字形增加了新的讀音和意義。這個問題似乎尚未見有人論及，卻是近代漢字發展中一種並不鮮見的現象。本節結合《金瓶梅》中的例子「撇、握、摟」試作分析。

　　由前文（二節）可知，《金瓶梅》有利用舊有部件偏旁、按形聲造字心理拼創新字的習慣。而漢字系統中的部件、偏旁是有限的，常用的偏旁更是屈指可數（如形旁無非是金木水火土山水、人手口刀牛羊），因而新拼創的字跟舊有字同形是難以避免的。

　　如果同形的舊有字生僻罕用，這種矛盾就不突出。像前文提到的現代「燉」字跟《集韻》「燉」字，人們識別和運用不太困難。

　　如果新拼創字跟一個常用字同形，讀音和釋義就不易吃準。字書編撰者、詞語研究者常常避而不論，甚或望文生訓，望文生音。

　　「撇」，八九 9「提起刀來望那婦人臉上撇兩撇。」同語《水滸傳》字作「摑」。本字當作「鎞」，《集韻》霽韻幫母：「鎞，治刀使利。」《現代漢語詞典》注音 bei。按：現代山東方言仍然讀 bi，跟「敝」同音；又表示將刀平放按壓，往與刀刃相反的方向移動，跟表示往復運動的「磨」有細微差別。具體到《金瓶梅》中的情節，「撇」是拿刀輕蹭，是一種威懾性而非傷害性的動作。字以「敝」聲「扌」形拼創，當讀如「敝」，跟舊有「撇（pie）」字形體重合。《金瓶梅》中的新音新義未見字書記載。

　　「握」，四一 9「只把官哥兒耳朵握著」，五八 15「只是雙手握著孩子的耳朵」。此「握」字義同「掩」（四三 9「教迎春掩著他耳朵」）。按，就是今天的「摀」wu 字。跟《金瓶梅》大致同時的小說《二刻拍案驚奇》寫作「侮」，韻書《韻略匯通》呼模韻一母上

聲有「搗，手掩」。可見這個動詞當時口語中讀 wu 上聲，尚沒有固定的用字。《金瓶梅》用「屋」聲「扌」形拼創「握」字來記錄，是比較恰當的，當時的「屋」字已經不讀入聲，跟「捂」至多有聲調的差異。（《中原音韻》「屋」歸魚模韻上聲）《漢語大字典》《漢語大詞典》（羅竹風主編，漢語大詞典出版社出版），《金瓶梅詞典》（白維國編，中華書局 1991 年版）在「握」字頭下均收此義，而注音均作 wo，恐屬未當。手掩義的「握」雖然跟舊有「握（wo）」字同形，但意義上看不出引申的軌跡，應當屬於音義不同的兩個詞。

「撈」，十五 3「一徑把白綾襖袖子撈著，顯出他遍地金掏袖兒」，六九 12「撈起腿來與永定瞧（受刑的傷痕）」，二四 5「惠蓮於是撈起裙子來與玉樓看（腳上的鞋）」。

這個「撈」本字大概是「寽」。《廣韻》術韻來母：「寽，說文五指寽也。」《說文》四下：「寽，五指寽也，讀若律。」《水滸傳》字作「捋」，第二十六回：「武松捋起雙袖，握著尖刀。」《紅樓夢》字作「擼」，第八十三回：「紫鵑又把鐲子連袖子輕輕地擼起。」

「寽」是入聲字，在入聲消失的方言裏應變成 lü 或 lu。《紅樓夢》和今北京話讀 lu，字寫作「擼」。在現代山東方言裏，lü、lu 兩音都有。《金瓶梅》字作「撈」，大概表示讀 lü。因為「婁」作聲旁沒有讀 lu 的，卻有幾個讀 lü 的。特別是還有把「驢」改成「婁」旁的例子。

六九 18「打著綿羊駒騾戰」，十七 6「打著羊駒驢戰」，兩語同義。可見「騾」即「驢」，也屬於改換聲旁、以便準確地表示當時讀音的新字形。

當時的「寽」這個詞，寫作「捋」的很多，除《水滸傳》外，《追韓信》第四折有「捋袖揎拳挺盔頂，破步撩衣扯劍迎。」《金瓶梅》因方音一時無字可記，或者覺得「捋」字表音不切，就造出了「撈（lü）」字。

《漢語大字典》「撈（lou）」字：「⑤以手攏著提起來。如：撈衣服。」無書證。《漢語大詞典》「撈（lou）」下：「⑥撩、挽。」引例有二，《兒女英雄傳》第三十五回：「〔何小姐〕撈起裙子來，三步兩步跑上樓去。」《暴風驟雨》第二部六：「杜善人撈撈胳膊，裝模作樣，卻不使勁，缸推不動，」看起來兩部字書的「撈（lou）」，跟我們說的 lü 義近，但都未用《金瓶梅》例，而且注音都作 lou。這種 lou 音，除非另有方音作依據，不然就是望文生音。

依照我們的認識，「撇 bi，握 wu，撈 lü」都是新拼創的形聲字。從產生原因看分別代表了三種類型：「握」本字不明，大概是新起的方言詞；「撇」有本字，但生僻罕用；「撈」也有本字，但表音表義不切。

這三個字都沒有流傳下來，主要原因可能就是字形跟常用字「撇 pie、握 wo、撈 lou」

字形相同，不符合字音字義趨向單一的漢字發展規律。據見聞所及，「握 wu」字尚用於《紅樓夢》，「摟 lü」字尚用於《兒女英雄傳》，「撇 bi」字則根本未見有他書採用，隨生隨滅了。

四、輾轉訛錯

舊小說多經過傳抄而後有刻本，刻本一般也無機會由作者校訂。由於字形的楷草繁簡多次轉換，加上同音替代習慣人各不同，造成了一種複雜的輾轉訛錯現象。

「著」訛為「攞」。「著」有容放義。二六 7「忿氣滿懷無處著」；二六 8「只家中大小把你也不著在意裏」。這種「著」跟「招」同音，所以可以用「招」字替代。十六 5「我不肯招他（李瓶兒），當初那個（吳月娘）怎麼招我來」；八一 5「愁咱親家太師爺府中招放不下你我」。「招」和「抬」草書形近，極易相混。「抬」誤成「招」的例子有，二十 13「蒙爹娘招舉，莫大之恩」；三十 7「招了七百兩銀子，往對門喬大戶家成房子去了」。「招」誤作「抬」的例子有，四一 4「玉簫年當二八，未曾抬嫁」，《詞林摘豔》同語字作「招嫁」，不誤。容放義的「招（著）」誤作「抬」又轉刻成繁體字，就成了「攞」。二一 2「我這屋裏也難攞放你」；七四 10「小人家那裏攞放？將就叫了兩個唱女兒唱罷了」。這兩例中的「攞」都是「著」字的輾轉訛錯。

「嚴」訛為「沒」。包裹得緊密可稱「嚴嚴的」，小說中不乏例證。《金瓶梅》用同音字「沿」替代「嚴」，四十 4「拿裙子裏得沿沿的」。「沿」「沒」形近容易相誤。四一 6「用紅綾小被把官哥兒裏的沒沒的，恐怕冷」；九十 5「我拿小被兒裏的沒沒的，怎的凍著」。這兩例中的「沒」都是「嚴」的輾轉訛錯。

「脹」訛為「漲」，充血紅紫狀稱「紫脹」，小說中也不乏其例，《金瓶梅》也有，三八 3「紫脹了雙腮」。「脹」「強」草書形近易誤，「紫脹」遂成「紫強」，三七 9「紫強光鮮，沉甸甸甚是粗大」。「強」又音 jiang，跟「漿」形近音同，「紫脹」遂又輾轉為「紫漿」，七 11「須臾怒起，紫漿了面皮」。「脹」訛為「漿」還有一條可能的途徑，「脹」用同音字「漲」替代，「漲」「漿」草書形近致誤。《水滸傳》中多用「紫漿」，也有可能是某種方言「脹」「漿」同音，直接替代造成。至於《紅樓夢》第六十三回「面皮嘴唇燒的紫絳皺裂」，則又是北京音「絳」「漿」同音替代，造成了進一步訛誤。

上述「著～攞」「嚴～沒」「脹～漿」三組字，每組中兩字之間沒有形音義的直接聯繫，不能簡單地用「形近而誤」「音近而誤」或「義近而誤」來說明。研究這種現象，不僅對訓詁學、校讎學有意義，對漢字整理也有借鑒意義。

五、正字、本字、誤字、俗字

為了理清一部書或者一個時代的用字情況，有必要對術語概念作一些界定。

我們認為，漢字的發展是一個不斷地創造和不斷地規範的過程，既有適應語言發展的創造，又有適應文字本身體系的調整。

以楷書而言，宋代的《廣韻》《集韻》的編纂，是一次大規模的形音義的規範工作，其所收字可以做近代漢字研究的參照物。

我們一般說的正字，就是兩書選定的字形。對於字音的規律性變化和字義的引申而言，正字又是本字。對於純屬形體的變化（包括筆劃的增減和變形，部件位置的移動，不包括偏旁的添加改換），就只有正字的意義。

我們不用「古字」的說法。像「眥（眉）」「迖（走）」，李著稱「古字」。（商務印書館 1987 年版《文字問題》3·4 節）我們看作筆劃的添減或變形，至多叫做仿古的變形。楷書不能有「古字」。「朢（望）」「蚤（早）」應看作異體字或同音替代。

我們把「俗字」和「誤字」作為不同的概念。「俗字」的涵蓋面廣，而「誤字」的涵蓋面極狹。

我們說的「誤字」，基本上只有兩種。一種是第肆節裏談到的「輾轉訛錯」，像「擡（～著）」「沒（～嚴）」跟所要表達的音義沒有任何聯繫，可指為誤字。再一種是無語言意義的拆字、合字，如：四六 3「只不見的鸞膠續斷弦」，「不見」係誤拆「覔」字；二 11「那一日賣了不泡茶」，「不」係誤合「一个」。

除去這兩種誤字，一部刻本的字形，就只剩下正字和俗字。形音義跟舊字書相同的是正字，形音義有任何一方面跟舊字書有不同的都是俗字。

俗字包括四類。(1)形變音義不變，即第貳節(一)(二)(三)說的新字形；(2)音變形義不變，即第三節(二)說的同義替代；(3)義變形音不變，即第三節(一)說的同音替代；(4)新拼創字，包括第貳節(四)的新字形和第三節(三)說的偶然同形。

前三類跟舊字書比較，可以說是正字基礎上的發展。第四類只跟語言有聯繫，跟舊字書無直接聯繫，或者說只有部件和構造方式上的聯繫。這第四類字跟舊字書的關係可分為三種：(1)形異實同，如「趁～攛」，這是本字和新字的關係，可比喻說是「同源異流」；(2)形同實異，如「撇 bi～撇 pie」，這是偶然的字形重合，可比喻說是「殊途同歸」；(3)形實俱異，如「揉～〇」，這是為新詞造字，可比喻說是「無中生有」。

我們所說的「俗字」，是近代漢字研究的中心內容。歷來對俗字的認識比較混亂，有俗字必簡、俗字必錯等種種偏見。我們則把俗字看作舊規範向新規範過渡的中間狀態，是一種合情的文字演變事實。俗字是否合法，要看漢字演變的整體趨勢，和漢字系統適

應社會需要的總體情況。我們的研究，就是從記錄語言、傳遞信息的功用著眼，分析漢字發展的規律，對新的規範整理工作的制定用字之「法」提供依據。

漢字整理是一個系統工程，絕不只是簡化問題。本文對《金瓶梅》用字的初步觀察也沒有為繁簡問題多費筆墨。大致可以說，四類俗字都可以是筆劃減少的途徑，但似乎《金瓶梅》的作者或抄刻者並沒有明確的求簡意識。定量的分析須待詳細調查之後再說。

《金瓶梅》「扛」字音義及字形訛變
——近代漢語詞語訓釋方法探討

「循聲求義」和「引證方言」是清代訓詁學的革命之舉。在對近代漢語文獻資料進行訓釋的時候，仍需要繼承清儒方法的精髓，當然也要實事求是地加以改革。

這裏說的近代漢語文獻資料，主要指從敦煌手卷到明清小說這類反映口語的資料。

清儒的訓詁對象多是先秦兩漢文獻。近代漢語文獻資料有所不同。首先，這類資料著重記錄現實口語，因而俗字甚多。大量的新字（主要是新形聲字）已經打亂了《說文》的諧聲系統。同音替代習慣也超越了《切韻》反映的中古音系統。第二，這類資料多經過手抄流傳，造成很多錯訛，缺乏秦漢文獻那樣的校勘傳注功夫的積累。

近年來，近代漢語資料的訓詁有很大發展，但有些論著頗有重義不重音的現象，對同一字詞，往往釋義相近而讀音認識差異很大。有的注釋者比附方音過於輕率，也影響了對詞義的深入正確的理解。

本文僅就《金瓶梅》中「扛」字的音義和字形訛變的分析，探討一下近代漢語詞語訓釋的方法。

版本和校勘問題

《中國語文》1993 年第 2 期載張喆生〈金瓶梅詞語短札〉一文。其中「擦」字一則，用邳縣方言陽平調的「擦（？）」論證，引例只有一條：

第五十八回：「金蓮道：『你明日夾著你那屄走，怕他家拿長鍋煮吃了我？』潘姥姥聽見女兒這等擦他，走到裏邊屋裏嗚嗚咽咽哭去了。」

張文依據的不知是哪種版本。討論《金瓶梅》詞語最好是利用「萬曆」本《詞話》，並注明頁數。據查，張文引例見萬曆本第五十八回 15 頁上，而要論證的「擦」，該處作「證」，在第 10 行。

不講究版本，論證就失去了基礎。

白維國《金瓶梅詞典》（中華書局 1991 年版，以下簡稱白《詞典》）679 頁也引用了這一

例句。

証 zheng　頂撞、搶白

那潘姥姥聽見女兒這等〜他，走哪裏邊屋裏，嗚嗚咽咽哭起來了。（五八 15 上 10／773）（斜線後的頁碼據人民文學出版社刪節本《詞話》——本文作者注）

字形作「証」，當是簡化寫法。注音 zhèng，則似有失校之嫌。

據我觀察，這裏的「證」字是「扛」字的輾轉訛變。《詞話》本中，屬於「扛」字訛變而來的字形還有「訌」「相」「像」等。有關例句如下：

訌　玉樓〔對潘金蓮〕道：「你這個沒訓教的子孫！你一個親娘母見（兒），你這等〜他！」（五八 17 下 4）（行數據該字所在處，下同。）

查白《詞典》173 頁引用此條，字作「扛」。據該書「凡例」，「重要改動處加△號標示」，此處失標。又，李申《金瓶梅方言俗語匯釋》（北京師範學院出版社 1992 年版，以下簡稱李《匯釋》），後附「音序索引」將「訌」字放入 hòng 音節。王利器主編《金瓶梅詞典》（吉林文史出版社 1988 年版，以下簡稱王《詞典》）「訌」字釋文音 gáng，索引歸 hòng。

像　傳夥計道：「你五娘來這裏也好幾年了。」玳安道：「你老人家是知道他，想的起那咱來哩，他一個親娘也不認的，來一遭要便〜的哭了家去！……」（六四 2 下 4）

以上「證」「訌」「像」，都是指的是同一件事，即潘金蓮「頂撞」潘姥姥。

相　玉簪進來道了萬福。那小玉還說玉簪：「娘那裏使了小廝來要皮襖，你就不來管兒……姐姐們都吃夠了來罷，一個也〔沒〕曾見長出愧（塊）兒來！」那玉簪倒吃〜的臉飛紅。（四六 14 下 11）「頭裏我自不是，說了句話兒，見他不是這個月的孩子，只怕是八月裏的，教大姐姐白搶白〜，我想起來好沒來由！」（三十 8 下 4）「為這孩子來看他不打緊，教人把肚子也氣破了，〜他爹，和這孩子背地咒的白湛湛的！」（四十四 8 上 10）

上述「證」「訌」「像」「相」，都無疑跟「扛」同義。但詞書訓詁都找不到它們跟「扛」同音的依據，現代方言也未發現跟上述幾個字同音又有「頂撞」義的方言詞。我們有理由懷疑它們是字形有誤。

依據《詞話》本俗字構形和書寫訛變的規律，可以認定它們是「扛」字的訛變形式。它們之間的演變關係科分成兩條軌道。

扛〜訌〜証〜證

「扛」變為「訌」，或出於草書轉抄的無意錯訛，或出於更換形旁的有意改造。前者的旁證是「操〜譟」，後者的旁證是「迁〜馻，挑〜誂」。

第一回 19 頁引詩「潑濺譟心太不良，貪淫無恥壞綱常」，化自《水滸傳》第二十四回「有詩為證」，該處作「潑濺操心太不良」。顯而易見，《水滸傳》的「操心」是正

確的，《金瓶梅》的「謀心」不可解。據此，「扛」的「提手」旁訛成「言」旁，也是可能的。

六四 4「又到前邊櫃上誆了傅夥計二十兩，只說買孝絹。」三八 1「只不教他打著我的旗兒在外邊東駐西騙。」三五 10「不說來挑嘴吃罷了。」這幾個字本應是「迋」，《廣韻》陽韻群母：「迋，欺怨。」《集韻》「迋」又有溪母陽韻一讀。從音義看就是今天的「誆」。從「迋」到「誆」，除了聲旁作了貼近時音的更換以外，形旁更換為「言」可能是因為誆騙行為多靠言語來實現。「扛」也是用言語「頂撞」，改從「言」旁，也可能是出於同一種造字心理。寫成「訌」形的人，可能根本未考慮匣母東韻有「訌，潰也」這一事實。所以，「訌（扛）」未能流傳下來，甚至當時就未被其他抄刻者理解認同，因此才進一步訛寫為「証」。

「訌」變為「証」是草書形近造成的，旁證是「工～正」。第七十二回 14 頁有〈折桂令〉一曲，其中有「錦排場，賞玩春正」一句，同曲又見於《詞林摘豔》，該句則作「錦排場，賞玩春工」。既然「工」可以訛為「正」，「訌」也可以訛換成「証」。

「証」變為「證」是反俗歸正意識造成的。《金瓶梅》中有大量的「有詩為證」，《詞話》本中「証」「證」兩種字形都使用，數量難分高下。

扛～相～像

「扛」變為「相」，是草書形近所致。這對熟悉草書章法的人自不必多說，但也不妨舉個旁證。第七十二回 14 頁有〈水仙子〉一曲，其中有「金爐獸相暖溶溶」一句，同曲又見《詞林摘豔》，該句則作「金爐獸炭紅，暖溶溶……」。兩相比較，自然以「金爐獸炭紅」為是。「炭」字奪，「紅」訛為「相」，就費解了。既然「絞絲」旁的「紅」尚且可以訛成「相」，「扛」訛成「相」就更易理解。這是抄刻者把草體轉寫成楷體字時搞錯的。

「相」變為「像」是同音替代造成的。在《切韻》系統中，「相」屬漾韻心母，「像」屬漾韻邪母。《金瓶梅》時代，濁音聲母併入清音聲母，兩字就同音了，如同現代普通話一樣。《詞話》本中「像」字一形出現較少，這個詞多寫作「相」字。此處則是相反，把由「扛」變來的「相」，改換成了「像」。

上述兩條字形訛變的軌道，中間每個環節都是不難辨識的。但處於兩條軌道遠端的「證」字和「像」字，無論形體還是讀音，卻跟「扛」字相去甚遠，面目全非了。這種複雜曲折的變換關係，不妨稱之為「輾轉訛變」，是近代漢語資料中並不罕見的現象。[1]

像「證」「像」這類字形，不加必要的校勘功夫，僅靠同代書面材料的歸納會通無

1　參看本書〈金瓶梅某些詞語釋義和字形問題〉。

法明其音讀，釋義也難確切；貿然比附現代方言中同音甚或只是音近的字詞，更難免失之穿鑿。

釋義和注音問題

近代漢語資料多是反映口語實際的，每個詞都應該有明確的意義和讀音。不能確定音讀的訓釋很難說是確解。當代的訓詁論著應該注明音讀。注音的工具可以利用中文拼音方案，注音的依據應當是現代漢語普通話。已經消亡的舊詞語或只保存在方言中的詞語，似應按語音系統的對應關係折合。

上文說到的「扛」字（以「扛」字為代表的這個詞），視為「用言語頂撞」是比較一致的。《漢語大字典》（徐中舒主編本，以下簡稱《大字典》）和《漢語大詞典》（羅竹風主編本，以下簡稱《大詞典》）釋文相同，引例也均以《金瓶梅詞話》為主。

但是注音卻不相同。《大字典》讀 káng，《大詞典》讀 gàng。另外，李《匯釋》讀 káng，白《詞典》讀 gàng，王《詞典》「扛」字索引歸 gàng，「扛」字釋文注 káng。這種分歧的產生，主要是因為現代漢語中好像沒有相應的詞。

因此，討論「扛」字及相關字形所負荷的音義是必要的。

「扛」字至少有三種讀音，可分為「扛1」「扛2」「扛3」。從它們的基本意義上說，扛1是舉，扛2是抬，扛3是肩負。下面逐個討論意義的引申，重點是扛3。

扛1《說文》手部：「扛，橫關對舉，從手，工聲。」徐鉉音「古雙切」。《廣韻》江韻「古雙切」：「扛，舉鼎。說文云：扛，橫關對舉也。秦武王與孟說扛龍文之鼎，脫臏而死。」歷代韻書多沿襲這一注音和釋義。到明末畢拱辰《韻略匯通》，比較明確地把「扛1」跟原來同是「古雙切」的「江」分屬不同音節。「扛1」讀開口呼（gāng），義訓為「舉物」；「江」讀齊齒呼。

「扛1」在《金瓶梅》中沒有發現用例。《現代漢語詞典》（商務印書館1983年版）注音 gāng，舉例也只有「力能扛鼎」。現代方言中，大概也只有「杠鈴」的「杠」可以看做是「扛1」的音義的遺存，不過字形已寫作「木」旁的「杠」，普通話讀音也讀成去聲的 gàng，山東今音倒仍是讀陰平調。

「扛2」從詞義看，有可能是「扛1」的引申發展，但不能肯定。還是當作另一個詞看為妥。「扛2」可分三個義項，取例均據人民文學出版社線裝本《金瓶梅詞話》。

⑴抬。「他若斷氣了……便入在棺材裏，扛出去燒了，有麼了事！」（五7上6）「第三日，早五更，眾火家都來扛抬棺材。」（六3下3）

⑵抬東西的整套設備，目前尚未有資料表明其具體形制和容量，但至少包括繩、木

杠，有時還包括抬運人力在內。「顧（雇）了五六付杠，整抬運四五日。」（十九 12 上 1）「把皮廂涼廂裝了蟒衣龍袍段匹，共有二十多扛。」（五五 2 上 8）

(3)專指抬運東西的木杠。「到明日死了時，不使了繩子、扛子。」（七 12 上 7）「走向前一把手拉住轎扛子。」（三四 15 上 9）「各人都拿鍬鑱筐扛上工做活去了。」（九六 11 下 11）

「扛 2」的義項(3)仍保留在現代漢語普通話中，音 gàng，字形則也換成了「木」旁的「杠」。而在《金瓶梅》中只寫作「提手」旁，可以看出由動詞引申而來的痕跡。據此，「扛 2」應該注音為 gàng。

「扛 2」的義項(2)，《金瓶梅》中有一例寫作「摃」，也是「提手」旁。「路上相遇的，無非是各路文武官員進京賀壽旦的，也有進生辰摃的，不計其數。」（五五 2 下 8）

這裏的「扛」「摃」是今「杠（槓）」的早期寫法，不宜看成「杠（槓）」的形誤。李《匯釋》217 頁「扛頭子」條說，「扛頭子當作杠頭子」，對字形的解說不妥，顛倒了先後關係。「扛頭子」即扛 2 的義項(3)，該例是雙關語。

白《詞典》292 頁，「扛 káng 量詞，用於成件的貨物。」《大字典》音 gàng，「量詞，一扛猶言大秤一秤。」兩書的注音釋義都可商榷。這裏扛 2 的義項(2)仍是名詞，只能臨時作量詞使用，就像「秤」「車」「集裝箱」一類名詞一樣。

「扛 2」的義項(1)可能保留在某些方言中，《現代漢語詞典》359 頁「扛 gáng」「②〈方〉抬東西。」具體情況不詳。

「扛 3」在《金瓶梅》中用例很多，字形又訛變為「訌」「證」「相」「像」，已見上文。對《金瓶梅》中「扛 3」的釋義，以李《匯釋》較為詳審：「扛，本指用肩頭撞別人，引申為用言語頂撞。」（見該書 217 頁）從書面資料看，近代有用肩頭撞「物」的例子，但這個詞寫作「抗」。清人黃六鴻《福惠全書·刑名·問擬》：「豈有被石打傷而猶能抗開人之門乎？」

這個「抗」跟「扛 3」是同詞異字。山東一帶包括江蘇省徐州市，至今同讀去聲 kàng，山西一帶今同讀上聲。[2]從同詞異字這個角度去觀察近現代資料，可以理出「扛 3（抗）」的詞義引申的線索。

(1)用肩承擔。《集韻》講韻「虎項切」：「摃、扛，山東謂擔荷曰摃，或作扛，通作傋。」又唐韻「居郎切」：「掆、抗、扛，舉也，或作抗、扛。」這反映出宋代的幾

2　參看拙著《臨清方言志》（中國展望出版社 1990），曹延傑《德州方言志》（語文出版社 1990），楊秋澤《利津方言志》（語文出版社 1991），李申《徐州方言志》（語文出版社 1985），溫端政《懷仁方言志》（語文研究·增刊二，1983），楊述祖《太谷方言志》（語文研究·增刊三，1983）。

個語言文字現象：①謂擔荷曰「扛（摃）」，是山東（大於今山東省）的方言詞語。（這是「扛3」義的較早記錄。）②中古江宕兩攝此時已經混同，所以「工」旁的「扛1」可寫作「抗」。（同理，「扛3」也未嘗不被寫作「抗」。）

明人戚繼光（山東蓬萊人）《紀效新書·布城諸器圖說》：「佛郎機又大重，難於扛隨。」

《醒世姻緣傳》（多反映山東方言特點）第十五回：「外面總用包袱包裹的結結實實的，把胡旦的一根天藍鸞帶捆了，叫了人，抗到他自己的房內。」

(2)用肩頭撞。《兒女英雄傳》第四十回：「船擱了淺，船上眾人只弄不起，他生恐失事，立刻跳下水去，只一肩膀就扛得那船行動了。」孫俊青（現代山東作家）《爆炸遠征隊》三：「攻擊開始了，他們十一人一齊用力抗開了柵欄門，順著大街沖了進去。」

(3)用言語頂撞。引例均出《金瓶梅詞話》。

「若不喜歡，拉到他主子根前就是打。著緊把他的（也）扛的眼直直的。」（二二7下9）「你討保頭錢，分與那個一分兒使也怎的？交我扛了兩句，走出來。」（五二6上1）「幾遍為他心齷齪，我也勸他，他就扛的我失了色。」（七八23上9）

「扛3」的這些義項中，現代普通話只保留(1)，音 káng。字形作「扛」。山東一帶現代方言則保留有(1)(2)兩項，都讀去聲（kàng），字形作「扛」或「抗」。「扛3」尚未見現代方言用例。

根據字音以普通話為準的慣例，「扛3」均記作 káng 比較合適。

從上文的分析可以看出，「扛2」「扛3」都應是近代新出現的詞語。從這個意義上說，「扛」是一個新字，是所謂「俗字」的一種。我們不應該僅從《說文》《廣韻》的「扛」去理解認識它。就是說，「扛2」「扛3」跟「扛1」只是字形上的偶然相同，音義是都沒有直接的聯繫。而「扛3」卻跟「抗」有方言同音的關聯。

至於「扛3」又訛變為「訌、謘、相、像」，更與《說文》《廣韻》的相應字形的音義了不相干。

近代漢語資料中俗字或訛錯字多，「因形見義」的訓釋方法已經漸失去威力。近代漢語資料的訓詁更需要有「詞本位」觀念，透過字形的表像去「循聲求義」。又因為傳統字書往往因循舊說，於俗字形方言音變和詞義引申多所缺略，「循聲」的原則也有了新的含義。現在的「循聲求義」應是一個往返結合的過程，即，通過「比較互證」尋源探流，弄清詞義引申的脈絡；再參照近現代方言語音規律，理出同音替代（舊稱通假）的線索；必要時還需要輔以字形書寫訛變規律的探討（應屬文字學或校讎學範疇），才能求得明確的音義。

以上音義考證、字形辯證以及對方法的思考不敢以為必是，謹錄以就正於方家。

《金瓶梅》「挮」字的形音義
——紀念吳曉鈴先生

引 子

「挮」字在《金瓶梅詞話》中出現幾十次，不是偶然的誤字，它表示了當時語言中活躍著的詞語，漢語史研究者不能漠然視之。

「挮」字不見於古今字書，連集古今大成，包括了簡帛、碑銘、敦煌手卷、元明書刊字形的《漢語大字典》也沒有收錄。

咬文嚼字的學者們在這裏留下了空白。

白維國《金瓶梅詞典》（中華書局 1991 年，下簡稱白《詞典》）、張惠英《金瓶梅俚俗難詞解》（社會科學文獻出版社 1992 年，以下簡稱張《詞解》）在一定程度上彌補了這一缺憾，但他們對「挮」字的得形、得音、釋義仍有可商榷之處。

1992 年在棗莊召開的國際金瓶梅討論會上，有的先生提出「挮」是形聲構形的方音字，即是「摔」字方音寫法，「挮打」即「摔打」。筆者不敢苟同。筆者認為，一本書的用字用詞都是一個完整的系統。用方音方言義釋字，必須能解釋所有相關字例。才得以成立。

魯南許多地方「摔」讀作 fei，但這不是一個孤立的字音。普通話 sh 聲母合口呼字在上述地區無一例外地讀 f 聲母開口呼，如「刷」讀 fa，「雙」讀 fang 等等。如果能從《金瓶梅》字找到一部分「刷」「雙」寫作「發」「方」，或者反過來「發」「方」寫作「刷」「雙」之類的例子，那將是很有力的證據，但似乎找不出。

而且「挮」字不僅出現於「摔打」一詞，還出現於「挮鈸」「挮開」等詞語中，這些地方解作「摔」都不合適。

既然「摔」一解在語音系統和語文系統中都是孤證，當然不能成立。

筆者〈金瓶梅「扛」字音義〉（《中國語文》1994 年第 3 期）一文探討了近代漢語詞語訓釋方法，認為應當由義及音、往復推求。這種方法是訓詁對象決定的。我們面對的語

言材料是文字化了的書面材料，不像口語那樣明確地提供語音信息。又因為其中多俗字、錯字，不合字書的規範，查考字書和比附方音有時對不上號，而語義卻可以據上下文推知，據前後文歸納。

本文再以「摒」字為例，檢驗一下我們的方法。

由字義到字音

白《詞典》對「摒」字的字義作了認真歸納，對字音也作了推證。該著 384 頁有：

〔摒〕〔礤〕拍　撞擊、碰撞。

被風把長老的僧伽帽刮到地下，露見青旋旋的光頭，不去拾，只顧～鈸打鼓笑成一塊。（八 12 下 5／93）又有那站高坡打談的詞曲揚恭，到看這～響鈸遊腳僧演說三藏。（十五 3 上 8／73）親達達，你省可的～罷，奴身上不方便。（二十七 5 上 9）

按：摒（礤）不見於字書。《金瓶梅》有「仰摒」一詞，《醒世姻緣傳》寫作「仰拍」，又「摒鈸打鼓」在第七十四回作「排鈸打鼓」可知，摒音 pai，另有一些讀作 bai，是「掰」的借字。

〔摒打〕〔礤打〕　pai da　撞擊、敲打。

達達，你休只顧～到幾時？（八 12 上 7）師父，紙馬也燒過了，還只個～怎的？（八 12 下 6／93）

〔摒碰〕　pai peng　撞擊、碰撞。

那話放入庭花內，極力～了約二三百度。（八九 6 下 3）

該書 615 頁有：

〔仰摒〕　yang pai　仰臥，面朝上躺著。

兩個也無閒話，走到裏間內，老婆脫衣解帶，～炕上。（七八 4 上 6）你家老婆在家～著掙，你在這裏合蓬著丟。（八一 2 上 1／1236）

該書 309 頁有：

〔浪摒〕　浪　拍　放蕩而又招搖。

俺每那等勸著，他說一百年二百年，不知怎的，平白～著又好了。（二一 4 上 9／

248）你的便～著圖扳親家，平白叫賊不合鈕的強人罵我。（四一8上2／517）我說只怕他不來，誰想他～著來了。（七九12下4／1206）

白《詞典》的釋義和引例應該說是比較穩妥得當的。所以我們前面說過，「語義卻大致可以據上下文推知」。他的注音和說字則有失當之處。第一，注音應以現代普通話為準，「仰搣」不應據《醒世姻緣傳》定為 pai，應讀 bai 輕聲。第二，說「搣」是「掰」的借字不妥。「掰」字出現的很晚，現知最早用例是《紅樓夢》，似乎說成「相當於今天的『掰』」或「後來多寫作『掰』」為宜。第三，bai（掰）、pai（拍）何以用同一個「搣」字記錄，沒有適當的說明。

讓我們列出與「搣」字兩音有關的字例，進一步觀察比較。

bai（掰）音，書中又可寫作「白、靠、搧」。

「婦人把那一個柑子，平白兩半。」（七三19上2）可比較「分付小廝，把醃螃蟹搣幾個來。」（三五13下9）

「你家老婆在家裏仰搣著挣，你在這裏合蓬著丟。」（八一2上1，白《詞典》已引用此例，查原書字作「搧」）可比較「賊黍小廝，仰搧著挣了合蓬著丟。」（五九11下2）「龜頭昂大，兩手搧著牝戶往裏放。」（七三20上4）可比較「兩只手搣著，只教西門慶攮他心子。」（七八4上7）

「等我打發他，仰靠著，直舒著，側臥著，金雞獨立，隨我受用。」（六八9上16）可比較上條「仰搣」。

pai（拍）音，書中又寫作「排、礦、搧、擺」。

「肥肥胖胖大和尚二十四個，……排大鈸，敲大鼓，轉五方法事。」（六五5下11）「只顧礦打到幾時，只怕和尚來聽見。」（八12上7）可比較「只顧搣鈸打鼓笑成一塊。」（八12下5）

「兩手按著他雪白的屁股，只顧搧打。」（七五6上8）「兩手兜其股，蹲踞而擺之。」（六一10上5）可比較「兩手扳其股，極力而搣之，扣股之聲，響之不絕。」（五二2下5）

上述例中，無論從字義的妥帖，還是出現的頻率看，都應該把「搣」當作基本詞形。「搧、礦、靠」是形近誤字，「白、排、擺」是音近替代字。

在現代北方方言中，「白、擺」跟「掰」讀 bai，聲母不送氣；「排、拍」跟「牌」同讀 pai，聲母送氣。但在《金瓶梅》中兩組字卻可以相互替代。如「拆白道字」（六九4上1）又作「拆牌道字」（八〇11上7）；「排列」又寫作「擺列」，「於是就擺列坐了，西門慶坐首席……」（五四6下2）；「擺、拍」同寫作「扚」（當是「拍」的形近誤字），「被翻紅浪，帳擺銀鉤」（一三8上3）的「擺」，「手拍著胸膛，由不的撫屍大慟。」（六

二 2 上 1）的「拍」可證。

在現代吳語裏，這兩類字也有聲母相同的。方言專家李榮曾說，北方的「掰開」他們家鄉（浙江溫嶺）就說「拍開」。張《詞解》也說，「分擘的意思，浙江吳語說『拍』，和用作拍打的『擗』聲音相合。」（該著 168 頁）

也許我們應該相信，在《金瓶梅》那個時代，某些方言也跟現代吳語一樣，bai（掰）pai（拍）同讀，所以可以用一個「擗」字表示。

但是，也可以有另外的解釋。

從字音到字形

我們認為「擗」的兩種讀音，是「擘」字兩音兩義的發展。

先從 bai（掰）說起，據語音規律，北方的「掰」來源於一個二等入聲字。

《廣韻》梗攝二等入聲麥韻幫母有「擘，博厄切，分擘。」《集韻》「擘，《說文》撝也，一曰大指，或書作『擗』」，查《說文》「撝，裂也。」由此可知，第一，「擘」宋代已有「擗」的寫法，兩字是同樣偏旁，排列位置不同的異體字；第二，「裂」即「分擘」，就是一分為二，就是現代的「掰開」；第三，「大指」義「擘」，即今天古語詞「巨擘」的「擘」，讀書音 bo；第四，《金瓶梅》字「刮劃」應是「擘劃」的口語音，普通話讀 bai huai，「刮」的本字也是「擘」。

再看 pai（拍），《廣韻》梗攝開口二等入聲陌韻滂母有「拍，普伯切，打也」。這似乎沒有問題是「本字」了，其實不然。

《廣韻》用「打」來釋義，是很不嚴密的。「打」是漢語詞典裏義項最多的詞，就在《廣韻》編寫的時代，歐陽修《歸田錄》，吳曾《辨誤錄》已彙集了「打」的多種意義。「拍，打也」是哪一種「打」呢？至少「拍胸」「拍鈸」未見有「打胸」「打鈸」的說法。

拍擊胸膛表示悲憤感慨是古已有之的動作，早期寫作「擗」。《詩經·邶風·柏舟》有「靜言思之，寤擗有摽。」《孝經·喪親》有「擗踴哭泣，哀以送之。」《文選·馬融·長笛賦》有「嚍歔頹息，掐膺擗摽。」南朝梁任昉〈齊竟陵文宣王行狀〉有「俯擗天倫，踴絕於地。」

《廣韻》昔韻「擗，房益切，撫心也。」「撫」本來就有「輕擊」義，《儀禮·鄉射禮》賈公彥疏：「言撫者撫拍之義。」北周庾信〈哀江南賦並序〉：「陸士衡聞而撫掌。」

「擗」由「輕拍胸膛」的專用字可引申出一般「捶打」義。宋李誡《營造法式·巷巷水窗》：「地面之外側砌線道石三重，其前密釘擗石樁三路。」直到清代還有人把「捶打」寫成「擗」字，朱彝尊《日下舊聞考》卷三九補遺引《辨疑志》：「遂指雲中白鶴，

搋地號呼。」

但是應該說，無論拍胸還是一般捶打，從唐代起就多寫作「拍」，而「搋」字一形幾無蹤跡了。相反唐代以前的文獻極為少見「拍」字，傳世的《韓非子·功名篇》《莊子·天下篇》中的「拍」字，不管其義如何，僅字形就不可靠，竹帛碑銘等唐代以前的文字實物均未見其形。我們有理由認為「拍」字是「搋」音義的後起字。

在上古音系統中，從「辟」得聲的字均在錫部，從「白」得聲的字均在鐸部，分別劃然，不相雜厠。漢代依然如此。而南北朝時代，從「白」聲的字轉入了錫部，跟從「辟」聲的字混同一部。（參看王力《漢語語音史》154頁）也正是這個時代的辭書《玉篇》載：「搋，拊心也。」「拊，拍也。」可以認定，這時「搋」的音義開始由「拍」取代了。所以隋唐產生的韻書中，二等入聲就有「拍」無「搋」了。至於《廣韻》中「搋」列三等昔韻「房益切」，也如《集韻》中「擘」可列四等錫韻「蒲歷切」一樣，是出於韻書廣采諸家音切或反映某種方音的需要。

考「本字」本是個界限不清的概念。在我們理解，應是對口耳相傳的口語詞，按音義找出相應的早期寫法，一般應以推至《廣韻》為限。但像「掰」「拍」這樣的詞，確實有直接所承，我們也不好說「拍胸」是本字，而「搋」倒是後起，或方音替代字。

總之，我們認為，「掰」「拍」統一為一個字形，這個字只能是「搋」。

字形「搋」的由來

「掰」也好，「拍」也好，為什麼《金瓶梅》寫成「搋」呢？上文說過，「搋」不見於字書，是一個地道的新字形。對新字形的產生，一般多考慮是使用已有部件，按形聲或會意規則去拼合成的。張《詞解》即是從這個角度去認識的。該著52頁說：「碑、搋、排形近，梁陶弘景《真誥》二18頁下有『口言吉凶之會，身扉得失之門』。清張海鵬（常熟人）校訂謂『凡作扉字者皆是排音，非扉扇之扉』。『排音』者，義即拍打。」

筆者對這種證據和推理都有疑問。姑且不論陶弘景的「扉」是否如張海鵬所認為的「排音」，問題仍有：第一，《金瓶梅》的作者或傳抄者是否讀過陶弘景的書；第二，他們是否也認「扉」音「排」；第三，他們是否有意以「音排」的「扉」來作聲符造字。竊以為，放著現代的「拍」「排」「牌」不用，去選一個罕見書裏的讀罕見音的字，恐非一般世俗文人所為，所能為。而且，張著既然說「搋」「排」形相近，引證陶弘景文就沒有意義，如果形近致誤，多出的「戶」頭又難以理解。

我們認為，新字形的產生還有另一條途徑，應該引起足夠的重視，那就是手寫草體規整化，也可以簡稱草書楷化。古今字形的演變，大致不出結構改變和部件變異兩條路。

（參看拙文〈近代漢字研究的幾個問題〉，載《東嶽論叢》1994 年第 3 期）後一條似乎更重要一些。從金甲到小篆、從小篆到隸書楷書的字體變革就是走的規整化道路，隸書就是篆書的草寫。具體到一個字也是這樣，「受」字本是兩手交接物，一直到今天這種會意結構也沒變，只是象徵兩只手的部件變成了「爪」和「又」導致了字形的全新。

《金瓶梅》在傳抄過程字也經歷過草寫和規整的多次轉換。其中某一環節的當事人，如果不熟悉前一人的草寫規律，無法還原正字，或者不願意還原成筆劃繁雜的正字，極有可能就著草寫字形裁彎取直，規整出一個前所未有的橫平豎直的楷書樣子的字形。以「遞」字為例，《金瓶梅》刻本字出現了許多新字形，使用較多的是「遞」。這顯然是草體所謂「一筆虎」規整楷化而成。楷化時，還有中間減省一橫兩橫，豎劃貫穿到頂或截止於第一橫、第二橫的區別，從而造成大同小異的種種形體。（限於印刷條件，不能一一描摹。）最簡的一種是「迤」（見於七一 17 下 9「關山迤～赴京朝」），推測其心理，一是求簡，二是求同。

bai（掰）pai（拍）在《金瓶梅》手稿或早期抄稿中都寫作「擗」，其中聲符「辟」的草寫形狀近似於一個沒有上點的「扉」或「扇」。可參看《韻會》和張旭書帖字的「辟、僻、擗」等字，特別是《草書大字典》（掃葉山房本）所收張端圖的「辟」字，其「尸」頭足足覆蓋了其他筆劃，顯示出明清草書「辟」的風格。

緊承其後的傳抄者就會有意無意地規整其形，並為了「求同」，於上面加了個點兒，成了「扉」旁或「扇」旁。《詞話》字還有一個右上無點兒的「攝」字，見於第九十回 8 頁下 1 行，不過那裏是「㰱」字的誤寫，也有可能是「牌」字的同音字「擗」。再往後的抄稿和刻本就照本宣科寫成「攝」形「搧」形了。

應該強調一下，前文所引「攝」字例句，有相當一部分在萬曆刻本字作「搧」，白、張二著都沒有提及這一事實。《金瓶梅》中的「搧」字，真正讀 shan 的只有一例，在第五十二回 5 頁下 5 行；而第四十九回 14 頁下 6 行的「攝」倒是本該讀 shan 卻沒有寫成「搧」。換句話說，除了第五十二回的「搧」以外，其餘的「搧」都是「攝」的異體字。這兩種異體字，如果按回目統計，是前 60 回未見「搧」形，一律作「攝」；後 40 回只有第七十九回出現兩個「攝」，其餘共 39 回一律作「搧」。這種規律性的差異，或許是不同的抄手（或刻工）造成的。

我們還觀察到，雖然「拍鈸」的「拍」可以寫作「攝」或「排」，但是只用於淫穢動作的「攝打」「攝碰」「攝」，卻絕不寫成「拍」「排」。「浪攝」「仰攝」當然也不用「拍」「排」。

最後，還要說說「礴」形。它應該是「攝」形受「碰、磞」的影響而改換成「石」旁的。這種偏旁類化現象，《金瓶梅》字不乏其例。如第七十二回 12 頁「啟運元勳第，

山河帶礪家」的「帶」受「礪」影響加了「石」旁；第三十回 8 頁「不管臍帶胞衣，著忙用手撕壞」的「帶」則受「臍」影響加了「月」旁。

但是，萬曆刻本現狀不能印證這種認識：「搋碰（硼）」幾處例句都不用「石」旁的「礪」；而幾例「礪」字又只見於「搋打」。我們推想，萬曆刻本前，書稿已經幾經轉抄，某一次的抄手可能據己意一律寫作「石」旁「礪」，而後一次的抄手或校對者又據他們的認識一一改回「扌」旁，竟或改字未盡，偏偏遺漏下現有幾例「礪打」未改。這種可能性也是有的吧！

附注：

吳曉鈴先生是著名學者，中國社會科學院文學研究所研究員。作者早聞先生對語言學、古典文學造詣高深，無緣結識。1987 年拙文〈金瓶梅的方音特點〉發表，竟蒙先生褒許遊揚。對老一輩學者的無私胸懷，作者由衷感激。爾後又屢聆先生教誨，增益學問實多。今先生遽歸道山，謹以此文志悼念之情。

釋「虛篢」並論俗字「嚻」
——《金瓶梅》俗字訛字例釋

一、從「虛篢」談起

　　《金瓶梅》中有「虛篢」一詞，見於萬曆詞話本第四十五回 10 頁上第 2 行，（本文引證《金瓶梅》例句均據萬曆本詞話，出處從簡，寫作「四五 10 上 2」，下同。）注釋者可謂眾說紛紜。為方便讀者辨別認證，現摘引有關原文如下。

> 　　正說著，只見吳銀兒前邊唱了進來。月娘對他說：「你家臘梅接你來了。李家桂兒家去了，你莫不也往家去了罷？」吳銀兒道：「娘既留我，我又家去，顯得不識敬重了。」——月娘便說：「銀姐，你這等我才喜歡。你休學李桂兒那等喬張致，昨日和今早，只相臥不住虎子一般，留不住的只要家去！可可兒就忙的怎樣兒？連唱也不肯用心唱了。見他家人來接，飯也不吃就去了。——就不待見了！銀姐，你快休學他。」吳銀兒道：「好娘，這裏一個爹娘宅裏，是那裏去處？就有虛篢，留著別處使，敢在這裏使？桂姐年幼，他不知事，俺娘休要惱他。」（四五 8 下 3-10 上 3）

　　對於上引文中「虛篢」一詞的含義，現見有幾種說法。

1.空箱子說：
　　魏子雲《金瓶梅詞話注釋》312 頁：「篢」，箱類。所說「虛篢」，乃空箱子之意。——引申說來便是空話。

2.指「屁」說：
　　張惠英《金瓶梅俚俗難詞解》185 頁：似指屁。「恭」在「出恭、恭桶」中用作大小便的婉辭。可能這兒用古紅切的「篢」諧「恭」。

　　李申《金瓶梅方言俗語匯釋》569 頁：虛篢，屁的諱詞。「使虛篢」即放屁。此比喻指空撒謊或說討人嫌的話，作討人嫌的事，今徐州方言仍有此語，記作「虛篢」（見

《徐州方言志》）。

王利器《金瓶梅詞典》338 頁同此說。

3.「欺騙行為」說：

白維國《金瓶梅詞典》600 頁：虛簀 xūlǒng 虛頭：欺騙行為。

今按：「空箱子」說恐屬望文生訓。「欺騙行為」說注「簀」音 lǒng，所指不明（似指「簀」為「籠」的訛字），不好評論。

指「屁」說，有方言證據（李），有諧音證據（張），但終覺未妥。下略作評說。

凡詞非常形（字形），要想注釋確立，一要講清字音通假，二要講清詞義引申脈絡，三還要觀察詞語搭配關係，四還要觀察權衡色彩。僅據前兩條，指「屁」說似有可能成立；但從後兩條看，理由就不充分了。

從詞語搭配關係看，「虛簀」前的動詞是「使」，「使」「屁」這種搭配在近現代漢語中似尚未見先例。

從詞語色彩看，「使屁」極不莊重，不適合小說設置的場景，也不符合發話人和受話人的身分性格。這種語句如果出自潘金蓮口中，出現在幫閒篾片胡侃場合，是恰如其分的。而現在是吳月娘、李瓶兒、吳銀兒幾個人的對話。吳月娘是正嫡女主人，一向講究身分規矩；李瓶兒在這時業已成為賢妻良母形象；吳銀兒又是妓女中善解人意者，這時又已被李瓶兒認做乾女兒。「使屁」之類的話，不太可能由吳銀兒口中說出，更不可能守著李瓶兒在面前，對吳月娘這樣身分的人說這樣的話。

因此，「虛簀」不可能是「屁」的同義語。

考慮到《金瓶梅》中多俗字訛字的特點，筆者認為，此處的「簀」是「囂」字俗形造成的訛誤，「虛簀」當是「虛囂」。

「虛囂」是元明常用詞語。《竇娥冤》二〈南呂·一枝花〉：「說一回不明白打鳳的機關，使了些調虛囂撈龍的見識。」顧學頡、王學奇《元曲釋詞》釋：「虛囂，意味虛浮、偽詐。——倒做囂虛，義同。」明·朱有燉雜劇《豹子和尚》四折：「暗暗地說了機關，明明地顯出虛囂。」

具體到《金瓶梅》中「虛囂」所在的環境，可以直譯為「滑頭」或「花招」，正跟李桂姐的「喬張致」（見前引吳月娘語）相應。那麼，吳銀兒的意思，用今天的話來說就是：乾爹乾娘跟前，是弄虛作假、撒謊耍滑頭的地方嗎？小聰明小花招怎麼敢在這裏用呢？吳銀兒用「使虛囂」附和了吳月娘對李桂姐的批評，又很得體地用「桂姐年幼不知事」緩解了吳月娘的尷尬和氣惱，維護了吳月娘作為桂姐乾娘的面子。如果「使虛囂」是「放屁」，那就遠不是這種氣氛，倒顯得吳銀兒「不知事」了。

「虛囂」比「屁」語氣上要和緩得多，雖有貶損而不失鄭重，甚至還帶有某種程度的

對年輕人乖滑機變的欣賞，只是批評這份兒聰明用得不是地方而已。元曲《救風塵》三折：「有那千般不實喬驅老（幼勞），有萬種虛囂歹議論，斷不了風塵。」《金瓶梅》中對賁四的描寫是「年少，生的百浪囂虛，百能百巧」。（十六6上8）看來，「虛囂」或「囂虛」，都有乖巧浮滑的意思。跟「樸實」相對當然有貶義；但是跟「頭腦蠢濁」相比，則不乏褒揚色彩。

「虛囂」用於前引文中，無疑是十分切合的。只要我們能證明，「囂」字確有訛成「簀」的可能性。

二、「囂」字俗形和訛錯可能

歷代規範字書，直到今天的《現代漢語字典》《漢語大字典》，「囂」字都只有四角「口」中間「頁」的寫法，這是「囂」的正字。

觀察萬曆本詞話，「囂」字卻無一例外地把中間的字符刻成「貢」，這是「囂」字的俗形，或者說是俗「囂」字。

極有影響的字書《字彙》，在卷終列有 179 個俗字，其中就有「囂，俗作『囂』」。《字彙》成書於明萬曆四十三年，正值《金瓶梅》在民間傳抄的時候（現存最早的刻本是有萬曆四十五年序的詞話本）。看來「囂」中間「頁」變「貢」的寫法當時已廣泛流行。之所以未能成為正字，大概是因為這種變化破壞了傳統字形結構卻沒有實用價值：既不能使字音字義更加明確，也不合簡便易寫的字形演變規律。

但是俗形的出現也該有理據。筆者推測，可能是受「器」字異體「噐」的影響。手頭有兩種明代坊刻《韻略易通》：一種是萬曆三十七年的吳允中校本，一種是宿度校梓本。宿度是嘉靖三十八年進士，宿本開雕應比吳本略早。兩書「囂」字都是中間從「貢」的俗形，兩書的「器」字也都是中間從「工」的俗體。

查，漢隸即有從「工」之「器」，字書《玉篇》就已著錄。《現代漢語詞典》也承認是異體，可見流傳久遠。又按，從四「口」之字較常用的也就是「器」「囂」二字，處於類推求同的心理，改「囂」從「貢」也算順理成章了。

元明以降，俗文學常用「虛囂」一詞，傳抄成俗大概就始於此時。至遲到萬曆年間，「囂」的從「貢」俗形已是不爭的事實。

俗字形得不到規範承認，就容易發生變異。「囂」字有可能傳抄中錯成「簀」。這只需要：(1)下面脫落兩「口」；(2)上面兩「口」變成「竹」頭。這都不是多麼難以想像的事。

(1)方塊漢字橫畫過多過密，就容易發生變異。「囂」字橫畫達九條之多，早在宋遼

時代，收集俗字甚多的《龍龕手鏡》就有省略下面兩「口」的俗形。《六書統》中的篆書「囂」竟然也無下面兩「口」。

(2)上面兩「口」草寫易與「竹」頭相混。《金瓶梅》中就不乏「哭」字訛成「笑」字的例子。如：急的那老馮，賭身罰咒只是笑。（四三4下1）你不知俺這小大官，——教奶子抱了去那邊屋裏，只是笑，只要我摟著他。（四四8下7）

《金瓶梅詞話》萬曆本刊刻前，曾在民間手抄流傳。「囂」訛成「簣」可能在傳抄過程中實現，也可能是在刊刻萬曆本時由刻工最後完成。這就無從細究了。

另外，萬曆本《詞話》第七十一回有一首七言律詩，其頷聯為「常歎賢君務勤儉，深悲痛主事荒臣」。「痛」「臣」二字顯然有誤，戴鴻森校本徑改為「愚」「淫」。筆者以為，從字形相近角度考慮，「痛」為「庸」訛，「臣」為「囂」訛，似更近情理。果然如此，這也是從四「口」之字容易變異訛錯的旁證。「囂」不是口語常用詞，橫畫又多，民間抄手刻工就更容易出錯，乾脆把上面兩「口」和下面兩「口」都錯誤地刪除掉了。

三、「囂」字分擔了「㵭」字音義

前述「虛囂」「囂虛」都是浮薄詐偽義，指世風人品的浮薄不實，不樸厚。《金瓶梅》中還有指衣料織品輕薄的「囂」。

> 西門慶道：「前邊櫥櫃內拿一匹紅紗來與你作拜錢罷！」金蓮道：「我就去不成，也不要那囂紗片子。拿出去倒沒的教人笑話！」（三五4上）

> 家裏有的是那囂紗段子，拿上一段。（七2下4）

但是，規範字書中的「囂」都只有喧鬧義，沒有薄（不厚不實）義，這種意義應來自「㵭」字。

近人楊樹達《積微居小學金石論叢・長沙方言續考》中說：「今長沙謂布帛不堅致曰㵭，音如囂。」其實，明代著名韻書《韻略易通》中，「㵭」就有兩種音義（均見蕭豪韻）：向母平聲「㵭，薄也」，跟「囂」「枵」同音；見母平聲「㵭，水沃灌也」，跟「驕」「交」同音。前一音讀，明末畢拱辰《韻略匯通》加注反切「許驕」切；清初周雲燧《韻略新抄便覽》加注「此字古堯切，或音囂」。這些記錄表明，至遲在明代中葉，「㵭」已成為多音字。「沃（㵭灌）」義讀古堯切，「薄」義讀許驕切。同一個字形，表示的是兩個音義不同的詞。

一字多音常導致字形分化。「沃」義 jiāo 是農業社會常用詞,「澆」字水旁又便於理解字義,就保留下來成為這個詞的專用字形。「薄」義 xiāo 則只好去找同音字「繰」或「梢」分擔。所以,明代費信《星槎勝覽》就有了「俗甚繰薄」,宋應星《天工開物》就有了「蕉紗」「輕細之甚,值賤而梢」。

直到現代,山東方言還多把織物輕薄不細密厚實說成 xiāo,方言志書多記作「梢」。(如:于克仁《平度方言志》、張樹錚《壽光方言志》、張鶴泉《聊城方言志》)也有寫成「綃」的,如:張志靜《曲阜方言志》(載《山東史志叢刊》1992 年增刊)。有的方言中還進一步引申出「身體單薄」的意義來,見王淑霞《榮成方言志》;有的方言裏把 xiāo 跟「單」組成並列複合詞「單梢」,見趙日新等《即墨方言志》。

回過頭去看,《金瓶梅》中的「虛繰」「繰虛」,《星槎勝覽》中的「繰薄」,無一不是並列複合詞。「繰」有「浮薄不實」義,與「虛」義近,所以二字組合順序可以顛倒。

「繰」的浮薄義不是本身字義引申出來的,而是從「澆」字借來的。從「浮薄」義看,「澆」是正字,「繰」在這個意義上只是一個俗字,或者叫「澆」的俗寫。

四、「繰」又是「羞」的方音替代字

《金瓶梅》中「繰」字更多用來表示羞愧,羞辱。如:

適才你和李瓶兒日搗去罷,沒地遮繰兒,來纏我做甚麼?(二七 8 上 11)

你不出去待盅茶兒,卻不難為繰了人了?(五一 7 上 5)

周大人送來,咱不好繰了他的頭,教他相相除疑罷了!(二九 10 下 5)

你另敘上了有錢的漢子,不理我了,要把我打開,故意的連我繰我訕我又趁我。(三八 2 下 10)

上面這些句子中的「繰」,表示羞愧羞辱意義是沒有疑問的,各家注釋者認識一致。

這種表面一致的認識,只是從上下文意推導出來的——這種比較會通的方法正是近代文獻訓釋中常用的。如果沒有活的方言佐證,讀音無法確定,仍然不能保證是確切的解釋。

我們來看看魏子雲《金瓶梅詞話注釋》中的有關釋文(頁數據中州古籍出版社 1982 年本)。

118 頁　遮繰　此一繰字,乃中原人用以形容布帛織的太鬆,佈線之間的眼縫太大,

就稱之為嚣。

201 頁　嚣頭　「嚣頭」即斬頭之謂，此說「嚣了他的頭」，意謂掃去他的面子，或別給他面子，直說他的相法不靈驗。

258 頁　嚣我　嚣乃羞的土音，故為使我難堪。

可以看出，魏的認識是很隨意混亂的。歸納一下似乎是：「遮嚣」對應「澆（薄）」，「嚣頭」對應「梟（首）」，「嚣我」是土音「羞」。

只有李申《金瓶梅方言俗語匯釋》比較準確：山東方言「羞」音如「嚣」。例如《聊齋俚曲集·牆頭記》四：「白眉赤眼不害嚣。」（見該書 744 頁）

從現代山東方言來看，讀「羞」為「嚣」的有菏澤市、濟寧市、濰坊市和淄博市的部分縣區，見諸方言志記錄的有曲阜、壽光、淄川、利津、章丘等地。如張樹錚《壽光方言志》158 頁有「擔羞」，159 頁有「害羞」，二語中的「羞」記音都是 xiāo。孟慶泰、羅福騰《淄川方言志》則直寫為「嚣」，157 頁有「遮嚣」，187 頁有「害嚣」。

淄川人蒲松齡的「聊齋俚曲」有不少押韻的「嚣」，可以證明清初民間讀「嚣（羞）」入蕭豪韻。如：《牆頭記·第四回》：「方且是，進了學，那教官才出餓牢，他就把你頭啃掉，一千錢才依填打上，白眉扯眼不害嚣，生纂出名色問你要。」《磨難曲·第一回》：「瓢一扇，棍一條，拿起來，先害嚣，這飯可是怎麼要！」

「羞」讀蕭豪韻，可能是口語中的古音強式保留。根據詩經音歸納的上古韻，「羞」跟「蕭」同屬上古幽部，聲母也都是齒音 S，可能只有介音的不同，讀音十分接近。

而「嚣」跟「蕭」同音，則是很晚近的事。因為「嚣」的聲母本是喉音 h，只有 s、h 在細音（i 或 ü）前都變成舌面音的時代，「嚣」「蕭」才會同音。也就是說，用「嚣」來記錄口語中的「羞」，表明在晚明時代，某些方言中已產生了舌面音聲母。《金瓶梅》之前未發現記「羞」為「嚣」的用例，是十分正常的。但並不能由此認為《金瓶梅》以前「羞（xiāo）」一詞不存在。也許有一天，我們會發現用「蕭」或「綃」來記「羞」的例子，不過前提是，該作品是認真模擬口語唇吻的。

《金瓶梅》中的「嚣（羞）」，都出現在口語對話場合。一般的敘述文字則都寫作「羞」，從《金瓶梅》的詩詞用韻看，「羞」的韻母屬幽侯不屬蕭豪。這就是書面語和口語的差別。《山東省志·方言志》中「羞」字的讀音，濟寧、壽光、利津三地記做「文讀 xiū、白讀 xiāo」，是非常準確的。《金瓶梅》反映的明代方言中，應該也是這種情形。

五、小論俗字及其三種類型

俗文學作品，是俗人寫給俗人看的，自然免不了俗字。不像治國論道的文章，不那

麼講究字必有據、合乎經典。

　　近代治文字訓詁的人每每提到俗字，但識見各異。「俗字」的功能尚缺乏明確科學的界定。

　　筆者以為，「俗字」是跟「正字」相對而言的。正字是一定時代為社會約定並為規範字書予以確認的字形。俗字則是廣泛使用卻未被規範字書確認的字形。個別人為的形體變異，偶然的音義借用，不具備社會廣泛性，不能稱為俗字。而一定時代的俗字，又有可能被後代字書確認，成為正字。

　　漢字的形音義三方面都有時代的規範，俗字也就有三種類型。《金瓶梅》時代的「囂」字，中間的「頁」符均寫作「貢」，這種「囂」是當時廣泛使用但不被字書承認的異體。這是字形意義上的俗字，可簡稱為變體俗字或俗體。

　　表示世風人品浮薄的「囂」，分擔了「澆」字的多種音義中的一種，相對於「許驕切」的「澆」，是字義借用意義上的俗字，可簡稱為借義俗字。

　　表示羞愧、羞辱的「囂」，記錄了「羞」一詞的方言口語音。相對於羞字的規範音讀（《字彙》思留切），可稱為方音俗字，或口語音俗字。

　　真正本音本義的「囂」（但《金瓶梅》字形上也是俗體），《金瓶梅》中只有一例。「老婆進到裏面，但覺冷氣襲人，塵囂滿榻。」（二三 7 上 4）「塵囂滿榻」是很文的辭。正因為「囂」字本義在口語中很少出現，所以《金瓶梅》一類的口語化作品才廣泛地用來代替「澆」「羞」。而當時與「囂」同音的「蕭、簫、消、綃」，則因為本職工作繁忙，就不兼任他職了。

　　「虛簀」一詞中的「簀」，則是由「囂」字俗體進一步訛誤而成，表達的意義又不是「囂」的本義，就更令人難以識破它的語言真面目了。

　　這都提醒我們：閱讀俗文學作品，從文獻資料中鉤稽詞語，應對「俗字」現象保持清醒的認識。

「啜哄」探源兼論「趂」字
——《金瓶梅》俗字訛字例釋

一、從「趂」字談起

《金瓶梅詞話》（萬曆詞話本）第八十二回有一「趂」字。

> 不想玉樓哄趂，反陷經濟牢獄之災。（八二 10 下 2）（指八十二回 10 頁下面 2 行，下引《金瓶梅詞話》出處注法均同此。）

對於這個「趂」字，研究《金瓶梅》詞語的人都回避不釋。倒是《漢語大詞典》作了釋義，見第九卷 1122 頁：

> 同「逃」。《金瓶梅詞話》第八十二回：「經濟還拿著這根簪子做證見，認玉樓是姐，要暗中成事。不想玉樓哄趂。反陷經濟牢獄之災。」一本作「逃」。

但是這種釋義很難令人滿意。首先，「一本」是什麼版本不清楚；其次，後出版本只能反映校訂者的認識，未必符合原作者的語言實際。我們可以拿與此情況類似的「趂」字來作比較。詞話本「趂」字出現兩次。

> 你另敘上了有錢的漢子，不理我了，要把我打開，故意的連我、罵我、訕我又趂我。（三八 2 下 10）

> 平白對著人羞我，望著我丟臉兒，交我惱了，走到前邊把他爹趂到後邊來。（五一 1 下 2）

儘管對這個「趂」字注家紛紜，莫衷一是。但是，尚無一人因為崇禎本、竹坡評本把「趂」改作「趕」，就認為這是一個「趕」字。

我們再來看「趂」字，如果把「逃」代入原文，就會發現「哄逃」不辭。細讀原書

第八十二回「陳經濟被陷嚴州府」，就知道這裏指的是陳經濟被孟玉樓「啜哄」。——「哄趖」就是「哄啜」。

回避不釋不是辦法，校勘家的做法也非盡善。筆者曾對《金瓶梅詞話》的用字作了窮盡式的搜索，並對有關詞語作了系統的繫聯比較。認為「趡」字是「趖」字的訛寫，而「趖」和「啜哄」「啜賺」中的「啜」表示同一個詞。

二、「啜賺」「啜哄」釋義

「啜賺」「啜哄」是元明戲曲小說中常見詞語，注釋者一致解釋為「哄騙」，沒有疑義。《金瓶梅詞話》中有「啜」「賺」「哄」單用例。

> 使玉簫丫頭拿一匹藍段子，別房裏「啜」他，把他吊在花園裏姦耍。（二五6下7）

> 說五娘怎的做窩主，「賺」他老婆在房裏，和爹兩個明睡到夜，夜睡到明。（二五7下10）

> 賊牢成的，就休搗謊「哄」我，昨日我不在家？你幾時在上房內聽宣卷來！（八二5下）

又有兩兩連用例。

> 他要了人家漢子，又來獻小殷勤兒，「啜哄」人家老公。（十三10下2）

> 這個郎君也早合當倒運，就吐實話泄機於他，倒吃婆娘「哄賺」了。（九二7下4）

與《金瓶梅》的創作有密切關係的《水滸傳》中又有「賺哄」「啜賺」。

> 昨夜引人馬來打城子，把許多好百姓殺了，又把許多房屋燒了；今日兀自又來「賺哄」城門。（第三十四回）

> 盧俊義道：「小人一時愚蠢，被梁山泊吳用……『啜賺』到梁山泊軟監。」（第六十二回）

另外元曲中還有「啜賺」「賺啜」等。上述例子表明，「啜」「賺」「哄」意義相同，所以可以相互組合成同義複合詞，而且可以任意地排列組合。

《金瓶梅》中還有「賺誘」「賺引」等組合形式。

這道士石伯才專一藏奸蓄詐，替他賺誘婦女。（八四 3 下 3）

這石伯才窩藏殷天錫，賺引月娘到方丈，要暗中取事。（八四 5 下 9）

我們大致可以斷定，《金瓶梅》等俗文學中的「啜」，是哄誘的意思。

回過頭來再看本文開頭所引「趂」字一例，本來就和第九十二回「吃婆娘哄賺了」指的同是陳經濟上了孟玉樓的當、被當賊送入大牢一件事。「趂」表示的是和「哄」「賺」同義的一個詞，就是「啜」。

「啜」怎麼變成「趂」的呢？這就需要說明，「哄誘」意義的「啜」，讀同「掇」，俗寫作「趠」，又訛寫為「趂」。

三、探源「哄賺」義「啜」

訓釋近代詞語的人一般不太注意字音，偶有注音也是簡單地依據字的常用音。比如「啜賺」中的「賺」字就注一個 zhuàn，細心的注者才會注一個 zuàn。

至於「啜哄」的「啜」現見注音幾乎都是 chuò。這種讀音很可疑。

《漢語大詞典》比較謹慎，它於「啜」下注音是（大詞典三卷 401 頁）：1 chuò《廣韻》昌悅切，入薛，昌。又嘗芮切，去祭，禪。又陟衛切，去祭，知。又殊雪切，入薛，禪。釋義有：⑤見「啜哄」「啜賺」。——只有詞條釋義，不定字義字音。而對於「掇」注音是（大詞典六卷 731）：1 duó《廣韻》丁括切，入末，端。又陟劣切，入薛，知。釋義有：⑩慫恿；哄騙。參見「掇賺」。

可以看出，大詞典傾向於「掇」（duó）是意義為「哄騙」的這個詞的正規書寫形式，所以才在「掇」字下列有義項⑩。而在「啜」字下就不設類似的義項，以「啜」為字頭的「啜哄」「啜賺」雖有釋義和例證，只是肯定它的書寫形式，而不認為它們的意義是由「啜」（chuò）引申出來的。

但是，在早期字書中，即使「掇」字也沒有「哄騙」義。

與「掇」讀音相近且有「哄騙」義的有如下幾個字：

⑴謢 duó《廣韻》徒落切，入鐸定。欺。《廣雅釋詁二》：「謢，欺也。」

⑵詑 tuó《廣韻》徒河切，平歌定。又土禾切，《集韻》待可切。歌部。欺。《說文·言部》：「詑，沇州謂欺曰詑。」《玉篇·言部》：「詑，謾而不疑。兗州人謂欺曰詑。」

⑶誃 duò《集韻》待可切，上哿定。同「詑」，欺罔。《集韻·哿韻》：「誃，欺罔也。同詑。」

這幾個字有個共同的特點，就是都沒有語文實例，只見於辭書記載。這似乎表明了它們的口語記音字性質。後兩字更表明它們只存在於兗州一帶的口語裏，有方言字性質。

明清小說戲曲裏，這個詞寫作「掇」的有：

《水滸傳》第六十回：「久聞梁山泊行仁義之道，所過之處，並不擾民，因此特來拜投，如何故來掇賺將軍？」《古今小說》第二十一卷〈臨安里錢婆留發跡〉：「錢鏐已知劉漢宏掇賺之計，便將計就計。」王玉峰《焚香記·辨費》：「判官，與我逐一查那善惡文簿，要是何年月日有何人套寫王魁家書，掇賺他夫妻離間。」《兒女英雄傳》第四回：「要知安公子如何開發那女子，要去找儲一官的那兩個騾夫回來，到底怎生掇賺安公子，那安公子信也不信，從也不從，都在下回書交代。」《兒女英雄傳》第十八回：「你大家卻莫把那假尹先生（真安老爺）說的這段話認作個掇騙十三妹的文章。」

更早一些的宋人還有作「脫」的。王明清《揮麈後錄》卷三「又況數年間行鹽鈔法，朝行夕改，昔是今非，以此脫賺客人財物。」

考慮到宋代某些方言裏已有入聲輔音尾簡化乃至脫落的跡象，「護」（鐸韻定母）「掇」（末韻端母）「脫」（末韻透母）可以讀音相同或相近，「護」可能是「哄騙」義這個詞的「本字」。「詫」「誃」則是某些入聲輔音尾消失的方言中這個詞的寫法。

元曲裏入聲已讀同陰聲，這個詞甚至可以寫成「拖」。如：《西廂記》一本二折「拖逗得腸荒，斷送得眼亂，引惹得心忙。」《秋胡戲》四「誰讓你戲弄人家妻兒，拖逗人家婆娘。」《竹葉舟》二「你則為功名兩字相拖逗，生熬得風波千里親擔受。」《五馬破曹》一〔寄生草〕白「你去關下搦戰。將曹兵拖逗的離了陽平關數十里。」《東牆記》三「我想來，都是這小賤人拖逗的來。」《殺狗勸夫》一「這村醪酒剛半盆，紙錢兒值幾文，不是我將父母相拖逗，也是你歹孩兒窮孝順。」——這些「拖逗」大概也是同義複合詞，其中的「拖」是「哄騙」義「護」的記音。下面的「脫空」中的「脫」也似與「護」有關：《劉知遠諸宮調》十一〔黃鐘宮尾〕「金印奴家緊藏著，休疑怪不與伊呵，又怕是脫空護唬我。」《救風塵》四〔雙調新水令〕「笑吟吟案板似寫著休書，則俺這脫空的故人何處？」《西廂記》二本四折「這的是俺娘的機變，非干是妾身脫空。」

四、諧音造字和字形訛變

從近代俗文學文獻來看，「護」這個詞最常見的形式是「掇」和「啜」。

「掇」「護」屬於方言同音借字，比較好理解。「啜」可能是對「掇」的改造，也可能是新造形聲字而與讀 chuò 的「啜」偶然形同。但是不管那種情況，造字心理是一樣的。那就是：「護」是以好言哄誘，形旁應當用「口」或「言」。而「啜」字經常與「哄」

字組合成複合詞，所以形旁類推趍同。這種諧音造字和形旁類推的例子，《金瓶梅》中比比皆是，是俗文學作品中造字記詞的普遍規律。

「趍」字一形是《金瓶梅詞話》一書所僅見的。近年的注釋有兩種：(1)認為是「趨」字異體，釋義為「驅趕」，如白維國[1]、李申[2]、魏子雲；(2)認為是「呲」（cī）的諧音字，釋義也是「驅趕」，如張惠英[3]。兩種注釋的共同之處在於，都是先從上下文義，認定義為「驅趕」；不同之處在於對字形的解釋。第一點是前提，第二點是推測。

我們認為，從上下文義看，釋為「驅趕」不如「哄走」恰切。

先看第三十八回一例。這是韓二對王六兒發洩不滿，連用四個單音詞概括王六兒的行為態度：「連、囂、訕、趍」。囂（姦）、訕二詞意義明確，不必討論。「連」義為「攙、驅趕」，各家認識也基本一致。（字的得形解釋有異，筆者也有自己的解釋，此不詳論。）既然已有「攙」字在先，再說「驅」就屬於重複無益。反觀王六兒的言行，倒是無意激化矛盾，只想哄走韓二。說「等你哥回來，有便和你喝一盅」，就明顯是「怕西門慶來」撞見尷尬，想盡快「哄走」他。韓二也聽出哄他快走之意，故有「啜（趍）我」的指責。

再看第五十一回一例。這是潘金蓮為了激起吳月娘對李瓶兒的怨怒，編造的李瓶兒語氣的話。事情的真相是：李嬌兒過生日，吳月娘得知西門慶在李瓶兒屋裏，嫌他不來給李嬌兒上壽，「李瓶兒慌的走到前邊，對西門慶說道：『他二娘在後邊等著你上壽，你怎的平白進我這屋裏來了？』西門慶笑道：『我醉了，明日罷。』李瓶兒道：『就是你醉了，到後邊也接個盅兒。你不去，惹他二娘不惱麼？』於是一力攛掇西門慶進後邊來。」後來西門慶還是到李瓶兒屋裏睡的覺。這裏李瓶兒攛掇西門慶到前邊來，完全是「哄勸」法，這也符合李瓶兒的一貫處世態度。潘金蓮為了讓吳月娘相信，造謠也不能太離譜，模仿也要八分像。說「把他爹啜到後邊來。落後他怎的也不在後邊？還往我屋裏來了。」還是像李瓶兒的口氣的。

前引幾家「驅趕」說的字形分析，更是難以讓人苟同。無論是引《詩經》箋注（李申），還是講古音諧聲（張惠英認為「多」「chī」可諧音，是上古音歌支同部問題），都把小說作者和傳抄者的經學功底看得太深了。俗文學的作者和讀者都是市井俗眾，不是學究，他們的方言語感和信手造字本領倒可能是很高超的。

這裏「趍」字造字機理仍不外形聲一道。先看聲符，現代北方話「多」「掇」同音duō（見《現代漢語詞典》），宋代《集韻》已有「兗州人謂欺」的「誃」，用「多」做這

1　白維國《金瓶梅詞典》，北京：中華書局 1991 年。

2　李申《金瓶梅方言俗語匯釋》，北京：北京師範學院出版社 1992 年。

3　張惠英《金瓶梅俚語難詞解》，北京：社會科學文獻出版社 1993 年。

個字（詞）的聲符是再正常不過了。形旁（義符）用「走」卻不像「啜」字用「口」那樣好理解，我們的認識是：此兩例中的「啜」一詞有特定的「哄走」意義，或者方言中「啜」就有「哄走」這一引申義；記錄這一詞沒有合適的字，就靈機一動造出了「走」形「多」聲的「趍」。

幸虧《金瓶梅詞話》中有這樣兩個例子，讓我們能比較鑒別，知道「趍」有「哄走」義，和「啜」「掇」屬於同詞異形。又幸虧有「趍」來作過渡，我們認識到「趒」由「趍」訛錯而成，表達的也是「啜哄」。反過來說，「趒」的出現又可以證明，「趍」屬於新造俗字（臨時造字），因為罕見而易錯。

《金瓶梅》某些詞語釋義和字形問題

　　白維國同志以一人之力，積十年之功，著成《金瓶梅詞典》（中華書局 1991 年，下簡稱《詞典》）創獲良多。但像《金瓶梅詞話》（下簡稱《詞話》）這樣百萬言的巨著，方言詞語多，傳抄錯訛多，同音借字多，個別詞語一時難得確解，也是勢所難免。今就「招放」等詞語的釋義略陳管見，與白維國同志商榷，並就教於同道諸好。

　　《詞典》512 頁　抬放　tai fang　安放；安置（指人）。抬，抬舉，表示尊敬。

　　　我這屋裏也難～你，趁早與我出去。（二一 2 下 6／646）小人家那裏～？將就叫了
　　　兩個女兒唱罷了。（七四 10 上 4／1075）

　　又，668 頁　招放　zhao fang　承攬並安置。

　　　到不如一狠二狠，把他這一千兩咱雇了頭口，拐了上東京，投奔咱孩兒那裏，愁
　　　咱親家太師爺府中～不下你我？（八一 5 上 2／1239）

　　我認為「抬放」係「招放」形訛。「招放」又係「著放」借字。「著放」義為容納。《字典》把「招放、抬放」均釋為安放、安置，稍有不確。「招放」附釋「承攬」，當是為「招」字字形所囿；「抬放」附釋「抬舉、尊敬」，更是為錯字「抬」所誤。下面從形、音、義三方面試作論證。

　　抬，《詞話》作繁體「擡」，當是刻工據手抄稿簡字轉刻。「抬」「招」行草書手寫體形極為相似，容易相混致誤。《詞話》中有不少例證。

　　　陳經濟說道：「兒子不幸，家造官事，父母遠離，投在爹娘這裏，蒙爹娘招舉，
　　　莫大之恩，生死難報。」（二十 13 上 3）

　　　〔西門慶〕邀了應伯爵和陳經濟，招了七百兩銀子，往對門喬大戶家成房子去了。
　　　（三一 7 下 4）

　　第一例，「招舉」顯為「抬舉」之誤。第二例，銀子有七百兩重，一人無法帶，故需兩人「抬」，作「招」也無法解釋。由此二例可想見，《詞話》本據以雕版的稿本中，

「擡」作俗寫簡體字「抬」。

〈小桃紅〉……玉簫年當二八，未曾擡嫁，俺相公培養出牡丹芽。（四一4下10）

「擡嫁」不辭，應是招女婿嫁人之義，「擡」當作「招」。此曲又見《詞林摘豔》卷十，該處正作「招嫁」。《詞話》本刻印者喜歡將簡體俗字刻成繁體，所以「招」誤刻為「擡」。

從字音看，「招」是「著」的方音替代字。《現代漢語詞典》（商務印書館1983年）1458頁：

着（①②招）zhao①（～兒）下棋時下一子或走一步叫一着……②比喻計策或手段……③〈方〉放；擱進去：～點兒鹽。

其中義項③山東方言也有，不過多用為被動的放，即容納、收受。例如：「這麼多鹽，一個罐兒zhao不了。」「一間屋只能zhao兩張床。」這個詞，在山東濟南市以北讀zhao，濟南市及其以南又讀zhuo，可見它應該是古讀入聲的「著」（《中原音韻》歌戈、蕭豪兩收）。

「著」的義項①應該是「安放棋子」的動詞名物化而來，義項②又是①的比喻用法。寫作「招」則是方音替代習慣造成的。「著」的「容納」義，在《詞話》中也可以寫作「招」。

忿氣滿懷無處著。（二六7下4）

只家中大小把你也著在意裏。（二六8下4）

「無處著」即容納不下。「著在意裏」，即放在心裏。《詞話》也有「放在意裏」，可作比較：「這般把我這一個半個人命兒打死了，不放在意裏，那個攔著你手兒哩不成？」（四三5下10）

我不肯招他，當初那個怎麼招我來？（十六5上11）

這是西門慶說出想娶李瓶兒又怕潘金蓮不肯容她的意思後，潘金蓮的回答。其中「那個」指吳月娘。全句意謂，吳月娘能容得我，我也容納李瓶兒。

「招」（著）「放」同義，所以可並列使用，寫作「招放」或「照放」。

〔西門慶道〕「我要留惠蓮在後邊一夜兒罷，後邊沒地方兒。看你怎的容他在你這邊歇一夜兒罷，好不好？」金蓮道：「……隨你和他那裏日搗去……我是沒處照放他。我就算依了，你春梅賊小肉兒也不容他在這裏。……他若肯了，我就容你

容他在這屋裏。」（二三 6 下 1）

這段話字的「照放」和「容」顯然是同義的。下面我們把有「招放」「抬放」「照放」的句子，用「著放」即「容納」來解釋一下，可以看出是情通理順的。

「愁咱親家太師爺府中招放不下你我」——翟親家住的太師府那麼大。還擔心放不下我們倆人嗎？

「我這屋裏也難抬放你，趁早與我出去」——我這屋裏放不下你，趕緊給我走！（這裏「容納不下」是不高興留的委婉說法，「非不能也，是不為也」。）

「小人家那裏抬放，將就叫了兩個女兒唱罷了」——我們小家小戶的，地方窄狹，那裏容得下玩雜耍唱戲的，叫兩個清唱的，應付事兒就是了。

「隨你和他那裏日搗去……我是沒處照放他」——你們願上哪兒去就上哪兒去，反正我這裏是沒有放他的地方。

《詞典》362 頁　沒沒的　mo mo de　形容包得嚴實，一點縫隙都沒有。

然後奶子轎子裏用紅綾小被把官哥兒裹得～，恐怕冷。（四一 6 上 4／515）

被兒裹得～，怎得凍著。（九十 5 下 4）

《詞典》注音「沒」為 mo，釋義也附「一點縫隙也沒有」，顯然是根據字形。我認為「沒」是「沿」字形誤。「沿」為「嚴」的同音替代字，釋義為「嚴嚴實實」即可。「沿沿的」，《詞話》有例，《字典》未收。

拿幾個〔甜香餅兒〕在火炕內，一面夾在擋裏，挈裙子裏的沿沿的，且薰熱身上。（四十 4 上 9）

「沿」在《詞話》中與「嚴」同音，無須再證。[1]「嚴、緊」同義。《詞話》中又有「緊緊的」，可作比較：「如意兒道：『我在轎子裏，將被兒裹的緊緊的。』」（四八 11 上 2）「奶子如意兒獨自坐一頂小轎，懷中抱著哥兒，用被裹的緊緊的進城。」（四八 7 下 9）同是奶子如意兒用被裹官哥兒一件事，兩例作「緊」，兩例作「沒」，可見「沒、緊」同義。同是裹緊，有「沒」有「沿」，可見「沒」這個詞應是一個與「緊」同義，與「沿」同音的「嚴」。

另一部《金瓶梅詞典》（王利器主編，吉林文史出版社 1988 年）字，曾引《左傳》為證，

1　參看本書〈金瓶梅的方音特點〉。

解釋說：「沒沒，沉溺，沉沒，引申為被包裹得嚴嚴的。」這種引申缺乏理據。白話文學中的語詞釋義引證到上古經傳，倒不如參考同代其他小說和現代方言為好。

「嚴嚴」這一詞形，在《兒女英雄傳》中有例。第三十一回：「公子打開一瞧，只見裏面是五寸來長一個鐵筒兒，一頭兒鑄得嚴嚴的。」現代方言仍常用「嚴嚴」形容封閉緊密。周立波《暴風驟雨》第一部十八：「風裏雪裏，小轎車圍得嚴嚴的，一點不透風。」

《詞典》27 頁　僻廳鬼兒　bei ting gui er　背時的傢夥；倒楣蛋。僻廳，背時，倒運。

> 那李銘便過來，站在槅子邊，低頭斂足，只是～一般，看著二人說話，再不敢言語。（七二 22 下 7／1036）

此條從釋義看，似乎已經注意到「廳」字有誤。我認為「廳」是「石」字形誤，「石」又是「時」的同音替代字，而「僻」又是「背」的同音替代字。「僻格剌子」即「背哈喇子」，《詞典》已釋，「僻」「背」同音可以替代是無疑的。

「廳」的俗體草寫近「石」，《詞話》刊本改簡體為繁體，「廳」和「石」則相去甚遠了。《詞話》中有「僻時」「背石」「僻石」幾種寫法，只是「石」輾轉誤成「廳」，就不好識別了。

《詞典》11 頁　湯　dang　碰；撞。引申指打。一般寫作「蕩」。

> 甚麼鬥猴兒似的，～那幾棍兒，他才不放心上。（七三 19 上 2／1061）～他這幾下兒，打水不渾的，只像鬥猴兒一般。（八三 3 下 1／1258）

又作「攮」。

> 我做奴才，一來沒幹壞了甚麼事，並沒教主子罵我一句兒，～我一下兒。（七六 14 上 5／1129）

這個詞的注音釋義似乎都可以商榷。我以為應該讀 tang，是一種輕微的碰觸，如同說掃、抹。只就《詞話》字用例看，上引三例帶有補語「一下」「幾下」「幾棍」，明確表示程度輕微。另外有一例跟「抹」對文見義：

> 一個碗內兩張匙，——不是湯著就是抹著。（七六·16 上·11／1131）

可見「湯」的基本意義是輕微碰觸，「攮我一下」等例只是臨時的比喻用法，連同補語「一下」等一起，才有「輕微責罰」的意義。

「湯」「攮」還有一種寫法是「倘」，《詞話》中只用於「打倘棍」一語，詳見下文。「湯」「攮」「倘」三字很難確定哪一個是本字，可能都是方音替代字。在山東現代方言裏，仍有「tang 他幾棍子」等語，所以此處注音 tang 為宜。

在清初反映山東一帶方言特點的小說俚曲裏也用「湯」來記錄這個詞。《醒世姻緣傳》第三十三回：「可不這天爺近來更矮，湯湯兒就是現報。」《聊齋俚曲集·禳妒咒》第九回：「俺不過湯一湯，也不曾把你傷，爪子也是輕輕的放。」

「打倘棍」一語，《字典》未收，我解釋為「薄示懲罰」，說見拙作〈金瓶梅中的熟語俗字〉。[2]這裏只強調一下字形的訛變。

「打倘棍」有一例寫作「打俏棍」（十四 3 上 6），「俏」為「倘」字行草書形近致誤。《詞話》字「倘」誤作「俏」還有一例，可作旁證：「李瓶兒鋪下席，把官哥兒放在小枕頭兒上俏著，交他頑耍。」（五二 18 上 8）其中「俏著」無疑是「倘（軀）著」。

「打倘棍」又有一例寫作「打白棍兒」（十七 2 下 5），則是輾轉致誤：「倘」形近「俏」，「俏」形近「伯」，「伯」音同「白」。「俏」「伯」形近致誤的例證是，「俏一幫」（十一 1 下 5）又作「伯一幫」（十二 12 下 1）。「伯」「白」音同的例證是，《詞話》字人物應伯爵的名字諧音「白嚼」。[3]

「倘」輾轉誤成「白」，表明《詞話》據以雕版的稿本已經多次轉抄，不會是作者手寫的稿本。轉抄的人們，多不明「打倘棍」一語，又未通覽全書加以校勘，才導致一詞多形。我們今天研究《詞話》，必須充分考慮到字形在轉抄字的訛變。

「紫脹」（紫強，紫漲）一詞，兩種《金瓶梅詞典》均未收，其字形差異跟上文各例性質相似。《詞話》字有關例句如下：

須臾怒起紫漲了面皮（七·11 下·9）

紫強光鮮，沉甸甸甚是粗大（三七·9 下·6）

紫脹了雙腮（三八·3 上·3）

紅赤赤紫漲漲好砢磣人子（五九·7 上 6）

通觀數例，它們都是形容充血紅紫狀的。字當作「紫脹」為是，其他寫法有可能是字形

2　載《金瓶梅藝術世界》，吉林大學出版社 1991 年。
3　同註 1。

訛誤所致:「脹」「漲」音義同,「強」「漒」音義同;草書「脹」「強」「脹」形近,「漲」「漒」形近。《詞話》中「張致」一詞常見,偶寫作「強致」;「漒嘴」一詞常見,偶然寫作「漲嘴」。

「脹」(漲)寫作「強」(漒),也有可能是同音替代造成的。《詞話》在刊刻前,曾在吳語地區手抄流傳,抄書吳人有可能據方音改字。在金華、蘭溪、永康一帶,「脹」(漲)、「強」(漒)至今同音,都讀舌面聲母(j)。

「紫脹」一詞,在那時的其他小說中寫法如下:《水滸傳》第二十回有「紫漒了面皮」;《初刻拍案驚奇》卷三二、《二刻拍案驚奇》卷一均有「紫脹了面皮」;《醒世姻緣傳》第五十二回、第六十八回均有「紫脹了面皮」,第六十二回有「鼻子紫脹的像個樺頭」;《紅樓夢》第六十三回有「面皮嘴唇燒的紫絳皴裂」。看來在明代後期,「紫脹」的「脹」義還是明確的,即使浙江吳人凌濛初的「二拍」也寫作「漲」。大致同時刊刻的《水滸傳》和《詞話》「脹」「漒」並存,表明抄刻者還作「脹」理解,只是因為方言同音或字形錯訛才寫作「漒」。清初的《醒世姻緣傳》繼承了對「脹」的這一認識。因此,《金瓶梅》詞語釋義注音應以「紫脹」(zhang)為準。

同時應該指出,字形的錯訛有可能對語言產生反作用。《水滸傳》《詞話》的北方讀者,當時已經可能讀作「紫漒」(jiang),以致曹雪芹也把「紫漒」(jiang)當作一個詞來運用;又或因為「漒」字形不可解,遂用表示紅色的「絳」來替代。《紅樓夢》中的「紫絳」應該看作一個新詞,一個由於字形訛變導致產生的新詞。在這種特殊的語言現象中,《詞話》可能起了重要的作用。

《金瓶梅》詞語訓釋和俗字辨識

筆者〈金瓶梅「扛」字音義及字形訛變〉一文，提出了由義及音、參考字形、往復推求的訓釋方法。

有人誤會我們的意思，以為這有悖於語言以語音為物質外殼的原理和清儒循聲求義的科學方法。

這是誤解。我們的出發點是訓釋近代漢語書面資料，是形體化（寫成字）了的有聲語言。這種書面語言資料，本身沒有明確的音讀。其作者重口語表現、不拘文字規範，創造了為數不少的俗字；抄刻過程中又有字形誤認而隨機改換的「再創造」。這使我們面對的資料，跟當時的口語有了相當的距離。

因此，辨析字的「聲音」已很難成為「義訓」的前提。資料的系統性卻可以使我們比照上下文、前後文大致瞭解詞語的義訓，然後溯源確定音讀，辨明本字和訛變軌跡，從而得到於形於音於義都妥帖可信的認識。這樣「往返結合的過程」實際上仍然以語言的「音」為樞紐，結合了「比較互訓」的常見訓釋法和俗字音讀考證法。

文獻詞語的訓釋，既然牽涉到詞匯和文字兩方面，就要求研究者對詞匯的發展和文字的發展有一個正確的認識。

詞匯是語言發展中最迅速的部分，每一個時代都有大量的新詞。但是新詞中除了少量音譯借詞外，多數是舊有詞的意義的引申和分化，或以舊詞為詞素的組合。即是說，新詞與舊詞有著意義上的密切聯繫，當然也與相應的「音」密切聯繫。有些研究者不注意這種聯繫，偏重於具體語言環境中的表面意義，這就造成了新詞語過多的假像。每一部語言資料都可以勾稽出上萬條詞語，編出幾十萬言的詞典。而這種「典」與那種「典」之間，注音釋義乖互甚至相悖。這在很大程度上造成了對一個時代、一部文獻的詞匯面貌的認識混亂。

文字的發展，我們常注意其規範的一面，因而過分地依賴舊有字書規定的形音義。筆者認為，漢字處在不斷的俗正轉化中，隸書相對篆書就是俗字。漢字的演變可分字件、字構、字用三個層面去研究。[1]相對於唐宋進行過規範的楷書字的形音義，近代的俗字大

1　參看拙文〈近代漢字研究的幾個問題〉，載《東嶽論叢》1994 年第 3 期。

致包括三種。第一，同音替代字，例如「僻」寫作「背」，這是字用意義上的發展；第二，新造形聲字，例如「塞」寫成「攃」，這是字構意義上的發展；第三，字形變異、草書楷化，例如「彎」寫成「弯」，這是字件意義上的發展。不管哪一種俗字，都可以造成同一個詞的書面形式的差異，而且在它新出現未被廣泛接受時，都會造成抄刻中的錯誤。

一般地說，從純粹詞彙的發展來看，詞語訓釋是比較容易做的，是可以「循聲求義」的。特殊地說，近代漢語資料是詞彙現象、文字現象糾纏在一起的，詞語訓釋難度就大了。單一地查考字書「因形見義」，粗略地引證方言「循聲求義」，都易造成失誤，不利於漢語詞彙的研究。

本文擬從三種俗字角度，對《金瓶梅》詞語作些考釋。三種俗字只是大致的分類，每種都難免與他種有交叉。新造形聲字，較易識別。本文篇幅有限，只就第一種（方音替代字）和第三種（草書楷化字）舉例解釋字形、訓釋詞義。

方音替代字詞釋

「膿」「濃」應有上聲讀法，是「努」的方音借字。

「賊奴才淫婦，……你知我見的，將就膿著些兒罷了，平白撐著頭兒逞什麼強！」（四一9下5）「不然這個癩子也要出膿，只顧膿不是事。」（六九12上9）「你識我見，大家膿著些兒罷。」（九一12下5）「哥兒，你濃著些兒罷了，你的小見識兒，只說人不知道！」（七三7下9）

對後一例「濃」字，臺灣魏子雲釋：「你還是把癩子的膿留住別擠出來吧。」（《金瓶梅詞話注釋》502 頁）大而化之，失之籠統。張惠英釋：「老實、窩囊的樣子。」（《金瓶梅俚俗難詞解》255 頁）走得更遠。王利器等《金瓶梅詞典》307 頁釋「膿」分別為「硬撐住、勉強忍受」，「將就堅持」，意思稍切。白維國《金瓶梅詞典》378 頁將「膿」「濃」作為同音詞，釋「湊合、將就」，並引用明顧起元《客座贅語》，「家敗而姑安之，事壞而姑待之，病亟而姑守之，皆曰膿。」這就進一步確定了詞義。

上述諸家皆注音 nong，陽平。筆者曾說，「不能確定音讀的訓釋，很難說是確解。」陽平調的注音，無法表明字義的由來。

上面「膿」「濃」的意義皆由「努」字而來。《廣韻·姥韻》「努，奴古切，努力也。」引申而為「用力凸出」，《紅樓夢》第六十四回：「和她二姨努嘴兒」又引申為「用力失當」，《紅樓夢》第七十五回「且別貪力，仔細努傷著。」《現代漢語詞典》仍列這些義項。

「努」讀如「膿」，也非自《金瓶梅》始。《廣雅》卷三「薄、怒、文、農，勉也。」王念孫疏證：「農猶努也，語之轉耳。」

這種方音，今天也不鮮見，山東不少地區，把「用力失當」仍說成 nǒng。魯西南地區則更顯規律性，不僅「努」的各種用法都讀 nǒng，連「奴」也讀成 nóng。電影《農奴》在他們讀來是疊音 nóng nóng。

「努」不僅有方音讀法，還有方言引申用法。像《金瓶梅》中「膿」「濃」，就同是「忍耐」義。第六十九回例表面義是有癩子不治療，忍痛忍病；第四十一、七十三回例表面義是有高見有才能而用力控制，不使流露；第九十一回例是有意見有怨恨而隱忍不發作。這些用法至少還在山東地區仍活躍在口語中。

因此，我們認為，為《金瓶梅》釋詞，完全可以簡單準確一些，「膿（濃），『努』的方音寫法，義為忍耐。」最多再補充一句，「用力控制不顯露出來」。至於注音，應該按方音折合，記作上聲 nǒng。

「扰」，可也簡釋為「即『奴』，用力凸出。」例如：「西門慶扰了個嘴兒與他，那玳安連忙分付排軍，打起燈籠在外邊。」（六八 15 上 2）

「挪」，也可以簡釋為「音義同『扰』，即『努』，用力凸出。」例如「那書童就覺著了，把嘴來一挪，那眾婦人便覺，住了些。」（五三 14 下 2）《金瓶梅》中 uo 韻字與 u 韻字多相混，如「洞庭河」即「洞庭湖」，「胡九」即「何九」，「只過」「只個」即「只顧」。

《金瓶梅》中又有「儂」字。一見於「喃喃儂儂」，「不想道惱了潘金蓮，抽身竟走，～，一溜煙竟自去了。」（五七 11 上 9）一見於「唧儂儂」，「口裏～的念，不知是麼。」（五三 13 上 10）

白維國《金瓶梅詞典》369 頁把「喃喃儂儂」附入「喃喃洞洞」條下，釋「形容連續不斷地自言自語或小聲說話（多帶不滿情緒）」。又附有「喃喃吶吶」條，例有「那胡秀把眼斜瞅著他，走到下邊，口裏～說：『你罵我？……』」（八一 1 下 11）「那經濟口裏～說：『打你不干我事，我醉了，吃不的了。』」（七七 7 上 2）369 頁釋「唧儂儂」：「象聲詞，形容小聲說話。」

筆者以為，這幾個詞都可以稱「擬像詞」為好，是模擬說話的情態，而不是僅僅模擬聲音。其語義重在「含混不清」，而不重於「小聲」。

至於擬像詞的讀音，在口語中自然是隨語轉換。但也有規律。如狀其「含混不清」多用合口韻母或鼻尾韻，例如現代的「嘟嘟囔囔」；如狀其「聲音小」則多用啟齒韻母，例如現代的「喊喊喳喳（cha）」。

那麼這裏的「儂」注音 nong 是合適的。「吶」字呢，有關《金瓶梅》詞語的訓釋，

都回避「吶」字的音讀。

查「吶」字。《廣韻》有「女劣切」，折合今音 nuò，釋義為「骨吶，聲不出」，稍覺不切。《集韻》「吶」字三讀：沒韻「奴骨切，言難也」；薛韻「奴劣切，言緩也」；質韻「女律切，語不明」。最後一讀，音義最切。準此折合今音應注音 nù，去聲。參看上條「努、膿」音轉例，知「喃喃吶吶」與「喃喃噥噥」也應是同詞異形。

至於詞中前字「喃」，可能是「那」字音轉，佛家「南無」即是「那摩」。好在擬像詞本無定字，求其音近即可，注作 nan、na 都行。但是「唧噥噥」的「唧」字，與今口語擬像詞音不協，疑是「那」或「都」字形誤。

《金瓶梅》中有「那」誤寫成「即」「都」之例。「我惱他即等輕聲浪氣。」（五八 17 上 11）「我稍來的那物件兒，爹看見來，都是奴旋剪下頂中一柳頭髮親手做的。」（七九 5 下 11）其中的「即等」顯然應為「那等」，「都是」應作「那是」。

「喃喃洞洞」的「洞」有可能是「吶」字形誤。因為《金瓶梅》中僅此一例，而他書也未見其例；另一方面，「同」「內」「的」草寫形近，相互致誤的例子都有。當然《水滸傳》中有「喃喃篤篤」，也可以看做是「喃喃洞洞」同詞的音轉。也許有人會倒過來說，「吶」是「洞」的形誤。但這似乎不太可能。「吶」字一形在《金瓶梅》中出現頗多，內證自足。除前述白《詞典》引例外，至少還有二例。「那婦人在裏面喃喃吶吶罵道……」（一 20 上 6）「西門慶從外來家，已有酒了，……口中喃喃吶吶說道……」（二二 2 下 11）特別是最後一例，跟前文引述陳經濟酒醉一例相似，都是狀繪酒後舌僵、言語不清，既非「自言自語」，也非「小聲」，更無「不滿情緒」。可見白《詞典》的釋義沒有把握住「喃喃噥噥」諸詞語的重心所在。

「搶」有輕擦義，讀 càng，去聲。

「奶子如意兒常在跟前遞茶遞水，挨挨搶搶，掐掐捏捏，插話兒應答。」（六九 9 下 8）「他挨挨搶搶，又到跟前，扒在地下磕頭。」（九三 6 下 7）

白《詞典》釋前一例為「形容身體接近，互相摩擦的樣子」，後一例為「同挨挨排排」，「形容行動小心謹慎、循規蹈矩的樣子。」《漢語大詞典》釋前一例「猶挨挨擦擦」，「謂以肌體相擠擦」。上述注釋均音 qiang。

筆者以為「搶」即「擦」一詞的方音記字。《金瓶梅》雖無「挨擦」，但有「挨肩擦膀」。「自此，這小夥兒和這婦人日近日親，或吃茶吃飯，穿房入屋，打牙犯嘴，～，通無忌憚。」（十八 12 下 1）這「挨肩擦膀」跟第一例「挨挨搶搶」都是指男女親昵，肌膚廝磨的情狀，可以互為注腳，「搶」「擦」同義。

在吳語地區，指小表愛的「兒化」有時表現為韻母後加鼻音。「麻雀兒」在北人聽來就成了「麻將」牌。

在北方一些地區，鼻尾韻字兒化後又可脫落鼻音加卷舌。「頂針續芒兒」讀同「頂針續麻兒」。而且正是這些地區，「輕擦」義這一動詞讀 càng（相當於北京話的「蹭」cèng）。《金瓶梅》的兒化規律也正同這類地區，如「頂針續芒」正寫作「頂針續麻」（六十5上1）。「唱兒」「匠兒」可與「架兒」押韻。（參看本書〈金瓶梅的方音特點〉）

上述不同方言的兒化規律，都是「擦」「搶」音變的旁證。因此我們認為上述例中的「搶」應注音 càng，釋義可簡化為「義同北京話的『蹭 cèng』」即可。

釋作「càng（蹭 cèng）」也適用於上舉第二例，是形容陳經濟的忸怩情態，字面意思仍然是「輕擦」「蹭」。王杏庵冷眼不理他，陳經濟無顏大聲招呼或拉住攀話，只能用「挨挨搶搶」的辦法接近老人，以期得到憐憫和周濟。

「紫漒」是「紫漲」的方音寫法，「招放、照放」是「著放」的方音寫法，筆者已在〈金瓶梅某些詞語釋義和字形問題〉中作過論證。

草書楷化字詞釋

「搧」「搱」是「擗」草書楷化所致，有掰 bai、拍 pai 兩音兩義。筆者已在本書〈《金瓶梅》「搱」字的形音義〉一文中作了論證。

「膆」（見「勾頭雞膆壺」萬曆本「膆」字右上部件是兩橫的「土」字，新排本有校作「膝」的）「膝」（見「殺雞扯膝」）均是「脖」字草書楷化所致，筆者另文論述。

「捺」「攣」，當作「擽」今音 luè，去聲，動詞，一種彈琴指法。

「王杜彈琵琶，李銘捺箏。」（四六2上8）「一般兒四個家樂在傍攣箏歌板，彈唱燈詞。」（二四1下3）「這攣箏的是花二哥令翠。」（十一8下7）

《廣韻》藥韻：「擽，離灼切。〈字統〉云，擊也。」《文選·嵇康·登樓賦》：「或摟、掍、擽、捋」李善注「皆手撫弦之貌。」

「樂」旁草寫近「欒」。遂致楷化失誤，成為字書未見的新字形，新刻本及白《詞典》皆因循「攣」形，未見音注。

「鑾」當作「濛」，音 méng，陽平。「鑾混」即「蒙混」。「我難道醉了，你偷吃了，一徑裏～我。」（七三18下3）

王利器等《金瓶梅詞典》仍因其形，釋「蒙蔽欺騙」，音序索引歸 luan。白《詞典》徑改作「灤」，音義均同王《字典》。

字書無「鑾」字，蓋「濛」字草書形近致誤。「濛」字右上角草書形近「亦」，右下角草書形近「金」。楷化誤致新形，遂致諸家失誤。

「毯」當作「毯」，音 tǎn 上聲。

「這小郎君等不的雨住，披著一條茜紅～子臥單在身上……大雨裏走入花園金蓮那邊。」（八三2上8）「臥單」在方言裏指被褥，茜紅指顏色，「毯子」指其質地。是知「毯子」當即今天的毛毯。

查「毯」字，《改並四聲篇海》引《俗字備篇》讀「末胡切」，《字彙》釋「毛緞也」，與《金瓶梅》句例不切。

按之原書，「毯」屬常見之物。而「模」或訛作「㮩」，「～樣兒不肥不瘦，身體兒不短不長。」（七六1上8）「羊」頭的字又多訛作「卷」字上頭。如「養」（養）（五二6上7）（五七9上5）「鯗」（鮝）（八十10上5）。可見「炎」旁容易與「莫」旁草寫混淆。大雨中陳經濟披著毯子遮雨避寒是合乎情景的。

有一個怪字，上頭是「山」頭，下半近似「离」字，只是底部是個「肉」字。這個字當作「喦」，音 yán 陽平。

「瘦損～～，鬼病懨懨。」（七五13上6）同曲又作「瘦體嵓嵓，鬼病懨懨。」（四四3下11）

《正字通》：「嵓與喦同。」《廣韻》五咸切「喦，嵓也。」五銜切「巖，峰也，險也、峻廊也。」上兩例都是形容病體瘦削的樣子，寫作「嵓」「喦」「巖」都可以。

推測怪字得形之由，可能是由「崦」字異體草寫致誤。「崦」「喦」音近，可以有「山」旁上移的異體。按《金瓶梅》「奄」字上部的「大」，多於兩邊腋下加兩點，遂近「离」字上半，下半「肉」字由「电」字形近致誤。變形之後重加「山」頭，遂成怪字。此字未見有人注音釋義，新刻本依樣畫葫蘆，未置一詞。

又有「崦」右上角加「离」上半部的另一個怪字。「散亂毛鬢墜山～」（一5下6）《水滸傳》同詩字作「奄」，新排本據改作「崦」。其造字機制也相類似。原刻本，也係「崦」字異體變形後，再於左面複加「山」旁而成。（前一個怪字是上面複加「山」）。

第三個怪字是「瘤」下加「肉」。此字當作「瘸」，音 qué 陽平。

「我學生騎的那馬昨日又～了。今早衙門裏來，旋拿帖兒問舍親借了這匹馬騎來了。」（三八7下6）

馬不能騎，多因足病。《廣韻》戈韻「瘸，腳手病。」義相合。又「俺兩個破磨對腐驢」（六十6下1），「腐」也是「瘸」字之誤。查《金瓶梅》一書，「瘸」字僅僅出現兩次，字形均錯。推想其原因，「瘸」當非常用詞，字形又比較繁雜，草書只具輪廓，「疒」旁和「肉」底易辨，中間「加」字可能很草率，抄寫或刊刻者就容易根據己意規整為「付」或「留」。而草書「疒」「广」僅有一曲之差，規整時相互易換更不鮮見。

上面論述的是字書不載的俗字。草書楷化過程還常有把某個字的草體當成另一個字進行規整的情況，兩個字的規範楷體形貌相去甚遠，音義也絕不相關。一般吧這種情況

叫做錯字或誤字,但不屬於楷體形近而誤、音近而誤。這種情況的典型例子如:「成」草體誤楷化為「年」(七八 2 下 10);「我」草體誤楷化為「象」(七八 21 下 6);「道」草體誤楷化為「是」(八五 8 上 9)、「色」(四六 6 下 9);「紅」草體誤楷化為「孔」(四三 11 下 3)、「水」(三四 6 上 2)。

這種草書楷化致誤字形,也容易導致詞語的誤釋。

「青水皂白」,即「青紅皂白」。「別的倒也罷了,只吃了他貪濫蹺楚(茸),有事不問～,得了錢在手裏就放了。」(三四 6 上 2)

多種詞書,包括《漢語大詞典》都立上例為獨立詞條。實際上漢語史中從來沒有過「青水皂白」一語,這種立項只能給詞匯研究帶來紛擾,足證失校之過。有的注釋者還作強解:「用『水』是方言口語中隨口改字的現象。」(李申《金瓶梅方言俗語匯釋》350 頁)把刊刻字誤當成了口語實際。

「裝綁」「裝柳」。即「裝梛」。亦即是「裝裹」,「給死人穿衣服」。

萬曆本《詞話》中,「裝綁」一見(六二 20 上 10),「裝柳」兩見(七九 22 上 7、七九 22 下 4),「裝捌」三見(六二 20 下 8、六二 21 上 1、六二 21 上 5),「裝梛」一見(六七 8 上 3)。

各種注釋《金瓶梅》詞語的書多為「裝綁」「裝柳」立詞條,卻均不為「裝梛」立條目。原因可從注音釋義看出端倪:「綁」注音皆為 bang;「裝綁」釋義有的作「給死人穿衣服,裝束好」。(李申《匯釋》658 頁)顯然把「綁」字理解為束縛捆綁,此亦大誤。

實則,「裝梛」為基本詞形,乃是「裝裹」的同音替代形式。「捌、柳」係與「梛」草書形近致誤。「綁」乃是「捌」字異體。

上述「青紅皂白」「裝裹」在現代漢語常用,且有其他歷史資料佐證,本來不該誤解。還有的詞語屬於臨時組合,罕見其他書證,造成歧解就更不足為怪了。

「沿口豚腮」。「〔薛姑子〕生的魁肥胖大,～」(五十 1 上 10)崇禎本改「沿」為「沼」,新排本從之。王利器《詞典》233 頁釋:「沼,池子;豚,豬。形容人口大腮寬。」白《詞典》610 頁音「yan kou tun sai」,釋「大嘴巴,胖臉腮。」

這裏有兩個字有問題。「沿」,筆者以為是「闊」字之誤;「豚」則是少一點的「豖」字(du 陰平)。查《廣韻》屋韻「豖,丁木切,尾下竅也。」覺韻「竹角切,龍尾。」《集韻》屋韻「豖,博雅臀也。」覺韻「豖,博雅臀也,一曰肥也。」《現代漢語詞典》「豚,du〈方〉①(～兒),豚子。②〔豚子〕屁股,蜂或蠍子等的尾部。」又「嘟嚕,③向下垂著:耷拉;～著臉。」今山東方言稱蜂蠍尾為「豚子」,讀上聲,這是因為山東陰入歸上聲的緣故。又貶稱臉腮肥垂為「嘟嚕腚幫子」。這跟《集韻》「臀也」「肥也」的義訓頗覺相近。而且《金瓶梅》中「啄」字一律無中間一點(參看十二 5 上 11、六一 2 上 11、

九七 9 下 3）。「豚」（du）字少一點變成「豚」（tun）的可能性是很大的。因此「豚腮」，是對臉大腮肥的貶義描寫。

「闊」字，《金瓶梅》中又寫作「濶」或「閣」形的（四五 4 上 3、一 3 下 11），「門」旁字常因草寫變形脫落，如「闊」替代「含」（五五 2 下 2）「開」寫作「云」（五一 22 上 17）。「闊」字有可能直接訛作「沿」，有可能先作「活」後再訛變。書中有「活」訛作「治」的（三四 16 上 3）。

當然，「闊口豚腮」的認識還有待於其他古書用例的證明，望博雅君子賜教。

《金瓶梅》異體詞音證

　　元明以來的白話小說，運用了大量的方言口語。這些方言口語詞常常沒有合適的字去記錄：用「本字」則義同音異，有些詞還不易考出本字；用同音字，有時找不到聲韻調相同的常用字。即使同一位作者，筆下用字有可能前後不一，這就構成了同一詞語的不同形體。這種異體詞有別於一般意義上的別字異文。比較這些異體詞，不僅可以加深對詞義的認識，還可以看出小說作者的方言語音特點。

　　本文從《金瓶梅詞話》中遴選數詞，分別從語義和山東今音兩方面試作論證，以就教於方家。

　　撅、缺　「撅」的本字是「絕」下加個「刀」字。《廣韻》薛韻：「斷也」，子悅切。近代寫作「搣」或「撅」。現代官話區多讀 jue，聲母不送氣，聲調陰平。山東西部多數地區讀 que，聲母送氣，聲調上聲。除了「折斷」意義外，又引申為把人的肢體彎曲折疊，特指彎曲肢體搶救暈厥的人。《金瓶梅》中有時寫作「缺」。443 頁（人民文學出版社 1985 年版，下同）諧音故事「『頭朝東，腳也朝東姦來。』官韻：『胡說！那裏有個缺著行房的道理，』旁邊一個走來跪下，說道：『告稟，若缺刑房，待小的補了罷。』」上面加「·」的「缺」即是「撅」，義為折疊軀體，另一「缺」字，音義如字，兩詞諧音，表明語音相同。

　　表示急救意義的多用「撅」字。

　　225 頁：「撅了半日，吐了口精涎，方才蘇醒。」

　　316 頁：「一面解救下來，開了房門，取薑湯撅灌。」這裏撅灌是兩種急救措施，「灌」指灌薑湯。

　　1294 頁：「孫雪娥跳上炕，撅救了半日，舀薑湯灌下去，半日蘇醒過來。」「撅救」是偏正關係，指用「撅」（曲折肢體）的方法來急救。

　　「撅」還有一種更為抽象的「折回」義。

　　848 頁：「我原說的教你休撅上奶去。」這裏的「撅」指婦女停止哺乳，使奶水不再分泌。

　　根據故事和歇後語的諧音推證，這些「撅」也讀如「缺」。

　　撞、創、搶、闖　「撞」《廣韻》絳韻，「撞鐘」，直絳切；另，江韻「突也，擊

也」，宅江切。現在官話區多讀 zhuang，聲母不送氣，聲調去聲。山東西部讀 chuang，聲母送氣。

《金瓶梅》中，「碰撞」義的「撞」字多見。

445 頁：「騎馬把脯子骨撞折了。」

794 頁：「一頭撞在地下。」

795 頁：「又一頭撞在地下。」

1294 頁：「往前一撞，就昏倒在地。」

字又寫作「搶」。

1203 頁：「忽然一陣暈起來，望前一頭搶將去。」

這裏的「搶」字是《廣韻》初兩切的「搶」，即「闖」字。

表示「突入」義的「撞」字有：

45 頁：「你小孩子家，只顧撞入去，不妨。」

1464 頁：「大拔步撞入後邊韓道國屋裏。」

字又寫作「搶」。

54 頁：「我先把籃兒丟在街心來，你卻搶入。」

55 頁：「大踏步直搶入茶坊裏來。」

字又寫作「創」。

705 頁：「且容你悔了這著，後邊再不許你白來創我的子了。」

在上述用法上，「撞」「創」「搶」「闖」音義相同。音同可從人名「白來搶」得到證明。

「白來搶」又寫作「白來創」。其人愛串門，山東濟南一帶叫「創門子」，有「不速之客」的意思。「白來創」正是一個諧音姓名。此人死乞白賴地串門混嘴吃，西門慶主僕都討厭他。436 頁是比較集中的寫白來創為人的章節，這裏，吳月娘罵他：「平白有要沒緊來人家撞什麼！」來興兒罵他：「爛折脊樑骨的，倒好了他，往下撞。」同樣的意思，字又寫作「闖」。平安兒罵白來創：「來我家闖的狗也不咬！」

另外，1177 頁「懷著個臨月身子，只管往人家撞來撞去的，交人家唇齒。」這裏的「撞」也是「串門」義。「撞」的「串門」義可能是從「突入」義引申來的。總之，上述例子中的「撞」「創」「搶」「闖」，是同一個詞的不同形體，讀音相同。從意義來看，「撞」應該是本字，可能是因為字音與口語音有距離，有時才用接近口語音的字來替代。其中「創」字跟口語同音，「搶」「闖」聲調有差異，但聲母送氣跟口語一致。

捆、群 「捆」即「稛」。《廣韻》混韻，「縛衣也」，苦本切。近代又寫作「綑」「梱」。官話區今多讀 kun，上聲。山東西部一些地方的「捆」字音有分化：作量詞（名

詞）用一般也讀 kun，上聲，可以兒化；作動詞讀 qun，上聲，無同音字。音近字只有聲調陽平的「群」。

《金瓶梅》中兩種例子都有。

量詞（名詞）901 頁：「豆芽菜兒，有甚捆兒？」

1032 頁：「你這波答子爛桃行貨子，有甚正條捆兒也怎的？」

動詞。156 頁：「群到那裏，打個爛羊頭。」

410 頁：「反被這夥人群住，揪采在地，亂行踢打，同拴在鋪裏。」

412 頁：「群住打了個臭死，如今拴在鋪裏。」

「群」的動詞用法常跟「拴」連用，但「拴」字還附帶有「固定」「牽引」的意義。要帶有表位置、方向的補語。如「拴在鋪裏」（見上），「一條繩子拴出來」（405）。

踏、扠 「踏」，《廣韻》合韻，「著地」，他合切。「大踏步」是白話小說常用語，現代普通話「踏」讀 ta，山東西部方言讀 zha 或 cha，字寫作「蹅」或「扠」。

《金瓶梅》中有「踏」有「扠」，音義相同。

55 頁：「大踏步直搶入茶坊裏來。」

202 頁：「把蔣竹山倒蹅門招進來。成器夫婦。」（山東至今把入贅叫作「倒 zha 門」。）

4 頁：「浪浪蹌蹌大扠步走上崗來。」

102 頁：「大扠步雲飛奔到獅子街來。」

1398 頁：「這劉二大扠步上樓來。」

1464 頁：「大拔步撞入後邊韓道國屋裏。」（「拔」字當是「扠」字形誤。）

「扠」有 zha 音還可見下例。

45-46 頁：「只見婦人尖尖喬喬剛三寸恰半扠一對小金蓮，正喬在箸邊。」

48 頁：「看見他一對小腳……恰剛半扠。」

75 頁：「裙邊露出一對剛三寸恰半扠，一對尖尖喬喬金蓮腳來。」

83 頁：「柳條兒比來剛半扠。」

這裏的「扠」，指張開拇指中指之間的距離，小說中有「撾、扎、挓、蹅」種種字形，現代一般寫作「拃」，《現代漢語詞典》注音 zha，山東西部都讀 zha，有陰平有上聲，與「踏」同音。

僻，背 「僻」，《廣韻》昔韻，「誤也，邪僻也」，芳辟切；又見錫韻，普擊切。早在先秦，「僻」就用於偏遠落後之義。「背」《廣韻》隊韻，「棄背」，蒲昧切，又補昧切。

在《金瓶梅》的方音中，古入聲已經派入三聲，「僻」「背」同音，可以相互借用。

「偏僻」義，《金瓶梅》中多作「僻靜」「僻淨」。

1002 頁：「我這後園裏有幾間小房，甚是僻淨。」

1285 頁：「兩個走到僻靜處說話。」

1384 頁：「原來細米巷在個僻靜去處。」

「僻靜去處」又叫「僻格剌子」。

463 頁：「到明日房也替你尋得一所，強如在這僻格剌子裏。」

字又寫作「背哈喇子」。

247 頁：「我在這背哈喇子，誰曉得？」

「沒時運」的人叫「背時貨」，又寫作「僻時貨」。1102 頁：「心愛的扯落著你哩，把俺每這僻時的貨兒都打到揣字號聽題去了。」

鬼、國、摑　「國」在《金瓶梅》裏讀音同「鬼」。

405 頁，韓道國專門說謊，「因此街上人見他是般說謊，順口就叫他韓道國」（搞鬼）。「他兄弟韓二，名二搞鬼。」

1258 頁：潘金蓮罵秋菊「賊破家誤五鬼的奴才」，「五」當是衍字，「破家誤國」正是對文見義。後文秋菊「葬送主子」，也是此義。「鬼」就是「國」。

911 頁，眾道士宣念〈掛金索〉十二關，其中十一關的偶句都押齊微韻，唯第三關的第四句「報效於國家」出韻，所以「國家」應是「家國」顛倒所致。《中原音韻》「鬼」「國」同是齊微韻上聲，現代官話區老派讀音「鬼」「國」相同，山東老派讀書音「鬼」「國」都是 gui，「鬼」是上聲，「國」有上聲、陰平兩種讀法。

跟「國」相似的還有一個「摑」字，見「摑混」一詞。

267 頁：「玉簫和蘭香眾人」「都往對過東廂房西門大姐房裏摑混去了。」

354 頁：「等我吃了梅湯，等我摑混他一摑混去。」

「摑混」是廝亂玩笑的意思，從意義看這裏的「摑」不像《廣韻》麥韻的「摑」，可能是《金瓶梅》作者臨時造的一個形聲字，讀同「國」「鬼」，因為是動詞，所以加了「才」旁。

752 頁：「不想遇著這個長老，鬼混了一會。」

674 頁：桂姐罵應伯爵：「今日汗邪了你，只鬼混人的！」

392 頁：「道你調子曰兒罵我，我沒的說，只是一味白鬼。」

這幾處正作「鬼」「鬼混」。可見「摑混」和「鬼混」是異體詞。

刮劃、別劃、擺話　364 頁：「教他任意端詳，被他褪衣刮劃。」「刮劃」在這裏是「處置」義，一般帶有貶意，有「不慎重」「隨意」的附加意義。山東西部的「刮」字今讀 bai，上聲。

544 頁：「到如今孤零零怎刮劃。」萬曆丁巳本原作「別劃」。

248 頁：「說他爹怎麼跪著上房的叫媽媽，上房的又怎的聲喚擺話的，磣死了。」這個「擺話」是指猥褻舉動，即「刮劃」。

「擺」「刮」同音。「別字」今讀「白字」，是「別」有 bai 音的遺留。「擺」「別」音近還可以從介詞「把」的異體詞得到證明。介詞「把」，在山東臨清口語中今讀 bai，上聲或去聲。《金瓶梅》中的「把」偶而也寫成「擺」「別」。

392 頁：「怪攘刀子的，好乾淨嘴兒，擺人的牙花子也磕了。」

822 頁：「愁來把酒強重斟」，「把」字萬曆丁巳本原作「別」。

倘或，倘忽　《金瓶梅》中表示「假如」「萬一」意義的連詞多作「倘或」。

6 頁：「倘或又跳出一個大蟲來，我卻怎生鬥的過他。」

字又偶作「倘忽」。

290 頁：「倘忽一時傳的爹知道了，淫婦便沒事，你死沒處死！」

856 頁：「一個死人身上，也沒個忌諱，就臉搵著臉，倘忽口裏惡氣撲著你是的。」

今山東西部「或」讀 hui，「忽」讀 hu。「倘或」一詞，口語作「倘 huir」或「倘 hur」都兒化，不知本字。-u 韻母兒化，現代官話區多有兩種形式：一是 -ur，一是 ueir。後一種讀法例如，「媳婦兒」可讀同「媳費兒」，「找主兒」（說婆家）可讀同「找準兒」。這樣看來，「倘 huir」和「倘 hur」可能是「倘 hu」的兩種兒化形式。《金瓶梅》中使用了大量兒化音，音值也接近現代官話，那麼「倘或」「倘忽」應該都是兒化的，只是「兒」字沒有寫出來。

會兒、回兒、忽兒　表示短暫的時間，《金瓶梅》中有會兒、回兒、忽兒，「兒」字有時不寫出來，下面各舉一例。

752 頁：「鬼混了一會兒。」

753 頁：「大家嬉笑了一會。」

871 頁：「都來大坐回兒。」

154 頁：「兩個絮聒了一回。」

1020 頁：「淫婦就起來，連忙替他送茶，又紇忽兒替他蓋被兒，兩個就弄將起來。」

753 頁：「倒在象牙床上，一忽地睡去了。」

從山東西部方音來看，「會兒」「回兒」和「忽兒」是同音的，這和上文的「倘或兒」「倘忽兒」的關係是一樣的。

恁、能　「恁」字見《廣韻》侵韻，「信也」，如林切；又見寑韻，「念也」，如甚切。均與近代小說的俗字「恁」音義無關。近代小說的「恁」，一般有兩種意義。一義是「那麼」（陸澹安《小說詞語匯釋》作「這麼」），讀音可看作「那麼」的合音。《現代漢語詞典》注音 nen。另一義是「您」，讀音可看作是「你們」的合音。就現代山東西

部方音看,前一義讀如「能」(neng),後一義讀如「恩」上聲(ngen)。《金瓶梅》中的「恁」。有兩種用法,一義是「那麼」,讀如「能」;另一義是「任憑」,讀如「任」(ren)。關於後一種,可能是「如林切」的古讀,也可能是同音假借,此處不細論。只討論前一種用法。

「那麼」義的「恁」用例很多,例如:

506 頁:「新來乍到,就恁少條失教的。」

519 頁:「你幾時就恁大來?」

字或寫作「能」,例如:

477 頁:「鹽也是這般鹽,醋也是這般醋。磚兒能厚?瓦兒能薄?」意思是:李瓶兒就那麼受寵,自己(潘金蓮)就那麼冷落。

492 頁:「賈瞎子傳操,乾起了五更。隔牆掠肝,能死心塌地。兜肚斷了帶子,沒的絆了。」這是潘金蓮過生日,盼西門慶不至的牢騷話,意思是:白起個大早,那麼死心塌地地盼了一天。

這兩處的「能」都不是用本義,而是借字記音,表示「那麼」,跟「恁」相同。

最後聲明一點,上文所述同音同義,大致限於所舉的例句。不排斥一些借字用本義,讀其他音的情況。如「缺」字「缺少」義用例很多,並非處處都同「撅」;「別」字作「其他」義也未必讀如「擺」。

從《金瓶梅》的詞匯特點
看文化因素的影響

　　語言的研究講究系統性。詞匯的系統性不如語音、語法那麼清楚，描寫一種語言的詞匯特點是十分困難的事。我們一直在尋求研究詞匯系統的線索。這裏僅就《金瓶梅》詞匯的特點，談兩個與文化背景有關、而又常被詞匯研究者忽視的問題。

一、詞義引申和使用頻度

　　研究《金瓶梅》詞語的，目前有兩派。一派是引經據典，查其來源出處，多重於名物典章制度的訓釋；一派是引證現代方言，查其在現代的遺存流變，多重於疑難詞語的注音釋義。前一派多好注意這本書借鑒套用了哪些文獻資料；後一派多好注意用詞跟哪個現代方言接近，從而為各種作者說提供證據。他們都不太注意書中反映的詞匯系統的特點。

　　我們認為，即使讀音和基本意義相同的一個詞，在不同地域、不同社團裏也有不同的詞匯價值：詞義引申的方向不同、詞語使用的頻度不同等等，從而反映出使用者的文化背景的差異。

　　下面分析的幾個詞語：撅、磚、帳、驢，都是詞語注釋者很少注意和用力的。

　　「撅（jue，陽平。方音讀 que 或 jue，上聲，字或寫作『缺』）」有如下義項：⑴折疊肢體，「讓婦人倒撅在床上」，「那裏有個缺著行房的」；⑵人工呼吸搶救休克者，「撅了半日，吐了一口精涎方才蘇醒了」；⑶惡語回絕，「若他撅了不來」，「撅臭了你這忘八了」，「蔣胖子吊在陰溝裏，缺臭了你了」；⑷斷絕，「我原說的教你休撅上奶去」。

　　這個詞的基本意義是「折斷」，折疊肢體是最切近本義的引申義，折而不斷，已經有了原方向折返的意味。「人工呼吸」是特指義，指為了特定目的而折疊肢體。「回絕」是方向折返的抽象義，是感情交往上的折回。「斷絕」是進一步抽象，比喻生理現象的逆轉。

　　這樣，弄清一個詞形的詞義引申發展的脈絡，才能真正理解《金瓶梅》詞語使用表

現出的文化意義。如果某一個方言裏的「撅」，只跟上述某一義項上音義相似，而其他義項不合，就需慎重考慮它與《金瓶梅》中的「撅」之間的關係。

「磚」是土坯燒成的建築材料，別無他義。但是詞義的內涵是豐富的，在具體運用時常取其某一方面的性質比喻他物，構成各種熟語。《金瓶梅》中至少有以下熟語取喻於磚。「毛司（東淨）裏磚兒，又臭又硬」；「遠不一千，近只在一磚」；「你是個天，他是個磚」；「兩個半磚頭也是（似）一個」；「丟塊磚兒，也要下落（著地）」；「磚兒能厚，瓦兒能薄」。看來當時當地磚是普通常見之物，各種謠諺熟語從不同角度拿磚來作比喻，有的取其厚（或薄），有的取其賤，「半頭磚」指半截不完整的磚，「兩個半頭磚也似的」是譏誚人矬胖，長度寬度厚度差不多。「近在一磚」指一牆之隔。北方大部分地區使用磚表明牆的厚度。由磚在熟語中的頻繁使用，可以想見，小說的創作環境應該是多磚少石的地方。這不僅排除了住土坯房的農村，也排除了石料建築多的地區。小說語言表明，這個地方的茅坑也是磚砌的。類似的熟語，在其他小說中，如《醒世姻緣傳》，多寫作「茅廁裏的石頭」，而《金瓶梅》裏幾乎看不到石頭的描寫和用石頭作喻的熟語。

這裏不能不提到，山東臨清在明清時代是有名的製磚窯地。萬曆年間，朝廷設營繕分司於臨清，歲徵城磚百萬（見《臨清直隸州志》）。小說人物劉公公就是朝廷派駐管磚廠的太監。場景人物是可以虛構的，但已有習慣是難以偽裝的。語言習慣反映出的文化背景是考察作品時代產地的重要參考。

「賬」是經濟往來的記錄，是商品經濟的象徵。《金瓶梅》中經常用來代指「事情」。「賣糞團的撞著敲扮兒蠻子叫冤屈，麻飯疙瘩的賬」，指麻煩事；「只開鋪子，並不知他閑賬」，指不管閒事；「我頭裏說的那本賬」指前所陳事；「和他有什麼查子賬」，指男女私情事；「回爐復賬」，指把事情重做一遍；「我著實撩逗他一番，不怕他不上賬兒」，「上賬」指答應某件事；「想必有些吃醋的宿賬」，指恩怨舊事；「推進貨來就完了賬」，「完賬」即事情了結；「東一賬，西一賬」，指事情理由繁多；「俺這後邊只是預備爹娘用的茶，不管你外邊的賬」，這個「賬」只能解釋為「事」。

「賬」字這麼廣泛地當「事」來用，只能發生在商品經濟發達的時代和地區。

明朝商品經濟在全國範圍內的發展，都超越了以前各代。萬曆初年，溝通了徐州到臨清的運河之後，運河沿岸的商業城市迅速發展。《金瓶梅》對商業活動的描寫，在小說史上是空前的，物價開支的記載比比皆是。這種環境中的市井細民，言談離不開「賬」字，也是經濟活動頻繁的現實生活的反映，其他小說在這方面都是難以與其相比的。

「驢」也是《金瓶梅》語言中極為活躍的詞語。

「驢」是北方的重要交通運輸工具，在小說中還是市內交通工具。遇胡僧一節，西門

慶分付僕人，「叫了兩個驢子，同師父先往家去等著」。那口氣，就像現代叫輛三輪或計程車一樣隨便。在當時的蘇杭水鄉，卻是「人家盡枕河」，行動要乘船。這種出門騎驢的習慣，當然有可能是作者依據北方情況編寫出來的，但是口語中喻指事物也用「驢」就是南方水鄉人難以模仿出來的了。

請看，「為驢扭棍傷了紫荊樹」，「驢糞球兒面前光，卻不知裏面收悽惶」，「騎著木驢兒嗑瓜子兒瑣碎昏昏」，「作獸醫二十年，猜不著驢肚子裏病」，「赤腳伴驢蹄」，「打著綿羊驢駒顫」，「好心當了驢肝肺」，「破磨對癩驢」，都反映了驢是生活中常見的牲畜，「驢大行貨」一語更是隨處可見，講笑話也是投生錯披了驢皮，生日壽誕的歇後語也作「驢馬畜」。這些都反映了遣詞造語就地取材的特點。哪個南方作者筆下有這麼多色彩各異的「驢」呢？而在華北甚至東北、西北一帶農村乃至小城市，至今仍然隨處可見驢的影子；現代化交通條件不備的地方，仍可以驢代步；冀南魯西的平原上，驢拉小車仍是常見的運輸工具。（東北的小城鎮或農村，甚至把拉客的驢車稱為「驢吉普」。）[1]

二、市民社會的文化造詞法

現代詞典中，一般把「丘八（士兵）」稱作隱語，把「豬頭三（畜生，罵人語）」稱作歇後語。其實熟語也是詞彙成分。而且從「用固定的語音形式表達固定概念」這個角度看，它們都是「能夠獨立運用的最小語言單位」，跟音譯外來詞沒有多大區別。它們也是詞，只是產生方式上有別於語言造詞（上古的語音造詞，中古以下的語法複合造詞），是文化素養較高的社會集團中的修辭造詞，這種造詞法跟一定的文化環境相聯繫，以已有的文化積累（書法、成語、典故）為材料，所以可稱為文化造詞法。縮減造詞、音譯外來詞也可以歸入此類。

上舉「丘八」可稱為拆字詞，「豬頭三」可稱為歇後詞。它們都不是為表達新觀念而造的新詞，而是為了委婉、避諱等修辭需要，為已有概念而造的具有附加色彩的同義新詞形。它們一般只在某個社團方言中使用，但不排除進入全民詞彙的可能性。像「丘八」，最早見於後蜀何光遠《鑒戒錄·輕薄鑒》：「太祖文：『擊搶之戲創自誰人？』大夫對曰：『丘八所置。』」到二十世紀三〇年代，已廣泛應用，甚至類推仿製而產生「丘九（『學生』的蔑稱）」一詞。

《金瓶梅》中拆字詞和歇後詞都有相當的數量和使用頻度，表現出市民社會的語言能力，表現出文化造詞的一定的能產性。

1　這是二十年前的舊稿，現在經濟文化發展加速，魯西的「驢車」不能說絕跡，也是極為罕見了。

可以肯定的拆字詞如下：

「色絲子女」出現兩次。「色系子女」出現一次。兩詞均為「絕好」拆字。這是模仿三國魏時代「黃絹幼婦（絕妙）」隱語而造。頻繁的應用似乎表明，小說產生時代它已成為市民慣用的語詞。「子女」指「好」，特指男女相悅情好。「四馬兒」指「罵」，特指罵詈之語，名詞用法。「貝戎兒」指「賊」。「女又十撇」指「奴才」。

以上拆字詞出現於對話中，大概不是小說作者的杜撰，而是當時市民語言的如實描寫。

「木邊之目，田下之心」，指「相思」。此例出於敘述文字，難以斷定口語中是否使用。

有些不好解釋的語句，可能有拆字詞在內。「丁八」指「不」，特指意見相左，關係破裂。有些人把「丁八」解釋為性行為象形。但我們注意到，跟「子女」意思相反，可見「丁八」這裏是指男女關係破裂，而不是親好。

「丁口心」指「可心」，其中「丁口」是「可」字拆成。文中「真是硝子石望著南兒丁口心」。我們以為，「硝子石」隱「石」諧音「實」，「望著南兒」係「望江南」之誤，隱「南」諧音「難」，全語指「實難可心」。

「丁口亞心」指「可惡（wu）」。文中「伯爵回罵道：『我把你兩個女又十撇，鴉胡石影子布兒朵朵雲兒了口噁心。』」我們以為「鴉胡石」隱「石」諧音「實」，「影子布兒」隱「布」諧音「不」，「朵朵雲兒」隱「雲兒」諧音「暈兒」或「愚兒」，而「了」係「丁」字之誤，「惡」係涉下面「心」字而衍「心」符，應是「丁口亞心」，即今仍常用的罵人語「可惡」。

關於歇後詞，比較肯定的有：「秋胡戲」指「妻」。「驢馬畜」指「牲」諧音「生」，北方不少地方俗稱「生日」為「生」或「生兒」。「二十四」指「氣」，這裏特指「生氣、氣憤」。「七大八」指「小」，特指「妾」，北方不少地方「為妾」是「做小兒」。「嚎啕痛、剜牆拱」指「哭（窟）」。「吹毛求」指「疵」諧音「窺伺」，這個詞，書中多寫作「雌」，義為「等待、盼求」。

有些不好解釋的語句，可能也有歇後詞在內。如「馬前健」「馬伯（八）六」「青刀馬」「六禮約」。這裏面，除「馬伯六（馬八六）」外，均無確解。「馬伯六」雖然意指明確，而詞的內部結構不清。如果我們不能確證是音譯外來詞，就有弄清其內部結構的必要。這類三音節的詞語，不合漢語單純詞的雙音節奏規律。若看做合成詞，又無法指明哪個語素是詞根以及語素間的結構關係。因此，它們是文化造詞的可能性較大，結合前舉歇後詞的例子，從歇後角度去考究詞義不失為一條路子。

《金瓶梅》中的熟語和多音字例釋

一、金瓶梅熟語釋義

　　熟語（慣用語、歇後語、諺語等）是漢語詞匯的重要組成部分。《金瓶梅》中有很多熟語，特別是人物對話部分。這些熟語帶有明顯的時代特點和方言色彩，非該時該地的讀者難免理解不同。由於其中方言借字的氾濫和輾轉流播造成的字形訛錯，更加重了現代讀者認識上的歧異。所以，各家注釋者見仁見智也屬正常。今遴選數條，略陳管見，質諸同好，以期切磋相益，辨疑釋惑。

　　本文釋義有如下考慮。（一）要求貫通全書用例，以求內證充足，力避隨文附會；（二）兼釋相類用例、相關詞語，以明熟語的內部結構和引申比喻的脈絡；（三）間或取證時代、方言跟《金瓶梅》相似的其他書典，以及現代魯西方言，以窺誤字、借音的軌跡。

　　本文引用諸家著述及其簡稱如下：

　　陸《匯釋》：陸澹安《小說詞語匯釋》，頁數據上海古籍出版社 1979 年 10 月新一版。

　　魏《注釋》：魏子雲《金瓶梅詞話注釋》，頁數據中州古籍出版社 1987 年 7 月版。

　　張《選釋》：張遠芬《金瓶梅詞語選釋》，頁數據齊魯書社 1984 年 1 月版《金瓶梅新證》。

　　董《例釋》：董遵章《元明清白話著作中山東方言例釋》，頁數據山東教育出版社 1985 年 7 月版。

　　張《商訂》：張鶴泉《金瓶梅詞話校點商訂》，頁數據寧夏人民出版社 1988 年 5 月版《金瓶梅作者之謎》。

　　董《舉誤》：董紹克《金瓶梅詞話校點舉誤》，頁數據同上述《金瓶梅作者之謎》

著緊　綁著鬼

　　「著緊」陸《匯釋》644 頁：同「著實」，釋見「著實」。（同頁「著實」：實在。）魏《注釋》93 頁、547 頁均釋為「著緊時」。

「綁著鬼」，魏《注釋》298 頁釋：大家心裏都會像綁著鬼似的。

「綁石鬼」，魏《注釋》290 頁寫作「挪石鬼」，釋：似指正在搬石頭的鬼們。你如惹他，他會隨時拿手上的石頭打過來。張《商訂》連下文作「綁著鬼是」，釋：「石是」均為虛綴，讀為輕聲，義為又幫又勸，連說帶笑地周旋。

今按：以上注釋均不當。「著緊」和「綁著（石）鬼」都屬於慣用語，在句中充當獨立成分（插入語），表示估計，義同現代的「說不定」。

兩個詞語雖然同是表示對可能性的估計，但強調的側面有明顯差別。「著緊」表示嚴重方面估計，有「說得嚴重點」，「弄不巧」的意味；「綁著鬼」則表示輕鬆樂觀的估計，有「說得輕一點」「弄好了」的意味。「著緊」可以直譯為「甚至」，「綁著鬼」可以直譯為「弄好了」。

下面的例句裏，兩詞語同時出現，最能反映出上述差別。

> 只是五娘和二娘慳各些，……會勝買東西也不與你足數。綁著鬼，一錢銀子拿出來只稱九分半，著緊只九分。（六四／878）（頁數據人民文學出版社 1985 年版《金瓶梅詞話》，下同。）

全句意謂：潘金蓮、李嬌兒吝嗇，比方出一錢銀子的話，弄好了能有九分半，甚至可能只有九分。

「著緊」和「綁著鬼」分別單獨使用時，都是用偏頗的估計跟一般可能作比較，表示充分估計到各種可能性，或者是反襯突出一般情況、普遍規律。

> 出月初二日准起身，定不得年歲，還到荊州買紙，川廣販香蠟，著緊一二年也不止。（六九／936）

> 休說他富貴人家，那家沒四五個，著緊街上乞食的，攜男抱女，也挈扯三四個妻小。（七／76）

> 綁著鬼，還落他二三兩銀子，勾打甸兒的。（二○／233）

> 好個奸倭的淫婦！隨問怎的，綁著鬼也不與人足數，好歹短幾分。（二一／249）

如果句子所述，是已經發生的事情，其中的「著緊」「綁著鬼」還另外有修辭意義：「著緊」強調「偶然」，那種極端的可能只是偶爾成為事實；「綁著鬼」則表示「慶幸」，慶幸那種可能沒有成為事實。

> 公公掙下一份家財，……把東西只交付與我手裏收著，著緊還打倘棍，那別的打

的越發不敢上前。（十四／158）

你不知這小油嘴，他好不兜膽的性兒，著緊把我也擦杠的眼直直的。（七九／1200）

落後不想是你二娘屋裏丫頭偷了，才顯出青紅皂白來，不然，綁著鬼只是俺這屋裏丫頭和奶子。（四四／558）

我兒，你不知有多少造化，爹進來若不是，綁著鬼有幾下打。（七七／1161）

「著緊」的「緊」是「最」「極端」的意思，「著緊」的本義是「放到最甚的情況上」，所以又可寫作「著緊處」。

姐夫是何等人兒！他眼裏見得多，著緊處，金子也估出個成色來。（十五／177）

「著緊」還可作「緊著起來」。

常言道：世上錢財倘來物，那是常貧久富家？緊著起來，朝廷爺一時沒錢使，還問太僕寺借馬價銀子支來使。（七／77）

「綁著鬼」的「綁」可能是方音借字，魯西今語有 bang，是「添加接續」義；「鬼」則有「虛空」「未必落實」義；「綁著鬼」的本義是「把未必落實的成分加算在內」。「綁著鬼」又寫作「梆著鬼」，見上舉「二〇／233」例，「梆」是為方言詞 bang 新造的形聲字。又有「綁石鬼」，「石」「著」草書形近，或是傳抄字誤。

若不是我在根前勸著，綁石鬼也有幾下子打在身上。（四三／451）

極個別的「著緊」解同「上緊」，或是字誤。

打倘棍兒

魏《注釋》93 頁：「打倘棍兒」，當為玩花頭之意。115 頁：即前注之「打俏棍兒」。此「倘」字或係誤刻，意即耍花哨，或今之謂「耍二五眼」之類。

今按：魏釋誤。《金瓶梅》中「打倘棍」兩見，「打俏棍」一見，「俏」係「倘」字形誤。「倘」字下「口」左側一豎常與外框合一，故易於和「俏」混。

「倘」此處也是方音借字，或寫作「湯」「攩」。魯西今三個字同音，讀 tang，陰平。

「湯」，陸《匯釋》569 頁：接觸。570 頁：「湯湯兒」即碰碰，亦即「動不動」。董《例釋》450 頁：碰、觸動。魏《注釋》528 頁釋為「燙」，573 頁：義為隨便而輕輕地在水湯中攪和了兩下，……喻打輕了。

今按：魏釋誤，陸、董未善。考之魯西今語，「湯」為「輕微碰觸，一滑而過」，特點一是輕微，二是時間短促。《金瓶梅》中有此用例。「一個碗內兩張匙，不是湯著就抹著。」（七六／1131）「湯」「抹」對文見義，都是比喻妻妾之間的摩擦。「鬥猴似湯那幾棍兒」（七三／1061）「湯他這幾下，打水不渾的，只像鬥猴兒一般」（八三／1258）都是說棍從身上掃過，打的太輕。「湯」又寫作「攩」。「並沒教主子罵我一句兒，攩我一下兒。」（七六／1129）這裏是春梅表白自己沒有受過輕微的責罵和打罰。

「打倘棍兒」即「湯幾棍兒」。作為熟語，特指輕微的象徵性的打罰。不忍重打，略示懲罰。

> 家中不算丫頭，大小五六個老婆，著緊還打倘棍兒，少不中意，就令媒人領出賣了。（十七／200）

蔣竹山說這話的意思是，西門慶家老婆多，現有的還不時打幾下。勸李瓶兒，你新去身分低，更只有挨打的份兒。

> 雖然老公公掙下這份家財，……把東西只交付與我手裏收著，著緊還打倘棍兒，那別的越發打的不敢上前。（十四／158）

李瓶兒說這話的意思是，老太監最寵信她，有時還要打她幾下，別的侄子根本不敢過問老太監的財產。

> 手下買了兩個奶子，四個丫頭扶侍，又是兩個房裏得寵學唱的姐兒，都是老爺收用過的，要打時就打倘棍兒，老爺敢做的主兒？自恁還恐怕氣了他。（九五／1416）

這裏的意思是，春梅要打丫頭奶子，周守備也不得不略示懲罰，還怕春梅生氣、嫌打得輕。

汗 邪

陸《匯釋》214頁：患熱病正在出汗的人，往往胡言亂語，所以罵人胡言亂語為「汗邪」。

魏《注釋》99頁：「汗」字似不可做「汗」……此字應讀如窪，即低窪之意。「汗邪」一詞意指下流。……在《史記》及《荀子》中，「汗邪」均作低下之意。

張《選釋》105頁：猶熱昏，形容人言行失度，好像處在發熱昏迷狀態一樣。

今按：「汗邪」當為《金瓶梅》口語對話中常用嗔語，似無經典淵源，魏釋曲通不當。陸、張說意近。「汗邪」一語，《醒世姻緣傳》作「汗驚」，陸《匯釋》釋義同「汗

邪」；《紅樓夢》作「汗徹」，《紅樓夢詞典》217頁釋義：「發高燒時體內循環失調，有汗排不出，心中煩躁，神志模糊，往往胡言亂語，這種現象叫『汗徹』。有時借用來罵人。」《詞典》釋義較好。

「汗」指「汗病」，即「發高燒」，內熱不出汗，所以叫「汗驚（徹）」。

「邪」指精神不正常，魯西今語仍把歇斯底里叫「發邪」，把失常的固執己見叫「上邪勁」。

「只當奴害了汗病」（一九／222），即患了「汗驚」之症。「只因你一去了不來，把奴想的心斜了。」（一九／227）「斜」即「邪」，此處指李瓶兒幻視幻聽，以為狐狸纏身。

「汗邪」的本義是高燒導致精神錯亂，直譯可為「燒迷糊了」「燒瘋了」。作為習慣語，似有兩個特點值得注意：一是多用於嗔罵，是微怒的責備；二是責備對方言行失度，並非專指胡言亂語。書中常見形式是「休汗邪」，義同今語「別發瘋」「別神經病」；又有「汗邪了你」，義同今語「燒迷糊了你了」「你神經病」。

> 你就休汗邪！休要惹我沒好口的罵出來！（一四／167）

> 怪老油嘴，汗邪了你，恁胡說！（五八／769）

「汗邪」又作「斜汗」。

> 有一個燈籠打著罷了，信那斜汗世界一般又奪了個來。（三五／445）

意謂：發瘋似（世）的價（界）奪了過（個）來。

上門兒怪人家

陸《匯釋》43頁：到人家家裏，卻和人家鬧彆扭。

張《選釋》88頁釋義，「上門」，找上門，即找到人家門上。

今按：陸釋不確。「上門」應如張釋，如釋為「找上門來」似更準確。「怪」，魯西今語有「憎嫌」「責怪」二義。兩義的細微差別是，「憎嫌」偏重心理上的不滿，「責怪」偏重語言表達出來的不滿意。《金瓶梅》多用前一義，如：「來家又被婦人噉罵在臉上，打在臉上，怪他沒用，便要教他跪著。」（八／82）「怪他沒用」即「嫌他不會辦事」。

「上門兒怪人家」是當時熟語，直譯似可作「找上門來嫌乎別人」，是主人殷勤留客的套語，意同今天的「看不起人家」「不肯賞臉」。凡是到別人家去，不肯久坐接受招

待，就有鄙視、對主人不滿的嫌疑：或者嫌主人身分低微，或是嫌環境齷齪、招待不周。所以主人會有「上門怪人」的感覺。下面幾例語義是很明確的。

> 耶喲，三位姑娘上門怪人家，就笑話俺小家人家茶也奉不出一杯兒來。（二四／289）

> 你老人家上門兒怪人家就是，雖不稀罕他的，也略坐坐兒。（三七／458）

> 春梅道：「四嫂，俺們酒夠了。」賁四嫂道：「耶喲，沒的說。怎的這等上門兒怪人家！」（四六／582）

> 來保道：「嫂子，你休費心。我不坐……」王六兒笑嘻嘻道：「耶喲，你怎的上門怪人家！……」（五一／655）

各人裙帶上衣食

魏《注釋》48頁：意為各人有各人的私房錢，別人不應探尋。

今按：魏釋誤。「裙帶上衣食」指「命中帶來的貧富窮通」。「各人裙帶上衣食」是當時熟語，意謂：每個人有自己的福分，各人有各人的「命」。

> 張四道：「我見此人……又裏虛外實，少人家債負？只怕坑陷了你。」婦人道：「……常言道：世上錢財儻來物……休說買賣的人家，誰肯把錢放在家裏！各人裙帶上衣食，老人家倒不消這樣費心。」（七／77）

此處「裙帶上衣食」，一語雙關，既說西門慶買賣盈虧有命，又說自己吃穿貧富有定，是孟玉樓對張四舅的一種軟中帶硬的回駁。總之是，各人有各人的命，不用你操心。

> 常言道：「凡人不可貌相。海水不可斗量。從來旋的不圓砍得圓，各人裙帶上衣食，怎麼料的定？莫不長遠只在你家做奴才罷！」（二九／354）

這是春梅對吳月娘懷疑她有當夫人戴珠冠福分的評論，意思是：她現在當奴才，說不定命中註定以後就當夫人。

後來春梅真的當上夫人，吳月娘不得不承認春梅命好，說話時也用上了「裙帶上」一語。

> 他周爺也好大年紀，得你替他養下這點孩子，也夠了，也是你裙帶上的福。（六九／1427）

行頭不怎麼，一味好撇

陸《匯釋》227 頁：「行頭」①戲衣，但尋常所穿的衣服，也可以稱「行頭」。②唐、宋時踢球組織中所用的氣球，也叫「行頭」。

魏《注釋》103 頁：踢行頭，當為踢行道。398 頁釋「行頭不怎麼光一味好撇」：意為我看你這人物，也不是高人一等的貨色，光是在裝作大模樣。465 頁：意為只是一個勁地裝大模樣。「撇」，……通常指那些假裝好老的硬充面子的人，謂「撇」。

今按：魏釋似以「行頭」為衣服，附會牽強。「衣服」義產生較晚，《金瓶梅》以宋時口氣行文，所以「行頭」當指氣球。「看桂卿與謝希大、張小閑踢行頭」。（一五／179）又：「有孫寡嘴、祝麻子、……踢行頭白回子、向三日逐標著」。（六八／951）

「行頭」也可以代指球藝，如：「似桂姊這行頭，就數一數二的，蓋了群，絕倫了，強如二條巷董官女兒數十倍。」（一五／179）

「撇」是踢球的一種招式。「撇來的丟拐，教小人每湊手腳不迭。」（一五／179）

「行頭不怎麼，一味好撇」，比喻本事不濟僅一味賣弄。如同現代把籃球球藝說成「球兒」，可以說某人「球兒不怎麼樣，還一個勁地上籃」。這樣以球藝比喻人的話，至少在西門慶一類市民社會中是流行的。

> 哥兒，我看你行頭不怎麼好，光一味好撇。（五八／769）

> 應花子，好沒羞的孩兒，那裏哥兒！你行頭不怎麼，光一味好撇。（六八／947）

四脯著地

張《選釋》99 頁：四脯，四肢。俯臥在地上，嶧縣人稱為四脯著地，有時可用這四個字比喻人遭遇悲慘。

董《例釋》440 頁：「四鋪子著地」，兩隻胳膊和兩條腿都著了地。（例句見《醒世姻緣傳》第七十四回）同頁又：「四脯著地」，這裏指無人照管。（例句見《金瓶梅》第九十九回）

張《商訂》438 頁：「四」當為「回」，形誤。「回」即「魂」，魯西話二者的兒化韻均為「xuer」。猶言「魂不附體」。

董《舉誤》392 頁：「四捕兒著地」是個固定用語，意為整個身體著地，原指被摔到的程度，這裏比喻被拋閃得很可憐……。

今按：魯西今語，「脯」跟「鋪」「捕」「撲」同音同調，均讀 pu 陰平。「著」讀 zhao，義為接觸，「著地」即「落地」。「四脯著地」，魯西常用熟語，或謂房屋四面

坍塌，也常指人重重地平趺在地，其共同之處在於：一是全面失去支撐，二是事變發生突然。所以《金瓶梅》中用來比喻親人永別或遠離，失去精神支柱。傳刻者多不解此語，輾轉出錯。

或作「四捕兒著他」，「捕」借字，「他」係「地」字形誤。如：「誰想你弄的我三不歸，四捕兒著他。」（三八／475）

或作「回撲著地」，「撲」借字，「回」係「四」字形誤。如：「撇的我回著地，樹倒無陰來啊。」（五九／735）

「四脯著地」可能是「正字」。如「誰知天不從人願，一旦他先死了，撇的奴四脯著地。」（九九／1472）

拿長鍋鑊（煮）吃了我

魏《注釋》136頁：「長鍋鑊」乃是一種古爬蟲的諢號，北方人食用的所謂「鍋貼」，長橢圓形，在蘇皖之北一帶，稱之為「鍋」，或為「鑊」字之方言音。

今按：「古爬蟲」之說，不知何據；「鍋貼」之說，語焉不詳。

「長鍋」，長形能煮的下人的大鍋，這裏僅僅是比喻。「拿長鍋煮吃」一語雙關，一方面是說「不可能有這麼大的鍋」，一方面是說「不能吃人」。此熟語只能用於否定句或反問句，意同現代「沒有什麼可怕的（！）」或「有什麼可怕的（？）」。

怕是他家不敢拿長鍋煮吃了我。（五八／773）

此是怎地快使性子，到明日不要來他家，怕他拿長鍋煮吃了我？隨我和他家纏去。（五八／775）

這一熟語又寫作「拿長鍋鑊吃了」。「鑊」是《金瓶梅》作者新造形聲字之一，當讀 hu，與字典上的「鑊」（huo）音義無關。hu 是在鍋幫上烤蒸。魯西今俗，稱烤蒸鍋貼為「hu 餅子」，《醒世姻緣傳》寫作「呼」。

怪火燎腿三寸貨，那個拿長鍋鑊吃了你？慌往外搶的是些甚麼？（二〇／232）

他進來我這屋裏，只怕有鍋鑊吃了他是的。（三五／430）

二、《金瓶梅》多音字舉例

俗文學免不了「俗字」，《金瓶梅》中的「俗字」大體有以下幾種。

1. 同音替代字（借字）；

2. 筆劃的增減或變形；

3. 新造字，主要是新造形聲字；

4. 個別的合音字，如：「咱」即「早晚」，「恁」即「那麼」。

同音替代字，僅就字形、字音來說，是早見於經傳文獻，只是字義與古有別，準確地說，只是一些詞的俗寫法。這種同音替代字造成了一大批同詞異形，如「服侍」又作「扶侍」「伏侍」「服事」，筆者已在〈金瓶梅異體詞音證〉[1]中有所述及。

新造字常常造成異字（詞）同形，即是說，字形與舊有字偶然相同，但讀音、意義與舊有字並無關聯。（而這些新造字又有一些是習慣上另有寫法，它們之間又是一種異形詞關係。）這些異詞同形的字，有幾種讀音，字義不同，可以簡稱「多音字」。讀者常一時不易對上號；或者其音其義普通話不具備，便茫然不解。本文就筆者目及，舉例子解讀數則。

本文僅就《金瓶梅詞話》（頁數據人民文學出版社1985年版）舉例，說明同一字形在這部書字可能有的幾種讀音。⑴對於同形異讀的原因，一般不作考究；⑵為了便於區別，用中文拼音字母注出現代音，有些方言詞注的是跟方音相對應的北京音，普通話中未必有此一讀；⑶有相應分化字形，也隨音後注出；⑷同音不同義的再分列義項。

扒

1. ba 陰平，現代仍寫作「扒」

⑴用手或器具向後、向裏用力。406頁：陶扒灰。575頁：扒倒了錫瓶裏酒了。860頁：扒口子飯。

⑵用手鉤掛住。149頁：扒著牆……遞了話。575頁：在圍屏背後扒著往外瞧。

2. ba 陽平，正字不知，用於「扒步」一詞，書中同詞多寫作「拔步」。338頁：扒步撩衣。（103頁作「拔步撩衣」，又有「大拔步」多處，如1461頁、1469頁。又有「拔步床」多處，如69頁、82頁。）

3. pa 陰平，現代寫作「趴」。106頁：猛可見了一個漢子扒伏院牆下。405頁：扒在牆上看。1486頁：扒在地下磕了個頭。

4. pa 陽平，現代寫作「爬」。115頁：天明依舊扒過牆來，走到潘金蓮房裏。405頁：小猴子扒過來，把後門打開了。397頁：到家晚了，今日再扒不起來。

1　載寧夏人民出版社1988年5月版《金瓶梅作者之謎》。

擺

1. bai 陰平

⑴現代寫作「掰」，439 頁：把醃螃蟹擺幾個來。

⑵跟「仰」結合成雙音詞，現代寫作「仰擺」。660 頁：仰擺著掙了，合蓬著丟。七十八回：仰擺炕上（今本刪），又字形誤作「靠」，948 頁：仰靠著，直豎著，側臥著……。又字形誤作「搧」，1236 頁：你家老婆在家仰搧著掙，你在這裏合蓬著丟！

2. pai 陰平，現代寫作「拍」。93 頁：只顧擺鈸打鼓。同頁：還只個擺打怎的？

跑

1. pao 陽平

⑴現代寫作「刨」。5 頁：把兩只爪在地下跑了一跑。502 頁：你不如把前頭這孩子的房兒（按：指胎衣），借情跑出來使了吧。

⑵現代寫作「咆」。956 頁：跑哮跳躍。

2. pao 上聲，現代仍寫作「跑」。642 頁：裏腳襪子也穿不上，往外飛跑。1310 頁：兔子滿山跑，還來歸舊窩。

3. pao 去聲，不知正字。《金瓶梅》中用作踢球的量詞，意近「次」「局」。魯西今語仍有此量詞。178 頁：待俺每吃過酒，踢三跑。179 頁：桂姐踢了兩跑下來，使的塵生眉畔，汗生腮邊。

今普通話、山東話均有物量詞「泡」，讀陽平，與此動量詞讀去聲的「跑」，音、義均不同。

炮

1. bao 去聲，現代寫作「爆」。1310 頁：冷鍋中豆兒炮。（975 頁同語作「冷鍋中豆兒爆」。）285 頁：你放過（個）元宵炮燀我聽。（魯西今語叫「爆仗」，即「爆竹」。）

2. pao 去聲，現代寫作「泡」，指沏茶。1361-1362 頁：這玉簪兒在廚下燉熱了一盞好果仁炮茶。

撇

1. pie 上聲，現代仍寫作「撇」，本義為臂水平運動將物體拋出，引申為輕率丟開不管。1746 頁：又取出一錠五十兩元寶來，撇與李安，自去了。99 頁：武二聽言，沉吟了半晌，便撇下王婆出門去。594 頁：徑撇了玉樓。

2. bi 去聲，方言詞，魯西今語，把扁平的器具在物上平抹叫 bi，《水滸傳》叫「攔」。1311 頁：提起刀來，便望那婦人臉上撇兩撇。

盪

1. dang 上聲，現代寫作「擋」，或讀 tang 陽平，寫作「搪」，義為「遮蔽」。987 頁：吃兩盞兒盪寒。

2. tang 去聲

⑴現代寫作「燙」。671 頁：溫茶兒又好，熱的盪的死蒜臭。63 頁：一面盪上酒來。

⑵現代寫作「趟」，539 頁：西門慶在門前看了一會馬……小廝來回騎，溜了兩盪。

倘

1. tang 陰平，方言詞，輕微碰觸，《金瓶梅》中又寫作「湯」（1061 頁：鬥猴似的湯那幾棍兒）、「攦」（1129 頁：並沒教主子罵我一句兒攦我一下兒）。200 頁：大小五六個老婆，著緊還打倘棍兒。1416 頁：要打時就打倘棍兒，老爺敢做的主兒？

2. tang 上聲

⑴現代仍寫作「倘」，假設之詞，魯西今語則讀陰平。6 頁：倘或又跳出個大蟲來，我卻怎生鬥得過他。290 頁：倘忽一時傳的爹知道了，淫婦便沒事，你死也沒處死。

⑵現代寫作「躺」。1019 頁：我說且倘倘兒，歪在床上，還未睡去也。

剁

1. duo 陰平，現代寫作「剟」，用針或錐猛扎。1111 頁：叫劉婆子來瞧瞧，吃他服藥，再不頭上剁兩針。

2. duo 去聲，現代仍寫作「剁」，用刀下砍。362 頁：取刀來，等我把淫婦剁做幾截子。342 頁：你看著越心疼，我越發剁個樣兒你瞧。

恁

1. neng 陽平，即「那麼」的合音，作程度副詞用，《現代漢語詞典》注音 nen，魯西今語多讀 neng 陽平，《金瓶梅》中又寫作「能」。

⑴表埋怨責怪語氣。506 頁：新來乍到，就恁少條失教的。（492 頁：賈瞎子傳操，乾起了五更，隔牆撩肝，能死心塌地。）

⑵表反問語氣。519 頁：你幾時就恁大來？（477 頁：鹽也是這般鹽，醋也是這般醋，磚兒能厚？瓦兒能薄？《水滸傳》第六十二回同語用文言虛詞「何」，「磚兒何厚？瓦兒何薄？」）

2. ren 去聲，任憑，又寫作「任」。566 頁：說起來還小哩，恁怎麼不知道，吃我說了兩句，從今改了，他也再不敢了。（1022 頁有同義語：不上二十歲捏出水來的一個小後生，任事兒不知道。）

抓

1. zhua 陰平，現代仍寫作「抓」，《金瓶梅》中多寫作「撾」。789 頁：這雪獅子……猛然望下跳，撲將官哥兒，身上皆抓破了。（同語下文作「撾」：每常怎的不撾他？可哥今日兒就撾起來了？）

2. zhao 上聲，方言詞，義為「輕掛」。134 頁：這個香囊葫蘆兒……因從木香欄下過，帶繫兒不牢，就抓落在地。1060 頁：耳朵上墜子……乞帳鉤子抓下來了，才在踏板上拾起來。

差

1. chai 陰平，差遣。696 頁：又差琴童去請劉婆子來。

2. cha 陰平，差別。28 頁：我問你這梅湯，你卻說做媒，差了多少。

3. cha 去聲，錯誤，魯西今語，「錯」「差」同義。都可作句子的謂語，作補語則一般用「差」不用「錯」。

⑴作補語。212 頁：你做差了，你抱怨那個？529 頁：乞孫寡嘴老油嘴把借契寫差了。1053 頁：那一句兒唱的差了。

⑵作謂語。220 頁：蔣二哥，你就差了。972 頁：千差萬差，來人不差。1354 頁：官差吏差，來人不差。693 頁：牆頭雨滴從高下，一點也不差。

撮

1. cuo 陽平，方言詞，用手指捏住細碎東西拿起來。697 頁：就從米搖實下的去處，撮兩粒米，投在水碗內。257 頁：不知怎的撮弄，賠著不是。407 頁：大嫂和二哥被街坊眾人撮弄兒，拴到鋪裏，明早要解縣見官去。

2. zuo 陽平，方言詞，現代寫作「挫」，義為捏緊並拉斷。117 頁：將手中花撮成花瓣兒，灑西門慶一身。

3. zuo 上聲，方言詞，不知正字。魯西今語把收攏攥緊叫 zuo。102 頁：武二翻過臉來，用手撮住他衣領。152 頁：婦人見他來，跳起來坐著，一手撮住他耳朵。

撅

1. jue 陰平，現代仍寫作「撅」。419 頁：把嘴頭子撅著。

2. jue 陽平

⑴挖，現代寫作「掘」。308 頁：一鍬就撅了井？也等慢慢來。462 頁：一鍬钁了個銀娃娃，還要尋他娘母哩。

⑵小木樁，現代寫作「橛」。202 頁：直橛兒跪在地下。

⑶折斷，現代寫作「撧」，魯西今音 que 上聲。《金瓶梅》中諧音「缺」。指折疊軀體。225 頁：撅了半日，吐了一口精涎，方才蘇醒。1294 頁：撅救了半日，舀薑湯灌下去，半日蘇醒過來。（443 頁諧音「缺」：那裏有缺著行房的道理。）528 頁：唐胖子吊在醋缸裏，把你撅酸了。（1150 頁諧音「缺」：蔣胖子吊在陰溝裏，缺臭了你。）

搶

1. qiang 上聲，現代仍寫作「搶」。585 頁：你們都搶棺材奔命哩。

2. qiang 陰平，現代多寫作「嗆」或「戧」。本義為液體或刺激性氣體進入氣管，比喻為激烈難聽的話刺激人。18 頁：婦人吃他幾句搶的通紅了面皮。463 頁：幾句話搶的白來創沒言語了。

3. zhuang 去聲，現代寫作「撞」。魯西今音 chuang 去聲。《金瓶梅》中又寫作「創」「闖」。人名「白來創」又寫作「白來搶」。54 頁：我先把籃兒丟在街心來，你卻搶入。（同語 45 頁作「撞」：你小孩子家只顧撞入去，不妨。）55 頁：大踏步直搶入茶坊裏來。（同類句 1464 頁作「撞」：大拔步撞如後邊韓道國屋裏。）1203 頁：忽然一陣暈起來，望前一頭搶將去。（同類句 1294 頁作「撞」：半日說不出話來，往前一撞，就昏倒在地。）827 頁：忽然一陣旋暈的。向前一頭搭（「搶」字形誤）倒在地。（同類句 794 頁作「撞」：一頭撞倒在地。）

搊

1. wai 陰平，方言詞，義為和衣躺倒。《金瓶梅》中又寫作「歪」。1019 頁：我說且倘倘兒，搊在床上，還未睡去著也。1059 頁：見春梅搊在西門慶腳頭睡得正香。（83 頁作「歪」：就歪在床上盹睡著了。）

2. wai 上聲，扭傷，現代寫作「踒」或「崴」。又有「搊剌骨」一詞，不知正字，或謂「瓦剌國」音變，也當讀上聲 wai。377 頁：教那牢拉的囚根子把懷子骨搊折了。538 頁：砍齊的把兩條腿搊折了，才見報了我的眼。540 頁：把你這小搊剌骨兒就一頓拳頭打死了。1088 頁：小賊搊剌骨，把我當什麼人兒。

《金瓶梅》中的
動詞重疊及相關句式考察

按照習慣的說法，動詞有「態」的區別是漢語語法的特點。其中短時態是近代漢語才發展起來的，其基本形式在現代漢語裏表現為所謂動詞重疊，本文記作 DD，相應的已然形式是 D 了 D，研究者多認為 DD 是由 D 一 D 發展來的。

《金瓶梅》正處於 DD 興起的時代，既有大量的 DD、D 了 D，也有部分 D 一 D、D了一 D，如果動詞是雙音節的，還有不完全重疊式：可以重疊前字，如「題念他題兒」；也可以重疊後字，如「摑混他一混兒」。本文通稱為動詞重疊。

本文使用的材料均出自萬曆本《金瓶梅詞話》，從中勾稽出的動詞重疊用例 668 條，計有單音動詞重疊 610 條（DD463、D 了 D49、D 一 D85、D 了一 D13），雙音動詞重疊 58 條（其中不完全重疊式 9 條）。

一、語義特點

(一)一事相

動量的表示，可以借動作的名稱作量詞用。D 一 D 有些情況下確實只有 D 一次的意思，即呂叔湘先生所說的「一事相」（《中國語法要略》232 頁）。

> 那錢痰火拜一拜是一個神君，西門慶拜一拜，他又拜過幾個神君了。（五三 15 上 9）

> 那娟婦鄭氏捯一捯，敲五十敲。（九四 4 下 5）

以上二例中，D 一 D 明確是 D 一次的意思，因為後面都有其他數字作比較。這雖然是動詞重疊的源頭，但不是專門表情態的固定形式。這樣的例子不包括在我們的統計之中。

有些動詞所表示的動作，雖然可以計算次數，但在具體場合，D 一 D 能否指一次，難以確定。

起來望著吳銀兒拜了一拜……還望小玉拜了一拜。（四三 7 下 10-8 上 3）

這裏的「拜了一拜」可能有拜了一次的意思，但跟上下文「先向吳月娘、大妗子、李瓶兒磕了頭」比較，便有禮節低一等、時間短、態度隨便的意思。因此可以說，這裏的「拜了一拜」是「一事相」和「短時態」的邊緣情態。如果去掉其中的「一」字，那就肯定沒有計算次數的意思了。

向席上不當不正的拜了拜兒。（六三 10 下 2）

(二)短時態

有些動作不好計算次數，D 一 D 就只有量和程度「輕微」的意思。

他爹這裏敢動一動兒，就睜開眼醒了。（四四 8 上 5）

但扭一扭兒我亂打了不算。（五八 14 下 6）

有些比較抽象的動詞，根本無法計算量或度，D 一 D 就只有時間不長的意思。

我一見了也有幾分著惱，後想一想，他自托相知，才敢如此。（五六 9 下 9）

叫他等一等，亦發和吹打的一答裏吃罷。（四六 1 下 7）

表示「輕微」和「時間不長」的 D 一 D。是毫無疑問的短時態。

「短時態」出現在條件分句裏，強調時間之短，在《金瓶梅》字以帶「一」字為常，如上引「動一動兒」「扭一扭兒」例。出現在一般敘事句裏，則以不帶「一」字為常。如：「等一等」只有 1 例，「等等」類（包括「等他等」）則有 5 例；「想一想」只有 1 例，「想想」類則有 4 例。

(三)嘗試態

如果動作 D 有明確的目的，D 一 D 或 DD 就有了嘗試的意味。嘗試態有兩種情況比較常見。

1.動詞 D 是感知類的。感知當然有目的，就是探究事物的情形。

摸了摸口內已無氣矣。（六二 19 上 2）

這咱晚武大還未見出門，待老身往他家裏推借瓢看一看。

2. 動詞 D 表示的是一個時間較長的過程，後面承接有表示目的的短語或方向。

　　你謄謄與他罷。（六七 8 下 5）

　　還望大人對他說說，早把房兒謄出來。（七一 8 下 11）

還有些例子兼有上兩種特點。

　　咱不好囂了他的頭，教他相相除疑罷了。（二九 10 上 5）

　　你替他演演禽星如何。（七九 15 上 2）

(四)隨意態

　　細看《金瓶梅》的動詞重疊，還有一種為「短時」「嘗試」包括不了的情態。筆者稱之為「隨意態」，因為未見他人提及，需要作較為詳細的分析說明。

　　大節下姊妹同眾位開懷大坐坐兒。（四六 7 上 8）

　　請老公公試估估，那裏地道，甚麼名色。（六四 5 下 1）

　　你叫住他，與俺磨磨鏡子。（五八 19 上 10）

　　教他好生磨磨。（五八 19 下 6）

　　你再仔細診一診。（六一 23 下 3）

　　你來的好，且與我篦篦頭，捏捏身上。（六七 3 上 5）

　　《金瓶梅》中最常見的 DD 式是「走走」（63 例）「坐坐」（57 例另有「坐一坐」10 例）。前面可加有修飾成分「大」或「略」，可見本身「短時」「微量」意味已很淡薄，而明顯有「隨意」「輕鬆」的意味。

　　「估」，本身是測試，「估估」還可以加上「試」，「估估」也只能是「隨意不必認真」的意思，不好說是「嘗試態」。

　　「磨磨」「診診」「篦篦」「捏捏」都不可能是「一次」或「短時」的行為。「磨磨」「診診」還可以說有些「嘗試」意味；「篦篦」「捏捏」就很難說是「嘗試」。它們的共同特點是用於祈使句，有求於人，所以有意說的「輕鬆」「隨意」一些。有時祈使就是命令，只許認真完成，就另外加上「仔細」「好生」。看起來，這好像跟「輕鬆」「隨

意」相矛盾，實際上仍是把嚴肅的命令或要求說得輕鬆隨便些。從語用角度說是「委婉」，從語義上看仍是「隨意態」。

至於下例，已經毫無「短時」或「嘗試」意味可言。

> 這經濟終是年小後生，被鐵指甲楊大郎領著，遊娼樓，串酒店，每日睡睡，終宵蕩蕩，貨物倒販得不多。（九二 2 上 11）

這裏的「睡睡」「蕩蕩」只能是表示自由自在無拘無束的情態，只好稱之為「隨意態」。

綜上所述，我們的看法是，動詞重疊雖然是從「一事相」發展來的，但只有在已然（或稱「完成態」，標誌是加「了」）的情況下，「短時」或「輕微」的意味才濃；在未然（或稱「未完成態」，標誌是不加「了」）的情況下，主要是表達一種「隨意」「輕鬆」的情態；無論未然還是已然，只有強調目的或結果時，才有「嘗試」意味。

二、語法特點

(一)本身結構的性質

動詞重疊的前身是「一事相」，是動詞 D 和數量補語「一 D」的結合。在進而表達「短時」「嘗試」「隨意」之後，D — D 還是比較鬆散的動補結構；即使簡化為 DD 以後，這種結構的性質也未改變。這表現在「動」「補」兩成分之間，可以插入助詞「了」，可以插入受事賓語，可以插入強調動作微小的代詞。

強調數量微小的代詞可用「這」「那」。

> 白爵因此錯他這一錯。（三五 21 下 10）

> 看那看兒便怎的，卻把他嚇了。（九十 5 下 8）

有些例句字，插入的「他」字，並不是受事賓語，而是一種虛指，作用跟「那」相似。

> 請的他來見他一見有何不可？（三一 13 上 10）

> 若是沾他沾身子兒，一個毛孔裏生一個天皰瘡。（五一 7 下 5）

前一例中的受事「他」，後一例中的受事「身子」已分別出現在動詞重疊式的前或後。所以，插入其間的「他」，只是強調數量微小的虛指。還有些例句中的「他」，作用不很明確，我們就當受事賓語看。

人稱代詞以外的受事賓語，一般放在動詞重疊式之後，插入中間的例子不多。

　　推了迎春一推。（六二 19 上 1）

　　見經濟屍首一見。（九九 10 下 4）

這兩例均見於敘述文字而非人物對話，可以看做書面語或看做早期語言形式的遺存。

　　口語要求簡練，句子不能太長，特別是句中的謂語，是所傳達信息的核心，必須簡短明確。所以 D—D 句中，常把受事放在 D—D 之後，或者改換成介詞短語放在 D—D 之前。也正因為如此，D—D 簡化為 DD 才有了充分的可能。

(二)動詞重疊後不能再帶其他形式的補語，尤其絕對不能帶數量補語

　　我們只發現幾例帶趨向補語的。可能是刊刻時有衍字漏字，不是實際語言的反映。

　　你就帶著把我的裹腳槌槌出來，半日只聽亂起來。（七二 3 下 3）

　　你下去替你達品品起來是你造化。（六一 9 下 8）

　　你趁閒尋尋兒出來罷。（七四 2 上 11）

　　起動保叔稍稍進去與他。（五一 9 下 2）

第一例也可以在「槌槌」後點斷，「出來半日」作後句的時間狀語；第二例也可以在「品品」後點斷，「起來」作後句的主語。

(三)沒有進行態

　　「一D」原是數量補語，D—D 和由之而來的 DD，表示一個有時值的過程。對於施動者立足的時間點，只能已然和未然兩種情況，沒有正在進行的可能，所以不能插入表示進行態的「著」字。

　　《金瓶梅》產生的時代，助詞「著」已經跟「了」有了明確分工，成了明確表示進行態的專用助詞。在《金瓶梅》一書中，還有跡象表明「著」字已經讀成輕聲 zi 音，可以寫成「自」或「子」。（參看寧夏人民出版社 1988 年版《金瓶梅作者之謎》載張鶴泉文〈試談金瓶梅中的動詞後綴「子」〉）

　　動詞重疊式沒有插入「著」「自」「子」一類字的用例，這絕不是偶然的。

(四)受事賓語的位置

作為動詞性的固定結構，動詞重疊式可以獨立充當句子的謂語。例如：那個敢望著他雌牙笑一笑兒。（二二7下7）

動詞如果是及物的，受事賓語一般要放在重疊式之後。

> 舉一舉手兒。（九六9下3）

> 請仙長相相房下眾人。（二九7上5）

> 蔡老娘向床前摸了摸李瓶兒身上。（三十8上10）

及物動詞的受事，也可以加介詞作狀語，放在重疊式之前。

> 官人你將頭上金簪子借我看一看。（九八7下5）

> 你如何不溺胞尿把自家照照。（十一5上1）

代詞「你」「我」「他」及其複數做受事賓語，一般不放在動詞重疊式之後，而多插入其間，這一點跟現代漢語明顯不同。

動詞單音節重疊、有代詞賓語的共69例，其中62例是插入重疊式之間，例如：

> 張氏怪他就不去接我一接。（八八7上10）

> 請任醫官來看你看。（六一18下10）

> 只說他爹又尋了個丫頭，唬他們唬。（四十5上10）

其餘7例放在重疊式之後的，分別是「辭辭你」「等等我」「看看你」「看看我」「請請他」各一例，「看看他」2例。

雙音動詞重疊，有代詞賓語的共12例，其中11例是插入重疊式之間，例如：

> 望乞大人看我面上，同僚之間，凡事教導他教導。（七十7下7）

> 那個興心知慰他一知慰兒也怎的！（十八7下4）

放在重疊式之後的唯一1例是：你買份禮兒，知謝知謝他。（十三4下4）

(五)已然助詞「了」的位置

動詞加數量成分組成的短語，其完成態的「了」字只能加在「動」「補」之間。所謂動詞重疊在這一點上，仍充分地保留著它的動補結構本質。

《金瓶梅》一書中的有關句式，計有 D 了 D48 例，D 了一 D13 例。僅有 1 例「DD了」：〔王姑子〕又向西門慶拜拜了說……（五七 2 上 1）這一孤例除了刊刻顛倒的可能外，也許是方言的反映（見下節「比較研究」）。

(六)後加小稱「兒」字

由於「一 D」原是數量補語，所以能像量詞一樣後加「兒」尾，顯示動量的輕微。當時的「D 兒」可能已讀成兒化韻，因此書面上有時沒有「兒」字標誌。（參看北京大學中文系《語言學論叢》十二輯載李思敬〈從《金瓶梅》考察十六世紀中葉北方話中的兒化現象〉一文）比如，書中有「坐坐兒」10 例，又有「坐坐」47 例，這些書面上不加「兒」的「坐坐」，其口語讀音未必跟「坐坐兒」有什麼不同。

當然，我們只能據書面標誌「兒」的例子進行統計，如下數字可以表明趨向。

1. 119 例後帶受事賓語的動詞重疊，一律不加「兒」字，無一例外。73 例插有代詞賓語的動詞重疊，後加「兒」字的占 33 例。

2. 無賓語的動詞重疊，約五分之一帶「兒」字：DD 兒：DD＝53：305，D 了 D 兒：D 了 D＝5：24，D 一 D 兒：D 一 D＝10：58。

3. 「D 了一 D」13 例中，只有 2 例帶「兒」。

4. 雙音動詞重疊式中，無賓語的以不帶「兒」為常：33 例不帶，4 例帶；插有代詞賓語的則以帶「兒」為常：5 例帶，2 例不帶。

上列統計給我們兩點印象，其一，1、2 兩條似乎表明「兒」字只加在句尾的動詞重疊後。後帶賓語的就不是句尾，所以不帶「兒」。但賓語可以帶「兒」，如「說說話兒」「歇歇腿兒」，這跟動詞重疊式本身無關。此處不作討論。其二，3、4 兩條似乎表明「兒」字還有調整音段的作用，使「動」部分和「補」部分音節大致平衡。如：「拜拜」8 例均不帶「兒」，「拜了一拜」6 例也不帶，「拜我拜兒」「拜了拜兒」卻要帶著；「知謝知謝」不帶「兒」，「知謝一知謝兒」「知慰他一知慰兒」卻要帶著。

三、比較研究

(一)跟《水滸傳》比較

　　《金瓶梅》前第九回和第八十七回，跟《水滸傳》第二十三至二十六回，在內容情節乃至語言上多有相似之處。一般的說法是：《金瓶梅》襲用《水滸傳》。我們簡稱為「襲水十回」。

　　我們列出有關例句做個比較。左面是襲水十回中的動詞重疊句，右面是水滸傳原文的相應句式（據人民文學出版社 1985 年一百回本），無相應句的用橫線「——」標示。

第一回：	把兩只爪在地下跑了一跑	略按一按
	今日著實撩鬥他一鬥	撩鬥他一撩鬥
第二回：	望他深深拜了一拜	道個萬福
	踅過去看一看	看一看
	又轉過西去復一復	睃一睃
第三回：	替娘子澆澆手	澆手
	將手去他腳上捏一捏	捏一捏
	有曆日借與老身看一看	看一看
	且請入屋裏看一看	看一看
	相待官人坐一坐	坐一坐
	你過來且看一看	看一看
	拿上些人情去走走	——
	替老身與娘子澆澆手	澆手
	把手在臉上摸一摸	摸
	相陪大官人坐一坐	坐一坐
第四回：	相待大官人坐一坐	坐一坐
	往他家推借瓢看一看	——
	我往你王奶奶家坐一坐	——
	你也把些汁水與我呷一呷	呷一呷
第六回：	怎的不過去看看大娘子	——
	今日往街上走走	——
	大節間記掛著來看看姐姐	——
	等我過去看看	——

	大節間正要和你坐一坐	——
第七回：	官人放他來走走	——
	你老人家請先來坐一坐	——
	眼同眾人看一看	——
	打開箱籠，有沒有，看一看	——
第八回：	如何一向不來傍個影兒看我一看	——
	待他生日千萬走走	——
	夾往西門慶家走走去	——
第九回：	明日早來縣前與我證一證	——
第八十七回：	點了點頭兒說道	——
	若動一動步兒，身上先吃我五七刀子	先走的
	不知你心怎麼生著我試看一看	——

比較兩書用例，明顯的差別是：《水滸傳》沒有了 DD 和 D 了 D。

關於 DD 式，前面說過，這是 D 一 D 後來發展的結果。在《金瓶梅》一書中，DD 已占絕對優勢，人物對話全用 DD 式，只在某些修辭需要（如強調動量之少）時才用 D 一 D 式。上述十回中的 DD 式句，《水滸傳》或者沒有該句，或者仍用 D 一 D 式。沿用習慣的說法是：《金瓶梅》襲用《水滸傳》時改動了一些句子，補充了一些句子。而改動成的或補充的 DD，都是《水滸傳》時代還沒有的句式。

D 了 D 式，即 DD 式的完成態，襲水十回中有 3 例：「跑了一跑」（《水滸傳》：略按一按），拜了一拜（《水滸傳》：道個萬福），點了點頭兒（《水滸傳》無此句）。《水滸傳》原作沒有完成態動詞重疊，那麼它用何種語法手段來表達意念上的「完成」呢？我們觀察，它有兩種方法。其一是沿用未完成態形式，靠語序的先後來表達。例如：趄過東去又看一看，走轉西來又睃一睃，走了七八遍，輕趄入茶坊裏來。其二是用「只一 D」，再靠語序在後的另一動詞來表達前一 D 的完成。例如：一只手便去武松肩胛上只一捏，說道：叔叔只穿這些衣裳不冷？又如：將白湯沖在盞內，把頭上銀牌兒只一攬，調的勻了。《金瓶梅》襲用《水滸傳》，把上述幾例也幾乎原封不動照搬過來，這些話離本文的主題太遠，不必詳細引例論述。不過，需要強調一句：襲水十回中，完成態例少，是因為其內容多襲用而少改創的結果。僅靠相應數回的比較，不足顯示兩書語法的異同。

下面，我們列出《水滸傳》全書的動詞重疊式統計數字。

全書計有 140 例。

DD 只有 4 例，包括單音重疊 1 例（看看），雙音重疊 2 例（扶助扶助，看覷看覷），單音重疊插有代詞賓語 1 例（耍他耍）。

D一D 有 136 例，包括：單音重疊 133 例，雙音重疊只 3 例（試探一試探，撩鬥他一撩鬥，借問一問）。

動詞重疊的完成態只有 6 例，還分為三種類型：D了一D 有 3 例（望了一望，相了一相，跪了一跪）；D一D了 有 1 例（坐一坐了）；D得一D 有 2 例（擦得一擦，看得他一看）。

140 例中未發現有後帶「兒」字的。

有了上述統計，就可以看出《水滸傳》跟《金瓶梅》的明顯差別。相較而言，《金瓶梅》中動詞重疊的主要特點有：

第一，D一D 式使用頻率低，DD 式成為主要形式，兩者的比例約為 5.5 比 1。（《水滸傳》是 1 比 34）

第二，插入「了」字。已發展為「完成態」的基本表達式。

第三，後面可加「兒」字。

另外，雙音動詞重疊也有較大發展。

《水滸傳》成書比《金瓶梅》早，兩書的差異主要反映了語言的歷史發展，可以從中看動詞重疊的形式更迭和日臻完善。

(二)書內三部分的比較

《金瓶梅》全書共一百回，可據語言風格的差異分成三部分。除上述襲水十回外，還有五回比較特殊。明人沈德符曾透露，第五十三至五十七回係「陋儒補以入刻」，「時作吳語」，[1]本文簡稱作「吳補五回」。其餘八十五回可視作《金瓶梅》的主體語言。

吳補五回共有動詞重疊 44 例。跟其餘八十五回比較，吳補五回有以下特點。

1. D一D 式使用頻率高，計有 11 例，占動詞重疊總數的四分之一。

2. 完成態「了」字基本不用。僅有的插入「了」字是「呵了一呵」，語義不明。[2]另有 1 例「拜拜了」，把「了」放在重疊式後，為全書所僅見。（《水滸傳》也有 1 例「坐一坐了」情況相似。）

3. 基本無「兒」尾。僅有的一例是「試你一試兒」。

以上三點表明，在動詞重疊的運用上，吳補五回確與《金瓶梅》的主體語言有差異，而跟襲水十回相近，亦即跟《水滸傳》相近。

1　見《萬曆野獲編》卷 25。按：沈德符是少數見過《金瓶梅》刊前抄本的人之一，指五回為贗作，當屬可信；沈德符是吳語區浙江秀水（今嘉興）人，判五回時作吳語，也有權威性。

2　「呵」在其餘八十五回中有三種用法：⑴即今天的喝，⑵動詞「呵斥」，⑶擬笑聲笑狀，今寫作「哈」。五十三回「呵」與以上三義無關，應是方言詞。同回又有「呵卵脬」一語，或義近。僅見於吳補五回，他回不用的方言詞還有「晏」「歡的」「一忽的」「完願」（他回作「還願」）等，此不細論。

　　如果說，《金瓶梅》的主體語言跟《水滸傳》有差異，主要原因是時代的不同；那末，吳補五回是同時代的文字，語法上的差異則只能是方言不同。吳補五回動詞重疊的特點，大概是補作者「陋儒」方言語法的流露，即明人沈德符所說的「時作吳語」的一種表現。[3]

　　以上是我們對《金瓶梅》動詞重疊的初步考察，從語義上看，已具備了「短時」「嘗試」「隨意」等多種情態；從形式上看，新興的 DD 式，已取代了早期的 D—D 式；從功能上看，已分化產生出「D 了 D」式，作為完成（已然）的專用形式；從語音上看，補語成分的 D 已有兒化跡象。

　　這些特點在作為主體語言的八十五回中體現的更為清楚。吳補五回、襲水十回確有特異之處，但他們是全書的有機組成部分，語言風格上仍然有一定的共性。

3　此處指當時的吳語。吳補五回語法也有保留到現代吳語中的，參見《中國語文》1985 年第 1 期載
　　朱德熙文〈漢語方言裏的兩種反復問句〉。

關於「麼」和「們」的讀音

近幾年曾聽到樣態指示詞「麼」和複數詞尾「們」同源於實詞「物」的說法。《中國語文》1995 年第 3 期載江藍生文〈說「麼」與「們」同源〉（下簡稱「江文」），勾稽文獻資料，進行詞義引申、實詞語法化的分析論證，令人折服。唯是音變的引證和解釋尚覺未愜於心，爰陳管見就教於諸位同好。

一、「每／們」不是疊置式音變

徐通鏘先生根據現代方言中文白異讀的對立和競爭，提出了疊置式音變理論，無疑是對漢語語音演變機制的重大發明。語法研究者運用疊置式音變理論解釋語法形式用字的變遷，也是一種有益的探索。但筆者認為有必要強調材料的充分和可靠。

所謂充分指系統的語言事實。文白異讀指的是方言中某類字的讀書音和口語音的系統對立，而不是個別字的兩讀。疊置式音變也是以這種認識為基礎。文獻材料尚未發現「杯陪」變更作「奔盆」。甚至「梅眉」也未發現變更作「門」。唯獨「每」換成了「們」，恐怕不宜用疊置式音變理論解釋。

所謂可靠指引證方言材料要符合該方言的實際。江文引用方言材料以錢曾怡著《博山方言研究》（下簡稱「錢著」）為主。筆者研讀錢著之後，發現江文的引用有如下問題：1.「彌」「每」不存在文白異讀；2.「們」的兩讀表示文白的對立；3.「猜謎」「大老悶」等詞語的音義理解欠當。

1. 江文表七左以「彌、謎、筆、披」為文白異韻（i／ei）。錢著無此表，江文似是據錢著中的同音字表和分類詞表（分別簡稱「字表」「詞表」）歸納出的。查博山乃至魯西許多方言，確有一系列字存在有 i／ei 的文白異韻。但範圍嚴格限於古重紐三四等唇音字，如「筆、披、密」等字（張鴻魁 1993）。而相應的重紐四等字如「彌」和一般四等字如「謎」則沒有文白異讀。（平山久雄認為，現代北京話也有止攝唇音重紐區別的跡象。參看竺家寧 298 頁）錢著「彌」只有 mi 一讀，「謎」有兩讀但不同調，也不算是文白異讀（見下文）。至於「每」（明母賄韻）是一等字，跟上述字都不同，更未有文白異韻。

2. 江文表七右列「門、悶、本、忿、們」兩讀，分歸文白。錢著有專節（叁章三）說

明這是變韻，「其作用相當於北京的兒化」（23 頁），又有條例「本書對變韻記音一律在音下加浪線『◡』表示」。其詞表和標音舉例都貫徹此例。江文把變韻當白讀是一種誤解，就如同把北京話「門」和「門兒」說成文白異讀一樣不合適。江文表下引博山「娘娘們們」一詞，也屬變韻，性質同北京說「男人行動似女性」是「娘們兒」一樣。「娘們兒」當形容詞用，按 AABB 式重疊，就是「娘娘們兒們兒」。

3. 方言調查材料，重點不在考本字，常用同音字或慣用的訓讀字做字頭。錢著詞表「凡例」10：「字下加浪線的，表示這是同音替代的字；標音下加浪線的，表示此音特殊。」（112 頁）

江文 188 頁「博山方言有『大老悶』一詞，用如狀態指示詞」。錢著 168 頁「大老悶，很大」，「悶」是記音字，注音陰平，釋義是「很大」，從形、音、義上都看不出跟樣態指示記號「麼」有聯繫。

江文以「謎」有 mi（博山陽平、上聲合併）、mei 兩音為文白異讀。筆者以為 mei 可能是「悶」字變韻，即相當於北京的「悶兒」。查 mei 一讀只出現於「猜謎」一語，此語在魯西普遍地叫「破悶兒」「剖悶兒」。特點是：①後字都去聲兒化；②這些地區都是 ei 韻和 en 韻兒化後歸併。北京話也有這兩個特點，《現代漢語詞典》「謎」有 mei 去聲一讀，引例也只有兒化形式的「猜謎兒」「破謎兒」。從元曲以來費猜測之事就叫「悶葫蘆、悶弓兒」，筆者懷疑 meir 一詞或來源於「悶兒」。又上文言及「密」屬於重紐三等，白讀也是 mei，meir 也有可能是「密兒」。總之把 meir 寫作「謎兒」是一種訓讀寫法。

據以上認識，「彌—每—們」難以用疊置式音變解釋。在博山方言裏，三字之間絕對沒有文白異讀關係。

二、「麼」「們」用字變換源於輕聲

察今可以知古，我們可以先看看現代方言口語中的「麼」「們」讀音。

「麼」「們」一般不單獨成詞，據出現環境可選擇「怎麼、甚麼、這麼、那麼」和「我們、你們、他們、咱們」兩組詞觀察。江文已經證明「怎麼」「甚麼」的「麼」跟「這麼」「那麼」的「麼」同源於「物」。這裏為了便於敘述，把有關「麼」字都暫稱作「樣態指示詞」或直稱「麼」（「物1」），複數詞尾則直稱「們」（「物2」）。

現代方言中的「麼」「們」都讀輕聲，實際音值都很繁複，即使北京口語中也有多種讀法。《現代漢語詞典》注音的「·me」「·men」只是一種規範「字音」。口語中輕聲音節的韻母大多含混，甚至失去韻母只保留聲母，進而剩餘的聲母併入前一音節作詞

尾,即「麼」「們」成為零形式,只有在前一音節的時值略長中表明它們的存在。

北京的「麼」「們」分別都有 me、men、-m 三種讀音。(引例注音均用中文拼音字母)

「麼」可讀 ·men,如:這麼(zen·men)那麼(nen·men);可讀 -m,如:怎麼(zem)什麼(shem)。

「們」可讀 ·me,如:你們(nen·me);可讀 -m,如我們(wom)。

山東方言的老派讀音,「麼」有 mo、·mo、-ng 三種形式。(取例據《山東省志·方言志》,注音折合成中文拼音字母)。多數地區在「怎麼、什麼」中「麼」讀 ·mo,「這麼、那麼」中「麼」讀 -ng,即「這麼」讀 zeng、「那麼」讀 neng。(個別地區「什麼」說成「嗎」ma 或「啥」sha,「怎麼」也相應說成「咋」za。對此本文不作討論。)

山東口語中無複數詞尾「們」,「我們、你們、咱們」分別說成「俺、您(恁)、咱」,實際上是「們」讀成了 -n。

像「麼」「們」這樣的語法成分,其語義指向和讀音遠不如單音實詞穩定,書寫形式的多變也就不足奇怪。書寫者可以刻意模仿口語讀音,也可以照顧習慣用字以便讀者理解,這樣用字就有了差異。甚至同一作品、同一語句中都可能用字有異。例如,《白話聊齋》(北京實事白話報 1932-1934 年連載)就有這樣的句子:「怎們去的,怎麼回來啦!」精於模寫北京方言口語的老舍,在其《惶惑》一書中也有這樣的句子:「兒子怎死,我怎麼陪著。」這裏的「怎們」「怎麼」和「怎」三種形式應該是同樣讀音。

據文獻資料研究漢語史當然應該注意書寫形式,但也不能拘泥。特別是語法成分的書寫形式,我們不應該照韻書的反切去判斷它的實際讀音。絕大多數漢字都不是單純的表音符號,而是表達特定語義的音節的符號。歷代字書韻書所描述的字音都是跟特定語義主要是詞匯意義相聯繫的重讀音。《廣韻》「每,雖也辭也頻也」,「武罪切」;《集韻》「草盛上出也」,「母罪切」。《集韻》「們,們渾,肥滿貌」,「莫困切」。「麼,細小曰麼」,「眉波切」。作為語法形式的「麼」「每」「們」,就未必分別讀「眉波切」「武罪切(母罪切)」「莫困切」。在《廣韻》《集韻》編纂成書的時代,它們大部分都已經讀成輕聲。

王力先生推測,十二世紀前後,輕音(輕讀、輕聲)就產生了。他說:「作為語法形式的輕音,那就必須隨著語法的要求而產生了。」「了、著、嗎、呢」等成為語法成分,「大概從開始不久就是念輕音的。」(王力 198 頁)平山久雄也說:「常用詞由輕讀而產生的特殊音變,就是各種語言裏常見的現象,漢語史中也不乏其例。」(平山久雄 341 頁)

實詞「物」詞義虛化進入語法範疇的同時,語音也必然弱化,語法形式「麼」「們」的用字不再取「物」,應該就是語音弱化的標誌。

既然「物」的語法化過程在唐宋之前早已開始,讀音弱化較久,元明時代的「麼」

「們」就很可能在不同的語境中有不同的讀音，如同現代北京話、山東話那樣。

麼（物1）又可寫作「們」（《清平山堂話本》《朴通事》），又可寫作「每」（《正統臨戎錄》），表明尚是一個輕讀音節。

「怎麼」「甚麼」「那麼」又分別寫作「怎」「甚」「恁」（無煩舉例），則表明這時的「麼」（物1）音節喪失音節資格，成為前一音節的韻尾。

們（物2）又可寫作「每」，表明尚是一個輕讀音節。

「你們」「我們」「咱們」又分別寫作「恁」「俺」（《三國志平話》《元朝秘史》）「偺嗻」，則表明這時的「們」（物2）音節喪失音節資格，成為前一音節的韻尾。

嚴格地說，「麼」「們」寫成單字也未必表示有音節資格，同一部書同一句式也有寫成單字和零形式兩種處理的。

劉仲璟《遇恩錄》有「你每父親都是志氣的人」（31頁），也有「恁父親倒是有見識的人」（33頁），很難說前一句中「你每」讀成兩個音節。

更典型的例子是元代白話聖旨碑，蒙古原文同一個字，漢字譯文卻有「俺」和「俺每」兩種形式。（呂叔湘78頁）

三、《金瓶梅詞話》中的「麼」「們」

《金瓶梅詞話》（下簡稱《詞話》）一書，反映口語是比較細緻而且全面的，我們可以觀察「麼」「們」的讀音。

依照音韻構詞學（Prosodic Morphology）理論，「～麼」「～們」都屬於音韻詞（phonological word）層次。依照漢語的書寫習慣，需對之作音節切分，用兩個漢字去表示，切分點的不同會導致用字的不同。

(一)～麼

「怎麼」一詞，《詞話》中有「怎麼」「仔麼」「怎」「曾」四種寫法，代表了三種切分方法。

先看「怎麼」和「仔麼」。比較下面兩句。（回數頁數據萬曆本《詞話》）

　　你行頭不怎麼好，光一味好撒！（五八11上6）

　　你行頭不仔麼，光一味好撒！（六八8下4）

毫無疑問，這裏的「怎麼」「仔麼」表示的是口語中的同一個詞音，據今方音推測

是讀成 zem:（「:」是長音符號）。那麼，「怎麼」的切分是 zem·m，「仔麼」的切分則是 ze·m。zem 和 ze 都超出了字音系統[1]，只能寫成音近的「怎（zen）」和「仔（zi）」。

「怎」和「曾」，則表示有第三種切分方法：zem-，即後一音節作零形式。寫漢字只用一個字，是音近 zem 的「怎（zen）」或「曾（zeng）」。「怎」例從略，「曾」例如：

> 兀那東西是好動不好靜的，曾肯埋沒在一處？（五六 4 下 1）

> 本當該助一經追薦夫人，曾奈力薄！粗茶飯菜，表意而已。（六五 1 下 2）

「甚麼」一詞，《詞話》中也有三種切分方法，跟「怎麼」呈平行趨勢，分別寫作「甚麼（shem·m）」「什麼（she·m）」[2]、「甚（shem-）」，舉例從略。

「那麼」一詞，《詞話》中有兩種切分方法，分別寫作「那們（ne·m）」[3]、「恁（能）（nem-）」。因為「nem」超出了字音系統，只好寫作音近的「恁（nen）」[4]「能（neng）」。例如：

> 我那們說，他強著奪去了！（三五 20 上 2）

> 你怎的走恁一臉汗？（五二 6 下 6）

> 鹽也是這般鹽，醋也是這般醋。磚兒能厚？瓦兒能薄？[5]（三八 10 下 1）

> 賈瞎子傳操，乾起了五更！隔牆掠肝，能死心塌地！（五九 13 上 10）

「這麼」一詞，《詞話》未見。但有一例「咱」是表示近指的：

> 咱晚來，茶前飯後，他定也不來！（八 5 上 7）

1　字音系統由有限的聲類、韻類、調類及拼合關係組成。語流音變往往突破這個系統。《金瓶梅》時代已經沒有 m 尾韻，單韻母 e 也不拼舌尖聲母，跟今北京音系統相似。（張鴻魁 1987）

2　「什麼」「仔麼」的讀音都是據明清至今的字音系統擬定。唐代已有的「什麼」中的「什」也許有入聲 p 尾。再往前推，「甚麼」「怎麼」的更早形式是「是物」「作勿生」（呂叔湘 123 頁、310 頁）《詞話》中的「什麼」可能直承「是物」，不一定是由「甚麼」而來。

3　據《詞話》中「那一」記作「內」，可推知當時口語「那」字讀 ne。「那一」寫作「內」的例子很有幾處，如：「西門慶恐怕李瓶兒到墳上悲慟，不叫他去，只是吳月娘、……鄭三姐往內頭去。留下孫雪娥、吳銀兒並個姑子，在家與李瓶兒做伴兒。」（五九 19 上 10）「他今日心裏頭要內邊請兩位姐兒來扶侍老爹。」（六一 3 上 3）

4　跟《詞話》時代相近的韻書《韻略匯通》，真尋韻暖母上聲有：「恁，你也；又去聲，如此。」

5　《水滸傳》同語作「磚兒何厚？瓦兒何薄？」這裏的「何」或「能」相當於文言的「如此」（見註 4），兩句對列顯然是表達對待遇不平等的憤慨。

據今音推測，這裏的「咱」表示是「zem-」。（「這麼」北京音 zen·men，山東音 zeng，均見上節。）

(二)～們

江文 185 頁說，明朝中葉以後「們」字才多起來，「但《金瓶梅詞話》裏仍用『每』」。實際上《詞話》中用「們」的也有相當數量，另外還有相當多的隱蔽為鼻音韻尾。

「們」形式出現似有規律：其前面一個詞不是人稱代詞時，一般用「們」，如「賊們」「娘們」。人稱的複數則可用「每」也可以用「們」。

鼻音韻尾形式，用於第一、二人稱之後，構成「俺、咱、恁」等字，「俺、咱」例多，無煩舉例，「恁」例如下：

> 誰無志誠，恁兩人今夜親折證。（七四 7 上 3）（同語《南西廂》作「你」）

> 要定奪展江山白玉擎天柱，索用恁拯宇宙黃金架海梁。（七一 5 上 2）（同語《詞林摘豔》作「您」）

> 今宵管恁兩個成就了。（八三 7 上 3）

這裏的幾個「恁」字都應讀上聲 nen[6]，表示的口語音是「nem-」。

從「那麼」「你們」同寫作「恁」，「這麼」「咱們」同寫作「咱」，似可證明口語中「麼」「們」同樣讀成鼻音韻尾 m。眾多出現的「俺每」「咱每」「你每」，也應該存在有音韻詞切分和用字上沿襲習慣的可能，實際口語音則分別是 am:、zam:、nem:。

我們的看法是，「物」在語法化的同時，讀音也開始弱化。當「物 1」「物 2」分區不同字形書寫時，已經讀成輕聲。這是一種語流音變。「彌—每—們」等用字變換，只是用字習慣問題，不是字音的歷史演變，因而也不存在疊置式音變問題。

順便說到，明後期官話到現代一些北方話口語裏，「麼」「們」常讀成一鼻音，現代漢語的字典裏，如果貫徹據口語實際注音的原則，似可為「麼」「們」添注「m」一讀。

參考文獻

張鴻魁　　1987　金瓶梅的方音特點，中國語文，2 期

張鴻魁　　1993　金瓶梅方音特點續說，青島師專學報，3 期

6　同註 4。

竺家寧　　1995　試論重紐的語音，中國語文，4 期

平山久雄　1995　中古漢語魚韻的音值，中國語文，5 期

徐通鏘　　1995　「陰陽對轉」新論（提要），國際晉語討論會（太原）論文

錢曾怡　　1993　博山方言研究，社會科學文獻出版社

陳　剛　　1985　北京方言詞典，商務印書館

殷煥先等　1995　山東省志・方言志，山東人民出版社

王　力　　1980　漢語史稿（修訂本）上冊，中華書局

呂叔湘　　1985　近代漢語指代詞，學林出版社

《金瓶梅》詞語研究的兩點意見

一、用現代方言解讀詞語

我為梅節先生的《金瓶梅詞話校讀記》一書寫過一篇書評，《光明日報》（2004 年 12 月 6 日 6 版）在發表時，替我刪減去許多文字。現將部分刊落文字寫在下面，為保持語境，上下文有時連同寫出，只有方括號內是刊落部分。

《金瓶梅》〔是一部奇書，它生動地展示了晚明社會廣闊的生活畫面。〕

上世紀八〇年代以來，〔從各個角度對〕《金瓶梅》的研究才迅猛發展，〔「金學」漸有成為顯學之勢。〕

在《金瓶梅》走向社會的時候，一個遮蔽了它的信息價值的問題突現出來，這就是現存最早版本《金瓶梅詞話》俗字訛字太多，脫漏錯簡不少。〔因此版本校勘理所當然地成了金學的重要內容之一。〕

大家都稱道《金瓶梅詞話》是明代的百科全書，其校注當然也需要有百科知識。且不論學養的豐薄，肯下這種苦功的人就不多。

〔現舉兩條以見梅先生閱讀之博，方法之新。

七十回二頁 9 行「泰嚴亡度」條，「此句為謝恩之考語，當在『年齒既殘』下，誤倒於此。明清官員考語，均用駢句。」後引用《文物》1986 年第三期刊載太倉明墓出土文書為證。

又如十五回三頁 14 行「遍地金搯袖兒」條，比較白維國和黃霖兩家注釋後，引用《考古》1987 年第三期刊載明末黃元會夫婦合葬墓出土殘存壽衣形制為證。

與一般文獻校勘不同，《金瓶梅》中有很多的風俗習慣，很難索解於正史文字。從出土文物（尤其還是與成書時代相同的明墓文物）和民俗資料（醫卜星象文字）去考察校注，確實是科學方法。這也是《校讀記》的一大特色。〕

〔梅先生也偶有據今江淮方言及粵語，解釋《金瓶梅》文字之處。筆者認為也有可取。現存《金瓶梅》源於藝人書場，成書後又曾長時間手抄流傳，記錄傳抄

者都存在有用自己的習慣用語去改動補充的可能。而且這樣一部長篇作品，其用語似乎不太可能全是流行於某一狹小地域的土語。又，晚明俗語未必完整無缺地流傳到現代某個具體方言中，比較多地傳流在北方，也不排斥其中某些詞語仍存留於現代吳語或其他方言，從某些方言的近似用法去考察個別《金瓶梅》詞語，是完全可以的甚至是極有意義的。只要不以偏賅全地去證成某種「作者說」，就不失為一種有益的補充或參考。〕

另外還有一些刊落文字，無關今天的議題，就不再說了。

我舊話重提，有三層意思：1、校勘和詞語訓釋，是《金瓶梅》研究的重要組成部分。2、詞語訓釋做好並不容易。3、用自己熟悉的方言去解釋《金瓶梅》中詞語，很有必要，也可以作好。

用現代方言去考釋《金瓶梅》詞語，是一種科學研究工作，應該有嚴肅認真的態度。

認真態度之一，切忌以偏概全。以自己熟悉的方言去解釋《金瓶梅》中的某個疑難詞語，是正當的探索（成功不成功是另一個問題）。但如果說，只有你那裏才懂，或只有你的那一解，才是「正根兒」，就未必。再進一步說「別的地方都不說」，這就很主觀了。如果，更進一步說，《金瓶梅》就是用你那裏的方言寫的，作者就是你那裏的人，就難以服人了。

趙元任先生曾在王力的畢業論文上批了六個字：「言有易，言無難。」王力先生到晚年還屢屢提起。

你說你那裏有這個詞語，我想這一般是真的，不錯的。（當然現代作偽現象也有，自然科學論文還有偽造試驗數據的呢！）但你說那裏人不說某個詞，就不一定可靠。因為每個人的語言習得環境不同，交際環境不同，同鄉同里的人詞匯儲備不一定相同。搞方言詞匯調查是很難周遍的。我是土生土長的濟南人，前幾年偶爾聽到身邊兩個人交談，說「這個去處以前是什麼什麼」。「去處」（qi chu）這個詞，突然喚起久違的記憶，現在濟南方言記錄都忽略了這個詞，只有「地方、地處兒」等說法。

現在我們常見有的文章說，只有我們某某方言有這個詞，這是很不科學的，你自己的方言「不說某個詞」都不敢保險，你說別的方言都沒有，那也太過於自信了。天下如此之大，保不定那個旮旯裏，說的比你還地道，比你那裏還常見。比如，「毛司」絕非吳語地區說，濟南等山東地區很普遍，而且還有一系列派生詞語，公共廁所叫「野毛司」，上面有棚蓋的不管是磚瓦，是預製板，都叫「毛司棚子」，便坑叫「毛司坑兒」。其實老北京話也叫「毛司」。當然八〇後可能「都」不說了。

認真態度之二，要注意方言讀音。方言最明顯的差別在語音。具體詞語的覆蓋面是

很廣的。也是趙元任先生，舉過一個很有趣的例子。說「日本」這個詞在不同的方言裏，可以說成「一本」「二本」「十本」。據我所知，膠東「日一」同音 yi，山東章丘一帶「日二」同音 er，（陝南有的地方「日二」同音 ri）有些吳語地方「日十」同音。如果金瓶梅裏有「日本」這個詞，你能說肯定是哪種方言嗎？比如說，我們已經能夠依據「鬼西兒上車，推醜」推定這個歇後語的始作俑者（不一定是金瓶梅的「作者」），是把程度副詞「忒」讀成「推」了。問題還沒完全解決：這裏的「忒、推」是讀 tei 呢，還是讀 tui 呢？老北京話是都讀 tui 的，山東不少地方也是如此，但也有一些地方都讀 tei。

有人把我歸入「山東作者說」派的。我承認有傾向性，但不是鐵杆粉絲，因為我還有太多的疑問。準確點說，我應該是「排除吳語說」派的。我用的是排除法，即可以說，不是 A，不是 B，……但無法證明只能是 C 或者只能是 D。我不隱諱自己的看法，我基本肯定小說的主體部分不會出自吳人之手。

即使是現代的一個人，讓方言識別專家（比如公安系統的丘大任）聽他的口音，也只能判斷他的母語的大致方位，無法判定他的準確籍貫，因為各種不確定因素太多，方音特色只能是一方面的佐證。現代方音尚且如此，何況是幾百年前的無聲的文字材料呢？所以，我覺得，咱們考釋詞語，主要是為了解讀文本，不要老想從這條路上找出作者的籍貫來。實話說，沈德符那些人生活在《金瓶梅》成書的時代，尚且不識作者真面目，幾百年後還能找出「鐵證」來？我很懷疑。至少我沒有這個能力。其實考證作者原來也是想知人論世，能更好地研究作品。現在「作者說」成為熱點似乎不太好。

說到這裏，忽然想起數學上的「哥德巴赫猜想」，有的數學家致力於證明它，意義在於改進數學理論方法。如果在考證《金瓶梅》作者的過程中，能得到研究方法上的改進，當然也不失為一種收穫。但是數學需要研究的問題多得很，不必搞數學的人都去搞「1＋1」。我們也不必把過多的注意力放在「作者說」上。僅就詞語釋義來說，要幹的活兒就多得很。

二、音義形的綜合考察

前文是務虛，下面想就「摋」字的考證研究，談點認識，和同道商榷。1、「摋」怎麼讀，什麼意思。2、為什麼寫成「摋」形。我們認為，只有形音義綜合考察，才能解決文獻中的疑難詞語問題。

(一)「摋」的音義考察

棗莊的幾位朋友，認為讀 fei，是「摔」的方言讀音。根據是否充分呢？這個字不見

於字書，除了《金瓶梅》以外，未發現其他文獻用過。說它的聲符是「扉」，得首先證明它是形聲字。

從字義上看，在「搌打」這個詞來看，似乎認做「捽打」也講得通，但在「搌開」「搌鈸」「浪搌」幾個詞語中，就難以講通。

語音是成系統的，如果「作者」操魯南方音，還應該有其他痕跡，比如「拴」寫成「翻」，「上」寫成「放」，「書」寫成「夫」之類，如果能從《金瓶梅》中再找到類似的更多例子，哪怕再有一兩個，也可以說言之成理了。但好像找不到！

順便說一句，shu- 讀成 f-，並非只有棗莊或魯南人這麼讀，豫東、魯西很多地方都這樣，遠在陝南的一些地方也是這樣。

我覺得，對於《金瓶梅》這樣的俗文學作品，這樣曾經長期手抄流傳的作品，有些古怪字形罕用字形，不一定是作者所為，不一定反映的作者的用字習慣。有很多是輾轉抄寫過程中造成的錯訛。（一些常見字形也未必是作者的原意，這個問題後面還要細說。）

有些詞語，特別是寫法古怪的詞，或者字形雖然是常見，但讀起來跟上下文不大順溜的詞語，要想確詁，應該先從詞義入手。因為詞義可以從上下文中得其大概。

比如「搌打」「搌開」「搌鈸」幾個詞綜合考慮，還是釋作「拍打」「拍鈸」「掰開」比較合理。

我們還可以結合同義異形的有關詞語來作旁證。

《金瓶梅》中「搌鈸」又寫作「排鈸」，「搌（掰）」又寫作「白」，「搌（拍）」又寫作「擺」。（具體論證出處見本書〈金瓶梅「搌」字的形音義——紀念吳曉鈴先生〉）

在現代北方話裏（如北京話、魯西北）「掰、擺、白」音 bai，「拍、排」音 pai，掰、拍這兩個詞在北方話裏音近，在現代吳語裏則音同（李榮和張惠英的文章都談到過）。

把「搌」讀成 fei 則沒有這麼多的證據，而且解釋成「捽」也無法疏通「搌鈸」「仰搌」諸語。因此，這種「搌」就是魯南「捽」的說法，是不能成立的。

(二)「搌」字字形由來的考察

對於「搌」字音義，除了李榮、張惠英兩位先生，從現代吳方言的角度作了解釋以外，還有人作過本字考證。

徐之明〈明清白話小說詞語考釋〉（全國第七屆近代漢語學術討論會論文）認為「搌」是《集韻》《類篇》中「眽」，蔣宗福〈金瓶梅詞話詞語探源〉（《文獻》1999 年 1 期）進一步從音義推證，「眽」有二音，《廣韻·陌韻》普伯切「破物也」（《集韻》同），《集韻·麥韻》匹麥切「分也，或作劈」。這是「掰」義的正字或本字。而「拍打」義的「搌」，則是「眽」的同音借字。

這裏有兩點疑問：1、「搋」既不象形又不是表音很好的形聲字，筆劃又繁多，為什麼造這麼一個「搋」形來代替「脈」呢？2、「拍」字常見又好寫，為什麼去假借一個繁雜又音義不貼的「搋」呢？

民間作者和抄手可以造出許多「俗字」，但總要有理由，或者為了表音貼切，或者是為了筆劃簡省。同樣，寫別字（或叫假借，或叫同音替代）也要有「理由」，一般也是去借用筆劃少、音相似的，不會拋棄好寫又常見的正字不用，卻去「借用」一個古怪生僻、表音不準而又筆劃繁多的字。

無論北方話還是吳語，「扉」作聲符，都和「掰、拍」相去甚遠，筆劃也多而不好寫。

也就是說，「搋」的「得形」由來說不清，本字說和借字說就難以落實。

對於「搋」的「得形」和本字，我們有另一種解釋。我們認為本字是「擗」，而且認為《金瓶梅》的稿本或早期抄本就是用的本字。證據是：「搋」在《金瓶梅》中又訛作「搨」「靠」。

「擗」字本來就有「分擘」和「輕擊」兩音兩義。

《廣韻·麥韻》「擘，博厄切，分擘」；《集韻》「擘，或書作掰」。這就是現代的「掰」，「掰」產生很晚。

《廣韻·昔韻》「擗，房益切，撫也。」這就是現代拍胸、拍掌的「拍」。「擗」寫作「拍」雖然在唐代就出現了，但在方言口語詞的記音上，卻未必不使用「擗」形。（「擗」與「拍」的關係，詳見本書〈《金瓶梅》「搋」字的形音義〉）

至於「擗」怎麼會訛成「搋」，則可以由草楷轉換得到解釋。明代的草書「辟」形近「扉」而少上面的一個點兒，在輾轉抄刻的某一環節，把「辟」旁當作「扉」旁來「還原」成楷書，就可能出現了「搋」這一俗字形狀。

我們在研究《金瓶梅》用字的時候，發現很多類似的楷草轉換造成的字形訛變，有的轉換的匪夷所思。比如「扛」訛變為「相」，又進一步同音替換成為「像」。（參見本書〈金瓶梅「扛」字音義及字形訛變——近代漢語詞語訓釋方法探索〉）

這種「搋」字由「擗」字訛變而來，分別釋義為「掰」「拍」的說法，當然是一家之言，正確與否，合理與否，還有待於檢驗，歡迎大家質疑商榷。

我們在這裏想強調的不是「搋」字音義的具體結論，而是力求找到一種合理科學的研究方法。

我們以為，不能簡單的方言比附，而要全面考慮字的形音義。

義，可以據上下文，據多種用例推求；音，可從同詞異形或諧音押韻材料推求；形，可從本字和抄寫錯訛的規律尋找變化得形軌跡。如果是幾個方面都能切合，可能就距離

「真理」不遠了。

(三)餘論

我們對《金瓶梅》中字形問題有這樣的看法。

我們目前能見到的《金瓶梅》最早版本，是前有萬曆丁巳年欣欣子序言的《金瓶梅詞話》。雖然習慣上簡稱「萬曆本」，但未必是萬曆年間刊印的。即使真是萬曆年間刊印第一版第一次印刷本，也會與作者手稿有相當的距離。從文獻的性質來說，俗文學作品也不像經史那樣，印刷前要經過嚴格的校勘。無論是讀者還是書商，關心的多是情節故事，傳抄者又是文字水準不齊，書寫習慣不一，加上小說本身方言俗語多，無暇求證本字，輾轉流傳中，訛錯衍奪肯定很多。

除了一般古籍常見的形近誤字，音近誤字以外，《金瓶梅》中的有三種「俗字」現象特別值得注意。1、方音借字，例如「膿、濃」是「努」的方言讀音（「大家膿著些兒罷」），《廣雅》卷三「薄、怒、文、農，勉也」條，王念孫疏證：「農猶努也，語之轉也。」山東不少地方把勉強堅持、隱忍維護叫作 nong，上聲。魯西菏澤，電影《農奴》二字同音。2、新造形聲字：如為「縫在衣服上」的 zhai，造一個「撃」字。字書上沒有，但音義還算容易確定。3、草書楷化，例如「彎」寫作「弯」，現代作為規範簡化字了，容易接受；而「撃」寫成「撃」（「李銘撃等」），就不知所以了。草楷轉換過程中容易失誤，有時抄書者把草體字錯誤地當作另一個字轉寫回楷體，我們稱之為「草體形近而誤」，如「成」字誤楷化成「年」（第七十八回 2 頁），「我」字誤楷化為「象」（第七十八回 21 頁），「紅」誤楷化為「孔」或「水」（分別見第四十三回 11 頁、第三十四回 6 頁）。

更有甚者，是幾種現象糾纏在一起。就是說，最初可能是形近字誤，再方音替代，再楷草轉換，等等，經過數次轉抄之後，詞形已經面目全非。我們給這種現象專門起了個名字，叫「輾轉訛變」，《金瓶梅》中這種「輾轉訛變」還是不少的。

比如，「扛」字（作「用言語頂撞」義），某個抄書人改換偏旁提手作「言」就成了「訌」，再一位抄書人因形近訛又寫成了「証」，又某一位抄手嫌它是俗字，改回為繁體的「證」。只就繁體的「證」，無論如何也考不出它的「用言語頂撞」義的來源。有人就「證」zheng 向方言裏去找證據，碰巧還真找到了。（我記不清是哪位找的，從哪個方言中找到的了。）你敢相信嗎？

又如，上文說到的「擗」（掰、拍）寫成「撃」形已經很費思量了。又進一步形近誤作「搧」或「靠」（《金瓶梅》中有例），這也是「輾轉訛變」，如果我們向方言中去找有「分擘」義的「搧」shan，那不南轅北轍了嗎？

可見，《金瓶梅》研究中，詞匯問題是和文字問題聯繫在一起的。凡文獻訓詁都忌

諱望文生訓，對於《金瓶梅》的詞語訓釋，更須謹慎小心，不要被紙面上的文字假像所蒙蔽。

避免迷路的方法，是盡可能全面地調查材料。仍以上文「摢」字為例，如果我們看到除了「摢打」以外，還有「摢鈸」，還有「仰摢」，大概就不會沿著讀「摔」fei 的路走下去了。

現在有了電腦，作全面調查比原來手工操作方便多了。我的一位朋友建議我把《金瓶梅字典》搞個電子版，我用電腦水準有限，做不來。很希望有人合作。我的另一位朋友誠懇地對我說：如果你那時候會用電腦，要省 90% 的時間，質量還要高過現在。我深信不疑。

近日見一研究《金瓶梅》語法的著作，說《金瓶梅》中「給」字從來不作介詞用，即沒有「送給你」「拿給他」之類的用法。我也曾作過這種考察，那時手工做，實在太費勁了。現在製作一種軟件，瞬間就把有「給」的句例都列出來了。一比較，結論就出來了，數據可靠，無可置疑。

我們現在研究詞匯，完全可以把相關字詞窮盡地調出來，就能避免以偏概全。不過，這裏有一個前提，就是要有一個好的電子版《金瓶梅詞話》。估計那個搞語法的朋友，是自己動手編制的。我孤陋寡聞，不知有沒有現成的好電子版，希望能提供信息，大家好資源共享。

《金瓶梅》中的諧音雙關

就我們推想，口語裏的諧音雙關現象一直是很豐富的。但是，歷代文獻中卻只有零星的記載。想其原因，一是文獻多注重精煉和典雅，有意避免俚俗，所以記載少；二是表意漢字的眾多，掩蓋了同音現象，可能有些雙關語未被讀者認識理解。

到長篇文藝作品（戲曲、小說）興起的時代，這兩種情況都發生了變化，諧音雙關文字就顯得格外多起來。

一方面，文學作品的讀者聽眾從宮廷文壇轉向了民間，內容和形式都起了變化。內容上從記錄歷史故事、抒發高情遠致轉向寫平民生活、世俗情感；形式上也更接近口語。

另一方面，篇幅增長，表達細緻。一些諧趣，可以從前後內容的比較中品味領會，不再是時過境遷難以把握。這就給小說中的人物諧音取名提供了廣闊天地。

商品經濟的發展，導致了市民階層的產生，他們的欣賞趣味，跟封建士夫是有區別的。城市文化繁榮賴以支撐的通俗文藝，在很大程度上是靠詼諧戲謔來贏得觀眾的。文藝和民風相互影響，各種巧妙的諧音言語相煽愈熾。甚至像詩文這樣的傳統文學形式，也難免此風影響：深沉肅穆或清淡玄遠的格調讓位於濃鹽赤醬的渲染，事典掌故被妙諧淺喻代替。

通俗的說唱文藝，為了追求表演效果，更多採用極其淺近、一聽就懂的諧音雙關形式。很多說唱小段，常常就是靠結尾處畫龍點睛的雙關語句，博得觀眾的喝彩。這是《金瓶梅》中諧音故事產生的背景。

歇後語是極為世俗化的修辭手段，跟諧音雙關相結合，有先天的方便條件。對於有一定的語言文化修養的市民階層，舉凡歷史掌故、寓言傳聞、細物瑣事，略經點化，即可成為意味深長的諧音歇後語。像《金瓶梅》中的應伯爵、陳經濟、潘金蓮以及幾個媒婆妓女，一個個妙語連珠，他們本身就是創造這類語言的能工巧匠。

就反映語音的確切程度而言，諧音名稱、諧音故事、諧音歇後語還有差別，需要分開論述。

一、諧音名稱

《金瓶梅》中的諧音名稱，包括有人名、地名、物名，以人名為多。

諧音人名又大致分為兩類。一類是小說作者依據小說人物的性格、職業等特點設計的姓名，有明確寓意，可稱作「諧事取名」，如「遊守」「郝賢」。另一類不多見的情況是，人物姓名本無寓意，而在特定的情節中，在某些人物的話語中，隨口附會上一種意思，這可稱「諧名說事」。例如：溫必古，在玳安口下成了「溫屁股」；陳經濟，在土作匠人口下成了「經（禁）擠」。有時兩類難以確分，如「韓道國」之於「搗鬼」。

諧音姓名，跟所諧指的事物，在字音上不一定完全切合，主要是聲調未必一致。

這是因為姓名要受到社會文化心理的制約。「姓名」的「姓」，不宜突破百家姓的範圍，「扯淡」的「扯」只好改用平聲的「車」。名字不能超出兩個字的長度，字面上還要規避不雅之字，「遊手好閒」就須分成兩個人名，「手、閒」要改用「守、賢」，這才像個人名。

關於諧音名稱，清初張竹坡有〈寓意說〉一文，專門討論《金瓶梅》中的人地名。其探幽發微之功固然不可沒，但臆測不實之辭也不少。像把「韓道國」說成「寒到骨」，就是明顯的失誤。

語言訓詁跟小說賞析旨趣不同。語言訓詁要實事求是，不能馳騁玄想、隨意發揮。我們只能依據小說提供的事實來論證名稱諧音。下面就依據證據的多寡，分述我們的認識。

1. 應伯爵諧音「白嚼」，常時節諧音「常時借」。

應伯爵是西門慶會夥中，僅次於西門慶的二號人物。常時節是會夥中的重要人物，在小說情節中出場較多，其「得鈔傲妻」是小說中的重彩章節。

西門慶死後，應伯爵以代理會首的姿態，約會常時節等七人，作過一段重要表白：

> 大官人沒了，今二七光景。你我相交一場，當時也曾吃過他的，也曾用過他的，也曾使過他的，也曾借過他的，也曾嚼過他的。今日他沒了，莫非推不知道？（八十回）

這段話表明了他們都曾得益於西門慶。其中「借過他的」指常時節，「嚼過他的」指應伯爵自己。

應伯爵的確多次吃過西門慶的飯，妓女李桂姐還為此編了一段諧音故事挖苦他：

> 李桂姐道：「我也有個笑話回奉列位：有一位孫真人，擺宴席請人，卻叫座下老

虎去請。……老虎口吐人言：『告師父得知，我從來不曉得請人，只會白嚼人，就是一能。』」當下把眾人都傷了。應伯爵道：「可見的俺每只自白嚼你家孤老，就還不起個東道。」（十二回）

常時節是會夥兄弟中，唯一有多次向西門慶借錢經歷的人。第五十六回專門寫到常時節借錢賃房，得到西門慶的周濟；第十二回寫到眾人湊份子宴請西門慶和李桂姐，只有「常時節無以為敬，問西門慶借了一錢成色銀子。」

「常時」是《金瓶梅》中常用的、表示時間頻度的副詞，義為「時常」。「借」跟「節」當時聲韻相同，聲調有異。「借」作姓名用字欠雅，就改換成「節」字。

2. 吳典恩諧音「無點恩」。

吳典恩原是西門慶家夥計，因為西門慶行賄蔡京，得了空名告身，帶挈他做了官。

書中有關吳典恩的情節，只有第三十回送禮得官，和第九十五回刁難吳月娘。前一段是講西門慶家族對吳典恩「有恩」，後一段是講吳典恩反面「無恩」。

吳典恩利用巡檢職務，夾打平安兒，讓他指攀西門慶遺孀吳月娘與小廝有姦情，好教吳月娘出官露醜。這種行為表明吳典恩確實是個毫無恩義的小人。

吳月娘說他「恩將仇報」，吳大舅說他「忘恩負義」，薛嫂兒說他「反面無恩」。這表明吳典恩的姓名確有寓意，寓指他沒有一點恩義。

「典」當時與「點」同音。第七十七回「蒙老爺恩點」，「恩點」就是「恩典」。

3. 白來創諧音「白來撞」。

白來創，有時寫作「白來搶」。關於此人的描寫，小說中有兩處。

第三十五回寫他死乞白賴地「撞門子」，引起西門慶主僕的厭惡。吳月娘罵他「平白有要沒緊來人家撞什麼」；來興兒罵他「爛折脊樑骨的倒好了他，往下撞」；平安兒罵他「來我家闖的狗也不咬」。

第五十四回寫他和常時節兩人下棋，因悔棋遭到常時節的譏諷：「且容你悔了這著，後邊再也不許你白來創我的子了。」

這裏的「創、搶、撞、闖」，音義相通，據《廣韻》，「創」有初良、初亮二切；「搶」有七羊、七兩、初兩三切，義為「突也」；「闖」據《集韻》為楚兩切「突也」，據《說文長箋》為「初亮切」，「驀至人家也」。

《金瓶梅》中「搶、撞、闖」音義同，都有「突然進入」的意思。例如：

搶：正吃的熱鬧，只見書童～進來，到西門慶身邊附耳低言道……（五四10下4）李安連忙開了門，卻見一個人～入來，閃身在燈光背後。（一百2上1）

撞：見兩個凶神也般～進來裏間屋裏，連忙把燈來一口吹了。（五十6下7）

鬧：正在笑間，只見那王姑子同了薛姑子，提一個合子直～進來，飛也似朝吳月娘道個萬福。（五七 10 上 3）西門慶還未敢～進，叫翟管家先進去了，然後挨挨排排走到堂前。（五五 5 下 7）

據今魯西方言，碰撞、突然進入都說成撞，讀音為 chuang 去聲，串門也說成「chuang 門子」。

據第三十五回可知，「白來搶」是諧事取名，指其人「白」（無緣無故、毫無意義）「來」（到別人家）「撞」（不速之客、貿然而入）。常寫作「白來創」，是為了用字更雅，避免直露而已。

據第五十四回，則是諧名說事。常時節借名字取笑，告誡白來創「白（別）」（不要）再「來」「撞」（碰）我的棋子兒。

「白」「別」當時同音 bai。書中「刮劃」又寫作「別劃」，介詞「把」又寫作「擺、別」。（均見後文）現代仍然把錯別字說成「白」字。

4. 祝日念諧音「逐日念」，孫天化諧音「添話」。

這兩個人物小說裏寫的很簡略。除了跟西門慶在一起飲酒取樂以外，只寫到他倆又「日逐」標著王三官兒在院裏行走。

祝日念有兩小段較具體的描寫，可見其性格特點。

第十二回，因西門慶留戀妓院不回家，潘金蓮寫了個柬帖讓玳安送去，被李桂姐看見，「只道是西門慶前邊的那表子寄來的情書，一手擄過來」，卻念不通。她置在場的應伯爵眾人不顧，偏偏「遞與祝日念，教念與他聽」。祝日念就當仁不讓地「對眾朗誦了一遍」。

第四十二回，他和孫天化為王三官作保借銀子，嫌孫天化寫的借契不夠滑稽，又重新改寫。謝希大道：「你文書上怎麼寫著？念一遍我聽。」祝日念便長長地念了一通。

由這兩處描寫可知，祝日念是個略通文墨，又好賣弄念誦的人。成天價幹這類無聊事，即「逐日」「念」。

孫天化，第十一回有介紹，綽號孫寡嘴，年紀五十餘歲。專在院中鬧寡門，與小娘傳書寄柬，勾引子弟，討風流錢過日子。

據《金陵六院市語》，「鬧寡門者，空談而去。」《石點頭》第十回：「就是沒有錢鈔不去嫖的，也要到此鬧寡門，吃空茶。」

可見，孫天化的特點是愛耍貧嘴，好作無聊空談，亦即「添話」。

當時「天、添」同音，「化、話」同音。

5. 卜志道諧音「不知道」，花子虛明言「子虛」烏有。

第十回敘述西門慶會中朋友，卜志道列第九位，接著說「卜志道故了，花子虛補了。」

第八回潘金蓮扯碎了西門慶的扇子，據西門慶說，扇子是他的朋友卜志道送給他的。

從第十回可知，卜志道是跟花子虛對應互補的人物。

卜志道從未正式出場，特點無從知道。作者為之諧事取名「不知道」。這跟《莊子・應帝王》中的「無名人」手法相似。

花子虛則直接襲用司馬相如《子虛賦》的虛擬人物，跟「不知道」相續相應。

6. 雲離守諧音「雲裏手」，謝希大諧音「稀大」。

雲離守，書中有時直接寫成「雲裏手」。「雲裏手」是當時熟語，大概是形容偷摸撈錢手段高強。

謝希大，字子純。張竹坡認為「希大」諧音「攜帶」，「子純」諧音「紫唇」。（見〈寓意說〉）有人認為「希大」諧音「喜大」、愛吹噓。（見白維國《金瓶梅詞典・附錄》）都缺乏證據。

據今魯西方言，「大」一詞有自視甚高、目空一切的意思。《金瓶梅》也不乏這種用法。例如：武松不把大蟲放在眼裏，「大喇喇」從岡上走來；蔣竹山無視西門慶的生藥把頭地位，「大喇喇」做起生藥買賣；王婆埋怨潘金蓮進了西門慶家就不再把她放在眼裏，說「就是世人進去，也不該那些大意」。

小說中的謝希大，比起西門慶的其他朋友，都顯得「大」意。他極少自我貶損，也不猥猥瑣瑣，反而常調笑他人顯示自己高明。

「希」「稀」同音。據今魯西方言，「稀」是常見的程度副詞，表示程度之甚，相當於「很、非常」。《金瓶梅》中也有「稀醉」「稀爛」等語，《曲江池》有「希臭」，《長生殿》有「稀苦」。

「稀大」寓意還可以從名和字的呼應得到證實。古人有名有字，名和字的含義相輔相成。《金瓶梅》中名字俱全的人物已經極少，但仍能看出名和字的相應關係，例如：杏庵老人名宣字廷用，倪秀才名鵬字時遠，韓夥計名道國字希堯。

謝希大是西門慶會夥兄弟字唯一名字俱全而又沒有綽號的人，足見其身分不同。他的字是「子張」，「張」「大」同義相應。書中多又寫作「子純」，是因為「張」和「純」草書相近致誤，當以《詞話》第四十回「子張」為是。

7. 韓道國諧音「搗鬼」。

第三十三回介紹其人：「也不是守本分的人，姓韓，名道國，字希堯。」「街上人見他是般說謊，順口就叫他韓道國。」

「順口就叫他韓道國」，頗覺費解。但下文有「他兄弟韓二，名二搗鬼」，可見此處「道國」應讀作「搗鬼」。

明隆慶進士張位，著《問奇集》，其中記錄「齊魯」地區入聲字音一段，有「國讀

詭」一條。《韻略匯通》中「鬼、詭」同音。可見明末「道國」讀同「搗鬼」。

第三十三回還寫有，其人「掇著肩膊兒就搖擺起來。」「人見了，不叫他韓希堯，只叫他做韓一搖。」這顯然屬於諧名說事，可證明當時「堯」「搖」音同。

第八十一回，嚴四郎又稱韓道國為「韓西橋」。「橋」字或有誤，「西」「希」當時已經同音。

8. 李外傳諧音「裏外賺」，賁地傳諧音「背地賺」。

第九回，武松去獅子街大酒樓尋找西門慶廝打，誤殺李外傳。此人是《水滸傳》同段內容中沒有的人物，是《金瓶梅》作者的創造，其名也是諧事取名。

此人「專一在縣在府綽攬些公事，往來聽氣兒撰錢使。若有兩家告狀的，他便賣串兒；或是官吏打點，他便兩下裏打背工。」

總之是裏外兩頭賺便宜，故名李外傳。

賁地傳，據第十六回所述，原是內相勤兒出身，因「不守本分、打出吊入」被趕出來；次後投入大人家做家人，又把人家奶子「拐出來」做了渾家；後來給西門慶當夥計，負責生藥鋪秤貨，又暗地裏「討中人錢」使。

不管替誰做事，都要「背地」裏「賺」便宜，是此人的特點。

「賁」字在《廣韻》中屬幫母真韻三等，這類重紐三等字。魯西今音讀 bei。跟幫母隊韻的「背」同音。

9. 賈仁清諧音「甲」「人清」，伊面慈諧音「乙」「面慈」。

小說中常根據情節需要，隨時設置幾個人物，可稱為「龍套人物」。這種人物描繪粗略，面目不清，姓名也是信手拈來，寓意淺明。

第二十六回，來旺兒遞解徐州，央求左鄰右舍去西門慶家討點路費盤纏。於是就有了人清面慈的「甲乙」二人。

西門慶根本不露面，指派小廝亂棍打出來，「把賈伊二人羞得要不的」，即把「甲乙」二人羞辱得無地自容。

10.車淡諧音「扯淡」，管世寬諧音「管事寬」，遊守、郝賢諧音「遊手好閒」。

這四人也是龍套人物。第三十四回捉破韓二姦情一段，出現了一些「浮浪子弟」，作者就根據他們遊手好閒，扯淡管閒事的特點諧音取名。

11.林蒼峰諧音「臨風」。

第六十九回，夏提刑說：「咱倒好差人往懷慶府同僚林蒼峰——他那裏臨風近——打聽打聽消息去。」

「林、臨」音同，「峰、風」音同。諧音取名無疑。中加「蒼」字，用意不清。

12.范綱諧音「犯綱」，孫紀諧音「損紀」，霍大立諧音「獲大利」，王寬諧音「枉

寬」。

第九十二回，縣官霍大立審理陳經濟逼死西門大姐一案，拘來鄰舍范綱，孫紀及保甲王寬等人證，判陳經濟絞刑，後因陳經濟獻銀子行賄，改判五年徒刑從寬。

聯繫整個事件可知，這些龍套人物姓名都有寓意：縣官獲利，枉法從寬，不顧損犯綱紀。

13.宋仁諧音「送人」，蔣聰諧音「薑蔥」，鮑太乙諧音「太醫」。

這組人物是根據職業特點取名。

宋仁是宋惠蓮的父親，以賣棺材為業，是專門送人歸天的。宋、送同音，仁、人同音。小說中宋仁兩次出現，均前加職業限定詞，作「賣棺材宋仁」，見二十二回、二十六回，寓「賣棺材送人」意。

蔣聰是宋惠蓮的前夫，是個廚役，整日跟薑蔥打交道。作者為之取名蔣聰。《醒世姻緣傳》多模仿《金瓶梅》用語，也為一個廚役取名「尤（油）聰（蔥）」，可作旁證。又，《金瓶梅》中「薑」「蔣」諧音，有歇後語「蔣胖子掉在陰溝裏——缺臭了你了」可證。（詳見後文）

鮑太醫是小兒科醫生，作者據職業為之取名。第五十九回，喬大戶「又舉薦了一個看小兒的鮑太乙來看」。

14.陳經濟和「真禁擠」，溫必古和「溫屁股」。

陳經濟是小說中主要人物之一，有複雜的個性特色。既非龍套人物，也不是某類概念的象徵。所以他的姓名不太可能是簡單的諧音寓意，從字面上看可能取「經邦濟世」之意，是一個官宦人家對子弟寄以厚望的正常的名字。

但在文化不高、趣味低下的土作匠人口下，卻附會上一種猥褻意思。這是典型的「諧名說事」。

第九十六回，工匠們知道陳經濟是侯林兒的男寵，便道：「陳經濟，可不由著你擠了。」

這裏「陳經濟」三字費解。估計土作匠人是當作「真禁擠」來讀的。「禁」作「承受得起」「忍耐得住」講，魯西今音讀同「經」。「擠、濟」同音，「真、陳」音近。

溫必古，字日新。「溫故知新」，很像讀書人的一般取名。玳安兒稱之為「溫屁股」，恐怕也屬於隨口附會、諧音說事。

事見第七十六回，溫秀才雞姦畫童事發，玳安兒說：「他有名的溫屁股，一日沒有屁股也成不的。」前半句是據名附會，後半句是據字引申。「股、古」音同，「屁、必」音近，「溫」當是諧音「搵」。

15.華何祿諧音「畫葫蘆」，夏恭基諧音「嚇公雞」，錢勞諧音「錢癆」。

清河縣的主要官吏，據第十回申文署押，有：知縣李達天、縣丞樂和安、主簿華何祿、典吏夏恭基、司吏錢勞。第三十二回、第八十五回所記姓名略有不同。是因為人事有更替（書中無交代），還是作者疏忽沒注意前後照應，這並不重要。這本來就是些準龍套人物，是庸吏的化身。其姓名除知縣、縣丞二人寓意尚不能肯定外，餘下的三人均可據所司職務知道是諧音取名。

主簿只會照章行文，依樣「畫葫蘆」；典吏怯於捕盜、勇於作威，只能「嚇唬」「公雞」而已；（第九十回拳棒教師李貴自白「少林棍只好打田雞，董家拳只好嚇小狗」，寓意同此）司吏賄賂公行，嗜錢成癖，成為「錢癆」。

16.花氏兄弟諧音「油盧光滑」。

花子虛排行第二，大哥花子由（第六十二回以後多處寫作「花子油」），三、四分稱花子光、花子華。《金瓶梅》中，形容人浮浪不實，多用「油裏滑」「油似滑」一類詞語。「滑」當時已經與「華」同音。

17.書童的姓名、籍貫、出身。

書童，原名小張松，本貫蘇州府常熟縣人，原是縣中門子出身。從書中有關內容來看，他是西門慶的首席男寵，潘金蓮說西門慶「圖扎他的屎屁股門子」。據此，「門子」出身，「常熟」籍貫，寓意是此人慣熟男寵之道，「小張松」也是猥褻之喻。

18.直陳其事的若干姓名。

有些姓名明顯雙關，但用字直露，無須解釋。

第四十二回，王三官借錢的借主「許不與」，是應許而不還債之意。

第六十六回，當案孔目「陰騭」，是說他「極是個仁慈正直之士」。他的籍貫「孝義」縣。也是寓意明顯的地名。

第九十五回，丫頭「生金」和「活寶」，是依據她們不中用、出盡醜而取名。

第三十三回，張好問、白汝謊二人，一個發問，一個破解，揭穿韓道國的大話謊言。「白」是「顯白」你的謊言。白汝謊又作「謝汝謊」。「謝」「泄」同音，「泄」即露布，跟「白」義同。

19.針諧音「真」，甲諧音「假」。

第五十回，薛姑子和王姑子為吳月娘送懷胎藥，編造了一套艱難搜求、精心炮製的鬼話，騙取了吳月娘的銀兩和謝意。作者評論道：「常言，十日賣一擔針賣不得，一日倒賣了三擔甲」。意思是，真誠做事有時難以取信於人，說謊作假倒容易騙取信任。

這是當時流行的慣用俗語，又見於第九十三回。陳經濟偷吃了雞和酒，裝傻賣呆地向任道士編了一套謊言。作者評論道：「正是，三日賣不了一擔真一日賣了三擔假。」字形直寫作「真、假」。

20.艾諧音「愛」。

第十二回，劉瞎子教潘金蓮回背術，刻柳木人「用艾塞心，使他心愛到你。」

這是一種語言拜物教，可證當時「艾」「愛」同音。

21.叨、邊、垂、見、減、撾、傍諧音「刀、鞭、錘、箭、鐧、檛、膀」。

第七十八回，西門慶與林太太的淫亂場面，通篇用鏖戰作比喻。男方的武器是象形，女方的武器是諧音。兩方對應比較，主要關係明確。下將有關字句摘錄出來：

男方：黑纓槍　　虎眼鞭　　流星錘　　沒秋箭

女方：話絮叨　　隔天邊　　淚偷垂　　不得見　　容瘦減　　粉面撾　　羅幃傍

女方的後三事，在本段文字中無對應器物，但可以肯定諧指兵器。傳統的十八般兵器，說法有種種不同，但都包括有鐧和檛。「減、撾」分別諧指鐧、檛，當無疑問。

至於「傍」，書中下文有對應句：「一個火忿忿桶子槍」，「一個顫巍巍肉膀牌」。可見「傍」諧指「膀牌」，是一種防禦用的盾牌。《水滸傳》第十三回有「周瑾撇了弓箭，拿了傍牌在手」，第五十五回又有「船上卻有傍牌遮護，不能損傷」。均可證宋元時代確有此兵器。據《金瓶梅》上下文又可知「傍、膀」同音。

二、諧音故事

《金瓶梅》中的諧音故事有限，但作為語音材料，卻有特別重要的價值。

這是因為，其中的諧音內容，需要特別的確切。諧音詞語跟所諧指的事物，聲母韻母聲調都必須十分妥帖，故事才能被讀者理解認可。只有被迅速認可，才能引起共鳴，情節才能繼續展開。

下面，按在小說中出現的順序，錄出諧音故事，並指明諧音的詞語。牽涉到方音現象的，略作解釋。

1.第十二回，應伯爵讀〈朝天子〉「單道這茶好處」「……口兒裏常時呷，醉了時想他，醒來時看他，原來這一簍兒千金價。」謝希大笑道：「大官人使錢使物，不圖這『一摟兒』，卻圖寫甚的？」

按：此段以「一簍兒」諧音「一摟兒」。「簍、摟」應同讀上聲。《廣韻》「摟」讀平聲，明末張自烈《正字通》始注有上聲一讀。

2.第十二回，謝希大講泥水匠為妓院墁地。「……老媽便問作頭：『此是那裏的病？』水匠回道：『這病與你老人家病一樣，有錢便流，無錢不流。』原來把桂姐家來傷了。」

按：此段以雨水「無錢不流」諧指妓院對嫖客「無錢不留」。「留、流」聲韻調全同，至今如此。

3. 第十二回，李桂姐講孫真人派老虎去請客人：「真人便問：『你請的客人都往哪裏去了？』老虎口吐人言：『告師父得知，我從來不曉得請人，只會白嚼人，就是一能。』」當下把眾人都傷了。應伯爵道：「可見的俺每只自白嚼你家孤老，就還不起個東道？」

按：此段以老虎「白嚼」諧指應伯爵眾人只知道打秋風，吃白食。「白、伯」音同，「爵、嚼」音同。

4. 第十九回，西門慶講，蔣竹山出診看病，沒有來得及回家放下剛買的魚：「病人在樓上，請他上樓。不想是個女人不好，素體容妝，走在房來，舒手教他把脈，想起他魚來，掛在簾鉤兒上，就忘記看脈，只顧且問：『嫂子，你下邊有貓兒也沒有？』不想他男子漢在屋裏聽見了，走來采著毛，打了個臭死，藥錢也沒有與他，把衣服扯的稀爛，得手才跑了。」

按：此段以「貓」諧音「毛」。又因「下邊」還是男女陰部的避諱替代語，造成誤解。病婦之夫以為蔣竹山言涉猥褻，痛打他一頓。「貓」北京音陰平調，「毛」陽平調，聲韻相同；魯西今音二字聲韻調全同，都讀陽平。

5. 第二十一回，應伯爵講螃蟹和田雞比賽跳水溝：「螃蟹方欲跳，撞遇兩個女子來汲水，用草繩兒把他拴住。……蟹云：『我過得去，倒不吃兩個小淫婦摂的恁樣了！』」於是兩個（李桂姐、李桂卿）一齊趕著打，把西門慶笑的要不的。

按：此段以汲水女子「摂」螃蟹，諧指兩個妓女「勒揹」（ㄋㄢˊ、逼迫）應伯爵自己，「摂、勒」今魯西同讀 lei 陰平。

6. 第三十五回，賁四說道：「一官問姦情事。問：『你當初如何姦他來？』那男子說：『頭朝東，腳也朝東姦來，』官韻：『胡說！那裏有個缺著行房的道理。』旁邊一個人走來跪下，說道：『告稟，若缺刑房，待小的補了罷。』」

按：此段有兩處諧音。前「缺著行房」的「缺」當作「摑」，《金瓶梅》多寫作「摑」，指折疊軀體，據魯西今音當讀 que 上聲。

「行房」「刑房」音同相諧；「缺」「摑」相諧又見於下文諧音歇後語。

7. 第三十九回，西門慶妻妾議論官哥兒長相：玉樓抱弄孩子，說道：「穿著這衣服就是個小道士兒。」金蓮接過來說道：「什麼小道士兒，倒好相個小太乙兒。」被吳月娘正色說了兩句，便道：「六姐，你這個什麼話？」

按：此段以道教真神「太乙」諧指「太醫」蔣竹山。潘金蓮接過孟玉樓「像個道士」的話，進一步發揮說「像個太乙」；吳月娘聽出雙關意，知道潘金蓮含沙射影，說官哥兒是蔣竹山的種兒。可見「太乙」「太醫」同音。

8. 第六十七回，西門慶對溫秀才調笑應伯爵的號「南坡」：「老先生，你不知，他家孤老多，到晚夕桶子摂出屎來，不敢在左近倒，恐怕街坊人罵，教丫頭直摂到大南首

縣倉牆底下那裏潑去,因起號叫做『南潑』。」溫秀才笑道:「此『坡』字不同。那『潑』字乃是點水邊之『發』,這『坡』字卻是『土』字傍邊著個『皮』字。」西門慶道:「老先兒倒猜得著,他娘子鎮日著皮子纏著哩。」……應伯爵道:「葵軒,你不知道,他自來有些快傷叔人家。」

按:此段兩處諧音。前半以「坡」諧音「潑」,表明入聲字「潑」已經讀同平聲字「坡」;後半以「皮」諧音「貔」,魯西人稱狸仙為「貔子」,音同「皮子」。

三、諧音歇後語

《金瓶梅》中有相當數量的諧音歇後語。還有藏頭隱語、頂針續芒語,為數不多,性質相似,也附在此段敘述。

諧音歇後語一類的諧音語匯,是大眾百姓的口頭創造。其中的用指和所指,在語音上更為貼切。

當然,這是指它們產生時的情況。即是說,在當時當地的語言裏兩詞同音。

但是,歇後語一類屬於詞匯範疇,詞匯成分有長期廣泛沿襲、不同方言相互借用的特點。就像有些常用詞難以弄清詞源一樣,歇後語最初的語義構成有時難以考察。

舉例來說,「鬼酉兒上車,推甙」。對於現代仍以「甙」作程度副詞,並且讀音同「推」的地方,是不難理解的。沒有這種語感的人,就難以發現「推、甙」的同音關係。

「媒人婆拾馬糞,越發越曬。」雖然可以肯定是諧音的歇後語,但其中哪個詞諧音,諧指何意,就難以確定。有人以為是「媒」諧音「黴」,「曬」諧音「捨」(捨,捨臉,臉皮厚);有人以為是「曬」諧音「賽」(賽,賽因,佳好)。

又如,「曹州兵備管的寬」,《金瓶梅》多次使用,時代更晚近的《醒世姻緣傳》等仍然沿用。至於是否諧音,哪個詞諧音,後世另書是否仍然諧音協和,就不易確定。

我們此處勾稽的歇後語,都對音義、用字和語境作分析說明,特別對眾說不一的語句,要搜列證據,儘量從《金瓶梅》書內或時代相近的資料中,找出形式或意義相近的語句作比較。

1. 鬼酉兒上車——推甙

見第三十二回。鄭愛香兒笑道:「這應二花子,今日鬼酉兒上車兒——推甙;東瓜花兒,甙的沒時了。」

此處連用兩個歇後語,說明應伯爵「甙」的很。「推」和「沒時」都表示程度。

「鬼」和「酉」是「甙」字拆成。「推」諧指「甙」,北京口語音都讀 tui 平聲。魯西今語也兩字同音:或同讀 tui,或同讀 tei(如臨清口語音)。

2.冷鋪中舍冰──受罪不渴

見第二十三回。老婆笑聲說：「西門慶，『冷鋪中捨冰』，把你賊『受罪不渴』的老花子，就沒本事尋個地方兒，走在這寒冰地獄裏來了。」

此處用臨時拘押犯人的冷鋪，寓意「受罪」；用「捨冰」寓意「不渴」，「渴」諧音「可」，二字同音。

3.嚎啕痛（哭），剜牆拱（窟）

見第七十六回。〔玳安〕看見畫童兒哭，便問：「小大官兒，怎的嚎啕痛，剜牆拱？」

此處是一個極為特殊的熟語，集韻語、歇後語、諧音復指與一身。「痛」「拱」押韻；「嚎啕痛」歇「哭」，「剜牆拱」歇「窟」；「哭、窟」同音復指。

「嚎啕痛哭」當時慣用，如第七十二回：「說畢，嚎啕痛哭，跪在地下只顧不起身。」

「拱窟」是用力頂出洞穴，與「剜牆」對文。當時多用指偷情行為，如《醒世恒言·赫大卿遺恨鴛鴦絛》有「鑽穴逾牆，役心機於鬼蜮」。第七十六回例似乎還有寓指雞姦行為之意。

4.唐胖子吊在醋缸裏──撅酸了　蔣胖子吊在陰溝裏──缺臭了

前語見第四十二回。伯爵道：「俊傻小刺骨兒，你見在這裏，不伏侍我，你說伏侍誰？」韓玉釧道：「唐胖子吊在醋缸裏，把你撅酸了。」

後語見第七十七回。鄭愛月兒道：「誰教他怪物勞，在酒席上屎口兒傷俺每來。那一日祝麻子也醉了，哄我，要送俺每來。我便說：『沒爹這裏燈籠？送俺每，蔣胖子吊在陰溝裏，缺臭了你了！』」

此處兩語結構相同，都是以「胖子吊在」狹窄處，來對應「撅」（軀體的拗折蜷曲），都講性質變壞：甜物（糖）變酸，香料（薑）變臭。胖子的姓氏都是諧音而取，「唐」諧音「糖」，「蔣」諧音「薑」。

「撅」「缺」同音，表面義是「拗折軀體」，雙關諧指義當是羞辱式回絕。

「撅」又寫作「撧」，本字是「絕」下一個「刀」字，本義是「拗折」。《金瓶梅》多用來特指軀體拗折，如「撅救」；又用於抽象義折回，如「休撅上奶去」；再用於人際交往，表示回絕，如第二十一回：「還虧我把嘴頭子上皮也磨了半邊去，請了你家漢子來……剛才若他撅了不來，休說你哭瞎了你眼，唱門詞兒，到明日諸人不要你……」

這種回絕是羞辱式的，可以是鄙視的無聲拒絕，也可以是冷嘲熱諷。其意味與現在的「碰釘子」「討沒趣」相近。

「撅酸」「撅臭」意思略同今語「你別自找沒趣」。除了上兩個例子外，第二十二回有春梅斥責李銘「撅臭了你這忘八了」。第四十回有潘金蓮裝丫頭「大喇喇對著主子坐著，道（倒）撅臭與他這個主子兒了」，使西門慶喪失主子威嚴。

從語音角度說，兩語平行，足證「撅」「缺」同讀。

5.醃韭——入不的畦

見第八十六回。陳經濟對春梅說：「你教薛媽媽替你尋個好人家去罷，我醃韭已是入不的畦了。」

此處以「入畦」諧音「入席」，寓指在西門慶家已經沒有陳經濟的位置了，失去了女婿管家的資格和地位。

魯西今語「畦、席」同音，北京話「畦」文讀 qi，口語音 xi 同「席」。

6.老媽媽睡著吃乾臘肉——是恁一絲兒一絲兒的

見第二十七回。西門慶瞅了他（潘金蓮）一眼，說道：「你這小淫婦兒，單管胡說白道的。」金蓮道：「哥兒，你多說了話。老媽媽睡著吃乾臘肉，是恁一絲兒一絲兒的，你管他怎的？」

此處「一絲兒」諧音「意思」，意謂：我說話什麼意思，你管不著。

「一」原是入聲字，這時已經讀同沒有輔音尾的「意」。北京今音「一」在平聲字前多讀去聲，跟「意」同調。

《金瓶梅》中又有表示動作緩慢猶豫遲疑的「意思」「意似」，似乎是由「一絲」引申而來。七五 10 下 6「我說你叫他來，前面大姑娘叫你，他意思不動。」二五 9 上 10「賊臭肉在那裏坐著，見了俺每意意似似，待起不起的。」

7.賣蘿蔔的跟著鹽擔子走——閑嘈心　賣蘿蔔的拉鹽擔子攮（嚷）——閑嘈心

前語見第二十回。管你腿事，賣蘿蔔的跟著鹽擔子走，好個閑操心的小肉兒。

後語見第三十回。你看獻勤的小婦奴才！……賣蘿蔔的跟著拉鹽擔子攮，閑操心。

此兩處分別是譏諷春梅和孫雪娥多管閑事。以鹽味之「鹹」，諧音無聊之「閑」，「鹹、閑」同音；以胃部不適之「嘈心」，諧音費心思之「操心」，「嘈」「操」同音。

又，第三十七回。我的奶奶，你倒說的且是好，……賣鹽的做雕鑾匠，我是那閑人兒？

此處馮媽媽表白自己是忙人，沒有時間探望李瓶兒。也是以鹽味「鹹」諧音閑暇。

8.賣糞團的撞見了敲板兒蠻子叫冤屈——麻飯疙疸的賬

見第八回。婦人道：「你到家見你爹，就說六姐好不罵你，他若不來，你就說六姨到明日坐轎子親自來哩。」玳安道：「六姨，只吃你賣糞團的撞見敲板兒蠻子叫冤屈，麻飯疙疸的賬；騎著木驢兒嗑瓜子，瑣碎昏昏。」

此處連用兩個歇後語，指出潘金蓮要捎的口信兒太冗長複雜，以「麻飯」諧音「麻煩」，當時「飯」「煩」同音。

此語字面義曲折，難以究詰，大意似乎是，南方乞丐遇到賣糞團的，以為賣「粉團」，

向其討要「麻飯疙瘩」。粉團即麻團，以米粉做成圓形，中有糖餡兒，外滾芝麻，所以說是「麻飯疙瘩」。「麻煩」《金瓶梅》中作「麻犯」，是則「飯、犯」音同。

9.漫地裏栽桑──人不上

見第二十三回。孫雪娥道：「俺每是沒時運的人兒，漫地裏栽桑人不上。他行騎著快馬也不上趕他，拿甚麼伴著他吃十輪兒酒！自下窮的伴當伴的沒褲兒！」

此處是孫雪娥發牢騷，意謂李瓶兒他們有錢就可以輪流請酒，我們窮，高攀不上。以不能結桑葚的「葚不上」，諧指沒有經濟條件跟別人交遊來往的「人不上」。「葚」「人」同音，這裏都當動詞用。

10.兜肚斷了帶子──沒的絆

見第三十九回。潘金蓮道：「兜肚斷了帶子，沒的絆了！──剛才在門首站了一回，只見陳姐夫騎了頭口來了，說爹不來了。」

此處以兜肚無帶不能拴繫之「襻」，諧音人不歸來無須等待之「盼」。「襻」「盼」同音，「絆」是「襻」的俗寫簡體。

11.男僧寺對著女僧寺──沒事也有事

見第三十九回。金蓮說道：「我聽的說，你住的觀音寺背後，就是玄明觀。常言道，男僧寺對著女僧寺，沒事也有事。」

此處是打趣王姑子，說出家人都不清白。

此語既表面上說，男女雜處難免風流事；又諧音雙關，以寺觀之寺，諧音風流之「事」。在不分前後舌音的方言裏，「寺、事」同音。

《金瓶梅》未必不分 z、c、s 和 zh、ch、sh，很可能是沿用習慣熟語，以「寺」諧「事」是當時習慣。如《西遊記》第八十三回「和尚拖木頭，做出了事」，《醒世姻緣傳》第十九回「有了和尚，他還有寺哩！」

12.雲端裏老鼠──天生的耗

見第二十回。金蓮道：「賊小肉兒不知怎的，聽見幹恁個勾當，雲端裏老鼠，天生的耗。」

此處是說春梅熱心於替西門慶幹貓頭兒差事。同回上文有：潘金蓮道：「俺的小肉兒，正經使著他，死了一般，懶待動且。不知怎的，聽見幹貓兒頭差事，鑽頭覓縫幹辦了要去，去的那快！……」玉樓道：「可不怎的？俺大丫頭蘭香，我正使他做活兒，想他伏實，只不，他爹使他行鬼頭兒，聽人的話兒，你看他走的那快！」

看來，西門慶家的丫頭多以參與主人的隱私活動為有趣。此語無疑是以非凡間的老鼠「天生的耗」，諧指自然的喜好性情「天生地好」。「耗、好」同音 hao 去聲。

13.羊角蔥靠南牆──老辣已定

見第二十一回。西門慶笑道:「我兒,多有起動,孝順我老人,家常禮兒罷!」那潘金蓮嘴快,插口道:「好老氣的孩兒!誰這裏替你磕頭哩?俺每磕著你,你站著,羊角蔥靠南牆,越發老辣已定。」

又見第四十九回。西門慶因戲道:「他南人的營生,好的是南風。你每休要扭手扭腳的。」董嬌兒道:「娘在這裏聽著,爹你老人家羊角蔥靠南牆,越發老辣已是(定)了。」

又見第八十一回。西門大姐在房內又罵經濟:「那淫婦要了我漢子,還在我跟前拿話兒拴縛人,毛司裏磚兒,又臭又硬,恰似降服著那個一般。他便羊角蔥靠南牆,老辣已定;你還在這屋裏雌飯吃?」

前二例是譏諷西門慶倚老賣老,後一例是斥潘金蓮縱欲無恥、積習難改。可見「老辣已定」是貶辭,近似現代的「人老臉皮厚」「老不要臉」。

此歇後語從字面上看,「羊角蔥」對應「老辣」無疑,「靠南牆」則與「倚定」對應。「倚」「已」同音相諧。

又,第六十回有:那潘金蓮見孩子沒了,李瓶兒死了生兒,每日抖擻精神,百般的稱快,指著丫頭罵道:「賊淫婦……你斑鳩跌了彈,也嘴答谷了!春凳折了靠背兒,沒的倚了。……」

此處「倚」雙關,寓指李瓶兒「倚逞著孩子降人」;字面義是春凳(可坐數人的長椅)無靠背兒可倚。可見「靠」和「倚」是同義對應關係。

14.棗胡解板兒——能有幾句兒

見第七十六回。應伯爵教春鴻唱,說道:「我的兒,你肚子裏棗胡解板兒,能有幾句兒!」春鴻又拍手唱前腔(南曲〈駐馬聽〉)。

此處以棗胡(棗核)鋸不出幾塊木板兒,用不了「幾鋸」,諧指春鴻懂的曲少,唱不了「幾句」。「鋸、句」同音。

據說,明代解縉(洪武進士)幼年聰慧喜歡屬對。一年長者戲出句:「二猿伐木山中,小猴子也能對句?」解縉應聲對曰:「一牛陷足泥裏,老畜生如何出蹄?」分別以「鋸」諧音「句」,以「蹄」諧音「題」。

15.媒人婆拾馬糞——越發越曬

見第三十五回。席上伯爵二個把一碟子荸薺都吃了。西門慶道:「……我卻心疼。」眾人多笑了。伯爵道:「你若心疼,再拿兩碟子來,我媒人婆拾馬糞,越發越曬。」

此處是以馬糞越是發酵生味越要曬晾,諧指:「越發賽」。「曬、賽」在前後舌音不分的方言中同音。

「賽」有好義,來自蒙古語 sain 一詞。音譯寫作「賽因」或「賽音」,又簡作「賽」。

這個詞至今活躍在魯西一帶。《金瓶梅》第五十回有「後面小胡同子裏新來了兩個好丫頭子」，「一個金兒，一個賽兒，都不上十六七歲」。元曲中把美麗少女叫賽娘。「賽兒」「賽娘」都是取「賽」有佳好義。《聊齋俚曲集·學究自嘲》有「今年更比去年賽」，也是「越發賽」的意思。

16.真脫牢的強盜——越發賊

見第四十五回，應伯爵向謝希大說：「李家桂兒這小淫婦兒，就是個真脫牢的強盜，越發賊的疼人子。怎個大節，他肯只顧在人家住著？」

此處是說李桂姐越來越精明狡猾，藉口家中無人回妓院，好利用年節接客賺錢。

此語以「真脫牢」對應「越獄」，「強盜」對應「賊」。「獄」「愈」同音，「賊」在今魯西一帶至今仍作為「精明狡猾」義、有貶意或親暱味的形容詞。

又，第七十六回有：那愛月兒就知今日有王三官兒，不叫李桂姐來唱，笑道：「爹你兵馬司倒了牆，賊走了！」

寓意同上語，以「越獄賊」（名詞性）諧「越愈賊」（形容詞性）。

17.雪裏消死屍——自然消他出來

見第七十二回。玉樓因說：「你怎知道的這等詳細？」金蓮道：「南京沈萬三，北京枯柳樹；人的名兒，樹的影兒，怎麼不曉得？雪裏消死屍，自然消他出來。」

此處是說，西門慶暗裏私通如意兒，如意兒暗中和前夫來往，吳月娘推聾作啞，種種事實都是遮掩不住的。就像雪裏埋死屍，隨著雪的消融，醜惡自然會暴露。

此語以「消他出來」諧音「曉他出來」，「消、曉」同音。

18.六月連陰——想他好晴天

見第九十七回：他是你我仇人，又和他上門來往做甚麼？六月連陰，想他好晴天？

此處是說吳月娘是你我（陳經濟和春梅）的仇人，怎能有好情分？

以「連陰天」無「好晴」諧指跟仇人沒有「好情」。「晴、情」同音。

《醒世姻緣傳》有「八十年不下雨，記得他好晴兒」一語，意同。

19.綠豆皮兒——請退了

見第八十二回：自今以後，你是你，我是我，綠豆皮兒，請退了。

此處是潘金蓮對陳經濟的拒絕之辭。

此語以綠色對應「青」，「青」諧音「請」，「青、請」同音。以「蛻皮」諧音「退」，「蛻、退」同音。

20.臘月裏蘿蔔——動個心

見第九十回：月娘便道：「莫不孟三姐也臘月裏蘿蔔動個心，忽剌八要往前進嫁人？」

此語以嚴冬蘿蔔「凍心」，諧音孟玉樓「動」了改嫁之心。「凍、動」同音。

21.坐家的女兒偷皮匠——逢著的就上　屬皮匠的——逢著的就上

前語見第三十七回：那婆子掩口冷冷笑道：「你老人家，坐家的女兒偷皮匠，逢著的就上。一鍬撅了一個銀娃娃，還要尋他娘母兒哩！」

後語見第六十一回：「你早是個漢子，若是個老婆，就養遍街、日遍巷，屬皮匠的逢著的就上。」

兩處都是譏諷西門慶遇到婦女就想占有。

皮匠凡能「縫著的」的邊角料，都要利用，諧音「逢著的」。

22.八十歲媽媽沒牙——唇說

見第三十八回：潘金蓮道：「那沒時運的人兒丟在這冷屋裏，隨我自生兒由活的，又來揪采我怎的？沒的空費了你這個心，留著別處使。」西門慶道：「怪奴才，八十歲媽媽沒牙，有那些唇說的！」

此處是西門慶嗔怪潘金蓮胡思亂想：「你瞎說那麼多幹什麼」，「唇、蠢」音同，魯西今音同讀陽平調。

23.接連三個觀音堂——妙妙妙

見第五十四回：琴童道：「先在家裏吃飯，也倒有理。省的又到那裏吃飯，徑把攢盒、酒、小碟兒拿去罷。」……伯爵道：「這叫做接連三個觀音堂，妙妙妙！」

此處是盛讚琴童兒的建議很好。以供奉觀音菩薩的「廟堂」諧音「巧妙」，「妙、廟」同音。

24.鬍子老兒吹燈——把人了了

見第二十六回：乞我慌了，推門推不開，旋叫了平安兒來，打窗子裏跳進去，才救下來了。若遲了一步兒，鬍子老兒吹燈，把人了了。

此處是說，若非搶救及時，宋惠蓮就吊死了。以吹油燈容易燒焦鬍鬚之「燎」，諧指生命結束之「了」，「燎、了」同音。

25.燈草柺棒兒——拄不定　燈草拐杖——不定

前語見第二十六回：宋惠蓮道：「爹，你是個人！你原說教他去，怎麼轉了靶子，又教別人去？你乾淨是個球子心腸，滾上滾下；燈草柺棒兒，原拄不定。」

後語見第四十六回：眾人領了來見李嬌兒，嬌兒說：「我燈草拐杖不定，你還請問你爹去。」問雪娥，雪娥亦發不敢承攬。

前例是埋怨西門慶朝令夕改，後例是李嬌兒表示自己不敢定奪。

兩語同是以燈草細弱，「拄」不得，諧音「主張」遊移多變不能確定。「拄、主」同音。

26.尖頭醜婦蹦到毛司牆上——齊頭故事

見第二十回：玉簫因問：「俺爹到他屋裏，怎樣個動靜兒？」金蓮接過來道：「進他屋裏去，尖頭醜婦蹦到毛司牆上，齊頭故事。」玉簫又問玉樓，玉樓便一一告他說。

此處「齊頭故事」指西門慶叫李瓶兒脫衣跪地，由鞭打到抱起來，到和好飲酒的戲劇性過程。「故事」有花樣繁多義，如第三十一回 11 頁下 3 行「寫字的拿逃軍，我如今一身故事兒哩；賣鹽的做雕鑾匠，我是那閒人兒？」又可引申為逐一進行各種花樣，用如動詞。魯西今語有「從起床故事到現在，沒完沒了。」「齊頭」在魯西今語裏是「從頭」的意思。《醒世姻緣傳》第三十七回：「縣官把那兩通卷子都齊頭看了，都圈點了許多。……」

歇後語中的「齊頭」跟「尖頭」對應，「故事」當跟「毛司」對應。碰到大便坑牆上會「過」（沾染）上「屎」，諧音「故事」。《金瓶梅》中「過」「故」同音，「屎」「事」同音。魯西今語裏有「毛司裏打拳——揍（做）屎（勢）」，與上面的歇後語旨趣相近。

27.夾道賣門神——看出來的好畫兒

見第三十一回：書童道：「早是這個罷了，倘要是個漢子，你也愛他罷！」被玉簫故意向他肩膀上擰了一把，說道：「賊囚，你夾道賣門神，看出來的好畫兒！」

此處是嫌書童說不正經，用的是反話。門神不算正經畫，不是「好畫」，諧指書童說的不是「好話」，「話、畫」同音。

明清時代類似的歇後語很多。如《翠雲鄉·一齣》「裱褙匠贖橫披——回話」，《儒林外史》第五十四回「堂屋裏掛草薦——不是話」，《醒世姻緣傳》第九回「大軸子套小軸子——畫裏有畫」，《紅樓夢》第四十六回「什麼好話！宋徽宗的鷹，趙子昂的馬，都是好畫兒！」

28.朱八戒坐在冷鋪裏——怪物勞

見第七十六回：這個罵他怪門神白臉子，撒根基的貨；那個罵他是醜冤家，怪物勞朱八戒坐在冷鋪裏。

此語「朱八戒」對應「怪物」，「冷鋪」對應「勞（牢）」。冷鋪是軍巡鋪屋，也是臨時拘押嫌犯的牢房。「牢」「勞」同音。

29.望江南、巴山虎兒、汗東山、斜紋布

這是一個藏頭隱語。見第三十二回：李桂姐道：「香姐，你替我罵這花子兩句。」鄭愛香兒道：「不要理這望江南巴山虎兒汗東山斜紋布！」

此語隱「忘八汗邪」。是《金瓶梅》中常見的罵人話，「望江南」中「望」字讀陽平調（「忘」也如此），跟「王」同音。「巴、八」同音。「斜、邪」同音。

30.頂針續芒〈山坡羊〉

見第四十四回。此回「四個唱的」「一遞一個唱〈十段錦・二十八個半截兒〉。」這種組曲的演唱形式尚不清楚。「十段錦」似乎指十種曲牌聯唱。「二十八半截兒」，除指其中九曲分作兩截計十八截以外，當指主題曲〈山坡羊〉分作十截。

據我觀察，〈山坡羊〉十截之間，是靠首尾詞語的同音關係頂接拼合，而不是靠韻腳諧和來組合。

(1)俏冤家，生的出類拔萃；(2)翠衾寒，孤殘獨自；(3)自別後，朝思暮想；(4)想冤家，何時得遇；(5)遇見冤家如同往；(6)如同往，惜玉憐香，我和他在芙蓉帳底抵面，共把衷腸來細講；(7)講離情，如何把奴拋棄；(8)氣得我似醉如癡來呵，何必你別心另敍上知己；(9)幾時，得重整佳期；(10)佳期實相逢，如同夢裏。

這樣看，(1)和(2)聯接是靠「翠、萃」同音，(2)和(3)聯接是靠「自」字，(3)和(4)是靠「想」字，(4)和(5)是靠「遇」字，(5)和(6)是靠「如同往」，(6)和(7)是靠「講」字，(7)和(8)是靠「棄、氣」同音，(8)和(9)是靠「己、幾」同音，(9)和(10)是靠「佳期」一語。

31.賣良薑

這是諧音隱語。見第五十七回。如意兒問道：「後邊睡去？」迎春道：「我不往後邊，在明間板凳上賣良薑？我與秀春廚房炕上睡去。」

此處表現了迎春對如意兒明知故問的不滿和牢騷：你和西門慶把暖炕占了，我就該去明間板凳上挺著受凍嗎？

「良薑」諧指「涼僵」。「良、涼」同音，「薑、僵」同音。

32.玉樓人醉杏花天

第八回：卻是一點油金簪兒，上面鈒著兩溜字兒：「金勒馬嘶芳草地，玉樓人醉杏花天。」迎亮一看，就知是孟玉樓簪子。

此處「玉樓人醉杏花天」，可看做是孟玉樓的自志，隱寓姓名在內。「醉」隱「夢」字，諧音「孟」字。「夢、孟」同音。

33.生藥名〈水仙子〉

見第八十二回。陳經濟和潘金蓮「不勝綢繆，有生藥名〈水仙子〉為證」，「當歸半夏紫紅石，可意檳榔把做女婿，莨菪根插入蓖麻內，母丁香左右偎，大麻花一陣昏迷，白水銀撲簌簌下，紅娘子心內喜，快活殺兩片陳皮。」

此處用生藥名或比喻、或諧音來描述淫亂場景。其中諧音關係的有：紫紅石諧音「時」，「石、時」同音；「莨菪根」諧音「浪蕩子」，「莨、浪」同音，「蕩、菪」同音。「蓖麻」諧音「屄」，「蓖、屄」同音。「大麻花」諧音「麻亂昏迷」；「陳皮」諧音「皮」。

試論《金瓶梅》中的俗字

俗字是個籠統的說法，通常說的「俗字」，實際上包含了字形和詞形兩方面。

字形不合舊有規範的，如：「樓」寫成「楼」，「蹲」寫成「蹾」。我們把「楼」「蹾」視為俗字。

詞形用字不合舊習慣的，如：「冤孽」的「孽」用「業」，蘑菇的「蘑」用「莫」。我們把「業」「莫」視為俗字。

我們討論《金瓶梅》中的俗字，是為了觀察語音的變化。根據需要，我們把俗字分為三類。

第一類是新造形聲字。如果把《廣韻》規定的字形當正字，《金瓶梅》中有很多《廣韻》未載的字形。這些新字多是形聲結構。

這類新造形聲字又可分為兩種。

1. 本有正字。《金瓶梅》為了便於書寫或表音準確，為正字添加或改換了形符，有時連聲符也作了改換。如：農具「杷」（今慣用「耙」）有新字形「欛」。

這種新造字，有時還可能跟《廣韻》中某個有另外音義的字的形體偶然相合。如：器柄義是「欛」，《金瓶梅》中造了新字「靶」，跟《廣韻》舊有的表示「箭的」義的「靶」形體偶然相同。

2. 為記錄口語新詞造字，難以考求正字。這多見於一些褻詞，如「髟」下加「己」符、「巴」符、「八」符的幾個字，《廣韻》及以前的字書都不載，用來記錄「雞巴」（男陰）。這個詞可能是新詞，也可能口語中本有，以前的文獻沒能記錄。

第二類可稱異形詞。同一個詞語，《金瓶梅》中用不同的字記錄，即有兩個以上詞形。

如：「扎筏子」和「扎罰子」，「蘑菇」和「莫菇」，分別是兩對異形詞。這類詞語往往難以考定哪種寫法是正字，我們這裏只求正音，不考正字。

同一個人物的名字，用字不同，也算是異形詞。如：「雷啟元」和「雷起元」。這種異形詞更無須考求孰正孰俗。

第三類是同音替代字。《金瓶梅》中出現一種詞形，根據同代文獻或可信的訓詁成果，可以找出相應的慣用字。《金瓶梅》中這種詞形用字就是同音替代字。如：「終朝

業試茫茫」，據《寶劍記》當作「終朝孽識茫茫」，「業、試」分別是「孽、識」的同音替代字。

以上三種只是大體的分類，有些俗字兼具其他類性質，為避免重複，只在一類中辨析。

一、新造形聲字

1. ①「毛」右加「必」②「石」右加「必」③「毛」右加「皮」，音 **bi**，女陰。今作「屄」，**讀 bi**。

①「毖」六八 7 下 8：你兩原來是販～的夥計。

②「砒」七九 6 下 4：婦人用手在下揉著～心子，口中叫達達如流水。

③「毧」三二 6 下 1：什麼晚不晚，你娘那～！

《廣韻》「牝」有並母旨韻一讀，或是本字。《金瓶梅》中「毖」「砒」「毧」「牝」義同，又據第八十二回生藥名〈水仙子〉與「蓖麻」諧音，知道此字音 bi 去聲。

2. 撇。音 **bi**，蹭刀。即「鎞」，今音 **bei**。

八七 9 上 7：提起刀來便望那婦人臉上～兩～。

《集韻》並母霽韻：「鎞，治刀使利」。音義均合，當是本字。《水滸傳》中同語卻寫作「搠兩搠」。《字彙》：「搠，必計切，批打。」義異。《金瓶梅》「撇」《水滸傳》「搠」，均為新造形聲字，跟舊有字形偶然相同。

3.「髟」下「己」，音 **ji**；「髟」下「巴」（或「髟」下「八」），音 **ba**。二字現代多寫作「雞巴」，指男陰。

①「髻髦」五 4 上 3：便罵你這馬伯六，做牽頭的老狗肉，直我～。

②「髻髦」五一 12 上 9：俺每都雌剩～日的。

這個詞《西遊記》作「雞巴」，宋陸游《老學庵筆記》有「劁巴」，義近。兩字均為《金瓶梅》新造字。《集韻》滂母麻韻「髻，髻貌」，並母禡韻「髦，髮亂貌」，均與此無關，屬於偶然同形。

4.「鹿」下「己」，音 **ji**。即「蟣」，虱卵。

二七 2 上 4：衣生虱～，瘡痍潰爛，體無完膚。

此為蟣的新造形聲字。《廣韻》邪母止韻，「～，一歲曰～，二歲曰霓」。音義與此無關，屬於偶然同形。

5. ①「石」右加「古」②硌，音 **gu**。～碌（碐碌），即骨碌，滾動。

①「砧碌」九四 7 下 3：那春梅一～扒起來。

②「硝磋」五一19下6：兩個就硝磋成一塊子。

此處「硝磋」一詞，當與《廣韻》「觳轆」同源，字形屬於新造。《廣韻》匣母黠韻有「硝」，「硝石，藥」，音義與此無關，屬於偶然同形。

6. 握，音 wu。手掩，蓋。今寫作「摀」。

五八15下2：李瓶兒在那邊只是雙手～著孩子耳朵腮頰痛哭。

此「手掩」義「握」，似與《廣韻》「搵」字同源。《二刻拍案驚奇》寫作「侮」，是同音替代。《韻略匯通》呼模韻一母上聲「搗，手掩」，與《金瓶梅》「握」一樣，是新造形聲字。《廣韻》入聲影母覺韻「握，持也」，音義不合，屬於偶然同形。

7. 摟，音 lǔ。即今「扽」字。

六九12上3：～起腿來與永定瞧，教他進裏面去說此是為你打的。

本字當是「扽」。《廣韻》來母末韻，「扽，手扽也，取也，摩也，或作扽。」按照語音規律，在入聲消失的方言裏，來母術韻字當讀為 lu 或 lǔ。「扽」魯西今音為 lǔ，《金瓶梅》或亦讀此音，故以「婁」作聲符造字，仿「屢、縷」諸字。「扽」北京音 lu，故《紅樓夢》以「魯」作聲符造字「擼」。「扽」起袖、裙，《水滸傳》作「扽」，《金瓶梅》《兒女英雄傳》作「摟」。此「摟」與「摟抱」義無關，字形屬於偶然同形。

8. 「革」旁右加「霸」符，音 ba。平整土地用的農具，今寫作「耙」。

二七2下9：每日耕田邁隴，扶犂把～。

本字作「杷」，見《廣韻》並母禡韻，「杷，田器。」明末已有寫作「耙」的，《韻略匯通》家麻韻冰母去聲，「耙，耕田」。

9. 靶，音 ba 去聲。器物的柄，今寫作「把」。

五二12上11：剛半扠，恰三寸，好錐～，賽藕芽。

本字作「欛」，見《廣韻》幫母禡韻，「欛，刀柄名。」同音又有「靶，轡皮」。欛寫作「靶」可看作同音替代，也可看作新造字偶然同形。但與「箭的」義讀上聲的「靶」無關。

10. 扒①音 pa 陰平，即今日「趴」字；②音 pa 陽平，即今日「爬」字。

①五二3上2：小周兒～到地下磕頭。

②五二14下1：睡了多大會天就亮了，今早還～不起來。

兩義均不知本字，或是為新詞造新字。因係動詞，故取「扌」為形符，音近取簡，故以「八」為聲符。《廣韻》幫母黠韻「扒，破聲」，與此處兩種「扒」字，均屬於偶然同形。

11. 「虫」旁右加「麻」符，音 ma。見於「蝦～」一詞，即「蝦蟆」。

八六7下2：常言養蝦～得水蠱兒病。

《廣韻》明母麻韻，「蟆，蝦蟆」。《金瓶梅》據時音改換聲符造字。

12.砸，音 za。用硬物錘擊。

九三 2 上 3：由著楊二風牽爺娘罵父母，拿大磚～門，只是鼻口內不聽見氣兒。

其本字作「擖」，《廣韻》從母曷韻：「擖，擊也。」《金瓶梅》取表義更切的「石」作形符，取筆劃簡略的精母合韻字「匝」作聲符造字，沿用至今。

13.扠，音 zha。①張開手指，從拇指到中指的距離。今寫作「拃」，北京音上聲。②腳著地，即「踏」，北京音 ta。

①五二 12 上 11：剛半扠，恰三寸。

②一 4 上 1：浪浪蹌蹌，大扠步走上岡來。（《水滸傳》同語作「大踏步」）

其本字作「搽」，《集韻》知母陌韻：「搽，手度物也。」《金瓶梅》改換聲符作「又」，筆劃簡，表音也更切近。「大扠步」中則是據時音作「踏」的同音替代字。魯西今音兩詞同讀 zha 陰平。

14.搽，音 cha。塗飾。

二三 11 上 3：裏面五娘六娘使我，要買～的粉。

本字作「塗」，《廣韻》澄母麻韻：「搽，塗飾，又音徒。」《金瓶梅》造形聲字，以與「音徒」的「塗」區別開來。

15.哈，音 he。笑貌。北京今音 ha。

六八 19 上 8：那文嫂～～笑道：「怪猴兒，短壽命，老娘還只當好話兒，……」

本字當作「㰤」（「可」聲「欠」形），《廣韻》曉母箇韻：「～，～～，大笑。」從《金瓶梅》有「呵呵大笑」，「呵」「喝」又是異形詞，可知「哈」音 he，是以「合」為聲符的新造字。

16.趍，音 duo，又作「啜」。啜哄，誘騙。當時方言詞，現代無相應字形。

三八 2 下 10：故意的連我，囂我，訕我，又～我。

二五 6 下 7：使玉簫丫頭，拿一匹藍緞子，到我房裏啜他，把他吊在花園裏姦耍。

此詞本字不清。《水滸傳》寫作「掇」，第六十回「如何故來掇賺將軍。」《金瓶梅》寫作「啜」是改換聲符造字，與「飲嘗」義 chuo 無關。「趍」是以「多」為聲符造字，更切近時音。又訛作「趁」，八 10 下 2：不想玉樓哄～，反陷經濟牢獄之災，《廣韻》端母鐸韻有「𧻚，欺也」，或是本字。

17.跢，音 duo。足頓地。

八十 4 下 4：燒罷紙，小腳兒連～。

此詞本字不清。《韻略匯通》戈何韻東母去聲「跢，足頓地。」音義均切。《金瓶梅》則以「朵」為聲符造字，與《集韻》「行貌」義「跢」偶然同形。

18.「䠪」「蹀」，音 die xie。即「蹀躞」，顛動不穩貌。

三二5下9：只見他三個唱的從後邊走出來，都頭上珠冠～，身邊蘭麝降香。

《廣韻》定母帖韻：「蹀，蹀躞」，心母帖韻：「躞，蹀躞，行貌。」《金瓶梅》分別改換聲符為「疊」「褻」。又寫作「蹀斜」，一16上5：奴家見他拿東西，蹀裏蹀斜，也不靠他。

19. 攪，音 jue。見於「攪撒」一詞，該詞多用來喻指婦女臨盆，一般寫作「決撒」。

三十6下11：李大姐七八臨月，只怕攪撒了。

此處是形旁類推造字。以「覺」為聲符，則因為「覺」「決」當時音同。此「攪」字與《廣韻》見母巧韻的「攪，手動也」偶然同形，音義無關。

20.「擖」有二音，①bai，分破，今寫作「掰」；②pai，擊打，今寫作「拍」。

①七八4上7：兩只手～著，只教西門慶擖他心子。

又訛作「搗」，七三20上4：龜頭昂大，兩手～著牝戶往裏放。

②二七5上9：親達達，你省可的～罷，奴身上不方便。

又訛作「搗」，七五6上5：兩個～幹抽提，抽提的老婆在下無般不叫出來。

本字當作「擗（擘）」。《廣韻》幫母麥韻：「擘，分擘。」《集韻》幫母麥韻：「擗，同擘。」這是 bai 音義的來源。又，《廣韻》並母昔韻：「擗，撫心也。」這是 pai 音義的來源。

「擖」字不是形聲字，而是「擗」字草體楷化而成。

21.①踹、②趾、③踹，均音 chai。即今「踩」，北京音 cai，魯西今音 chai。

①九十6下11：等到晚夕，～著梯凳過牆，順著遮槕，我這邊接你下來。

②三四12上8：聽見裏邊氣呼呼，～的地平一片聲響。

又訛作「跳」，九十9下5：打發兩個爬上房去，一步一步走，把房上瓦也～破許多。

③三一10下6：賊強人到明日永世千年，就跌折腳也別要進我那屋裏。～～門檻兒，教那牢拉的囚根子把懷子骨歪折了。

本字當作「躧」，《廣韻》生母紙韻「躧，步也，又作蹝。」《集韻》生母蟹韻「躧，徐行也。」韻調同，聲母相近。《金瓶梅》中「躧」與「踹」「趾」「踹」同義互用。

又，《玉篇》：「踹，千菜切，踐升也。」《韻略匯通》皆來韻春母上聲：「趾，腳踏。」

《廣韻》清母紙韻：「趾，蹈也，又阻買切。」「阻買切」即「莊母蟹韻」，但該小韻未收「趾」字。

據此，《玉篇》時代方言中已有「踐升」義「踹」一詞，《廣韻》未收，據《韻略

匯通》和魯西今音，這個詞讀 chai。《金瓶梅》中「踩」多見，當是據方音新造字，未必遠承《玉篇》。「趾（跳）」則應有「踩」字省變的可能。「躍」則是取義，也當音 chai。

「踹」今音 chuai，也是一個無本字來源的詞。元明文獻中的「踹」幾乎都是「踩、踏」義，都應讀 chai 或 cai。

22.「搲」，音 wai。扭傷，今寫作「歲」或「歪」。

三 10 下 7：把懷子骨～折了。

本字不清，「搲」是「歪」作聲符的新造字。「歪」又是新造會意字，《廣韻》曉母佳韻：「𡚁，物不正。」《字彙》止部：「烏乖切，不正也。」

23.摑，音 gui。見「摑混」一詞，戲謔擾亂。

二二 6 上 1：往對過東廂房西門大姐房裏～混去了。

此處「摑」似為「鬼混」這一動詞造字。《金瓶梅》中「國、鬼」同音，故用「國」作聲符，「扌」作形符表明動詞性質。《廣韻》見母麥韻「摑，打也，亦作𢶍。」音義與此無關，屬於偶然同形。

24.炮，音 bao。猛火燒烤，一種烹調方法。

七十 5 下 8：都是光祿烹～美味，極品無加。

本字為「煿、爆」。《集韻》幫母鐸韻：「爆，火乾也，或作煿。」《金瓶梅》據時音改換聲符為「包」，筆劃也簡單。

此義 bao，《金瓶梅》偶也用「煿」，五四 14 上 10：忌食麩面油膩炙～等物；偶爾也用「爆」，六七 10 上 11：一碗爆炒豬腰子；但用「炮」為多。此義「炮」與讀 pāo、páo 的「炮」屬於偶然同形。

25.喿，音 zao。見於「急喿」「囉喿」兩詞。

五一 19 上 10：正在急～之間。

一 12 上 7：淺房淺屋，可知有小人囉～。

本字當作「燥」「躁」。《集韻》心母號韻：「燥，說文乾也。」此是「急燥」「焦燥」的來源。《廣韻》心母號韻：「噪，群呼。」此是「聒噪」「囉喿」的來源。《金瓶梅》時代，「燥、噪、皀」同音，故取較簡單又表音準確的「皀」為聲符來造字。

26.搞，音 hao。即「薅」，拔除毛髮。

五十 7 上 5：剛才把毛～淨了他才好。

本字為「薅」。《廣韻》曉母豪韻：「薅，除田草也。」引申為拔除毛髮。《金瓶梅》用同音字「蒿」替代，八九 1 下 9：把淫婦毛都蒿淨了。又為了明確動詞屬性，改形符「艸」為「扌」，遂成新造形聲字「搞」，這跟讀 gao 的「搞」同形，音義無關。

讀 gao 的「搞」非常晚近才出現。《金瓶梅》時代不衝突。《集韻》載,「搞」分別為「敲」「靠」的異體,但文獻未見實例。

27.絆,音 pan。即「襻」,帶、繩。

六二 23 下 3:哭兩聲,丟開了罷了。只顧拉長～兒哭起來了。

《廣韻》滂母諫韻:「襻,衣襻。」《金瓶梅》一律作「絆」。聲符「半」筆劃簡單,讀音相近。此「絆」與「羈絆」之「絆」(《廣韻》幫母喚韻)偶然同形。

28.①「攧」、②「砧」,均讀 dian。義為磕碰。

①七九 17 上 9:我夢見大廈將頹,紅衣罩體,～折了碧玉簪。

②四八 11 上 2:我在轎子裏將被兒裹的緊緊的,又沒～著他。

本字當是「傎」,《廣韻》端母先韻:「傎,隕也,又倒也。」可引申出跌落磕碰義。「攧」是改換形符,表明動詞性質。「砧」屬於形符聲符全新造字,形符「石」當由「磕碰」一類字類推,「店」則音近筆簡替換。當時「店」和「顛」韻母已經相同。

29.「踮」,音 dian。輕輕走。

五三 5 上 10:金蓮躡足潛蹤,～到捲棚後面。

本字似為「蹎」。《廣韻》端母先韻,「蹎,走頓。」形符「走、足」義通,聲符「店」已與「蹎」聲韻同。

30.撵,音 nian。逐,趕。

十一 6 下 1:除了娘,把俺們都～了,只留著你罷。

本字當是「𨁤」。《集韻》泥母先韻,「𨁤,逐也。」《韻略匯通》先全韻暖母上聲,「趁,追也。」則是訓讀寫法。《金瓶梅》以「扌」為形符,顯示動詞性質,以「輦」為聲符,表明「輦」已讀 nian。「輦」據《廣韻》是來母,當讀 lian,今讀 nian,這個變化在《金瓶梅》時代已經完成。《中原音韻》「輦、璉」同音,仍讀 lian。

31.①嚥②嚦③咽,均音 yan。即今「咽」,吞下。

①十二 5 上 1:一個油抹唇邊,把豬毛皮連唾～。

七五 6 下 2:怕我害冷,連尿也不教我下床溺,都替我～了。

②五二 6 下 2:只三扒兩～,就是一碗。

③二一 10 上 5:那李銘走到下邊,三扒兩～,吞到肚內。

《廣韻》影母霰韻,「嚥,吞也」,又「咽,上同。」《金瓶梅》有「嚥」也有「咽」。兩者是異體關係。「嚥」則是改換聲符造字。「厭」當時已經讀同「咽」,作聲符比「因」確切,比「燕」簡單。

32.蹾,音 dun。蹲踞。

九六 10 下 9:眾人吃畢飯閑坐的,站的,也有～著的。

　　本字是「蹲」。《廣韻》從母魂韻，「蹲，坐也，說文踞也。」《金瓶梅》有「蹲」，九六 12 上 2：倚著牆根向日陽，蹲踞著捉身上虱蟣。但「蹾」更多見，是改換聲符以更切時音的新造字。當時「蹲」一詞口語音已讀同「敦」，如同今音一樣。據《廣韻》「蹲」讀同「存」，《中原音韻》時代仍然「蹲」「存」同音，《金瓶梅》造「蹾」字，表明聲母發生了變化。

　　33.①「火」上加「頓」、②焞，均音 **dun** 去聲。即今「燉」，慢火燒煮。

　　①五十 3 上 4：交丫頭～好茶，拿上來西門慶吃。

　　②二五 8 下 2：在人家使過了的，九～十八火的主子的奴才淫婦。

　　本字不清，《金瓶梅》中多用「頓」字記音。四六 15 上 3：只怕你娘們來家，頓下些茶兒伺候著。下加形符「火」是新造專用字，也較常用。大約因為形體過於繁雜，又造「焞」字，聲符是仿照「敦」字類推。「焞」字只見上面一例。又有一「炮」字，似是由「燉」形訛誤而來（「燉」字未見有例）。五一 10 上 3：那王六兒連忙歸到壺裏，交錦兒炮熱了，傾在盞內。

　　34.①幇、②帮，音 **bang**。

　　①十二 12 下 1：兩個背地伯（俏）一～兒算計我。

　　②十一 1 下 5：俏一～兒哄漢子。

　　本字當作「幫」。《廣韻》幫母唐韻，「幫，衣治鞋履。」《集韻》「治鞋履邊也」。由「衣履邊緣」，引申為輔助、幫襯，引申為利害相關的人群，等等。《金瓶梅》中多寫作「幇」，省減了中間「白」字五畫，也可以視作形符「帛」改換為「巾」。「帮」形也見於《金瓶梅》，當是在「幇」的基礎上改換聲符造成的新字，聲符「邦」（幫母江韻）已經讀同「幫」。

　　35.攩，音 **tang**。輕輕觸打，方言詞，北京音無相應詞語。

　　七六 14 上 5：我做奴才，一來也沒幹壞了甚麼事，並沒教主子罵我一句兒，～我一下兒。

　　本字似是「搪」。《集韻》透母唐韻，「搪，突也。」又，定母沒韻，「突，搪突，觸也。」此詞《金瓶梅》中多用同音字「湯」記錄。七三 19 上 2：逗猴兒似的湯那幾棍兒，他才不放在心上。

　　「攩」一寫法，有可能是借音近字替代。《廣韻》透母蕩韻，「攩，攩晃，追打。」折合今音為 tang 上聲，與「湯」音近。但有可能是取「扌」作形符（以示動詞性）、「黨」作聲符造字，與上聲「攩」屬於偶然同形。

　　36.「搯」，音湯上聲。即今「躺」字。

　　十一 6 下 5：哭的兩眼如桃，～在床上。

本字似為「趧」。《集韻》透母蕩韻，「趧，伸足伏臥。」《金瓶梅》多用同音字「倘」記錄這個詞，五二 18 下 9：孩子便倘在席上。

「搋」是「倘」改換形符而造成的新字。

加「扌」一可以表明動詞性，二可以更主要表示「希冀」義的「倘」區別開來。《廣韻》透母蕩韻：「倘，冀也。《漢書》『倘可徼幸』。通作『儻』。」

37.搶，音 cang 去聲。輕擦，磨觸。方言詞，跟北京音「蹭 ceng」相當。

六五 9 下 8：奶子如意兒，無人處常在根前遞茶遞水，挨挨～～，掐掐捏捏。

本字似是「礤」。《廣韻》清母曷韻，「礤，摩也。」今寫作「擦」。魯西今音 ca、cang 兒化後音同，表示親昵的「挨擦」多讀作 cang。《金瓶梅》有「挨肩擦膀」，與上例「挨挨搶搶」義近，見十八 12 下 1：自此這小夥兒和這婦人日近日親，或吃茶吃飯，穿房入屋，打牙犯嘴，挨肩擦膀，通不忌憚。

「挨肩擦膀」，魯西今音正說成「cang 膀」。「挨挨搶搶」魯西今音也為「挨 cang」。《金瓶梅》「搶」或據時音造字，以「倉」為聲符，加「扌」而成。與舊有「搶」偶然同形。

38.「㕔」，音 chuang。無節制的吃喝，即「噇」。

一 11 下 5：每日牽著不走打著倒退的，只是一味～酒，著緊處，都是錐扎也不動。

《廣韻》澄母江韻，「噇，吃貌。」《金瓶梅》中有此字，五七 3 下 4：你看這些蠢頭村腦的禿驢，止會吃酒噇飯。

「㕔」字《金瓶梅》多見，當是「噇」改換聲符造成的新字。「床」旁筆劃簡略表音更切，「床」當時已經與「噇」字同音。

二、異形詞

1.①秦玉枝②秦玉芝

人名，「枝、芝」同讀 zhi 陰平。

①七四 5 上 10：只見這王三官領著一行人，往～兒家，請～兒。

②十九 9 下 11：西門慶見上面有孫寡嘴、祝日念、張小閑、聶鉞兒、何三、于寬、白回子，樂婦是李桂姐、～兒。西門慶取過筆來，把李桂姐、～兒並老孫、祝日念名字多抹了。

2.①知謝②支謝

動詞，用酒飯錢物答謝。「知、支」同讀 zhi 陰平。

①十八 7 下 4：人家的孩兒在你家，每日起早睡晚，辛辛苦苦替你家打勤勞兒，那

個興心～他一～兒也怎的！

②二六 9 下 5：並衣服箱籠討出來變賣了～二位。

3. ①治②置

動詞，購買，備辦。「治、置」同讀 zhi 去聲。

①一 12 下 11：把奴的釵梳湊辦了去，有何難處？過後有了，再～辦不遲。

二三 3 上 3：咱姊妹這幾人，每人輪流～一席酒兒。

②六 5 下 6：今日往廟上去，替你～了些首飾珠翠衣服之類。

十一 1 下 7：一日在園中～了一席，請吳月娘、孟玉樓，連西門慶四人共飲酒。

4. ①張致②張置③張智

此處是名詞用，大意是「樣子」，有貶義。「致、置、智」同讀 zhi 去聲。

①四三 7 上 2：你還不往屋裏勻勻那臉去，揉的恁紅紅的，等住回人來看著，什麼～！

②二六 8 上 11：你看把他逗的恁沒～的，在人眼前上頭上臉，有些樣兒！

③六一 9 下 9：那婦人一徑做喬～。

5. ①早是②早時

語氣詞，如同今日「幸虧」。「是」「時」同讀 shi（輕聲）。

①二九 2 下 9：～活了，若死了，淫婦、王八羔子也不得清潔！

②二九 3 下 8：～苦了錢好，人情說下來了，不然怎了！

6. ①比是②比時

連詞，如同今日「與其」。「是」「時」同讀 shi（輕聲）。

①十二 15 下 1：～你恁怕他，就不消剪他的來了！

②四八 4 上 9：～搭月台，買些磚瓦來蓋上兩間廈子卻不好？

7. ①勢下②侍下

方位詞，相當於「一邊」。「勢」「侍」同讀 shi 去聲。

①六五 6 上 2：左～天倉與地庫相連，右～金山與銀山作對。

②八四 2 上 10：左～玉簪朱履，右～紫綬金章。

8. ①霹剝②嗶礴③嗶剝

擬聲詞。「霹」「嗶」同讀 bi，「剝」「礴」同讀 bo。

①四二 10 下 7：霹剝剝，萬個轟雷皆燎徹。

②二九 13 上 9：撲撲冬冬皮鼓催，嗶嗶礴礴槍對劍。

十八 6 上 8：嘴頭子嗶裏礴刺的。

③七二 3 下 8：他還嘴裏嗶裏剝刺的。

9. ①劈手②匹手

形容詞，相當於「迅速、突然」。「劈」「匹」同讀 pi，魯西今音同是陰平調。

①三八 2 下 5：被婦人劈手只一推。

②一 18 下 6：乞武松匹手奪過來，潑在地下。

10. ①梯己②體己③替己

此處是形容詞，大意是「額外、特別優惠」。「梯、體、替」同讀 ti。

①七八 5 下 5：梯己再送一盒瓜子與俺五娘。

②八二 2 下 5：經濟又體己與了他一方手帕。

③五九 2 上 11：替己又帶了一二百兩貨物酒米。

11. ①抽梯②抽楷③抽替④抽屜

名詞，抽斗。「梯、楷、替、屜」同讀 ti。

①四六 11 下 10：抽開～。

②七五 22 上 11：放在～內。

③八六 11 上 4：與了他兩箱子，一張～桌兒、……

④七三 19 上 6：掠在～內。

12. ①當家理紀②當家立紀

動詞性詞組，指主持家務，料理生計。「理」「立」同讀 li。

①九一 8 上 5：這位娘子人才出眾，性格溫柔，諸子百家，～自不必說。

②七 3 下 7：沒個～的娘子。

13. ①激犯②激煩③譏犯

動詞，用言語諷喻，使之衝動有為。「激、譏」同讀 ji；「犯、煩」同讀 fan。

①七二 2 上 7：一沖性子，不由的激犯。

②三一 3 上 7：他央求我來激煩你。

③九六 9 上 9：若不是我拿幾句言語譏犯他，他肯拿出這五錢銀子與你？

14. ①台基②台磯

名詞，台階。「基、磯」同讀 ji。

①二五 12 下 5：這金蓮才待下～。

②六八 16 下 7：西門慶下～。

15. ①不濟②不急③不級

形容詞，不中用、差勁。魯西今有此語。「濟、急、級」同讀 ji。

①七九 15 下 8：藥醫不死病，佛渡有緣人。看他～，只怕你有緣。

②三四 12 上 7：與書童幹那～的事。

③六九 7 上 10：家中有幾個奸詐～的。

16.①周濟②周給

動詞，此處指應付人情花費。「濟」「給」同讀 ji。

①三一 3 下 1：如今上任見官擺酒，並治衣服之類，……有銀子借與幾兩，扶持他～了這些事。

②七八 7 下 2：上下人事倒也都～的七八。

17.①攢給②攢計

動名詞。義同「花費、開銷」。「給」「計」同讀 ji。

①七八 8 上 6：若徵收些出來，斛斗等秤上也勾咱們上下～。

②九八 2 上 2：轉得些利錢來，也夠他～。

18.①記掛②計掛

動詞，掛念，記心。「記」「計」同讀 ji 去聲。

①六 4 下 4：大節間～著來看看大姐。

②二一 9 下 8：～著爹宅內姐兒每還有幾段唱未合拍，來伺候。

19.①忌仇②計讎

動詞，義為結怨不釋，魯西今有此語。「忌」「計」同讀 ji 去聲。

①七五 26 上 9：不爭你為眾好，與人為怨～。

②九七 9 上 8：不計舊讎。

20.①雷啟元②雷起元

人名，「啟」「起」同讀 qi 上聲。

①六五 13 上 10：兵備副使～。

②六七 16 下 2：原來雷兵備回錢主事帖子多在裏面，上寫道：「……」，下書「年侍生～再拜」。

21.①成器②成緝

形容詞，指人正派有為，但只用於否定式或反詰。「器」「緝」同讀 qi 去聲。

①六九 17 上 6：年小小兒的，通不～。

②十二 9 上 9：好～的奴才！

22.①任醫官②任一官

人名，「醫」「一」同讀 yi 陰平。

①五五 1 下 3：～道：「只是用些清火止血的藥，……」

②五五 1 下 6：西門慶聽了，就叫書童封了一兩銀子送～做藥本。

23.①專一②專乙

副詞，專門，一貫。「一」「乙」同讀 yi，魯西今音同讀陰平調。

①五一 21 上 1：門外手帕巷，有名王家，～發賣各色改樣銷金點翠手帕汗巾兒。

②九三 4 下 6：為人心慈，好仗義疏財，廣結交，樂施捨，～濟貧拔苦，好善敬神。

24.①便宜②便益

名詞。此處指不應得的利益。「宜」「益」同讀 yi 去聲。

①五六 7 下 1：雖沒的～，卻值這些銀子。

②二十 5 下 3：愛小～兒。

25.①益發②亦發③一發

副詞，義同「更加」。「益」「亦」「一」同讀 yi。

①十六 12 上 9：比常時～喜歡得了不的。

②三五 8 下 8：～臉做了主了。

③五六 9 下 5：後來～好的緊了。

26.①捉影捕風②捉影撲風

即「捕風捉影」。「捕」「撲」魯西同讀 pu 陰平調。北京音「捕」讀 bu 上聲，「撲」讀 pu 陰平，二字不同音。

①三三 10 上 7：許人錢如～。

②九二 2 上 3：他許人話如～。

27.①四脯著地②（回）四撲著地③四捕兒著（他）地

魯西常見熟語，義為「突然跌落坍塌，全面失去支撐」。「脯、撲、捕」魯西同讀 pu。

①九九 11 下 4：撇的奴～。

②五九 16 上 6：撇的我～。

③三八 9 上 2：誰想你弄的我三不歸，～。

28.①（撲）模量②沒量

方言動詞，義為估量斟酌。《廣雅疏證》：「今江淮間人謂揣度事宜曰『母量』。」《醒世姻緣傳》作「拇量」。「模」「沒」魯西同讀 mu 陽平。

①四八 7 上 9：你老人家～惜些情兒，人身上穿著恁單衣裳，就打恁一下。

②八十 8 上 4：媽說：你～你手中沒甚細軟東西，不消只顧在他家了。

29.①模亂②沒亂

方言形容詞，指心情浮動、無法控制的樣子。魯西今音「mu 亂」。「模」「沒」同讀 mu。

①二九 11 下 4：鬧鬧挨挨情～。

②二七 11 下 1：春心～。

30.①服侍②伏事③伏侍④扶侍

動詞，伺候、照料。「扶、服、伏」同讀 fu 陽平；「事、侍」同讀 shi。

①一 10 上 3：我教媒人替你買兩個使女，早晚習學彈唱、～你便了。

②一 14 上 1：每日撥兩個土兵～做飯。

③七 12 下 8：蘭香、小鸞兩個丫頭都跟了來……，小廝琴童年方十五歲，亦帶過來～。

④十 7 上 3：這李氏只在外邊書房內住，有養娘～。

31.①富餘②甫餘

形容詞，足夠而有剩餘。「富」「甫」同讀 fu。

①二一 6 上 5：雖是日逐錢打我手裏使，都是扣數的，使多少，交多少。那裏有～錢！

②七八 8 上 5：若是有些～兒也罷，難道說全征。

32.①都②多

副詞，今北京音 dou。《金瓶梅》「都」「多」音近 du。

①八五 19 下 4：蝦蟆促織兒，～是一鍬土上人。

②三九 12 上 10：莫不你家有一隊伍人，也～寫上？

六七 8 上 4：我轉央鈔關錢老爹和他（雷兵備）說說去——與他是同年，～是壬辰進士。

33.①糊塗②糊突

形容詞，多用指事理不分明。「突、塗」同讀 tu。

①三一 13 下 1：節級～，那王勃殿試，從唐時到如今何止千百餘年，教我那裏抓尋他去？

②四八 2 下 8：問事～，人都號他狄混。

34.①骨頭②骨禿③骨朵

名詞，骨骼。《金瓶梅》此語的「頭、禿、朵」表示的大約是含混的「tu」音（輕聲）。

①七五 26 上 3：我能有多少～肉兒？

②七五 27 上 10：拿什麼～肉兒拌的他過？

③十二 15 上 2：奴一身～肉兒都屬了你。

35.①豬八戒②朱八戒

人名。「豬」「朱」同讀 zhu。

①七三 4 上 9：～走在冷鋪中坐著，你怎的醜的沒對兒！

②七六 21 下 11：那個罵他是醜冤家、怪物勞、～坐在冷鋪裏賊！

36.①箸②炷

量詞。「箸、炷」同讀 zhu。

①三七 8 上 2：又烙了一～面餅。

②七七 15 上 10：又叫孫雪娥烙了兩～餅。

37.①恒屬②恒數③恒是

語氣副詞，表示「肯定無疑」的口氣。魯西今音讀 hong·shi，可能是「橫豎」的音變。《金瓶梅》字此語的「屬、數、是」表示的大約是含混的 shi 音（輕聲）。

①二九 3 下 11：～人挾不到我井裏頭！

②二四 10 上 3：你～不是爹的小老婆。

③二六 5 上 3：～問不的他死罪。

38.①氣苦②氣哭

動詞，義近「難過、痛苦」。「苦、哭」同讀 ku。

①五 2 上 1：你卻不要～。

②九四 9 下 10：你休～。

39.①續②敘

動詞，義同「聯繫，建立新關係」。「續、敘」同讀 xu 去聲。

①八 3 上 9：想必另～上了一個心甜的姊妹。

②十二 3 上 5：這個潘六兒乃是那邊院裏新～的一個表子。

40.①絮②續

形容詞，膩煩、厭倦。當是「俗」字的方音。《紅樓夢》第六十五回：「賈珍向來和二姐兒無所不至，漸漸的俗了，卻一心註定在三姐兒身上。」魯西這個詞讀 xu。「絮、續、俗」魯西今音都讀 xu。

①七九 7 上 7：休要日遠日疏，頑要～了，把奴來也不理。

②三八 5 上 5：達達只怕後來要的～煩了，把奴不理怎了？

41.①盂蘭會②魚籃會

名詞，一種佛教法會。「盂、魚」同讀 yu 上聲。「蘭、籃」同讀 lan 陽平。「盂蘭（魚籃）」由梵語的「ullambana」（救倒懸）音譯簡化而來。

①八三 1 上 9：替西門慶燒～箱庫去了。

②十八 5 上 4：二娘使我往門外寺裏～，替過世二爹燒箱庫去來。

42.①王八②忘八③王霸

名詞，多用於罵男人語句。「忘」當時有陽平讀法，跟「王」同音；「八、霸」同

讀 ba。

①十九 14 上 8：你跟著那矮～過去便了。

②六一 9 上 6：他漢子是個明～。

③九五 10 下 8：到家捎與你家老～吃。

43.①尾八②尾靶

名詞，即今「尾巴」。「八、靶」同讀 ba。

①六七 21 下 6：你原來恁個沒～的行貨子！

②七 12 上 7：掙將錢來焦～，怪不的恁無兒無女！

44.①嘴巴②嘴八

名詞，即「嘴」。「巴、八」同讀 ba。

①六八 10 上 9：打了兩個～。

②七五 23 上 10：打臉上，自己打幾個～。

45.①拔步床②八步床

名詞，當時一種名貴的床鋪。「拔、八」同讀 ba。

①七 1 下 7：手裏有一分好錢，南京～也有兩張。

②九六 4 下 4：將他帶來的那張～，賠了大姐在陳家。

46.①扎筏子②扎罰子

熟語，義為羅織罪名以洩憤或立威。「筏、罰」同讀 fa 陽平。

①二四 3 下 9：如何～來唬我？

②十二 11 上 8：平白把我的小廝～。

47.①塌②塔

動詞，坍塌、傾頹。「塌、塔」同讀 ta，魯西今音且同是陰平調。

①六四 8 上 4：便～了天，還有四個大漢。

②八十 1 上 4：寺廢僧居少，橋～客過稀。

48.①納②捺

動詞，用針線密縫。「納、捺」同讀 na。

①二五 3 上 2：露見大紅潞綢褲兒……～紗護膝。

②二三 12 上 3：穿著紅潞綢褲兒、線～護膝。

49.①擦②插③搽

動詞。《廣韻》清母曷韻，「擦，摩也。」引申為拭。今寫作「擦」。《金瓶梅》中又有「插、搽」。

①四二 10 下 3：那兩邊圍看的，挨肩擦膀。

②五七 2 上 3：也有鄰舍街坊婆兒女婦，捱肩插背拿湯送水。

③六三 12 上 9：止不住眼中淚落，袖中不住取汗巾兒搽拭。

50.①灑②撒

動詞，汁水拋落。「灑、撒」同讀 sa。

①三二 9 下 3：這回子連乾女兒也有了，到明日～上些水，看出汁來了。

②八六 2 上 11：就是清水，這碗裏傾倒那碗內，也拋～些兒。

51.①察②查

動詞，監察審覈。「察、查」同讀 cha 陽平。

①五十 11 上 2：更不體～外邊勾當。

②五一 10 下 1：違憲聽巡按御史～參。

52.①可煞作怪②可嬰作怪

當時熟語，表示驚訝。「煞、嬰」同讀 sha，魯西今音同讀陰平調。

①九二 5 上 2：～，不是他兄弟，卻是陳姐夫。

②七八 30 上 1：～，不想來爵兒媳婦見堂客散了，正從後歸來。

53.①點畫②點化

名詞，指漢字筆劃。「畫、化」同讀 hua 去聲。

①七四 15 下 8：字有五千四十九，八萬四千～行。

②七四 15 下 6：你念金剛多少字，幾多～接陰陰？

54.①者麼②遮末

連詞，義同「任憑、儘管」。「麼、末」同讀 mo。

①七四 18 下 1：～是誰，休道是我，便做鐵打人，其實強不過。

②二 9 下 2：解使三里門內女，～九飯殿中仙。

55.①莫不②沒不

語氣詞，表示揣測或反詰，義同今「莫非」。「莫、沒」同讀 mo。

①八一 7 上 4：他敢只護他娘老子，～護咱不成？

②七六 12 下 8：我是使的奴才丫頭，～往你屋裏與你磕頭去？

56.①打磨②打抹

動詞，擦洗使清潔。「磨、抹」同讀 mo。

①十二 5 上 2：杯盤狼藉，如水洗之光滑；箸子縱橫，似～之乾淨。

②十五 8 上 8：保兒上來～春台，才待收拾擺放案酒。

57.①可可②磕磕

語氣副詞，義同「偏偏、恰巧」。「可、磕」同讀 ke。

①五八 21 下 8：也是他的造化，～二位娘出來可見叫住他，照顧了這些東西去了。

②一 5 下 6：～把那條棒折做兩截。

58.①喝②呵③呼

動詞，飲啜。《廣韻》曉母合韻，「欱，大歠也。」今寫作「喝」，音 he。《金瓶梅》「喝、呵、呼」音近 huo。

①五七 13 下 4：輸酒的要～個無滴，不怕你玉山頹倒。

②三三 3 下 10：叫你姐夫尋了衣裳，來這裏～甌子酒去。

五十 8 上 11：每人～了一甌子茶。

③三七 6 下 2：老身才吃的飯來，～些茶罷。

59.①喝②呵③呼④賀

動詞，大聲喊叫或斥責。「喝、呵、賀」同讀 he。《金瓶梅》「喝、呵、呼、賀」音近 huo。

①四九 11 下 14：只聞～道之聲，西門慶到家。

六六 9 上 3：與人為奴婢，暮打朝～。

八一 2 上 5：那胡秀才大吆小～。

②六四 1 下 10：俺每下人自來也不曾～俺每一～。

③五七 12 下 10：連那算賬的事情也不吆～。

④一 8 上 7：迎～將來。（《水滸傳》同語作「迎喝將來」）

60.①多②都

表示疑問的「多少」「多大」中的「多」，北京音 duo 陽平。

①五二 2 上 8：倒不知多少銀子！

②九四 3 上 8：你今年都大年紀？

二三 4 上 11：你爹來家都大回了？

61.①信信脫脫②信信拖拖

形容詞，從容自由無顧慮的樣子。「脫、拖」同讀 tuo 陰平調。

①二五 11 上 7：教他～遠離他鄉作買賣去。

②六七 19 下 11：～往那寺院裏且住幾日去罷。

62.①眼錯②眼挫

當時熟語，義同今「沒注意、沒留神」。「錯、挫」同讀 cuo 去聲。

①十六 11 下 2：趕～起身走了。

②五四 10 下 9：霎～不見了。

63.①過②個

時態助詞「過」讀 guo，量詞「個」讀 ge。《金瓶梅》「過、個」混用，當同讀 guo。

①「過」作「個」：六五 15 下 4：小的剛才都吃個酒飯了。

七二 17 下 8：摟個脖子來親了個嘴。

②「個」作「過」：二四 4 下 9：姑夫，你放過炮章我聽。

八十 11 下 3：教這個人來家，也強如娶過唱的。

64.①無過②無故

副詞，義同「不過，僅僅」。「過、故」當時音近 guo。

①三一 10 下 9：都是你老婆，無故只是多有了這點尿胞種子罷了。

②四一 4 上 3：無過只是圖往來，扳陪著要子兒。

65.①只個②只顧③只雇④只故

副詞。⑴表語氣，義同「一個勁地、老是」；⑵表語氣，義同「只管」。《金瓶梅》時「個」與「顧、故、雇」音近為 guo。

①八 12 下 4：還只個拍打怎的？

八五 9 上 9：薛媽，你只個領在家，我改日到你家見他一面。

②六 1 下 2：不敢只顧問他。

六五 3 上 7：該多少酒席，只顧分付，學生無不畢具。

③三五 1 下 5：生怕又打，只雇磕頭。

三五 2 上 2：你老人家只雇放心去，管情一下不打他。

④四 6 下 7：你小孩子家，只故撞入去，不妨。

66.①家火②家夥③家活

名詞，此處指杯碟器皿。「火、夥、活」同讀 huo。

①三一 8 下 4：酒席上人散，查收家火。

②九五 10 下 11：海棠死乞白賴又灌了半盅酒，見他嘔吐上來，才收過家夥去。

③三九 14 上 10：吃到酒闌，收了家活，抬了桌出去。

67.①揭②革

動詞，掀起、掀過。此處喻指擱置不顧。「揭、革」魯西口語音同讀 jie 陰平調。

①八六 5 下 6：王十九、自吃酒，且把散話革起。

②八六 5 下 7：賊老狗，怎的說我「散話揭起」！

68.①一歇②一些

動量詞，表示短時間。「歇、些」同讀 xie。

①六 6 上 11：等了一歇，那兩腳慢了些。

②二九 14 上 2：我替娘後邊卷裏腳去來，一些兒沒在跟前，你就弄下碜兒了。

69.①謝②卸

動詞，（花兒）敗落。「謝、卸」同讀 xie。

①六五 15 下 9：月有盈虧，花有開謝。

②十九 1 下 10：幾朵粉梅開卸。

70.①作孽②作業

熟語，即造孽，做壞事。「孽、業」魯西今同讀 ye 去聲。

①六二 14 下 10：業龍作孽，向海底以檎來。

②六二 3 下 10：他各人作業，隨他罷。

71.①拍②排③攡

動詞，擊打。「拍、排、攡」同讀 pai。

①二一 14 下 5：你敢和我拍手麼？

②十二 14 上 1：你敢與我排手？

六五 5 下 11：大和尚……排大鈸，敲大鼓，轉五方之法事。

③八 12 下 4：只個亂打鼓攡鈸不住。

72.①耽待②耽帶

動詞，此處義同「原諒」。「待、帶」同讀 dai。

①二一 16 上 8：凡事耽待些兒罷。

②七八 6 下 9：望哥耽帶便了。

73.①僻（格剌子）②背（哈喇子）

形容詞，偏僻。「僻、背」魯西同讀 bei。

①三七 7 上 11：到明日房子也替你尋上一所，強如在這僻格剌子裏。

②二一 4 上 7：我在這背哈喇子，誰曉得。

74.①一味②一位

副詞，義為「一個勁地」「持續不斷地」。「味、位」同讀 wei。

①五一 12 上 4：一位弄得大大的，露出來與他瞧。

②五一 13 下 4：只是一味熱癢難當。

75.①犒勞②犒樂

動詞，犒賞、慰勞。「勞、樂」魯西同讀 lao 去聲。

①三六 1 上 8：犒勞做活的匠人。

②四八 4 下 1：犒樂匠人。

76.①勞而無功②落而無效

成語，「勞」「落」魯西同讀 lao。

五九 21 下 3：親家，誰似奴養的孩兒不氣長，短命死了，既死了，你家姐姐做了望門無力，勞而無功。

五九 16 上 6：撇的我回（四）撲著地，樹倒無陰來的，竹籃打水，落而無效。

77.①上灶②上皂

動詞，指燒水做飯。「灶、皂」同讀 zao。

①十一 3 上 11：孫雪娥單管率領家人媳婦在廚房上灶。

②九十 11 下 3：要買他來家上皂。

78.①著②招

動詞，容放。「著、招」同讀 zhao。

①二六 8 下 4：休說六鄰親戚笑話，只家中大小把你也不著在意裏。

②十六 5 上 11：我不肯著他，當初那個怎麼招我來？

八一 5 上 2：愁咱親家太師爺府中招放不下你我？

79.①掉②吊③調

動詞，賣弄。「掉、吊、調」同讀 diao。

①五七 13 下 2：掉文袋，也曉得蘇玉局、黃魯直赤壁清遊。

②二五 5 上 6：賊淫婦，你還來我手裏吊子曰兒。

③三二 9 下 10：你這小淫婦，道你調子曰兒罵我。

80.①撩鬥②略鬥

動詞，戲弄、挑逗。「撩、略」魯西今音同讀 liao。

①一 7 上 15：我今日著實撩鬥他一鬥。

②三三 10 下 6：人略鬥他鬥兒，又臭又硬。

81.①叫②教③交

動詞，義同「讓」，帶兼語。「叫、教、交」同讀 jiao。

①二八 9 下 5：叫賊淫婦陰山背後永世不得超生。

②十六 12 上 1：教他娘子兒來咱家走走。

③一 13 下 8：何不交他搬來我家住。

82.①羞②嚻

名詞，此處指取辱羞臊的感覺。魯西今有「害羞」一詞，「羞」讀同「嚻 xiao」。

①二七 8 上 11：沒地遮嚻兒，來纏我做甚麼！

②二九 3 下 11：如今沒的遮羞，拿小廝頂缸。

83.①勢要②勢耀

名詞，指勢力、威風。「要、耀」同讀 yao。

①三二 7 上 10：見你大爹做了官，又掌著刑名，一來懼他勢要，二者恐進去稀了。

②八十 11 下 5：你如今得了這般勢耀，不得此女貌同享榮華，枉自有許多富貴。

84.①撩鬥②撩逗

動詞，見上 80 條。「鬥、逗」同讀 dou。

①一 17 上 5：我今日著實撩鬥他一鬥，不怕他不動情。

②二八 5 上 9：今日我著實撩逗他一番，不怕他不上賬兒。

85.①嘔②毆③歐

動詞，此處是「使人生氣」。這個詞魯西今音 ou 上聲。

①五六 5 上 10：受別人許多酸嘔氣。

②三三 4 上 11：故意毆他。

③五二 10 下 8：把人就歐殺了。

86.①柳②料

量詞，即「絡」，「絡、柳」同讀 liu。「料」讀 liao，音近。

①十二 15 下 1：當頂上齊臻臻剪下一大柳來。

②十二 13 下 1：到家裏只剪下一料子頭髮拿來我瞧。

87.①翻亂②反亂

動詞，吵嚷混亂。「翻、反」同讀 fan，魯西今音「反」讀陰平，跟「翻」同調。

①四三 4 下 10：他屋裏好不翻亂，說不見了金鐲子。

②四三 5 上 2：反亂起來，說不見了一錠金子。

88.①誕②旦

動詞，此處指誕辰。「誕、旦」同讀 dan。

①三九 3 上 5：此日正是天誕。

②三九 3 上 4：就訂在初九爺旦日子罷。

89.①動唥②動旦③動但

動詞，即今「動彈」。「唥、但、旦」同讀「dan」。

①六 7 下 3：在廚房中動唥。

②十一 9 下 9：半邊胳膊通動旦不得。

③十七 6 上 10：只在房裏動但。

90.①伶便②伶變

形容詞，伶俐、聰明。「便、變」同讀 bian。

①十四 3 下 7：因見春梅伶便，知是西門慶用過的丫頭。

②九五 8 下 10：你亦發替他尋個城裏孩子，還伶變些。

91.①揀妝②減妝③鑒妝

名詞，舊時婦女的梳妝匣。《夢粱錄》《事林廣記》均作「減妝」。「揀、減、鑒」同讀 jian，「揀、減」同為上聲。

①二三 4 下 5：上房揀妝裏有六安茶。

②七三 1 下 6：用纖手向減妝磁盒內，傾了些顫聲嬌藥末兒。

③三七 5 上 9：西門慶又替他買了半副嫁妝，描金箱子、鑒妝、鏡架……等件。

92.①卵②鸞

名詞，睪丸。「卵、鸞」同讀 luan，魯西「卵」今讀陽平調，與「鸞」同。

①七九 9 上 10：止剩二卵在外。

②八六 8 上 10：我把你這短命王鸞兒割了，教你只孤到老。

93.①關席②觀席

名詞，指酒宴上面對主位、貫穿全席的位置。「關、觀」同讀 guan。

①十四 13 上 3：當下李瓶兒上坐，西門慶拿椅子關席。

②六五 12 下 4：觀席兩張小插桌，是巡撫、巡按陪坐。

94.①撰②轉

動詞，義為掙得（錢財）。今寫作「賺」，「撰、轉」同讀 zhuan。

①二 9 上 6：撰他幾貫風流錢使。

②二 1 上 8：轉得許多金銀。

95.①稱願②稱怨

動詞，義為「滿足了心願」。「願、怨」同讀 yuan。

①二八 8 下 7：稱不了你什麼願！

②五九 21 上 5：稱怨了別人。

96.①氣不憤②氣不忿

熟語，義近「不服氣」「心中不平」。魯西今習見此語。「憤、忿」同讀 fen。

①十二 9 上 7：見你常時進奴這屋裏來歇，無非都氣不憤。

②五九 20 上 5：誰不知他氣不忿你養這孩子！

97.①稱②趁

動詞，符合、滿足。「稱、趁」同讀 chen。

①二八 8 下 7：稱不了你什麼願。

②二四 9 下 10：趁了你的心了。

98.①乘著②趁著

介詞，有「利用、憑藉」義。「乘、趁」魯西今音同讀 chen 去聲。

①十 8 上 1：乘著酒興，要和婦人雲雨。

②三三 5 下 9：趁著你姥姥和六娘在這裏，只揀眼生好的唱四個兒。

99.①勤王②擎王

動詞，救護帝王的行動。「勤」讀 qin，「擎」讀 qing，音近。

①九九 6 下 9：任賢匡國，赴難勤王，乃臣子之忠誠。

②八四 2 上 1：護駕三千金甲將，擎王十萬鐵衣兵。

100.①娼根②蒼根

熟語，義近今日「婊子生的」。「娼」讀 chang，「蒼」讀 cang，音近。

①五七 5 上 6：沒廉恥、弄虛脾的臭娼根！

②七 12 上 9：張四賊老蒼根、老豬狗！

101.①匠作監②將作監

機構名。「匠、將」同讀 jiang。

①七十 6 下 11：我是內府匠作監何公公來請老爹說話。

②七二 6 上 6：新升將作監何太監侄兒何千戶名永壽貼刑。

102.①粧②莊

量詞，義同「件」（事）。「粧、莊」同讀 zhuang。

①二九 8 下 7：還有幾粧不足處。

②三八 5 上 3：不知心裏怎的只好這一莊兒。

103.①爭奈②曾奈

當時熟語，義近「只是因為」，有遺憾語氣。「爭」讀 zheng，「曾」讀 zeng，音近。

①六五 2 下 1：他也聞知令夫人作過（故），也要來弔孝，爭奈有許多事情羈絆！

②六五 1 下 2：本當該助一經，追薦夫人，曾奈力薄！粗茶飯奠，表意而已。

104.①不爭②不曾

當時熟語，義近「不該因為」，有委婉語氣。「爭」「曾」音近。

①七六 3 下 2：不爭你兩個話差，只顧不見面。

②二五 13 上 2：不曾你貪他老婆，你留他在家裏。

105.①升天②生天

熟語，義指脫離苦海。「升、生」同讀 sheng。

①一百 15 下 11：一子出家，九祖（族）升天。

②三九 19 下 7：度脫母親生天。

106.①罄身②罄聲

熟語，義指不準帶任何衣物。「身」讀 shen，「聲」讀 sheng，音近。

①八四 9 下 2：教他罄身出去，休要帶出衣裳去了。

②九四 9 下 2：即時罄聲領出去辦（變）賣。

107.①禁②經

動詞，承受。「禁」讀 jin，「經」讀 jing，音近。

①十九 9 下 8：我這爛屁股上怎禁的拷打！

②九 10 上 9：原來這般不經打，就死了。

108.①迎兒②蠅兒

人名。「迎、蠅」同讀 ying。

①九 4 上 6：向前便問迎兒小女，那迎兒小女見他叔叔來，唬的不敢言語。

②八七 6 下 5：尋見上鄰姚二郎交付蠅兒，那時蠅兒已長大，十九歲了。

109.①賣俏營姦②賣俏迎姦

成語，出賣色相。「營、迎」同讀 ying。

①七二 13 下 10：從來男女不通酬，賣俏營姦真可羞。

②三 11 上 4：從來男女不同筵，賣俏迎姦最可憐。

110.①梳籠②梳弄

動詞，指妓女第一次接客。一般寫作「梳攏」，「籠、弄」同讀 long。

①十一 11 上 6：西門慶要梳籠這女子。

②五九 4 上 7：小行貨子家，自從梳弄了，那裏出去好生供唱去。

111.①縱②總

連詞，義同今「即使、哪怕」。「縱、總」同讀 zong。

①五一 16 上 8：縱二公不餓，其如從者何！

②七九 18 下 4：玉山自倒非人力，總是盧醫怎奈何！

112.①忙匆匆②忙沖沖

形容詞，匆匆忙忙的樣子。「匆」讀 cong，「沖」讀 chong，音近。

①五五 4 下 6：當下兩個忙匆匆路次話了幾句。

②五五 6 下 4：西門慶因見忙沖沖，推事故辭別了蔡太師。

三、同音替代字

1. 自（只）zhi，北京音 zhi，魯西今音「自」zi，「只」zhi 或 zi。

一 2 上 7：人自知道一個兄弟做了都頭，怎的養活了哥嫂，卻不知反來嚼咬人。（《水

滸傳》同語作「只知道」）

七九 1 上 8：西門慶自知淫人妻子，而不知死之將至。

2. 指（黹）zhi，《廣韻》「黹，針縷所紩」。

十三 9 上 8：在花園亭子上坐著做針指。（《紅樓夢》第五十八回：「眾人皆知他們不能針黹，不慣使用，皆不大責備。」）

三 5 下 2：久聞娘子好針指。

3. 刺（翅）chi

五五 3 上 4：都是珍饈美味、燕窩魚刺。

4. 厮（獅）shi

二十 9 下 7：俺家那大猱厮狗好不利害！（崇禎本作「猱獅狗」）

5. 石（時）shi

七六 25 上 5：這樣狗背石東西！（七五 18 下 9：把俺每這僻時的貨兒都打到揣字號聽題去了。）

6. 使（死）si

九五 10 下 10：海棠使氣白賴又灌了半盅酒。（七二 3 下 9：死氣白賴在中間拉著我。）

十三 10 上 7：原來是那淫婦使的勾使鬼。

7. 是（似）si

一 18 上 5：只怕叔叔口頭不是心頭。（《水滸傳》同語作「不似心頭」）

九二 3 下 7：人心難忖是石沉。

九九 4 上 10：還有大是他的，采這殺才做甚麼！

8. 試（識）shi，「識」北京音陽平，魯西今音去聲同「試」。

七四 11 下 1：每日塵勞碌碌，終朝業試茫茫。（《寶劍記》引《黃氏女寶卷》作「終朝孽識茫茫」）

9. 事（試）shi

七二 13 下 1：如今年少，為小事行道之端，往後自然心地開闊，改過遷善。（崇禎本作「小試行道之端」）

10.是（事）shi

七六 5 下 3：你還是前日空心掉了冷氣，那裏管下寒的是。

三九 14 下 4：中夏記是不題。

11.事（是）shi

二九 5 下 3：立命申宮，事城頭土命。

六九 12 上 3：摟其腿來與永定瞧，教他進裏面去說，此事為你打的。

12.食（世）**shi**

四六 5 上 5：沒見過食面的行貨子。

13.密（眯）**mi**

七四 4 下 9：兩個密縫眼兒。

六八 14 上 6：密縫兩個眼，可不砢磣殺我了。

14.的（抵）**di**

九二 12 上 3：你的盜的東西與鴇子不值了。（十四 6 下 9：沒你的手字兒，我擅自拿你的銀子尋人情，抵盜與人便難了。）

15.的（底）**di**

七十 11 上 8：那轎的離地約有三尺高。

五三 17 下 6：應伯爵正坐在捲棚的下。

16.機、譏（緝）**ji**

七十 12 上 5：第二位管機察梁應龍。

七十 14 上 5：捉察、譏察、觀察、巡察、典牧直駕、提牢指揮、千百戶等官，各有首領，具手本呈遞。

17.唧（擠）**ji**

七九 11 上 7：問如意兒唧了奶來。（崇禎本作「擠了奶來」）

18.稽（冀）**ji**

九一 2 下 4：追出贓物數目，稽其來領。月娘害怕，又不使人見官，衙內失望。

19.氣（乞）**qi**，見上 6 條「使（死）」。

20.佛（扶）**fu**

五五 5 下 6：又有那瓊花、曇花、佛桑花，四時不謝。

21.傅（副）**fu**。雜劇字次要的角色稱「副」。

三一 13 上 9：我如今叫傅末抓尋著，請得他來見一見有何不可？傅末的在那裏？

22.腹（復）**fu**。雙人秋千須有四只手來挽，「復，又也。」

二五 1 下 5：兩雙玉腕挽腹挽，四只金蓮顛倒顛。

23.祖（族）**zu**，「祖」北京音上聲，魯西今音陽平，與「族」同調。

一百 15 下 5：一子出家，九祖升天。（《水滸傳》第六十二回有「一人造反，九族全誅」）

24.疏（酥）**su**

一 7 上 2：原來使盡了氣力，手腳都疏軟了。（《醒世恒言·蔡瑞虹忍辱報仇》：漸漸蘇醒，只是遍體酥軟，動彈不得。）

25.漱（束）**shu**

九五 8 下 9：今年才十二歲，正是養材兒，只好拘漱著學做生活。

26.過（故）gu

六五 2 下 1：他也聞知令夫人作過，也要來吊問。

27.何（胡）hu

十 2 上 1：這廝何說！你豈不認識他是縣中皂隸！

八一 3 上 11：雙橋，你和何秀在船上等著納稅。（八一 2 下 7：此日韓道國要打胡秀，胡秀說：小的通不曉一字。）

28.河（湖）hu

三 4 上 6：但得一片橘皮吃，切莫忘了洞庭河。（四 3 下 3：但得一片橘皮吃，且莫忘了洞庭湖。）

29.胡（核）hu《集韻》匣母沒韻：「楜，果子楜也。」今一般寫作「核」，口語音 hu。

二五 下 11：那個沒個娘老子，就是石頭狢剌兒裏迸出來，也有個窩巢兒；棗胡兒生的，也有個仁兒。

六七 12 上 9：待要說是梅蘇丸，裏面又有個胡兒。

30.去（取）qu

四六 11 下 4：因為五娘沒皮襖，又教我來去。（四六 10 上 6：便向玳安道：「沒來，使小的取皮襖來了。」）

31.取（去）qu

七一 9 下 10：我已尋了房子了，今特來見你一面，早晚便搬取也。

32.絮（緒）xu

十五 6 下 9：雖故姐夫裏邊頭絮兒多，……不是老身誇口說，我家桂姐也不醜。

33.與（語）yu

七六 20 下 2：寄與富兒休暴殄，儉如良藥可醫貧。（十一 13 下 4：寄語富兒休暴殄，儉如良藥可醫貧。）

34.於（與）yu

六四 6 上 4：薛外相復於大舅聲喏，說道：「吳大人，失瞻。」

35.于（與）yu

七九 16 上 6：月娘替他穿上暖衣，于金蓮肩搭擋扶著，往離了金蓮房。

36.法（伐）fa

六九 13 下 3：執殺法兒只回不在家。（「執殺伐兒」即當家人。）

37.剎（煞）sha

三一 10 上 7：見了俺每如同生剎神一般，越發通沒句好話兒說了，行動就睜著兩個屄窟窿吆喝人。

38.呀（壓）ya

六八 10 下 10：下邊四個妓女拿樂器彈唱，叫呀酒，飲過一巡。

六八 16 上 3：唱畢，又叫呀酒，愛月兒卻轉過捧西門慶酒，吳銀兒遞伯爵。（李白〈金陵酒肆留別〉：風吹柳花滿店香，吳姬壓酒喚客嘗。）

39.潑（破）po

十一 7 下 3：頭一個名喚應伯爵，是個潑落戶出身。

40.何（和）he

十六 5 上 2：他怎的就知我何你一心一計？

七二 20 下 2：請了我何大舅、溫師傅同坐。

41.胡（何）he

六 1 上 7：卻說西門慶便對胡九說去了。（六 1 上 2：西門慶買囑何九。）

42.合（荷）he

七七 11 上 2：又用纖手掀西門慶藕合段鏇子，看見他白綾褲子。（「藕合段」即「藕荷色的緞子」，魯西至今稱淡紫色、粉蓮色為「藕荷色」。）

四六 16 上 1：老婆穿著水合襖、藍布裙子。

43.剁（剟）duo

七五 28 上 11：叫劉婆子來瞧瞧，吃他服藥，再不頭上剁兩針，由他自好了。（此處非刀砍之「剁」，而是針刺之「剟」。《醒世姻緣傳》作「掇」。第七十二回：拿了一只雄雞，把大針在雞冠子上狠掇，擠出血來。）

44.撮（捽）zuo《廣韻》「捽，手捽也。」《韻略匯通》「捽，揪持。」

九 9 上 1：武二番過臉來，用手撮住他衣領，圓睜怪眼。

十一 2 下 11：將手中花撮成瓣兒，灑西門慶一身。

45.槨（裏）guo

六七 18 上 3：前日與李大姐裝槨，你們替他穿了甚麼衣服在身底下來？（用布帛衣服裝殮屍體叫「裝裏」。《鐵拐李》第二折：「你裝裏我二十重，或是三十件。」《紅樓夢》第九十三回：「哥兒大病了一場，已經死了半日……裝裏都預備了。」）

六二 21 上 1：眾人七手八腳，都裝掷停當。（「槨」又形訛作「掷」）

七九 22 下 4：這裏裝柳西門慶停當，口內才沒了氣兒。（「槨」又形訛作「柳」）

46.顧（過）guo

五五 12 上 5：四人坐下，喚顧買打上兩角酒來。（《水滸傳》第二十九回：武松道：「過

買，叫你櫃上那婦人下來，相伴我吃酒。」）

七二 6 上 11：昨日夏大人甚是不顧意……頭到俺每去京中，他又早使了錢。（馮夢龍《量江記・宮眷北行》：迎新棄舊，我心下不過意。）

47.接（褯）jie

三十 8 上 10：月娘道：「你且休閒說，請看這位娘子，敢待生養也！」蔡老娘……說道：「是時候了，問大娘預備下繃接草紙不曾？」（宋趙叔向《肯綮錄》：小兒衣曰繃接。）

三十 8 下 11：只見雪娥後邊和小玉抱著草紙、繃接並小褯兒來。孟玉樓道：「此是大姐姐預備下他早晚臨月用的物件兒。」

46.且（切）qie

四 3 下 3：但得一片橘皮吃，且莫忘了洞庭湖。（三 4 上 6：「但得一片橘皮吃，切莫忘了洞庭河。」）

49.業（孼）ye，「孼」北京音 nie，魯西今音「業、孼」同讀 ye。（例見 8 條「試（識）」）

50.月（藥）yue，魯西「藥」一讀 yue，一讀 yao

九四 7 上 5：奶奶說「我肚子裏有甚麼，拿這月來灌我？」

51.別、擺（①刮②把）bai

①四三 9 下 2：到如今孤另另怎別劃。（此句《詞林摘豔》作「怎刮劃」）

二一 4 下 4：兩個說了一夜話，說他爹怎的跪著上房的叫媽媽，上房的又怎的聲喚擺話的，磣死了。

②六一 12 下 5：愁來別酒強重斟。（此句《雍熙樂府》作「把酒強重斟」。魯西今音，介詞「把」一讀 bai。）

三二 10 上 4：擺人的牙花子已闔了。（五十 4 上 2：把人牙花都磕破了。）

52.待（代）dai

七六 2 下 6：俺每就待他賭個大誓。

七六 10 下 3：就交待與金蓮管理。

53.待、代（帶）dai

七四 18 下 4：半掩過香羅待。

四六 3 下 4：西門慶與伯爵、希大都一代上面坐了。

54.宅、摘（擇）zhai

八四 9 下 10：我宋江久後決然替兄弟宅取一個好的。

六七 2 下 10：我愁著哥謝孝這一節：少不得也謝，只摘撥謝幾家要緊的，胡亂也罷了。

55.捱（挨）ai

五七 2 上 3：鄰舍街坊婆兒婦女捱肩擦背。（十五 4 上 1：引惹的那樓下看燈的人挨肩擦背，仰視上瞧，通擠匝不開。）

56.挨（捱）ai

十 2 上 11：延挨了幾日，只得蒙矓取了供招。（九五 12 上 6：只顧延捱監滯，顯有情弊。）

五二 1 下 10：奴只怕挨不得你這大行貨。（五二 2 上 3：蹙眉隱忍，口中咬汗巾子難捱。）

57.費（廢）fei

五七 7 上 8：不忍見梵宮之費敗。

一 1 下 10：大王莫以賤妾之故，有費軍中大事。

58.廢（費）fei

二一 5 上 4：教李瓶兒拿出一兩來——原為他廢事起來。

59.對（得）dei 魯西口語「對、得」同音。

二六 7 上 9：這婦人對了西門慶此話……詞色之間未免輕露。（崇禎本改「對」為「得」）

60.對（兌）dui

五六 6 上 10：還許我尋下房子，一併對銀與我成交哩。

61.兌（對）dui

八七 7 上 1：又有三四處官戶人家爭著取，都回阻了——價錢不兌。

62.誰（隨）sui

六四 2 上 10：誰問天大來事，受不得人央。

63.墜（綴）zhui

三九 11 下 10：背面墜著他名字「吳什麼元」。

64.鬼（國）gui

八三 3 下 4：賊破家誤五鬼的奴才。（「五」為衍字，「破家誤國」指葬送主子。）

65.味（衛）wei

六三 10 下 9：就是個不知趣的蹇味兒。（「蹇衛」指驢。）

66.圍（尾）wei

六五 12 下 9：〔六黃太尉〕捧著敕書在頭裏走，地方統制、守禦、都監、團練、各衛掌印武官，皆戎服甲冑，各領所部人馬圍隨。

67.報（抱）bao

一 3 下 8：惟有宋江，替天行道，專報不平，殺天下贓官汙吏、豪惡刁民。

一 11 下 3：報怨大戶，普天世界斷生了男子，何故將奴嫁與這樣個貨！

68.道（到）dao

九八 4 下 11：陳經濟道那日宰豬祭祀燒紙。

69.落（澇）lao

二十 8 上 2：去年城外落鄉許多里長老人好不尋你……他說你老人家會告的好水災。

70.後（候）hou

七一 2 下 6：左右伺後酒筵上坐。

五三 5 上 10：直至黃昏時後，各房將待掌燈。

71.劉（陸）liu

二 7 下 1：莫不是花胳膊劉小二的婆兒。（此回所列人名多與《水滸傳》同，此人《水滸傳》作「花胳膊陸小乙」，諢號同，名形近，故以為時音「劉」「陸」近似。）

72.干（甘）gan

八七 7 下 10：那漢子殺人不斬眼，豈肯干休。

73.汗（漢）han

二九 3 上 8：又說他怎的拿槍弄杖，成日做賊哩、養汗哩。

五八 14 上 5：是你這奴才的野汗子，你不發他出去！

74.便、辨（變）bian

九一 13 下 11：即時叫將媒人陶媽媽來，把玉簪兒領出去便賣銀子來交。

九十 11 下 1：知縣拘將官媒人來，當官辨賣。（八六 7 下 5：把那淫婦叫他領了去變賣嫁人。）

75.點（典）dian

七七 4 上 2：家老爹恩點，小人知道。

76.添（腆）tian

七 11 上 3：奴不是歹意謀死了漢子，今日添羞臉又嫁人。

77.見（間）jian

四六 6 上 7：杏花梢見著梨花雪。（此句《詞林摘豔》作「杏花梢間著梨花雪」。）

78.獻（現）xian

七八 19 上 3：休要做打嘴的獻世包（報）。（四一 7 下 4：教他明日現報了我的眼。）

79.沿（嚴）yan

四十 4 上 9：拿裙子裏的沿沿的。

四一 6 上 4：把官哥兒過得沒沒的。（「沒沒」是「沿」形誤。）

80.豔（釅）yan

七三 17 上 6：多著些茶葉，頓的苦豔豔我吃。

81.攛（穿）chuan

二 4 上 11：白駒過隙，日月攛梭，才見梅開臘底，又早天氣回陽。

82.經（金）jin

七四 14 下 3：何人似你念《經剛》。

83.近（進）jin

五五 11 上 2：近的利錢也委的無數。

四一 9 上 3：一徑因秋菊開的門遲了，近門就打兩個耳刮子。

84.胖（龐）pang

四五 8 上 1：只愛你生的胖兒俊。（二 4 下 9：越顯出張生般龐兒，潘安的貌兒。）

85.方（坊）fang

四一 7 下 11：做親時人家好，過後三年五載方了的才一個兒？

86.房（坊）fang

十四 4 上 3：若從大門裏來，教兩邊街房看著不惹眼？

五八 7 下 6：得了些顏色兒就開起染房來了。

87.相（像）xiang

三五 11 上 4：天下有沒廉恥皮臉的，不相這狗骨禿沒廉恥。

十二 16 下 8：眼看著媳婦偷盜，只相沒可見一般。

88.向（像）xiang

四十 8 下 5：好歹揀兩套上色的與我，我難向他們多有，我身體沒與我做什麼大衣裳。

89.相（向）xiang

三四 5 下 6：教我絲毫沒受他的，只教他相房邊連夜拆了。

90.床（窗）chuang

四一 4 上 9：這的是南省尚書、東床駙馬。（此句《詞林摘豔》著作「東窗駙馬」）

91.望（往）wang

一 5 下 11：望虎面上眼睛裏只顧亂踢。（五一 7 上 5：他便往爺這裏來了。）

92.曾（爭）zheng

三九 4 上 5：寶殿前仙妃玉女，霞帔曾獻御香花。

九四 10 下 7：薛嫂也沒曾兢（競），就兌了銀子寫了文書。

93.陳（成）cheng

二十 12 上 8：家道營盛，外莊內宅煥然一新，米麥陳倉，騾馬成群，奴僕成行。

94.身（聲）sheng

六一 6 上 9：拍打的連身響亮。

95.勝（盛）sheng

七九 4 上 4：門首買賣甚是興勝。

96.筋（經）jing

五四 12 下 2：卻是胃虛氣弱，血少肝筋王（旺），心境不清。

97.親（青）qing

五五 13 下 2：員外著小的們伏侍老爺，萬求老爺親目。

七七 17 下 10：俺每都到苗親家住了兩日。

98.鍾（縱）zong

五五 15 上 8：鍾富貴，天之祿。

99.中（終）zhong

五九 12 下 9：眼目忽睜忽閉，中朝只是昏沉不省。

100.總（種）zhong

七七 9 下 4：看了他萬總妖嬈難畫描。

《金瓶梅》53-57 回中的吳語

一、引言

四百年前的吳語是什麼樣，我們無法知其詳細。但某些語法、詞匯上的特點可以從一些文獻考知。

《金瓶梅》是用北方話寫的，但其中 53-57 回包含有吳語成分。《金瓶梅》的最早讀者之一沈德符說：「……無幾，則吳中懸之國門矣。然原本實少五十三至五十七回，遍覓不得，有陋儒補以入刻，無論膚淺鄙俚，時作吳語，即前後血脈亦絕不貫穿，一見知其贗作矣。」[1]

萬曆丁巳東吳弄珠客序本《金瓶梅詞話》（以下簡稱萬曆本），現經初步研究，其 53-57 回與前後血脈不連貫確是事實。語言風格與他回不同也是有的。[2]可見萬曆本即使不是吳中首刊本，也是內容未大變更的翻刻本，而沈德符的話也未欺人。

我們感興趣的，是他的「膚淺鄙俚、時作吳語」的評語。沈德符祖籍秀水，即今天的嘉興，他是地道的吳人。他判定是否有吳語，應當是有權威性的。他的話告訴我們，《金瓶梅》的總體不是用吳語寫的，53-57 回確有吳語成分。但是這裏的「吳語」是指用詞用語，還是指語法，得要我們自己去考察。

把《金瓶梅》全書和這幾回的語言，先分別作窮盡的描寫，爾後逐一對照比較，這一時沒條件做到，本文篇幅有限，擬用另一種方法來考察：先從《金瓶梅詞話》有關章節跟《水滸傳》《古今小說》的比較入手，找出《金瓶梅》作者的語言風格特點，再以這些特點為主去觀察 53-57 回的語言風格變異。

1 　《萬曆野獲編》卷二十五〈詞曲・金瓶梅〉。
2 　參看〔美〕韓南〈金瓶梅的版本及其他〉。

二、《金》跟《水》《古》的比較

《金瓶梅》引用他書甚多，但其中不少只是意引或融合，只有對《水滸傳》23-26 回，幾乎原封不動地套入自己的 1-6 回和 9 回、37 回。因為「幾乎」是照搬，少數的改動便格外顯眼。我們這裏不分析因情節人物設計不同的改動或補充，只注意語言的差異。分析出的語言特點，有可能是作者特定時代、特定地域的特點，但也有可能有僅屬作者個人語言習慣的東西，我們統稱之為「語言風格」。《古今小說》中「新橋市韓五賣春情」一回，也有相當多的語言片段移用到《金瓶梅》第 98 回，也可以用來作比較的對象。

本文中例句出處頁數，《金瓶梅詞話》據人民文學出版社 1985 年第一版（簡稱《金》），《水滸全傳》據上海人民出版社 1985 年版（簡稱《水》），《古今小說》據人民文學出版社 1979 年版（簡稱《古》）。它們所據的版本分別是：萬曆本《新刻金瓶梅詞話》，萬曆袁無涯刊《繡像評點忠義水滸全書》，明天許齋刻本《古今小說》。這三種書大致都是萬曆末年在蘇州印行的，它們之間的語言差異，似乎更能反映出原作語言的地方特點和個人風格。

因為《金瓶梅》有關章節是據《水滸傳》《古今小說》改寫的，彼此有差異的語句不多，所以例證不可能要求豐富，但應該要求沒有反證。就是說，某一語言現象，《水》《古》作甲，《金》作乙，即是《金》的特點，儘管有時三書同作甲、同作乙，不妨礙論點的成立。但不允許同一語言現象有《水》《古》同作乙而《金》作甲的例子。如果有這種現象，那就表明甲乙是三書共同用法，談不上是那一部書的特點。

《金瓶梅》的語言風格可分四個方面：(一)句式構詞；(二)虛詞；(三)實詞；(四)用字。用字不同有時涉及到方言差別，所以也是「語言風格」的內容之一。

(一)句式構詞

1. 處所狀語放在動詞前。特別是謂語是動賓或動補結構時，《水》《古》有些處所狀語「在……」，放在謂語之後，《金》都做了改動，改動方式可以是刪削某些成分，主要是改變語序。

《金》	《水》
37 頁：又怕門首沒人	299 頁：又怕家裏沒人在門前
40 頁：在縣門前開生藥鋪	301 頁：開著生藥鋪在縣前
55 頁：那猴子死命頂在壁上	309 頁：那猴子死頂住在壁上
100 頁：那小猴子手裏拿著個柳籠簸籮兒	322 頁：那小猴子挽著個柳籠栲栳在手裏

2. 「動補賓」結構。動詞後面既帶有賓語、又帶補語的時候，《水滸傳》有「動賓

補」的句式，如 17 回 195 頁「立腳住了不走」，《金》卻改用「動補賓」式。

《金》7 頁：卻怎生鬥得過他　　　　　《水》297 頁：卻怎的鬥得他過

吳方言至今仍有這種句式。普通話「我講不過他」，蘇州話說成「我講勿伊過」，或者「我講伊勿過」。[3]

3. 不用「動將趨」式。《水滸傳》中有不少「動詞＋將＋趨向動詞」的句子，《金瓶梅》作了改動，改動方式有多種，主要是去掉「將」字，成「動趨」式。

《金》	《水》
5 頁：從青石上翻身下來	274 頁：從青石上翻將下來
7 頁：從岡子上走下來	278 頁：從岡子上走將下來
13 頁：武松搬來哥家裏住	285 頁：武松搬將家裏來
23 頁：盤纏兄弟自差人送與你	281 頁：盤纏兄弟自送將來
35 頁：著幾句甜話兒說入去	297 頁：著幾句甜淨話兒說將入去

這裏的「動將趨」式，在吳語區的杭州，至今仍能聽到。[4]

4. 不用名詞詞頭「阿」

《水滸傳》中有名詞詞頭「阿」，如第 7 回的「阿叔」，第 14 回的「阿舅」。《金瓶梅》引到的第 24、25 回各有「阿叔」一例，改成了「小叔」。

《金》	《水》
23 頁：不曾聽得說有甚麼小叔	298 頁：曾不聽得說有甚麼阿叔
57 頁：再嫁由身，小叔如何管得	311 頁：再嫁由身，阿叔如何管得

(二)虛詞

1.把

《金瓶梅》只作為處置式的專用介詞，《水滸傳》中有作動詞用的，作工具狀語的介詞用的，《金瓶梅》都作了改換。

《金》	《水》
45 頁：用索兒拴了	304 頁：便把索兒縛了
57 頁：遞與王婆收了	311 頁：把與王婆收了
58 頁：遞與婦人	312 頁：把與那婦人

2.將

3　參看詹伯慧《現代漢語方言》，湖北人民出版社 1981 年版。
4　參看陳剛〈杭州話裏有「動將趨」式〉，文載《中國語文》1988 年第 3 期。

　　《金瓶梅》用作處置式的介詞，這種短語可以放在動詞前，也可以放在動詞後。前者如 58 頁：「將那藥傾在盞內」，後者如 36 頁：「送將絹綿子來」。《水滸傳》中有動詞「將」的句例，《金瓶梅》都作了改動。

《金》	《水》
29 頁：便濃濃是點兩盞薑茶，放在桌上	295 頁：便濃濃的點兩盞薑茶將來放在桌上
36 頁：你快使人送將綢絹綿子來	298 頁：你卻便使人將綾綢絹匹並綿子來
38 頁：便取出綢絹三匹來	299 頁：便將出那綾綢絹匹來

3. 往

　　方向狀語中的介詞，《金瓶梅》用「往」，《水滸傳》有用「望」的例子，《金瓶梅》改作「往」。現代吳語白讀系統中，微母字仍然讀重唇，《金瓶梅》方言中大概已經「往」「望」同音了。

《金》	《水》
18 頁：只顧往縣前那條路去了	288 頁：只顧望縣前這條路走了去
23 頁：往東京去了	291 頁：望東京去了

4. 用

　　《金瓶梅》中原因狀語可以用介詞「用」，義同「因為」。這個「用」大約是個方言記音字。

《金》	《水》
15 頁：用了個紙虎兒也嚇一交	310 頁：見個紙虎也嚇一交
1312 頁：用何下藥	327 頁：因何設計下藥

5. 禁止副詞「休」

《水滸傳》《古今小說》多用「不要」，《金瓶梅》改作「休」。

《金》	《水》
100 頁：你休氣苦	322 頁：你卻不要氣苦
101 頁：你休說謊	323 頁：你卻不要說謊
1405 頁：你休要作假	《古》60 頁：你不要裝假

6. 疑問代詞「怎麼」

《水滸傳》用「怎地」，《金瓶梅》改用「怎生」「怎的」。

《金》	《水》
7 頁：卻怎生鬥得過他	177 頁：卻怎地鬥得他過
15 頁：卻怎生這般計較	285 頁：卻怎地這般見外

52 頁：怎的賺得肥顫顫的	307 頁：怎地劃得肥顫顫地
1311 頁：怎生謀害了	326 頁：怎地謀害了

7. 疑問代詞「何」「什麼」

《水滸傳》中的同義形式是「甚」「甚麼」。

《金》	《水》
35 頁：你如何又來罵我	309 頁：你做甚麼又來罵我
62 頁：大郎得何病死了	314 頁：大郎因甚病患便死了
98 頁：得什麼病	319 頁：得甚麼症候
98 頁：什麼藥吃不到	319 頁：甚麼藥不吃過

8. 指示代詞

《水滸傳》有「這般」「恁地」，《金瓶梅》改用「這等」「這樣」。

《金》	《水》
13 頁：看不上這樣三打不回頭 四打連身轉的人	283 頁：看不得這般三答不回頭 四答和身轉的人
37 頁：既是這等說	299 頁：既是乾娘恁地說時
38 頁：眼裏真個不曾見這個好針線	299 頁：眼裏真個不曾見這般好針線
52 頁：我只是這等模樣	307 頁：我只是這般模樣

9. 使令動詞

使令動詞可以構成兼語式，有時主語不出現，明顯是看出使令動詞的虛化趨勢。《金瓶梅》多用「使」「交」，《水滸傳》多用「教」「叫」，《古今小說》用「著」。

《金》	《水》
13 頁：何不交他搬來我家住	283 頁：何不叫他搬來我家裏住
14 頁：卻交我撇了下來	284 頁：卻教我撇了下來
15 頁：交土兵挑了	284 頁：叫個土兵挑了
22 頁：每日交你哥哥去縣裏	289 頁：每日叫你哥哥來縣裏
27 頁：卻不交他跟我	293 頁：卻不叫他跟我
29 頁：且交他來老娘手裏納些敗缺	294 頁：且教他來老娘手裏納些敗缺
1453 頁：使八老往……探聽	《古》77 頁：著八老去……探望他

(三) 實詞

1. 門首

《水滸傳》作「門口」「門前」或「門上」。

《金》	《水》
4 頁：門首貼著一張印信榜文	274 頁：廟門上貼著一張印信榜文
27 頁：又趲將來王婆門首簾邊坐地	293 頁：又趲將來王婆店門口簾邊坐地
37 頁：又怕門首沒有人	299 頁：又怕家裏沒人看門前
39 頁：便走過後門首來叫	300 頁：便走過後頭來叫
63 頁：來到武大門首	315 頁：來到武大門前

2. 針指

縫紉手藝，《水滸傳》稱「針線」，《金瓶梅》稱「針指」。縫紉用物《水滸傳》稱「線索」，《金瓶梅》稱「針線」。

《金》	《水》
35 頁：你便賣弄他好針指	297 頁：你便賣弄他好針線
37 頁：久聞娘子好針指	298 頁：久聞娘子好手針線

3. 簸籮

《金》	《水》
100 頁：手裏拿著個柳籠簸籮兒， 　　　正羅米回來	322 頁：挽著個柳籠栲栳在手裏 　　　羅米回來

「栲栳」一物似指北方的「笆斗」，柳條編成。「簸籮」也是柳條編成，北方簸籮有大小各種形制、各種用途的，但一般沒有繫兒，不能「挽著」，只能「拿著」。《金瓶梅》的改動似是反映特定時代特點地域的生活習俗。

4. 推

表示「佯裝」意義，《水滸傳》多用「做」，《金瓶梅》用「推」。

《金》	《水》
23 頁：王婆只推看不見	294 頁：王婆只做看不見
35 頁：只推拾箸	297 頁：你只做去地下拾箸

5. 「答」和「答應」

表示「理睬」「反應」義，《水滸傳》作「應」或「應答」，《金瓶梅》則用「理」「答」「答應」。

《金》	《水》
17 頁：也不理他	287 頁：也不應他
18 頁：也不答，一直只顧去了	288 頁：也不應，一直地只顧去了
35 頁：若是他不來兜攬答應時	297 頁：若是他不來兜攬應答
35 頁：他若口裏答應與你說話時	207 頁：他若是口裏應答說話時

6. 計較

《金瓶梅》用來指交際中，過分清楚地權衡得失，一般用於表示慷慨的語句中，義同《古今小說》《水滸傳》的「見外」。

《金》	《水》
15 頁：卻怎生這般計較	285 頁：卻怎地這般見外
1454 頁：何消計較	《古》65 頁：何必見外

7. 男子見禮稱「聲喏」「唱喏」。

《水滸傳》《古今小說》則用「拜揖」「作揖」。

《金》	《水》
49 頁：乾娘聲喏	305 頁：乾娘拜揖
100 頁：便叫鄆哥「兄弟唱喏」	《古》
1458 頁：八老慌忙聲喏	72 頁：八老慌忙作揖
1463 頁：經濟接酒在手，還了喏說	74 頁：吳山接酒在手道

8. 多用「回」少用「歸」。

《金》	《水》
15 頁：早些來家吃飯	285 頁：早些個歸來吃飯
23 頁：未晚便回家	291 頁：未晚便歸
100 頁：下糴米回來	322 頁：糴米歸來

9. 多用「進」少用「入」。

63 頁：揭起簾子進來	315 頁：揭起簾子入來
1454 頁：便起身進去	《古》65 頁：便起身入去

10.「看望」義《金瓶梅》用「看」，《古今小說》用「望」。

《金》	《古》
1457 頁：我到家三五日就來看你	70 頁：只在三五日便來相望
1459 頁：過兩三日我自去看他	72 頁：過兩三日定來相望

(四)用字

1. 「賺」寫作「轉」「撰」

《今》	《水》
21 頁：轉得許多金銀	289 頁：賺得好些金銀
49 頁：撰得三五十錢養活老爹也是好處	305 頁：賺得三五十錢養活老爹也好

2. 「便宜」寫作「便益」

《金》	《水》
29 頁：那廝全討縣裏人便益	294 頁：那廝會討縣裏人便宜

3.「～煞」寫作「～殺」。

《金》	《水》
15 頁：虧殺你兩施主	297 頁：虧煞你兩個施主

4.「焦躁」寫作「焦喭」。

《金》	《水》
35 頁：若焦喭跑了去	297 頁：若焦躁跑了去
不焦喭時	不焦躁時

5.「爬」寫作「扒」。

《金》	《水》
5 頁：把身底下扒起兩堆黃泥	276 頁：把身底下爬起兩堆黃泥
99 頁：武二扒將起來	320 頁：武松爬將起來

6.「伏侍」寫作「服事」「扶侍」。

《金》	《水》
13 頁：每日撥兩個土兵服事做飯	283 頁：早晚有土兵伏侍
15 頁：又不服事了別人	285 頁：又不伏侍了別人
15 頁：歡天喜地服事武松	285 頁：歡天喜地伏侍武松
58 頁：我自扶侍你	312 頁：我自伏侍你

7.「劈手」寫作「匹手」。

《金》	《水》
17 頁：匹手便來奪火箸	287 頁：劈手便來奪火箸
17 頁：武松匹手奪過來	287 頁：武松劈手奪來

8.「以定」寫作「一定」「已定」。

《金》	《水》
22 也：那廝一定強不過我	289 頁：那廝以定強不過我
29 頁：已定是記掛著間壁那個人	295 頁：以定是記掛著隔壁那個人

9.「一回」寫作「一會」。

《金》	《水》
29 頁：西門慶也笑了一會便問	295 頁：西門慶也笑了一回問道
30 頁：吃了茶坐了一會起身	295 頁：吃了茶坐了一回起身

10.「家火」寫作「家活」。

《金》   《水》

1454 頁：也替他搬運了幾件家活   64 頁：也替他搬了幾件家火

上文比較了《金瓶梅》和《水滸傳》《古今小說》的語言差異，這裏至少有部分是吳語和北方話的差異。我們知道《水滸傳》的作者施耐庵祖籍蘇州，《百二十本水滸》的刊刻人袁無涯、《古今小說》的編定者馮夢龍也都是吳人。吳人即使用官話寫作，也難免流露出鄉音，這些不合《金瓶梅》作者的語言習慣，引用時就會盡可能刪改。這樣解釋三書異文，大致是不會錯的。

三、《金》書六回和吳補各回的比較

十分有意思的是，在《金瓶梅》第 53-57 回裏，上文分析出的語言風格特點沒有得到充分的反映，恰恰相反，《水滸傳》《古今小說》的語言風格倒是相當多地恢復了。就是說，53-57 回的語言偏離總體風格而趨近於《水滸傳》《古今小說》。

因為研究條件的限制，我們只選前後各三回（50、51、52、58、59、60）來做《金瓶梅》的代表，稱為《金》書六回，與吳補各回來作比較。比較條目首先是上文分析出的各條，再補充幾條實詞和用字。各回使用頻率見後文附表。

(一)句式構詞

1. 處所狀語的位置。

謂語是動賓結構或動補結構，處所狀語是介詞結構放在謂語之後，這種句式可以簡稱為「動賓（補）介處」式。這種句式在吳補各回出現 19 例。而金書六回只有 11 例，這其中有 7 例出現在淫穢語段，在戴鴻森校本裏屬刪除部分，其餘 4 例在 52 回、59 回。

放他在那裏。（682 頁）

你抱他到屋裏（683 頁）

又不撒屎尿在衣服上（789 頁）

我也惹了一身病在這裏（799 頁）

跟「動賓介處」式相對應的形式是「把賓動介處」式，如「把孩子丟在這裏」（603頁）

吳補各回雖然也有「把賓動介處」式，但「動賓介處」式相對金書六回要多，僅 53 回就有 8 例。如：

又丟放他在那裏（686 頁）

點些安息香在屋裏（687 頁）

泡一甌子茶在那裏（687 頁）

西門慶按潘金蓮在床口上（694 頁）

放龜板在桌上（696 頁）

金書六回中淫穢語段的例句也是很典型的。如：

婦人撲些檀香白礬在裏面（52 回）

一手摟過婦人在懷裏（52 回）

舒舌頭在他口裏（52 回）

西門慶把桂姐扛著腿子在椅兒上（52 回）

西門慶於是把桂姐扛起他兩只金蓮於肩膀上（59 回）

以前有人提出「原本無穢語」之說，[5]我們並不贊成那麼絕對。我們認為，在刊行金書時，吳儒除了補寫數回以外，有可能增寫了穢語，以迎合市民的趣味，這種設想有待分析其他條目時進一步證實。

2. 賓語和補語的位置。

金書六回幾乎沒有「動賓補」式。一例在 58 回淫穢語段，「澡牝乾淨」，也可能是吳儒增寫的。另一例在 59 回，「西門慶即令小廝收拾前廳西廂房乾淨。」吳補各回裏「動賓補」式極多，請看以下的典型例子：

打冷戰不住（686 頁）

恐怕追馬不及（690 頁）

平日不保護他好（695 頁）

方才琴童來叫你不應（700 頁）

西門慶畢竟用他不著（734 頁）

你也不曾見佛經過來（753 頁）

3.「動將趨」式

金書六回中，只有 59 回有二例「將經卷挑將來」（793 頁）「一面想將起來」（789 頁）

吳補各回中共 17 例，呈密集趨勢。

58-60 回還有 8 例帶賓語的「動將賓趨」式，如：

叫將崔本來（771 頁）

請將溫秀才來作西賓（771 頁）

這種句式中的「將」字，還有介詞意味，沒有徹底虛化為助詞，和「動將趨」式的

5　參看朱星《金瓶梅考證》，百花文藝出版社 1988 年版，一、三兩節。

「將」不同。這種「動將賓趨」式,在吳補各回中卻又極罕見,只有 55 回「不一時送將藥來」一例。下面還會看到,「將」作為處置式的介詞,也正是金書六回的特點之一。

這種「動將賓趨」式和「動將趨」式比較,還有兩點不同:①前者的動詞是他動詞,從例句看有一半以上是「請」或「叫」這類使令動詞;後者多數是自動詞。②前者的「趨」都是單音的,多數是「來」;後者的「趨」都是雙音的「上去」「進來」一類。

4. 名詞前綴「阿」和後綴「子」

54 回有一例「阿叔們」。從現代北方話看,沒有「阿」前綴。

後綴「子」在北方話中雖然有,但用途不如吳語廣泛,53-57 回出現許多子尾詞是他回沒有的,有些也是現代北方話沒有的。

(1)稱謂:「老子」(751 頁) 義為老頭子、老傢伙;「小的子」(732、746、753);「學生子」(742);「小夥子」(732),「妮子」(730);「哥子」(669) 指稱「官哥兒」,他回只稱「哥兒」;「哥子」(701、702、705) 相當於他回的「哥」;「娘子們」(713) 他回只稱「娘們」。

(2)器官、品性:「奶子」(716),指乳房乳頭;「臉子」(690);「心子」(753);「腰子」(700、713、714);「腿子」(52 回刪節部分);「興子」(716) 指「興頭、趣味」;「氣子」(692) 指氣味。

(3)其他器物:「壺子」(710);「笠子」(748);「狗子」(690)。

其中像「學生子」,現代吳語仍然在用。[6]

(二)虛詞

1. 把、拿、用

「把」作為處置式介詞,全書用法相同,但作工具狀語的介詞(或動詞),卻是吳補各回的突出特點,類似的句子,金書六回用「拿」或「用」。從下面幾個例句可以看出這種差別關係。

把	用	拿
把手影來影去(54·705)	用手推開(50·640)	拿手來摩挲(52·676)
把錦帕來擁了玉臂(54·714)	用汗巾兒接著頭髮(52·672)	拿袖中汗巾兒兩個換了(50·642)
把酒過下去(53·692)	用酒兒吃下去(50·645)	拿一甌子酒出去與他(52·613)

6　詹伯慧《現代漢語方言》。

把那銀剪子剪開護封（55・729）	用方盒拿上四個靠山小碟兒（52・617）	拿黃杆大等子稱銀子哩（52・613）

三個義同的介詞（動詞）比較，「把」字金書六回幾乎不用，「用」字則吳補各回幾乎不用，「拿」字用例，金書六回明顯多於吳補各回，前者平均每回 5 次，後者不到 2 次。

2. 將

作為處置式介詞的「將」，金書六回可以用在謂語動詞之前，類似「把」，有 15 例。也可以放在謂語動詞之後，已經在上文「動將賓趨」式中說明，共 8 例。吳補各回，用在謂語動詞之前的只有 2 例，用在後的只有 1 例。

3. 往、望

方向狀語介詞「望」共 19 例，分佈上沒有規律，但是寫作「往」的，吳補各回一例也沒有，金書六回竟有 60 例之多。

「往」的另一種用法是純粹動詞，類乎現代的「到」「去」。例句的特徵是連動形式，可簡稱「往處動」式，後一動詞不再是「來」「去」等有方向的運動，而是表示前面「往處」的目的。例如：

往縣裏見你李老爹（653 頁）

往東京說了這勾當（653 頁）

這種純粹動詞的「往」字是不能寫成「望」字的。但奇怪的是這種「往處動」式也用例懸殊：金書六回有 61 例，吳補各回只有 7 例。這是因為還有一種功能類似可以代用的「到處動」式，如：

到劉太監莊上赴黃、安二公酒席（692）

兩日不到官哥房裏去看（695）

這種「到處動」式，金書六回較少，有 14 例，吳補各回則有 25 例，似是對「往處動」式少用的一種補償。

總之，吳補各回不大習慣用「往」字。

4. 趕、趁、乘

表示利用某種條件或機會，要用到介詞「趕」「趁」「乘」。其中「趁」字 6 例，比較分散。「趕」字 6 例，均在金書六回，「乘」字 5 例，均在吳補各回。界線分明。

5. 禁止副詞

表示禁止的副詞共有「休」「別（要）」「不（要）」「莫（待）」「沒（待）」幾種，「沒」大概是「莫」的同音替代字。在各回的分佈很清楚。

金書六回共有 32 例，幾乎全用「休」（只有51回有6例「別要」），不用「不」「莫」「沒」（52 回有一例「不要」）。吳補各回共有 25 例，幾乎不用「休」（只有2例），只用「不要」「別要」和「莫」「沒」。

6. 疑問代詞「怎麼」

「怎麼」在這 11 回有「怎的」「怎地」「怎麼」「怎生」「怎樣」幾種形式。另有「怎得」一例（59 回），「怎麼樣」一例（53 回），「怎模樣」一例（52 回）。

「怎的」各回都用，這裏只統計在謂語前的例子，放在句尾反問類似語氣詞的沒有計算在內。「怎麼」也是各回都用，沒有明顯的趨向。「怎生」「怎樣」用例太少，趨向性也不明顯。

只有「怎地」15 例，全在吳補各回。這也許是因為吳語「地」「的」不同音，堅持正寫「怎地」的遺留。

7. 疑問代詞「甚麼」

「甚麼」義還有「甚」「何」「甚的」幾種形式（57 回還有一例「什麼」），吳補各回獨擅「甚的」，有 9 個用例，「甚」看不出傾向，其他形式又都明顯比金書六回用例少得多。（現代只有淮揚一帶的方言裏還用「甚的」來代「什麼」。[7]）

8. 指示代詞

相當於現代的「這麼」「那麼」的代詞，在這幾回中主要有「恁」「恁地」「恁的」「這（那）等」「這樣」「這般」幾種形式。另外有「這等樣」一例（57 回），「恁般」一例（51 回），「恁樣」2 例（59 回）。

和「如此」對文或聯用的「這般」也沒有統計在內，因為這具有成語性質，不能表現方言的差別。

就上述形式統計看來，「恁地」和「恁的」為吳補各回獨擅，「這樣」「這般」也幾乎為吳補各回包攬，「恁」「這等」的用例卻是金書六回占明顯優勢。

9. 使令動詞

這十一回中的使令動詞可分為兩組。第一組包括「使」「令」「差」「著」，著重於支派的事實，多用於陳述文字，書面色彩較濃厚。第二組包括「交」「教」「叫」「喚」，側重於語言支派，多用於對話場合，口語色彩較濃。這種區分沒有什麼絕對的意義。

第一組中，吳補各回不用「使」「令」。「差」似乎各回機會均等。「著」字用例少，也看不出什麼傾向。吳補各回的使令動作用詞集中到下一組去了。

第二組中，「喚」字用例極少，可不考慮。「交」「教」「叫」意義相同，語音相

7　呂叔湘《近代漢語指代詞》，學林出版社 1985 年版。

近，屬於用字習慣問題。其中「叫」字還有「喊叫」義，這和使令用法有時候難以分辨，統計時沒有考慮這種差別。比較第二組用例，看得清的趨勢是：吳補各回用「教」「叫」多，「交」很少；金書六回則前後不同，前三回「交」占絕對優勢，後三回「教」占絕對優勢。

10.用於句首的「等」「待」

用於句首的「等」和「待」，其「等待」義已經虛化，只有「聽任」「允許」意味，有些像使令動詞，但又沒有支派的主體，只是表示一種即將動作的委婉口氣。「等我抱吧」（668頁）和「我抱吧」基本意思是一樣的，不妨說這裏的「等」是一種語氣副詞。

這種語氣副詞，金書六回多用「等」（40例）少用「待」（5例），吳補各回多用「待」（12例）少用「等」（5例）。傾向性是明顯的。

(三)實詞

1.門首。金書六回有21例。吳補各回只有57回有兩例，又用「門口」（54回）「門前」（55、57回）。

2.針指（縫紉手藝）。只有兩例（51、55回）。

3.栲栳。似是吳語詞，在56回又出現兩例。而在60回應伯爵的繞口令中則出現了一例「笆斗」，當即是「栲栳」一物的北方名稱。純吳語《海上花列傳》第十一回也有「周圍打成栲栳圈」語。

4.「佯作」義，金書六回用「推」，前後共7例。吳補各回，55回723頁用「推」一例，56回用「推」3例。又有7例為「假做」「假意」「假」，集中在53和54兩回。

5.「答」「應」「理」

這十一回未見「應答」。「答應」有5例，看不出傾向性。

「答」2例，「理」3例，都在金書六回；「應」2例，在53回。例子不多，但使用情況跟前文分析的《金瓶梅》和《水滸傳》《古今小說》的傾向性成正比例。

6.「計較」只有一例在59回784頁，「見外」未見。

7.「作揖」和「唱喏」。男子見禮，一面拱手作揖，一面口中喏喏連聲，這是一套完整的禮節，簡稱可以是「作揖」，也可以是「唱喏」。在這十一回中，「拜揖」「敘揖」「作揖」共有14例，10例在吳補各回。「唱喏」共出現5次，無一例在吳補各回。

8.「回」「歸」

就現有用例看，50、51、52、54、55、56、57、59回是「回」多「歸」少，唯有53、58、60三回「歸」用例略多於「回」，沒有太大的意義。

9.「進」「入」

後邊附表中，我們對「進」「入」「進入」「出入」「進出」的用例都作了統計，看不出有什麼明顯的傾向。也許《金瓶梅》把《水滸傳》中的「入」改成「進」是偶然現象。

10.「看」「望」

「望」有 4 例，分見四回，意義不大。「看」有 5 例，分見 53、57 回，這趨勢似乎與前文比較《金瓶梅》《水滸傳》《古今小說》的情況相反。細看用例，53 回是吳月娘看望官哥兒，57 回是尼姑看望吳月娘，都是女人的行為，「看」似乎帶有親昵色彩。「望」字四例都是男人的行為，也許這只是巧合。

11.「話」作動詞

「話」有幾個作動詞的例子，都出在吳補各回。

53 回 721 頁：路次話了幾句。

54 回 723 頁：你進去話聲。

　　　　　　　玳安進到房裏話了一聲。

57 回 756 頁：正話間。

12.「攏」

「攏」，義為「摟」「抱」，金書六回只有 642 頁一例，吳補各回竟有 6 例之多。

13.「牲口」，金書多作「頭口」，53 回除了三次「頭口」外，又用了 3 次「牲口」。

14.「鑰匙」是金書常見詞語，如 33 回就有 12 例，46 回有 7 例。在這裏的六回中只見兩例。51 回 635 頁，59 回 782 頁。但在吳補各回中均不見「鑰匙」，卻有兩例「匙鑰」，語素相同，語序相反。這兩例一是 56 回 720 頁，一是 57 回 760 頁。

15.「剛才」「方才」

表達「剛剛過去的時間」這個意義，金書六回只用「剛才」（18 例），吳補各回只用「方才」（9 例），差別很明顯。

「剛才」和「方才」還有副詞用法，相當於「剛剛」，如「那一著方才放下，手也不曾放。」（705 頁）這種副詞用法，金書六回 5 例用「剛才」，吳補各回有 2 例「方才」、1 例「剛才」（56 回 739 頁「剛才說了許多辛苦」），仍然有分用的趨勢。

「方才」還有第三種用法，是表明具備某種條件以後才有的動作。如：「留戀至三更，方才回家。」（59 回 788 頁）這種用法吳補各回未見用例，金書六回有 12 例。

從另一個角度來敘述，金書六回「剛才」和「方才」分工很明確。「剛過去的時間」和「剛剛」兩義用「剛才」，「具備某種條件以後的動作」用「方才」。吳補各回未有後一種用法，前兩種則一律用「方才」（只有 739 頁一例用「剛才」例外）。

16.「一夜」「一宿」

表示動量「一夜時間」，金書六回只用「一夜」，共 12 例。吳補各回只有 3 例「一夜」均見 53 回。又有「一宿」2 例（53 回），「一宵」1 例（55 回），「一晚」2 例（55 回），「一夕」1 例（55 回）。

17.一會兒

表示「短暫的時間量」，主要有「一回」「一會」「一陣」三種形式，另外有些「一番」「一場」也只是一小會的意思。「一陣」的用例少，可以不計。

以上形式中，金書六回只用「一回（兒）」，共 50 例，唯一的例外是 52 回 667 頁的「住會」。吳補各回則用「一回（兒）」較少，另用「一會（兒）」11 例，「一番」15 例，「一場」5 例。

又，現代的「過（一）會」（稍後的時間）這個概念，吳補各回用「停（一）會」，共 5 例，金書六回則用「住（一）回」，有 3 例。另有一例是 52 回的「住會」，從「會」說是例外，從「住」看又是明顯區別於吳補各回的正例。

18.「爹」「爺」

稱呼父輩和家主，金書多用「爹」，只有吳補各回出現了不少「爺」的例子。53 回有 8 例稱西門慶為「爺」；54 回應伯爵兩次自稱「二爺」（其他地方稱「二爹」）；55 回西門慶認乾子，稱呼蔡京為「乾爺」「爺爺」。

(四)用字

1.「賺（撰）」共有 3 例。

「賺」58 回 775 頁和 60 回 811 頁各有作「撰」一例。而 53 回 782 頁作「賺」，同《水滸傳》。

2.「便宜（益）」共有 3 例。

52 回 612 頁和 58 回 740 頁作「便益」，而 56 回 740 頁作「便宜」，同《水滸傳》。

3.「～殺（煞）」

這十一回中，詞曲中有用「～煞」例，正文無「煞」。「～殺」有 7 例，52 回「唬殺了」「毆殺了」，53 回「餓殺你」，54 回「折殺了你二爹」「樂殺我」，59 回「心疼殺我」「費殺了我心」。最後一例，見曲〈山坡羊〉，此曲似乎不是抄自他處，屬《金瓶梅》作者所作。

另有同義語「～死」3 例。50 回「急死了」，為戴鴻森校本刪掉的淫穢語。53 回有「急死人也」，54 回有「疼死人」。「～死」式可能是吳儒補入的習慣用語。

4.「焦躁（燥）」和「急喤」

吳補各回中有「焦躁」（715）「焦燥」（725）各一例，類似《水滸傳》中的「焦躁」。

金書六回未見「焦躁」，但有義近的「急唣」（611），字形正作「唣」。

5. 扒

金書六回有「扒」字凡五見，無「爬」字；吳補各回「扒」「爬」均未見例。

6. 伏侍

金書六回中只有 58 回有一例「伏侍」，吳補各回有兩例「扶侍」，8 例「伏侍」，例少無從討論。

7. 「劈手」「匹手」都未見用例。

8. 「已定」共 8 例。其中含 56 回一例，均與《水滸傳》異。未見「以定」或「一定」。

9. 「亦（一）發」。金書六回中後三回無例，前三回 4 例，均作「亦發」，吳補各回 8 例，均作「一發」。兩部分用字明顯不同。

10. 表示持續狀態的副詞多用「正」，只是在吳補的 53、54 兩回有 17 例作「政」。

11. 「家火（活）」是器具通稱，多用來指餐具，52 回又指理髮工具，56 回又指傢俱。這個詞用字情況較複雜，48 回以前和 58 回以後用「家火」，吳補各回和 51、52 兩回用「家活」。

四、結語

通過上文的比較和分析，我們可以得出三點認識：

1. 《金瓶梅》53-57 回，確實和其他回有語言風格的差異。

2. 53-57 回的語言特點跟《水滸傳》《古今小說》有著明顯的相似之處。

3. 這些相似之處，有些仍能在現代吳語找到痕跡，如「動賓補」式，「動將趨」式，詞頭「阿」，部分「子」尾詞，動詞「把」等等。

4. 有些語法或詞匯現象，雖然在現代吳語中沒有例子，也並不能肯定它不是四百年前的吳語。這裏搜集的材料，也可為研究歷史上的吳語提供參考。

最後要說明的是，我們自知本文材料和方法上的局限。

從材料上看，我們見到的《金瓶梅詞話》，是在吳人中流傳相當時間後，又在蘇州初刻的，各回都可能有吳語的改竄。而作比較對象的《水滸傳》《古今小說》和 53-57 回，也在當初就不是地道的純吳語。純粹的方言著作，不好寫，更無法流傳。這樣，幾本書相同的語言未必不是吳語，不同的語言也可能是共同語中的個人風格差異。

從方法上說，我們只注意幾本書的差異，特別是例證較多的規律性差異，而相同部分中的吳語現象就無從發現。例證較少，特別是只出現一兩次的詞語，也不能肯定它們的性質。如 53 回 687 頁的「相知」「呵卵脬」，很像現代的吳語，但它不是我們的比較

方法能夠證明的。

在詞彙方面，各種方言的交叉影響是自古皆然的。再下去四百年，誰能說「阿姨」「尷尬」「垃圾」不是北方話呢。本文的實詞比較部分，只能是一種嘗試。

另外，金書六回能否代表《金瓶梅》的整體語言風格，這種疑問是很可理解的。我們認為除了實詞部分有偶然性之外，語法、虛詞乃至用字，都可以說沒大問題。至於對一百回作全面描寫比較，前面說過，是再好不過的，只是本文無力做到了。

附言：

《金瓶梅》引書，原則上說只能引傳世以前的書。本文用以比較用的《水滸傳》《古今小說》都認為是和《金瓶梅》同時或稍後印行的。準確的說法應該是，《金瓶梅》據以改寫的是袁無涯刻本《水滸傳》和馮夢龍編《古今小說》的前身（小說或話本）。本文應用的是筆者現在見到的材料，文中的「引用《水》《古》」，只是一種簡便說法。

《金瓶梅》據以改寫的《水滸傳》，一般認為是天都外臣序本或郭勳本，就我們比較的語句說，郭勳本殘卷不存，其他幾種版本基本相同。《金瓶梅》引用的「新橋韓五」材料，可能是失傳的話本，我們只能用馮夢龍的《古今小說》來比較。

文中所言語句的「改」，只是指「差異」，沒有分判孰先孰後的意思。例如「新橋韓五」材料，也許《金瓶梅》據的話本就如同《金瓶梅》所寫，而馮夢龍倒是按吳語習慣改動了某些語句。

附表：金書六回跟吳補各回的語言比較（括弧內的數字表明在戴鴻森校本刪除語段）

項目 \ 用例數 \ 回目		50	51	52	53	54	55	56	57	58	59	60
「動賓介處」式		—(1)	—(4)	2(1)	2(1)	2	—	4	5	—	2(1)	—
「動賓補」式		—(1)	—	—	10	3	—	1	1	—	1	—
「動將趨」式		—	—	—	2(1)	2	3	3	6	—	2	—
「動將賓趨」式		—	—	—	—	—	1	—	—	4	3	1
工具狀語「把」		—	—	2	13	9	7	2	3	—	1	—
處置式「將」		1	2(4)	2(3)	1	1	—	—	—	1	3	—
工具狀語	「拿」	4	5(1)	6	1	2	2	1	—	9	3	3
	「用」	4(2)	2(6)	5(1)	2(1)	—	—	—	—	3	5	1
方向狀語	「望」	—	2	1	—	1	3	1	1	2	4	—
	「往」	7	13	18	—	—	—	—	—	13	9	—
「往處動」式		6	24	5	—	1	3	1	2	12	13	1
「到處動」式		—	2	3	6	6	8	1	4	3	3	3
介詞	「趕」	—	1	4	—	—	—	—	—	1	—	—
	「趁」	1	—	1	1	—	—	1	—	2	—	—
	「乘」	—	—	—	1	—	—	1	3	—	—	—
禁止詞	「休」	4	2	8	1	1	—	—	—	4	6	2
	「別」	—	6	—	4	2	—	—	—	—	—	—
	「不」	—	—	1	4	3	—	1	2	—	—	—
	「莫」	—	—	—	2	4	—	—	—	—	—	—
	「沒」	—	—	—	3	—	—	—	—	—	—	—
疑問詞	「怎麼」	1(1)	5	2	3(1)	2	1	—	3	3	3	1
	「怎的」	1	9	8	8	12	2	4	1	11	8	2
	「怎地」	—	—	—	3	4	4	1	3	—	—	—
	「甚麼」	9(1)	16(2)	8(1)	1	2	—	3	3	8	3	1
	「甚」	—	6	3	5	—	4	2	—	—	1	—
	「何」	—	6	2(1)	1	1	4	—	1	4	7	1
	「甚的」	—	—	—	5	4	—	—	—	—	—	—
指示代詞	「恁」	2(2)	7(1)	2	3(1)	1	1	2	—	13	5	2
	「恁地」	—	—	—	—	2	1	6	3	—	—	—
	「恁的」	—	—	—	2	5	—	1	—	—	—	—
	「這樣」	—	—	—	6	4	—	1	—	1	—	—
	「這般」	—	1	—(2)	2	2	1	1	—	—	3	—

類	詞											
	「那等」	1(1)	3	4	3	2	1	1	2	12	2(1)	3
使令動詞	「使」	3	5	5	—	—	—	—	—	11	9	3
	「令」	3	2	2	—	—	—	—	—	8	6	2
	「差」	—	6	2	7	2	4	—	1	2	3	2
	「著」	—	—	—	—	—	4	—	—	1	—	—
	「交」	19	39	29	3	4	1	1	—	1	—	—
	「教」	1	—	—	4	—	8	4	5	40	13	10
	「叫」	1	4	7	18	3	11	1	5	12	11	3
	「喚」	—	2	—	1	1	—	—	1	—	—	1
語氣副詞	「等」	5	6	12	1	1	—	3	—	1	2	—
	「待」	1	1	—	1	3	4	3	1	2	2	—
	門首	2	3	4	—	—	—	—	2	7	5	—
	門口、門前	—	—	—	1	1	—	1	—	—	—	—
	推	—	1	1	—	—	1	3	—	3	1	1
	假意、假做	—	—	—	3	4	—	—	—	—	—	—
	敘揖、作揖、拜揖	—	2	1	3	1	3	2	1	1	—	—
	唱喏	—	1	2	—	—	—	—	—	2	—	—
	回	5	9	4	3	5	8	2	3	1	4	1
	歸	1	—	2	4	1	2	—	—	3	2	3
	進	12	13	8	35	21	19	4	4	21	11	1
	入	1(1)	2	2(1)	4(1)	1	3	—	1	1	3	—
	進入	1(1)	1	—	1	1	—	—	—	—	3	—
	出入	—(1)	—(1)	—(1)	—	—	1	—	1	1	—	—
	進出	—	—	—	2	—	1	—	—	—	—	—
名詞	剛	1	—	—	4	3	1	—	—	—	—	—
	剛才	1	6	5	—	—	—	—	—	5	1	—
	方才	—	—	—	3	4	—	2	—	—	—	—
副詞	剛才	3	—	—	—	—	—	1	—	—	—	1
	方才（剛剛）	—	—	—	1	1	—	—	—	—	1	—
	方才（這才）	—	3	2	—	—	—	—	—	1	3	1
	回	5	7	18	4	—	2	2	2	11	7	2
	會	—	—	1	3	3	2	—	3	—	—	—
	住（一）會	1	1	2	—	—	—	—	—	—	—	—
	停（一）會	—	—	—	2	3	—	—	—	—	—	—
	扶侍	—	—	—	1	1	—	—	—	—	—	—
	伏侍	—	—	—	2	2	3	1	—	1	—	—
	亦發	1(1)	—(1)	1	—	—	—	—	—	—	—	—
	一發	—	—	—	1	1	3	2	1	—	—	—
	家火	—	—	—	—	—	—	—	—	2	1	1
	家活	—	1	6	1	2	2	4	—	—	—	—

臨清方言和《金瓶梅》

　　我的看法是，《金瓶梅》的作者應該是個曾經在臨清生活的人，他熟悉臨清方言。

　　這裏說的臨清方言是四百年前的臨清百姓的口語。比起那時候來，現在的臨清話又有了很大的發展變化，但有很多特點是相同的，可供比較研究。在作這種比較之前，有必要說明兩點。

　　首先是文學作品反映口語方言的程度。百萬字的小說不會是大字不識的土佬寫成，而讀書識字的文豪就不免受官話書音的影響，此其一。文字的東西不能反映口語方言，這是天下通義，漢字更甚，輕聲兒化諸多生動的音變現象只能曲折地有所表現，此其二。一部小說經過多人口傳手抄，輾轉流刻至今，漏落訛誤可以想見，此其三。今天所見的《金瓶梅》和當年活躍在口頭的方言俗語，有不小的距離。

　　其次是「方言」概念的理解。一地方言總起來說是有特色的，但每一個具體的特點的覆蓋面都不是絕對的穩定的。從外部看，很難說，某一特點是天下獨一無二的，別的方言甚至鄰近的市縣都不這麼說。從內部來看，臨清的東鄉和西鄉，老人和孩子，文化高和沒文化的，語言也有差別。臨清城內這樣有限的地方，南城和北城，老派和新派，漢民和回民也都有相當的差別，但都應該包括在臨清方言的範圍內。想當年，運河大碼頭商賈行聚，士官過往，臨清話也應該是相當複雜的。

　　現在的臨清方言，可以運河為界分為兩區，下文說的臨清方言以城關（歸西區）為主，有時舉東區的例子簡稱東鄉。東鄉有些話也許是四百年前臨清話的遺留，而城關則因為太活已經走了樣。

　　下面分別從語音、詞匯、語法幾個方面把現代臨清方言跟《金瓶梅》用例作些比較。

一、語音

　　我在〈金瓶梅的方音特點〉一文中（見本書），曾經證明了以下幾個特點：

　　1. 韻母——⑴ -m 尾併入 -n 尾；⑵入聲韻脫落輔音韻尾；⑶ -en 韻字和 -eng 韻字有混淆；⑷ao 韻和 ou 韻有混淆；⑸uo 韻和 u 韻有混淆；⑹兒化韻 -enr 和 -ir、ür 同音；⑺ angr 和 ar 同音。

2. 聲母——⑴濁音聲母清化；⑵舌面音聲母 j、q、x 產生；⑶ z、c、s 和 zh、ch、sh 有混淆。

3. 聲調——全濁上聲變去聲。

其中 1 條的⑴⑵⑹、2 條的⑴⑵、3 條，符合現代多數北方方言情況，包括臨清話在內。

1 條的⑺和 2 條的⑶，範圍就縮小了，現代北方方言只有個別讀地方符合。就我所知，河北昌黎、山東東平、濟南符合 1 條⑺，但不符合 2 條⑶，山東菏澤（即「曹州兵備管的寬」的曹州府）符合 2 條⑶，但不符合 1 條⑺。臨清西區卻是兩條兼備。

1 條⑶⑷⑸，臨清話不普遍，但個別字是如此，舉例如下。

⑶條 -en、-eng 相混：「懂」有的讀 dun、「嬸子」可同「餅子」押韻，「好生」讀好 shen；

⑷條 -ao、ou 相混：「害羞」說成「害囂」「害臊」，「山藥」讀如「塞友」；

⑸條 uo、u 相混：「暖和」讀如「暖乎」，「湊和」讀如「湊乎」，「做」讀如「揍」。

就特殊字音看，現代臨清話也有很多可以解釋《金瓶梅》中的諧音和異體。

「撅」，意義是折斷，引申為折疊肢體，臨清讀「缺」音上聲。（35 回「撅著行房≈缺著刑房」）（22 回「撅臭了你這王八了」42 回「唐胖子吊在醋缸裏，把他撅酸了」≈77 回「蔣胖子吊在陰溝裏，缺臭了你了」）現代臨清仍有很多陰平、上聲兩讀的字（類似缺＝撅，蔣＝薑）後文還集中討論。

「踏」，臨清讀如「扎」，「扠（拃）」臨清讀如「扎」上聲。（5 回「大踏步直搶入茶坊裏來」≈9 回「大扠步雲飛奔到獅子街來。」）18 回「二娘沒嫁蔣太醫，把他倒踏門抬進去了。」臨清讀如「倒扎門」。這裏也有陰平調和上聲相混的問題。

「偏僻」臨清說「背」。《金瓶梅》37 回「僻格剌子」≈21 回「背哈喇子」。（「合」有 ge 音，如「合氣」「蛤蜊」，25 回有「石頭硌剌」，「硌」也應表示 ge。）

「國」臨清話讀 guo，又音 gui，陰平。與「鬼」上聲略異。《金瓶梅》用「韓道國」諧音「搗鬼」，「破家誤國」寫作「破家誤鬼」，「摑混」又寫作「鬼混」。這裏也是陰平字與上聲字諧音。

「忒」臨清音 tei（開口），「推」也讀 tei。《金瓶梅》32 回「鬼酉兒上車」射「忒醜（推醜）」。

「畦」臨清音 xi，同「席」。《金瓶梅》86 回「你叫薛媽媽替你尋個好人家去吧，我醃韭已是入不的畦了。」

「刮劃」臨清音 bai huai。《金瓶梅》30 回「刮劃」，43 回又寫作「別劃」，「別字」今臨清音 bai 字。21 回又寫作「擺話」。臨清音介詞「把」讀 bai，與「別」「擺」同音。

32 回「擺人的牙花子也硌了」，61 回「愁來別酒強重斟」，「擺」「別」應該就是介詞「把」。

「倘或」或作「倘忽」。臨清音「或」讀 hui，兒化與「忽」（hu）同音。《金瓶梅》不僅「倘或」又作「倘忽」，「一會兒」「一回兒」也又作「一忽兒」。臨清「一會兒」的「會兒」讀次輕聲，同「回兒」「忽兒」。

「恁（那麼）（何等）」臨清音同「能」。《金瓶梅》38 回有「磚兒能厚？瓦兒能薄？」《水滸傳》作「磚兒何厚？瓦兒何薄？」《金瓶梅》39 回還有「隔牆掠肝，能死心塌地」。

「貓」臨清音和「毛」同是陽平調。《金瓶梅》9 回西門慶講故事，「你下面有貓兒沒有」諧音「有沒有毛」。

臨清音陰平讀曲折調，上聲讀高平調，都跟北京音相反。臨清有些字有陰平、上聲兩讀，可能是讀書音和口語音的差別。

「蔣」臨清音又讀同「薑」。《金瓶梅》廚子蔣聰諧音「薑蔥」，歇後語「蔣胖子」也是諧音「薑」。

「錦」臨清又讀同「巾」「金」。《金瓶梅》61 回的曲詞中「簇紅巾」寫作「簇紅錦」。10 回「懸起錦帳」寫作「金帳」。

「曉」臨清又讀同「消」。《金瓶梅》72 回「怎麼不曉得？雪裏埋死屍，自然消將出來」，以「曉」諧音「消」。

「隱」臨清又讀同「陰」，《金瓶梅》46 回曲牌「醉花陰」寫作「醉花隱」。

古入聲字臨清今音的韻母和聲調，跟《金瓶梅》中押韻、別字表現出的情況相同。

「學 xiao」「鶴 hao」和「桃」押韻，見 60 回。

「落 lao」跟「趙、叫、勒」等押韻，見 40 回。

「犒勞」寫成「犒樂」，見 48 回。

「四脯著地」又寫作「四撲著地」，見 59 回。

「鐵」臨清音陰平調，和「說」同調。《金瓶梅》「胡打岔」用「胡鐵」接替「胡說」，見 32 回。

「塔」臨清音陰平調，與「塌」同音。《金瓶梅》「橋塌客過稀」寫成「橋塔客過稀」，見 80 回。

「八、發、煞」臨清同讀陰平調，《金瓶梅》葉頭陀韻語用「八、發、煞」押韻，見 96 回。

其他還有，臨清讀「孽」如「業」，10 回「業畜」即「孽畜」。臨清讀「佛」如「扶」，《金瓶梅》「扶桑花」又作「佛桑花」。臨清「蠢」「唇」同調陽平調，《金瓶梅》39 回「八十歲媽媽沒牙，有那些唇說的」，以「唇」諧音「蠢」。臨清「卵」「鸞」同讀

陽平調，《金瓶梅》86 回「我把你短命王卵兒割了，教你直孤到老」，字寫作「王鶯」。

「差（岔）」，臨清讀去聲，是「錯」的意思。《金瓶梅》53 回「簷頭雨點從高下，一點也不差」，91 回則有「說岔了話」。

二、詞匯

漢語方言中的詞匯量是很大的，系統也是極為複雜的，個別詞語的比較無法確定語言的屬性。本文試圖用新的方法觀察金瓶梅的詞匯系統。(一)幾種特殊構詞法，(二)極具地方特色的動詞，(三)使用頻率高的名詞，(四)反映特定地理文化的詞語。

下文標注出處，凡「八 3 上」即八回 3 頁上，此類出處據萬曆本。凡直接出頁數，如（1060）即「1060 頁」，此類出處據人民文學出版社戴鴻森校點本。

(一)特殊構詞

1. 不～：

「不是」（後字輕聲）義為錯誤、缺點。前面可以加上修飾或限制成分，表明它是一個結構穩定的詞。例如：「許多不是」「我的不是」，見八 3 上。

「不好」（後字輕聲）義為「病」，有名詞動詞兩種用法。前者如「害不好」，後者如「不好了一場」（見十二回 9 上）。

「不濟」（後字去聲），義為身體不好，本事太差。《金瓶梅》中用例很多。

2. ～不的：

這裏指的不是像「吃不的」「吃的」那樣的可能式，這裏的「～不的」沒有相對應的肯定形式。

「怕不的」，表示推測兼有擔心的語氣，相當於普通話的「恐怕」。

「少不的」僅僅表示推測語氣，相當於普通話的「大約、大概」。

3. 害～：

這種支配式結構，《金瓶梅》中很多，如「害熱」「害眼」「害疼」「害餓」「害饞癆饞痞」。

4. ～嘴：

「嘴」作為一個詞素，是指語言活動。

46 回有「說嘴」「謅嘴」都是顯示自己的意思。

51 回有「回嘴」，義為「辯駁」，「強嘴（強嘴）」（1060）是更頑強的辯駁。

5. ～口：

「口」作為一個詞素。是指「言語」。

「轉口」「倒口」指改變言語，改換說法。

「吐口」指發出言語，表明真實意圖。

(二)特殊動詞、形容詞

許多詞語注釋者把重點放在名物稱謂上，實際上方言詞語的特色在動詞上最為突出。

手部的動作如「掠」（liao），指輕率放置，大意是「扔」。

「腳」的動作有「蹀」「蹅」「跐」「踏」。「蹀」音 chai 上聲，指相對穩定地用腳支撐。「跐」音 ci 上聲，是不穩定支撐：一種用法是用腳虛踏，重心不在上，如「跐著門框」；另一種用法是用腳尖支撐，如，「跐著小板凳」。「蹅」音 cha 陽平，特指腳踏入膠狀物，如「蹅在泥裏」。「踏」讀 zha 陰平，有明顯的動態，如「大踏步」，「倒踏門」。

服食動作有「喃 nan」「罨 an」，均指大把地倒入口中吞食，前者指吞食顆粒狀物，後者指吞食粉狀物，又指用粉末敷蓋。

其他身體動作。「捵」「仰摀」「合蓬」；「徐顧」，「斬眼」；「故事」「拾位」。

其他動詞：「扁擔大姐『蟥』（jiang）口袋」，「展汗了嫂子的手」，「整日標在院裏」，「拿長鍋鑊（hu）吃了我」，「誰人保得不無常」。

有些熟語式的詞語：7 回「有的是」（多得很）「不得閑」（沒時間）。9 回「氣不忿」。12 回「不待見」「氣不憤」。

(三)使用頻率高的名詞

如果要觀察名詞，也要改換方法。這裏從衣食住行這些日常生活中的名詞入手。這不僅體現系統觀察詞語的方法，而且這些詞是使用頻率高而又通俗的，很難受其他方言的影響。其中有些詞語是從口語對話中選出，有些還是從其中的歇後語中選出的，尤其不容易受通語、學名或其他方言的影響。

衣著：帽頭子、兜肚、鞋曳跟、提根子、罱紗片子，罱段子；

飲食：麻糖、扁食、果子（糕點）、甜水、卷子、麵筋；

居住：客位（71、1427），倒座（73、390），台基（114、792、1468），廈子（608），隔扇（1159），影壁（1050），當天井（388、1404），當街，街心，打牆板，橡子；

時間：早侵（673），晌午（677、1169），後晌（680、1045），頭裏（剛才）（1022），臨了（最後）（225、1050），年時（去年）（1053、1057），過年（明年）（1044、1054、1316），多咱（何時），住會兒（等一會），年下（春節期間）（1069），大節間（節日期間）（177）；

方位：～以裏，～後裏。

(四)反映特定地理文化的詞語

臨清是運河大碼頭，《金瓶梅》中有許多與運河有關的俗語。如：放著河水不洗船（74 回），船多不礙港（74 回）。還寫到放河燈的習俗，指在運河裏放水上漂的燈來薦亡。

臨清地處平原少石頭，而制磚生產卻名列前茅。《金瓶梅》中歇後語「毛司裏的磚又臭又硬」（299、1282），在其他方言多說成「石頭」。

臨清院牆多用濕土夯築，《金瓶梅》中有「打牆板兒翻上下」（90 回）表示世事無常，人們的地位時常變動更換。

臨清稱老太太為「老嬤嬤（marmar）」，《金瓶梅》歇後語就有幾處用到，如 38 回「八十歲媽媽沒牙」，「老媽媽吃乾肉」。

臨清稱水餃為「扁食」，《金瓶梅》俗語就有「薰太尉吃扁食也學人樣兒辦事」（41 回），「翻包著菜肉扁食」（1 回）。

臨清把拄杖稱作「柺棒」，《金瓶梅》俗語就有「燈草柺棒拄不定」（26 回），「抄花子不見了柺棒，受狗的氣了」（60 回）。

臨清一帶，驢是主要牲畜，過去還是重要的交通工具。《金瓶梅》中有關驢的俗語極多，反映了不同於南方的習俗，如「驢糞球外面光」（78 回），「牽著不走，打著倒退」（1 回），「老粉嘴」（7 回），「為驢扭棍傷了紫荊樹」（25 回），「打著綿羊駒驢戰」（76 回），「破磨對瘸驢」（60 回）。

俗語中的動物也多是北方的，有些名稱叫法至今保存在臨清話裏。如 69 回「出籠的鵪鶉」，60 回「斑鳩跌了彈」，「蝗蟲螞蚱」，85、86 回「蝦蟆促織」，35 回「屹蚤」，……

三、語法

(一)動詞詞尾

1.～剌

倘剌在床上，和剌不上（1052），強如手撥剌（566），拉剌家來（234），刮剌，（1381、1385）

2.～搭

看搭（211、270），餓搭的個臉（1020），雌搭（662），抗搭（1060），攬搭（929、1020），丟搭（1428），……

3.〜弄

掇弄（901、1103、1209），摸弄（789），擺弄（787），禍（和）弄（346），搬弄（1458），撮（cuo）弄（275、407），……

4.〜磨（莫）

曳磨（958），挨磨（865），約莫（24），料磨（1243、1180），……

5.〜落

上落，數落，索落（673），扯落，出落，……

(二)形容詞詞尾

1. 刺刺（辣辣）：大刺刺，熱刺刺，焦刺刺，……
2. 平不答的（974、111）
3. 奸詐不級（967）
4. 嗶哩礴喇（1019）

(三)副詞

《金瓶梅》中有些表現程度或語氣的副詞，用臨清一帶的話解釋似更貼切。

專一（1216）——專門

旋（15、145、149）——臨時

恒數（291）恒屬（599、346、972）恒是（311、369、923、1208）——大概、總是。表達一種自以為然的口氣。臨清話今用「橫（hong）是」。

得為（1109）——有意地（實際上是「特為」，臨清今讀「dei 為」，「得」今讀 dei）

剛（1383、1466）——勉強。臨清今讀 jiang。

情（1465）——一個勁地

單（24）、單管（77、1284）——只

沒的——(1)沒有別的可……如「沒的說」(2)莫非、難道（推測語氣）

強占（1264）——太、過分

緊（9回6頁）——最，如「緊隔壁」「緊裏頭」

隨（7回8頁、9回2頁）——任憑

再——(1)另外(2)還（7回3頁）(3)根本（8回3頁）

(四)連詞

用（55、1312）——因為。臨清今讀如「攏五」或「攏」。

緊自（124、128）…又…（實際是「緊著」）——連接遞進複句。

倘或——設或、萬一，假設複句。臨清今讀兒化音。

但（146）、但凡（11、47）——只要，條件複句。

一個（8、86）——一旦，假設複句。

不是（954）——不然

好（440）——以便，臨清今讀去聲。

(五)動補結構

1.～殺（煞）：(1)形容詞或感覺動詞＋殺表示程度「×極了」，如「樂殺我老太婆了」。(2)及物動詞＋殺表示結果「×死，×滅」，如「冤枉殺旁人笑煞賊」「吹殺燈擠眼」。

2.～去了：表示程度極高，無法形容。如「你的心眼好去了」，「鬼兒去了」。

(六)代詞

1.「俺」「咱」的用法

「俺」為第一人稱，有表單數、複數兩種用法。

「咱」可以用於單數，表複數有排除式和包括式兩種用法。

2.「旁人」「人家」，指別人、其他人。有時代指「我」。如「冤殺旁人笑殺賊」，「上門兒怪人家」。

3.「那麼」，指示程度，讀如「能」。如「能死心塌地」，「磚兒能厚，瓦兒能薄」。

(七)介詞

「問」——「向」某人索取

「閣」——「從」某處取出。（643、998有例）

「趕」——(1)指人，如「趕他叫娘」；(2)「趁」指時機，如「趕眼錯」。

「繞」——今讀 yao，「遍」，如「繞地抓（找）不著」。

(八)「待」

1.能願動詞：相當於「想要」「欲」（215）。

2.時間副詞：相當於「將要」（860）。

3.語氣詞：用在句首緩和語氣。(1)相當於「讓」如「待我來」（8回2頁）；(2)相當於「等」，如「待明天再說」（8回4頁）。

(九)「來」

1. 表約數的助詞：「碗來大疔瘡」。

2. 介詞：相當於「到」（21、87）「在」（1025、1181）。

3. 語氣詞：大致相當於北京話的「來著」，多用於疑問句。用法比較複雜。

(1)用於特指問句，詢問對方過去（包括仍在繼續的）行為，「大官人往哪裏去來？」「吃誰的藥來？」「姑娘說誰來？」

(2)用於特指問形式的反問句，表達不以為然或不滿情緒，「我管的是哪一門來？」

(3)用於是非問形式的反問句，不滿情緒更強烈，「我做下的孝順你來？」

(4)陳述語氣，陳述過去而未完成（或又返回）的動作，「俺爹使我人情往守備府去來。」「說姑娘罵五娘房裏春梅來。」

附言：例證後括弧內的頁碼，據人民文學出版社《金瓶梅詞話》（戴鴻森校點本），「×回×頁」是據萬曆本。

《金瓶梅》韻語勾稽及其語音價值評估

韻語一向是語音研究的重要對象，透過韻轍可以看出一個時代的韻母系統，用韻還能在一定程度上反映聲調系統。

《金瓶梅》中的韻語相當豐富，但成分比較複雜。

從韻語形式看，有詩、詞、曲、文，用韻要求不相同。又有釋道陰陽、醫卜星相用語及俚俗謠諺，用韻寬嚴也有差別。

從韻語製造者看，有小說作者自製的，有改製同代舊作的，也有襲用前代成作的。不同時代不同地域的用韻習慣都有反映。

就每一段具體韻語看，還可能存在著轉抄過程造成的錯訛漏落，因而常常韻例不明、韻字難定。

以上是對《金瓶梅》韻語總體上的認識。

關於韻語的製作者不同、反映時代語音的程度不同，可以結合韻語在小說中的作用，作如下評估。

1. 回首回尾詩。大部分是小說作者自製或改製的，可以反映作者的用韻習慣和語音特點。

2. 證詞，即用詩詞曲形式作為人物外貌、心理、行為描寫的組成部分，甚至成為人物語言、書信的組成部分。這裏面有相當數量的他人之作，但小說作者轉錄時多作過有意或無意的改動，所以也能反映作者的用韻習慣和語音特點。

3. 清唱詞曲，即小說中優伶演唱的詞曲。這一部分游離於情節之外，基本上是抄錄他人之作。經過歷年研究者查證，多數清唱詞曲來源於明代的詞曲集或劇目中，個別是元曲。因而清唱詞曲反映作者個人語音特點的成分較少。但是，也可以從中看到明代文人的一般用韻特點。

釋道宗教活動和演說寶卷，雖然融於小說情節之中，但相對獨立，跟清唱詞曲有些相似。它們反映的是明代下層社會用韻特點。

4. 通俗韻語，包括酒令、謠諺、丑類人物自白，等等。這一部分韻語，雖然間或見於其他文獻，但毫無疑問是取自市民口吻之間，更能反映當時口語語音情況。

上面四類是據在小說中的作用來分的。每類都包括有韻例不同的文體。這種分類不

利於韻字歸納和用韻研究。

經過反復考慮，我們從形式著眼，把韻語分成下面三類：詩、詞曲、文謠。

1. 詩指句式整齊的韻語，包括古體詩和近體詩。雖然其中有幾首出自小說人物釋道星相之口，但總的說，格調較高雅，韻律較嚴密。

2. 詞曲指有詞牌曲牌的韻語，和部分稱為「詞、歌」，可以推定其詞牌曲牌的韻語。詞曲雖然多數見於詞曲集或雜劇小說，但大致是明代作品，風格韻律比較接近。

3. 文謠是上述兩類以外的韻語，細分有文、打油詩、酒令、謠諺四個小類。

下面把三大類韻語的情況分別作些說明。敘述中的韻類一般用《中原音韻》十九韻部稱說，需用上古或中古韻部時，臨文注明。

一、詩

我們從《金瓶梅》中共勾稽出 354 首詩。其中 8 首可稱作古體詩，其餘稱作近體詩。五言的極少，七言居絕對多數，個別古體詩是雜言的。

詩的韻腳平仄都是整齊劃一的。即，整個韻段要麼都是平聲，要麼都是仄聲。這是詩跟詞曲類的分界。

古體和近體的區別，主要在於韻段的長短。古體詩多在八句以上，而且中間可以換韻，一首詩可以包括兩個以上的韻段。

近體詩是就四句八句而言，平仄和對仗不像詩律學上那麼講究，這些近體詩中只有少數格律講究，那差不多都是抄錄他人的。我們不必因此認為小說作者不善為詩：詩律的鬆弛、俗詞語的運用、詩意的淺露，都是與小說服務對象的群眾性緊密相關的。

古體詩韻部跟近體詩也有差別，不便放在一起研究，這裏逐首介紹一下。

1. 漢高祖歌，第一回 2 頁「戚夫人遂哭不止，帝乃作歌以解之」以下四句。這是一首傳抄有訛的詩。《史記·留侯世家》載：戚夫人泣，上曰：「為我楚舞，吾為若楚歌。」「歌曰：鴻鵠高飛，一舉千里，羽翮已就，橫絕四海。橫絕四海，當可奈何！雖有矰繳，尚安所施！」

此詩據漢代語音是押韻的：「里、海」屬之部，「何、施」屬歌部。這跟小說時代的語音相去甚遠，所以傳抄易誤。

2. 「有古風一篇，單道景陽崗武松打虎」。見第一回 6 頁，共 30 句，韻腳是「狂、光、黃、蒼、王、降、荒、亡」和「迎、人、傾、坑」「點、染、崦、減、閃」。同詩又見於《水滸傳》第二十三回，與上述韻腳字略有不同，「降」換作「忙」，「亡」換作「強」，「減」換作「斂」。

這首詩，就《金瓶梅》中的韻腳字看，已經符合《中原音韻》的系統了，第一韻段是江陽韻，第三韻段是監咸、廉纖合韻，第二韻段是真文、庚青合韻。

相較之下，《水滸傳》所載詩更古樸些，不用「降」而用「忙」，還保持有中古詩韻江攝宕攝分押的餘意；不用「減」而用「斂」，也像是「廉纖、監咸」兩部分用的形勢。

3.〈將進酒〉，見第十一回 10 頁「有詩為證」以下。這是抄錄唐代李賀的詩而略有改動。

李賀原詩合乎中古詩韻，第一韻段「蛊、濃、紅、風」押平聲鍾韻，第二韻段「鼓、舞、暮、雨、土」押仄聲姥、暮、麌合韻。

《金瓶梅》第二韻段改為「鼓、舞、度、語、去」押韻，則是語、御兩韻跟姥、暮、麌通押。這是李賀以後時代的語音現象。

4.「人有一只詞，單道這熱」。見第二十七回 2 頁。共八句，分兩段，分別以「龍、紅、中」和「滅、竭、熱」為韻腳。同詩又見於《水滸傳》第十六回，稱「古人有八句詩」。

這確實不是一只「詞」，而是古風詩。從入聲字獨立押韻看，是按照中古韻部用韻的。

5.「男女歡情」。指第六十九回 9 頁描寫男女歡情的十句。第一韻段「悄、嫋、少」押蕭豪上聲，第二韻段「郎、商、唐、香」押江陽平聲，符合《中原音韻》。從中間換韻並且平仄交替來看，還有古風意味。

6.「箴曰」。見第八十八回 1 頁回首詩。同詩又見於《水滸傳》第三十六回「箴曰」。

詩每句六字，押《中原音韻》齊微韻（「祇、隨」「氣、位、畏」），不合古風常例。但平仄交替不是近體詩的習慣，還應作古風看。

7.「贊周統制」。第一百回 3 頁「但見」以下十六句。分別以「蜂、紅、風」「久、有、首」「烈、月、雪」「餘、書、軀」為韻。

從入聲獨立押韻看，是按中古韻部押韻的。

8. 普淨和尚「偈曰」。第一百回 11 頁，五言。此詩又見於《醒世恒言》卷 21〈呂洞賓飛劍斬黃龍〉。一韻到底，全押入聲，不避復字。

二、詞曲

我們從《金瓶梅》中勾稽出詞曲 370 首。

詞曲在文體上比較接近，都是配樂歌唱的韻語，名稱上也常相混。《金瓶梅》中唱

妓和歌童的演唱，有時是唱曲，有時是歌詞。引證中「詞曰」有時也是曲，如第八回〈寄生草〉，第八十五回〈紅繡鞋〉。

詞曲相近，而跟詩不同的地方是，同一首的韻腳可以有平有仄，平仄通押。詞本來就有入聲單獨成韻的特點。但在《金瓶梅》中，除少數抄錄前人的詞作外，不少是入派三聲，通押不分的。

從輯選韻字來說，詞易而曲難。詞的句、字有定數，韻腳位置固定，平仄也有定，都沿襲著傳統詞的格局，韻字比較好確定。只有個別詞有殘缺脫漏。

曲的韻字有時很難定。元代曲作本就有襯字和增句，而且同一曲牌多有或體。明代曲作也許演唱尚有定式，反映在文字上則襯字跟合律的詞句無別。像《金瓶梅》這樣輾轉流布的小說，跟文人的詞曲集更無法相比，錯訛漏落也有，穿插科白也有。韻腳有時比曲譜規定的要少，有時又顯的多。元代曲作裏，上聲字既有可能跟平聲字替代，又有可能跟去聲字交互作仄聲韻；《金瓶梅》中的曲就更無法據平仄來確定韻字的有無和訛錯。

對於詞曲不合正格問題，可以從另一角度去認識。即，《金瓶梅》中的詞曲是為展開情節、描繪情狀服務的，不像文人度曲那樣重視格律。我們只能大致依照詞曲譜來歸納韻字，或據韻字定詞牌、曲牌，而不可能完全一對一地對起號來。下述情況的處理就是依據這種認識。

第六回 4 頁：「將近端陽佳節，但見：綠楊嫋嫋垂絲碧，海榴點點胭脂赤。微微風動幔，颯颯涼侵扇。處處遇端陽，家家共舉觴。」

我們據用韻情況，定為〈菩薩蠻〉。也許是第三、四兩句，是抄錄時無意漏掉；也許是不合情節需要，小說作者有意刪除。研究用韻仍然應作〈菩薩蠻〉對待。

第十三回 11 頁：「有詞為證：內府衙花綾表，牙籤錦帶妝成。大青大綠細描金，鑲嵌斗方乾淨。女賽巫山神女，男如宋玉郎君，雙雙帳內慣交鋒，解名二十四，春意動關情。」

這首詞上闋是〈西江月〉的常見形式，「成金」（平聲）「淨」（去聲）押韻；下闋像是〈臨江仙〉而首句少一字，可能是〈西江月〉的又一體。我們就把這首詞歸到〈西江月〉牌下。

第十九回 3 頁和第五十二回 19 頁各有一曲〈折桂令〉，從內容看顯然是抄錄的同一曲作，但句數卻不盡相同。

我們只能據小說中兩曲的面貌，分別定韻字：十九 3「枝脂實許辭時思思」；五二 19「枝脂兒許許辭時思思」。

這樣，依據(1)小說中注明的詞曲牌，(2)從抄錄來源查到的詞曲牌，(3)我們推定的詞曲牌，把《金瓶梅》中的詞曲定為 370 首。分類見下表。

金瓶梅詞曲統計表

詞曲牌	小計	支思齊微	魚模	家麻	歌戈	車遮	皆來	蕭豪	尤侯	寒山桓歡先天監咸廉纖	真文侵尋	江陽	東鍾	雜
鵪鶉兒	1							1						
傍妝台	1										1			
步步嬌	2							1			1			
採茶歌	3						1	1				1		
朝天子	3		1		1						1			
朝元歌	2										2			
沉醉東風	1						1							
出隊子	2										2			
川撥棹	2							1					1	
簇御林	1										1			
醋葫蘆	3					3								
大迓鼓	1							1						
呆骨朵	1												1	
東甌令	6						1	1			4			
鬥鵪鶉	1			1										
端正好	2	1											1	
二犯江兒水	4							4						
粉蝶兒	1												1	
感皇恩	2						1	1						
沽美酒	1												1	
刮地風	1										1			
掛金索	12	12												
鬼三台	1			1										
桂枝香	1												1	
滾繡球	7	2										5		
好事近	1							1						
河西六娘子	3					1	1				1			
紅繡鞋	6	1		1				1	3					
後庭花	2	1				1								
琥珀貓兒	1										1			
花月欄	1										1			
畫眉序	3				1						2			
浣溪沙	1										1			
黃鶯兒	2										1	1		

貨郎兒	1									1				
集賢賓	3	1				1					1			
寄生草	4				3							1		
江兒水	5		1								3		1	
降黃龍袞	1					1								
節節高	3							1		2				
解三酲	3						1				2			
金殿重重喜	1									1				
金蕉葉	1			1										
金索掛梧桐	1						1							
金字經	8		1		1			1	1	3		1		
錦登梅	1			1										
錦堂月	2							2						
懶畫眉	4								4					
浪裏來煞	1					1								
梁州序	2									2				
兩頭南調兒	1											1		
臨江仙	3				1					1			1	
柳搖金	2			1							1			
柳葉兒	1		1											
羅江怨	4												4	
落梅風	2	1				1								
罵玉郎	2						1	1						
滿江紅	4		2					2						
滿庭芳	2	1										1		
滿園春	1										1			
梅花酒	2							1					1	
綿搭絮	4						2		2					
南枝兒	1										1			
菩薩蠻	1													1
普天樂	2	1				1								
七兄弟	2							1					1	
千秋歲	1							1						
喬牌兒	1												1	
青歌兒	1					1								
青衲襖	1							1						
青杏兒	1								1					
清江引	2	1		1										
人月圓	1							1						

塞鴻秋	1									1				
四換頭	1			1										
四塊金	1						1							
四門子	1									1				
鎖南枝	3					1		1			1			
煞	9												9	
山坡羊	26	6	1	2	3	2		5		4	1			2
聖藥王	1			1										
收江南	2							1					1	
耍孩兒	2	1							1					
耍孩兒煞	1												1	
雙聲疊韻	1										1			
水仙子	6	1				1		1		1			2	
踏莎行	1	1												
太平令	1												1	
倘秀才	5	1										4		
甜水令	1												1	
調笑令	1			1										
禿廝兒	1			1										
荼蘼香	1								1					
脫布衫	1											1		
尾聲	14	2		1			2	2		3	3		1	
烏夜啼	2						1	1						
梧桐樹	1										1			
梧葉兒	1					1								
五供養	7	7												
西江月	12	3		4			1		1	1	2			
喜遷鶯	1									1				
下山虎	2									2				
小梁州	1	1												
逍遙樂	1					1								
小桃紅	1			1										
新水令	3	1						1					1	
行香子	4		1				1		1		1			
眼兒媚	1								1					
雁兒落帶得勝令	4	1					1	1					1	
伊州三台令	1										1			
一封書	1											1		

一江風	4			1	1		1				1		
一煞	1											1		
一枝花	1										1			
宜春令	1										1			
漁家傲	1	1												
玉芙蓉	8	2				2	2		2					
玉嬌鶯	1										1			
玉交枝	8	2	1		1			1	1		1	1		
月中花	4	1			1		1	1						
越恁好	1							1						
皂羅袍	5			1						4				
折桂令	5	2		1						1			1	
折腰一枝花	1										1			
鷓鴣天	11	4	2	1					2	1	1			
針線箱	1						1							
朱奴兒	1			1										
駐馬聽	9	3		2					1	1		1	1	
駐雲飛	2									1			1	
紫花兒序	1			1										
賺	1							1						
醉扶歸	1	1								1				
醉花陰	1									1				
醉太平	1											1		
醉太平煞	1									1				
（待考）	10	1	1	1		1	1	2				3		
總計	370	66	9	33	9	18	25	45	20	51	34	26	32	2

三、文謠

　　跟詩詞曲一類的韻律比較明確的文體相比，文謠這一部分體式複雜，材料分散，需要把整理情況做較詳細的介紹，和必要的摘錄，以便讀者查檢。

(一) 文

　　文有 13 段，可分為兩種。一種是駢體文，每句字數多少不定，但多兩兩對偶，有明顯的文章氣。一種是敘事的寶卷，多是「三、三、四」音步的十字句，帶有俗講變文意。兩者的共同特點是篇幅長句子多，每句的字數也較多。

下面逐段介紹押韻散文。先出回目頁數和名稱，次列韻字，中間換韻或雜有科白的散文再分小節，加數字表明。韻字下面加聲調符號：平聲無號，上聲「‿」，去聲「·」。最後括弧內注明韻部。

1. 第九回 5 頁「武大靈前冷風」（又見於《水滸傳》第二十六回）：煙寒亂幡（寒山、桓歡、先天）

2. 第二十九回 13 頁「潘金蓮蘭湯午戰」：亂暗段箭幹劍片澗站探散攢戰願亂戰厭戰（寒山、桓歡、先天、監咸、廉纖）

3. 第三十九回 15-18 頁「王姑子說因果」：⑴行疼陰人情⑵人人塵生人魂⑶聲朧成根人生（庚晴、真文、東鍾「朧」、侵尋「陰」）

4. 第四十九回 16 頁「胡僧藥功效」：黃方琅償堂梁房芳光剛妝槍陽強藏嘗當亡藏光強傷房方（江陽）

5. 第五十三回 14 頁「淨壇咒」：元玄千年軒（先天）

6. 第五十五回 11 頁「歌童迤邐行來」：鞭前煙眠（先天）

7. 第五十六回 10 頁「祭頭巾文」：⑴歡冠年前堪田（桓歡、先天、監咸）⑵巾身人巾襟忻伸民門奔銀斤嗔文尊筋辛心巾矜根鱗雲人新神恩韻（懇行）（真文、侵尋）

8. 第六十三回 8 頁「祭李瓶兒文」：良詳邦芳凰方良嫦光疆梁傷嬙行藏觴（江陽）

9. 第七十四回 13-17 頁「薛姑子宣黃氏女卷」：⑴堂房裳妝剛蒼（江陽）⑵睍顏（先天、寒山）⑶詳良堂（江陽）⑷忙雙莊（江陽）⑸郎行慌郎娘常王雙娘忘行剛湯堂王（江陽）⑹靈行人魂筋音焚峰生經林籠群（庚晴、真文、東鍾、侵尋）⑺因陰（真文、侵尋）⑻間間（寒山）⑼剛行央光（江陽）⑽間言（寒山、先天）⑾行光（江陽）⑿斷男（桓歡、監咸）⒀郎揚（江陽）⒁盞耽（寒山、監咸）⒂行方長（江陽）⒃睍顏（寒山、先天）⒄因門湯身因真埜埜（真文、庚晴）⒅方鄉娘康（江陽）⒆今生恩恩身（真文、侵尋、庚晴）

10. 第七十八回 10 頁「西門慶兩戰林太太」：⑴開乖（皆來）⑵槌回（齊微）⑶乖崖腮諧歪開（皆來）

11. 第八十回 2 頁「祭西門慶文」：剛降光昂降藏當幫狂湯央方牆香當觴（江陽）

12. 第八十六回 10 頁「王婆道」：⑴聲明（東鍾、庚晴）⑵短懶（寒山、桓歡）⑶爛彈（寒山）⑷飯關（寒山）

13. 第八十六回 10 頁「金蓮道」：⑴臉短飯眼邊撣（寒山、桓歡、先天、廉纖）⑵言寒（寒山、先天）

(二)打油詩

打油詩有 9 首，跟古體、近體詩比較，用語粗俗，形式上也不整齊：或句數參差，

或句與句字數不齊。

打油詩雖然不高雅，用韻卻很嚴整：都是一韻到底，而且是同調相押，上聲和去聲也不混同。內容直露，無須深析，韻腳諧和，琅琅上口，這是打油詩的共同特點。

1. 第十一回 1 頁回首詩：婦人嫉妒非常，浪子落魄無賴，一聽巧語花言，不顧新歡舊愛，出逢紅袖相牽，又把風情別賣，果然寒食元宵，誰不幫興幫敗。（皆來）（去聲）

2. 第十二回 1 頁回首詩：堪笑西門暴富，有錢便是主顧，一家歪廝胡纏，那討綱常禮數，狎客日日來往，紅粉夜夜陪宿，不是長久福氣，也算春風一度。（魚模）（去聲）

3. 第十三回 9 頁「有詩為證」：吃食少添鹽醋，不是去處休去，要人知重勤學，怕人知事莫做。（魚模）（去聲）

4. 第二十二回 2 頁「若說他的本事，他也曾」：斜倚門兒立，人來倒目隨，托腮並咬指，無故整裳衣，坐立隨搖腿，無人曲唱低，開窗推戶牖，停針不語時，未言先欲笑，必定與人私。（支思、齊微）（平聲）

5. 第三十七回 13 頁「正是」：媒人婆地裏小鬼，兩頭來回抹油嘴，一日走夠千千步，只是苦了兩條腿。（齊微）（上聲）

6. 第四十回 1 頁回首詩：善事須好做，無心近不得，你若做好事，別人分不得，經卷積如山，無緣看不得，財錢過壁堆，臨危將不得，靈承好供奉，起來吃不得，兒孫雖滿堂，死來替不得。（齊微）（上聲）

7. 第五十一回 7 頁「薛姑子演誦」：苦苦苦！氣化清風塵歸土，點點輪回，改頭換面無窮數。（魚模）（上聲）

8. 第七十九回 21 頁「古人有幾句格言說得好」：為人多積善，不可多積財，積善成好人，積財惹禍胎，石崇當日富，難免殺身災，鄧通饑餓死，錢山何用哉，今日非古比，心地不明白，只說積財好，反笑積善呆，多少有錢者，臨了沒棺材。（皆來）（平聲）

9. 第八十一回 10 頁「有詩為證」：我勸世間人，切莫把心欺，欺心即欺天，莫道天不知，天只在頭上，昭然不可欺。（齊微）（平聲）

(三)自白語

押韻的自白有 4 段，內容是醜類人物自報家門，誇張戲謔，比打油詩更帶世俗色彩。形式上也都是一韻到底，一調到底，適於誦讀。

1. 第三十回 8 頁「蔡老娘道」：我做老娘姓蔡，兩只腳兒能快，身穿怪綠喬紅，各樣狄髻歪戴，嵌絲環子鮮明，閃黃手帕符揲，入門利市花紅，坐下就要管待，不拘貴宅嬌娘，哪管皇親國太，教他任意端詳，被他褪衣擺劃，橫生就用刀割，難產須將拳揣，不管臍帶胞衣，著忙用手撕壞，活時來洗三朝，死了走得偏快，因此主顧頗多，請的時

常不在。（皆來）（去聲）

2. 第四十回 9 頁「時人有幾句誇讚這趙裁縫好處」：我做裁縫姓趙，月月主顧來叫，針線緊緊隨身，剪尺常掖鞋靿，幅折趕空走攢，裁彎病除手到，不論上下短長，哪管襟扭領拗，每日肉飯三餐，兩頓酒兒是要，剪裁門首常出，一月不脫三廟，有錢老婆嘴光，無時孩子亂叫，不拘誰家衣裳，且交印鋪睡覺，隨你催討終朝，只拿口兒支調，十分要緊騰挪，又將後來頂倒，問你有甚高強，只是一味老落。（蕭豪）（去聲）

3. 第六十一回 21 頁，趙搗鬼「道其梗概」：我做太醫姓趙，門前常有人叫，只會賣杖搖鈴，哪有真材實料，行醫不按良方，看脈全憑嘴調，撮藥治病無能，下手取積兒妙，頭疼須用繩箍，害眼全憑艾醮，心疼定用刀剜，耳聾宜將針套，得錢一味胡醫，圖利不圖見效，尋找的少吉多凶，到人家有苦無笑，正是：半積陰功半養身，古來醫道通仙道。（蕭豪）（去聲）

4. 第九十回 2 頁，李貴「高聲說念一篇」：我做教師世罕有，江湖遠近聞名久，雙拳打下如錘砧，兩腳入來如飛走，南北兩京打戲台，東西兩廣打無敵手，分明是個鐵嘴行，自家本事何曾有，少林棍只好打田雞，董家拳只好嚇小狗，撞對頭不敢喊一聲，沒人處專會誇大口，騙得銅錢放不牢，一心要折章台柳，虧了北京李大郎，養我在家為契友，蘸生醬吃了半畦蒜，卷春餅噇了兩擔韭，小人自來生得饞，寅時吃酒直到酉，牙齒疼把來銼一銼，肚子脹將來扭一扭，充饑吃了三斗米飯，點心吃了七石缸酒，多虧了此人未得酬，來世做只看家狗，若有賊來掘壁洞，把他陰囊咬一口，問君何故咬他囊，動不得手來只動口。（尤侯）（上聲）

(四)酒令

酒令共有 13 段。形式多樣，有詩、謎語、繞口令等，押韻特點也是一韻、一調到底。

1. 第四十三回 14 頁，陳經濟等「悄悄行令兒耍子，每人要一句」：（傳自新）堪笑元宵草物，（貪四）人生歡樂有數，（經濟）趁此月色燈光，（來保）咱且休要辜負，（來興）才約嬌兒不在，（書童）又學大娘分付，（玳安）雖然剩酒殘燈，（平安）也是春風一度。（魚模）（去聲）

2. 第六十回 5 頁（吳大舅）：百萬軍中卷白旗，天下豪傑少人知，秦王斬了余元帥，罵的將軍無馬騎，唬得吾今無口應，衰衰街道脫去衣，皂人頭上無白髮，分屍不得帶刀歸，一九好藥無人點，千載終須一撤離。（齊微）（平聲）

3. 第六十回 5 頁（沈姨夫）：天像六色地像雙，人數推來中二紅，三見巫山梅五出，算來花有幾人通。（東鍾）（平聲）

4. 第六十回 5-6 頁（應伯爵）：一個急急腳腳的老小，左手拿著一個黃豆巴斗，右手

拿著一條綿花叉口，望前只管跑走，撞著一個黃白花狗，咬著那綿花叉口，那急急腳腳的老小，放下左手提的那黃豆巴斗，走向前去打黃白花狗，不知手鬥過那狗，狗鬥過那手。（尤侯）（上聲）

5.第六十回 6 頁（謝希大）：牆上一片破瓦，牆下一匹驃馬，落下破瓦，打著驃馬，不知是那破瓦打傷驃馬，不知是那驃馬踏碎了破瓦。（家麻）（上聲）

6.第六十回 6 頁（傅自新）：一人二櫓，三人搖出四川河，五音六律，七人齊唱八仙歌，九十春光齊賞玩，十一十二慶元和。（歌戈）（平聲）

7.第六十回 7 頁（韓道國）：(1)天上飛來一仙鶴，落在園中吃仙桃，卻被孤紅拿住了，將去獻於一提學。（蕭豪）（平聲）

8.同上：(2)天上飛來一鵓鴿，落在園中吃朱櫻，卻被二姑拿住了，將去獻於一公卿。（庚晴）（平聲）

9.同上：(3)天上飛來一老鸛，落在園中吃菱茭，卻被三綱拿住了，將去獻於一通判。（桓歡、廉纖）（去聲）

10.同上：(4)天上飛來一斑鳩，落在園中吃石榴，卻被四紅拿住了，將去獻於一戶侯。（尤侯）（平聲）

11.同上：(5)天上飛來一錦雞，落在園中吃苦株，卻被五嶽拿住了，將去獻於一尚書。（齊微、魚模）（平聲）

12.同上：(6)天上飛來一淘鵝，落在園中吃蘋蔆，卻被綠暗拿住了，將去獻於一照磨。（歌戈）（平聲）

13.第六十回 7 頁（西門慶）：六口裁成一點霞，不論春色見梅花，摟抱紅娘親個嘴，拋閃鶯鶯獨自嗟。（家麻、車遮）（平聲）

(五)謠諺

謠諺指押韻的熟語，多穿插在人物對話中間。這裏勾稽有 92 條，按十二轍分類，數轍通押的據第一個韻腳歸轍。每轍中按平上去的聲調順序排列，每條謠諺後括弧內的數字依次是回數、頁數、行數。

1.支思轍（支思、齊微）

(1)外頭擺浪子，家裏老婆哨家子。（三五 11 下 10）

(2)男僧寺對女僧寺，沒事也有事。（三九 11 下 7）

(3)砍一枝，損百株。（支思、魚模通押）（四 3 下 2）

(4)眼望旌節至，耳聽好消息。（四 3 下 2）

(5)眼望旌節旗，耳聽好消息。（十二 14 上 3）

(6)人善得人欺，麻善得人騎。（七六 13 上 1）

(7)趙錢孫李，你依不依隨你。（十六 7 下 5）

(8)從頭看到底，風流實無比。（九一 2 上 7）

(9)美不美，鄉中水。（九二 5 上 4）

(10)饒你奸似鬼，也吃洗腳水。（九一 2 上 7）

(11)饒你奸似鬼，也吃洗腳水。（九八 7 下 8，十三 12 下 2）

(12)典田賣地，你兩家願意。（三七 7 下 6）

(13)張兒致兒，拿班做勢兒。（七五 12 上 6）

(14)生有地，死有處。（齊微、魚模通押）（八八 11 上 2）

2. 魚模轍（魚模）

(1)死了王屠，連毛吃豬。（七六 14 下 1）

(2)仙姑，人說日日有夫，是非來入耳，不聽自然無。（八五 6 下 3）

(3)拳頭大塊空中舞，路上行人只叫苦。（七七 5 下 5）

(4)物見主，不索取。（二八 6 下 4）

(5)家無主，屋倒豎。（三 11 下 8）

(6)要得富，險上做。（二一 16 上 9）

(7)老米醋，挨著做。（二一 16 上 9）

(8)貂不足，狗尾續。（六六 6 上 5）

3. 家麻轍（家麻）

(1)山根斷兮早虛花，祖業飄零定破家。（九六 11 上 11）

(2)我笑嫂子三日沒吃飯，眼前花，我猜你昨日一夜不來家。（二三 8 下 4）

(3)破著一命剮，便把皇帝打。（二五 7 上 4）

(4)簷頭雨滴從高下，一點也不差。（五三 8 下 5）

(5)甚麼話，檀木靶。（七八 17 下 5）

(6)什麼話，檀木靶。（三五 18 下 9）

(7)官差吏差，來人不差。（九一 2 上 7）

(8)千差萬差，來人不差。（六九 13 上 1）

4. 歌戈轍（歌戈）

(1)惡人見了惡人磨，見了惡人沒奈何。（四三 6 上 10）

(2)大人不責小人過，那個小人沒罪過。（五一 2 上 8）

5. 車遮轍（車遮）

(1)「單管這閒事胡說！」「胡鐵？」（三二 9 下 4）

(2)人死如燈滅，半晌時不借。（六二 20 上 1）

6. 皆來轍（皆來）

(1)街死街埋，路死路埋，倒在洋溝裏就是棺材。（四六 18 上 9）

(2)有了原物在，省得兩家賴。（九五 4 下 10）

(3)六月債（兒热），還得快（就是）。（二四 2 上 2）

7. 蕭豪合（蕭豪）

(1)沒了刀兒，只有刀鞘兒。（三五 18 下 9）

(2)信人調，丟了瓢。（十八 11 上 4、八一 9 下 8）

(3)醜是家中寶，可喜惹煩惱。（九一 11 下 6）

(4)從頭看到腳，風流往下跑。（從腳看到頭，風流往上流。）（九 2 下 7）

(5)（從頭看到底，風流實無比）從頭看到腳，風流往下跑。（九一 4 下 10）

8. 尤侯轍（尤侯）

(1)冷心不動一孤舟，淨掃靈台正好修。（七五 24 下 7）

(2)從腳看到頭，風流往上流。（九 2 下 7）

(3)飯來張口，水來濕手。（七六 16 上 9）

(4)要打沒好手，廝罵沒好口。（七五 23 下 5）

(5)王十九，自吃酒。（六四 8 上 5）

(6)王十九，只吃酒。（八六 5 下 6）

(7)要好不能夠，要歹登時就。（七八 18 上 4）

(8)黑頭蟲兒不可救，救之就要吃人肉。（九九 8 上 11）

(9)便罵你這馬伯六，做牽頭的老狗肉。（五 4 上 3）

9. 寒山轍（寒山、桓歡、先天、監咸、廉纖）

(1)妻大三，黃金積如山。（七 7 上 4）

(2)妻大三，黃金山。（九一 8 上 4）

(3)南京沈萬三，北京枯樹灣。（三三 5 下 11）

(4)你是個天，他是塊磚。（十九 15 下 4）

(5)遠不一千，近只在一磚。（三七 1 下 11）

(6)君子一言，快馬一鞭。（五三 8 下 11）

(7)使的憨錢，治的莊田。（七一 8 上 4）

(8)夜頭早晚，人無後眼。（二五 10 上 6）

(9)吃人家碗半，被人家使喚。（五八 17 下 5）

⑽火到豬頭爛，錢到公事辦。（四七 9 下 6）

(11)先說斷，後不亂。（七4下6）

(12)生米做成熟飯，你識我見。（二四10上1）

(13)頭一限，風吹轆軸打孤雁；第二限，水底魚兒跳上岸；第三限，水裏石頭泡得爛。（四二8下7）

10.真文轍（真文、侵尋）

(1)使心用心，反累己身。（五九20上5）

(2)初嫁從親，再嫁由身。（五6上10）

(3)親不親，故鄉人。（九二5上4）

(4)妻兒趙迎春，各自尋投奔。（八六2上4）

(5)寧可折本，休要饞損。（六二26上8）

(6)老兒不發狠，婆兒沒布裙。（三五22上4）

(7)剪草不除根，萌芽依舊生；剪草若除根，萌芽再不生。（真文、庚晴通押）（二五13上6）

(8)仇人見仇人，分外眼睛明。（真文、庚晴通押）（八七7下8）

(9)養兒不要屙金溺銀，只要見景生情。（真文、庚晴通押）

11.江陽轍（江陽）

(1)捉姦要雙，捉賊見贓，殺人見傷。（九8上3）

(2)龍鬥虎傷，苦了小張。（六九11上8）

(3)驢糞球兒面前光，卻不知裏面受悽惶。（七八19上5）

(4)請醫須請良，傳藥須傳方。（四九16下10）

(5)男兒沒信，寸鐵無鋼；女人無性，爛如麻糖。（八五4下3）

(6)妻大兩，黃金日日長。（七7上4）

(7)妻大兩，黃金長。（九一8上4）

(8)夢是心頭想，涕噴鼻子癢。（六七18上8）

(9)坐家的女兒偷皮匠，逢著的就上。（三七6上4）

(10)煙熏的佛像掛在牆上，有恁施主，有恁和尚。

12.東鍾轍（東鍾、庚晴）

(1)宮外有株松，宮內有口鐘；鐘的聲兒，樹的影兒。（七八17上10）

(2)我不是風，他家自有親老公。（二10上6）

(3)身如松，聲如鐘，坐如弓，走如風。（二九4下4）

(4)人家說著耳邊風，外人說著金字經。（十四1下11）

(5)娶淫婦，養海青，食水不到想海東。（八十9下5）

(6)我不是賴精,大官人少不得賠我一匹大海青。（六 6 下 4）

(7)養兒人家熱騰騰的,養女兒家冷清清的。（三七 6 下 8）

(8)人是苦蟲,不打不成。（十 2 上 3、九二 8 下 6）

(9)天不著風兒晴不的,人不著謊兒成不的。（七二 5 上 3）

(10)奴才不可逞,小孩兒不宜哄。（五八 7 下 9）

(11)金命水命,走投無命。（二二 6 下 4）

附　錄

一、張鴻魁小傳

　　男，1945 年 10 月 19 日生，文學碩士，山東社會科學院語言文學研究所研究員。學術兼職為：中國語言學會理事，全國漢語方言學會理事，中國《金瓶梅》研究會（籌）理事等。主要從事漢語方言音韻研究。先後主持國家社科基金課題兩項、山東省社科基金課題兩項，山東省古籍整理課題兩項。已出版《臨清方言志》《金瓶梅語音研究》《金瓶梅字典》《明清山東韻書研究》等著作多部，在《中國語文》《方言》《語文研究》《語言研究》《古漢語研究》《光明日報》等報刊上發表學術論文百餘篇。

二、張鴻魁《金瓶梅》研究專著、論文目錄

(一)專著

1. 《金瓶梅語音研究》，濟南：齊魯書社 1996 年。
2. 《金瓶梅字典》，北京：警官教育出版社 1999 年。

(二)論文

1. 金瓶梅的方音特點
   中國語文，1987 年第 2 期。
2. 金瓶梅異體詞音證
   金瓶梅考論，第二輯，寧夏人民出版社 1988 年。
3. 試論金瓶梅的語言研究
   煙台師院學報，1989 年第 2 期。
4. 金瓶梅中的熟語、俗字
   金瓶梅藝術世界，吉林大學出版社 1991 年。
5. 金瓶梅時代的入派三聲
   宋元明清漢語研究，山東教育出版社 1992 年。
6. 金瓶梅與近代漢字研究
   東嶽論叢，1992 年第 6 期。
7. 金瓶梅某些詞語釋義和字形問題
   中國語文，1993 年第 2 期。
8. 金瓶梅的方音特點續說
   青島師專學報，1993 年第 3 期。
9. 金瓶梅「扛」字音義及字形訛變──近代漢語詞語訓釋方法探討
   中國語文，1994 年第 3 期。
10. 從金瓶梅的詞匯特點看文化因素的影響
    求是學刊，1995 年第 1 期（王大新為第二作者）。
11. 金瓶梅「撦」字的形音義
    棗莊師專學報，1995 年第 3 期。
12. 金瓶梅中的動詞重疊及相關句式考察
    東嶽論叢，1995 年第 4 期。
13. 金瓶梅詞語訓釋和俗字辨識

濟寧師專學報，1996 年第 1 期。

14. 關於「麼」和「們」的讀音
　　東嶽論叢，1997 年第 2 期。

15. 《金瓶梅》俗字訛字例釋
　　金瓶梅文化研究，第二輯，華藝出版社 2000 年。

16. 臨清方言和金瓶梅
　　運河明珠──臨清，山東省地圖出版社 2001 年。

17. 金瓶梅的語言特色
　　徐州教育學院學報，2003 年第 2 期。

18. 賀《金瓶梅詞話校讀記》出版
　　光明日報，2004 年 12 月 6 日第 6 版。

19. 《金瓶梅》詞語研究的兩點意見
　　金瓶梅文化研究，第五輯，群言出版社 2007 年。

20. 「啜哄」探源兼論「趂」字──《金瓶梅》俗字訛字例釋
　　東嶽論叢，2007 年第 6 期。

21. 「虛篦」釋義兼論俗字「嚚」──《金瓶梅》俗字訛字例釋
　　中國語文，2009 年第 4 期。

後　記

　　現代社會學講機遇，民間哲學講緣分。我涉足文學圈，研究《金瓶梅》，是一系列的機緣巧合。

　　中學老師指望我報考理工，一部影片《停戰以後》卻使我做起了記者夢，那時以為記者可以天南海北、宮廷民間隨意採訪。於是就報考了文科，結果進了山東大學中文系。畢業後去菏澤當了名語文教師。在濟南的父母年事漸高，作為長子卻無法回鄉。這時恢復了研究生招考，就又考回山大。因為多年來只會咬文嚼字，只得報考現代漢語專業。讀研期間，經一位學長指點，找導師開條，系主任批示，讀到了線裝影印萬曆本《金瓶梅詞話》，隨手做了點方言音韻方面的心得，卻得到導師殷煥先先生的肯定。畢業後，趕上《金瓶梅》方言討論熱，就寫了那篇〈金瓶梅的方音特點〉，不想又得到從未謀面的吳曉鈴先生的褒許遊揚，由此結識了金學界朋友。日積月累，寫了些有關《金瓶梅》語音、詞語、語法、文字的東西，就有了這本「精選集」。

　　下面把《金瓶梅語音研究》的那篇「後記」附上，作為這篇後記的結束。

　　　　事非經過不知難。

　　　　此書經由多方友好贊助，方得問世。出版艱難，較之媚俗趨時讀物，不可同語。然自信無剽襲，少臆說，尚可質諸世人，不負諸友鼎力支持。此其一。

　　　　筆者三十始有志於學，始得機會於學。而文字音韻，雖為壯夫不齒，實屬愚庸難窺。筆者以駑駘之才，賴得先輩引啟，方有今日之一得。業師殷煥先先生，舊學根柢，新學眼界，自無須後輩諛贊；筆者侍學左右，薰陶磨礪，則在目在心。博學吳曉鈴先生，向無造謁，見筆者塗鴉之作，即予謬賞；後貿然登門，多蒙指教，先生知有是稿，竟欣然應允為序，循循諄諄，聲猶在耳。於今付梓之日，二老已邅歸道山，聆教無從，不勝歔欷。此其二。

　　　　付梓在即，檢閱舊稿，愈覺闕失多有。憶昔氣盛，挑剔先賢時彥，不覺汗下。今以此書獻世，無非呈拙求教，以期砥礪日進於方來。生也有涯，知也無涯。凡有賜教，敢不虛懷，任聽評說。此其三。

　　　　向期賦短，揚雄口吃。謹志於書後。

記得《金瓶梅》裏有句話，「學到老，不會到老。天下事如牛毛，孔夫子也只識得一腿」。話糙理不糙。雖然到了「從心所欲」的年紀，仍然願意聽到時賢及新銳的批評。

國家圖書館出版品預行編目資料

張鴻魁《金瓶梅》研究精選集

張鴻魁著.－ 初版.－ 臺北市：臺灣學生，2015.06
面；公分（金學叢書第 2 輯；第 14 冊）

ISBN 978-957-15-1663-9 (精裝)

1. 金瓶梅 2. 研究考訂

857.48   104008053

張鴻魁《金瓶梅》研究精選集

著　作　者：張　　　　　鴻　　　　　魁
主　　　編：吳　敢　、　胡　衍　南　、　霍　現　俊
出　版　者：臺　灣　學　生　書　局　有　限　公　司
發　行　人：楊　　　　　雲　　　　　龍
發　行　所：臺　灣　學　生　書　局　有　限　公　司
　　　　　　臺北市和平東路一段七十五巷十一號
　　　　　　郵 政 劃 撥 帳 號：00024668
　　　　　　電　話：(02)23928185
　　　　　　傳　眞：(02)23928105
　　　　　　E-mail：student.book@msa.hinet.net
　　　　　　http://www.studentbook.com.tw

定價：　精裝 30 冊不分售
　　　　新臺幣 45000 元

二 〇 一 五 年 六 月 初 版

金學叢書 第二輯